O ALVORECER DE ÔNIX

O ALVORECER DE ÔNIX

TRILOGIA PEDRAS SAGRADAS

KATE GOLDEN

tradução: Sofia Soter

Copyright © 2022 Natalie Sellers
Copyright desta edição © 2025 Editora Gutenberg

Título original: *A Dawn of Onyx*

Todos os direitos reservados pela Editora Gutenberg. Nenhuma parte desta publicação poderá ser reproduzida, seja por meios mecânicos, eletrônicos, seja via cópia xerográfica, sem a autorização prévia da Editora.

EDITORA RESPONSÁVEL
Flavia Lago

EDITORAS ASSISTENTES
Natália Chagas Máximo
Samira Vilela

PREPARAÇÃO DE TEXTO
Yuri Martins de Oliveira

REVISÃO
Fernanda Marão

PROJETO GRÁFICO DA CAPA
Jack Johnson
Katie Anderson

DESIGN ORIGINAL DO MAPA
Jack Johnson

IMAGENS DA CAPA
Marina Vorontsova/Getty images

ADAPTAÇÃO DE CAPA
Alberto Bittencourt

DIAGRAMAÇÃO
Waldênia Alvarenga

Dados Internacionais de Catalogação na Publicação (CIP)
Câmara Brasileira do Livro, SP, Brasil

Golden, Kate
   O alvorecer de Ônix / Kate Golden ; tradução Sofia Soter. -- 1. ed. -- São Paulo : Gutenberg, 2025. -- (Trilogia Pedras Sagradas ; 1)

   Título original: A Dawn of Onyx.
   ISBN 978-85-8235-799-6

   1. Ficção norte-americana I. Título. II. Série.

25-253100   CDD-813

Índices para catálogo sistemático:
   1. Ficção : Literatura norte-americana 813

Aline Graziele Benitez - Bibliotecária - CRB-1/3129

A **GUTENBERG** É UMA EDITORA DO **GRUPO AUTÊNTICA**

São Paulo
Av. Paulista, 2.073 . Conjunto Nacional
Horsa I . Salas 404-406 . Bela Vista
01311-940 . São Paulo . SP
Tel.: (55 11) 3034 4468

Belo Horizonte
Rua Carlos Turner, 420
Silveira . 31140-520
Belo Horizonte . MG
Tel.: (55 31) 3465 4500

www.editoragutenberg.com.br
SAC: atendimentoleitor@grupoautentica.com.br

*Para Jack.
Obrigada por ser o meu herói na vida real.
Você me ensinou o amor mais verdadeiro.*

I

Ryder e Halden provavelmente estavam mortos.
Eu não sabia o que me deixava mais enjoada: finalmente admitir essa verdade para mim mesma, ou a dor e a ardência nos meus pulmões. O sofrimento da segunda opção, confesso, era autoinduzido – essa parte da minha corrida matinal era sempre a mais brutal –, mas fazia exatamente um ano que chegara a última carta e, apesar de eu ter jurado que não pensaria no pior até ter motivo para tal, era difícil contestar aquele silêncio epistolar.

Meu coração bateu apertado.

Tentando esconder pensamentos desagradáveis sob o assoalho da mente, me concentrei em chegar ao limiar da clareira sem vomitar. Forcei as pernas, inclinei os cotovelos para trás e senti minha trança bater entre os ombros, no ritmo de um tambor. Só mais alguns passos...

Ao chegar, por fim, ao trecho de grama fresca, parei aos poucos, apoiei as mãos nos joelhos e respirei fundo. O Reino de Âmbar emanava o aroma de sempre: orvalho, lenha em uma lareira não muito distante e notas marcantes e terrosas de folhas em lenta decomposição.

Tomar fôlego, porém, não foi o suficiente para impedir minha visão de ficar embaçada, e caí para trás, o peso do meu corpo esmagando as folhas no chão com um crepitar gratificante. A clareira estava repleta de folhas – último resquício do inverno.

Dezoito meses antes, uma noite antes de todos os homens de nossa cidade serem convocados a lutar pelo reino, minha família se reunira na colina gramada logo atrás de casa. Tínhamos assistido ao poente rosado evanescer como um hematoma atrás de nossa cidade, Abbington – todos juntos uma última vez. Em seguida, eu e Halden tínhamos escapado de fininho até essa mesma clareira e fingido que ele e meu irmão, Ryder, não estavam partindo.

Que voltariam um dia.

Os sinos dobraram na praça, distantes, mas suficientemente vívidos para me arrancar daquela lembrança melancólica. Eu me sentei devagar, meu cabelo desgrenhado e emaranhado de folhas e galhos. Eu ia me atrasar. De novo.

Malditas Pedras.

Ou... *merda.* Fiz uma careta enquanto me levantava. Estava tentando xingar menos as Sagradas Pedras Preciosas que compunham o cerne do continente. Não me incomodava tanto amaldiçoar a divindade da criação de Evendell, mas eu odiava essa força de hábito que vinha de ter crescido em Âmbar, o reino mais devoto às Pedras.

Voltei correndo pela clareira, desci a trilha atrás de nosso chalé e segui para a cidade que começava a despertar. Enquanto corria por becos que mal tinham espaço para duas pessoas passarem em sentidos contrários, uma ideia deprimente me invadiu. *Abbington já foi mais charmosa.*

Pelo menos era na minha lembrança. As ruas de paralelepípedos, antigamente limpas e repletas de músicos e comerciantes, estavam agora abandonadas, cobertas de lixo. Os edifícios, feitos de diferentes tipos de tijolos, cobertos de hera e aquecidos por lanternas bruxuleantes, tinham se reduzido a destroços decadentes – abandonados, queimados ou destruídos, e, às vezes, as três coisas. Era como ver uma maçã apodrecer, ir ficando aos poucos cada vez menos vibrante com o tempo, até, um dia, desaparecer.

Estremeci, tanto pelo pensamento, quanto pelo clima. Eu tinha a esperança de que o ar fresco secaria ao menos parte da umidade da minha testa; Nora não gostava de uma aprendiz suada. Quando empurrei a porta rangente, minhas narinas foram invadidas por etanol e menta adstringente. Meu aroma preferido.

— Arwen, é você? — chamou Nora, a voz ecoando pelo corredor da enfermaria. — Você se atrasou. A gangrena do sr. Doyle está piorando. Talvez ele perca o dedo.

— Perca *o quê?* — exclamou uma voz masculina de trás da cortina.

Fuzilei Nora com um olhar mortal e entrei na sala improvisada, separada por lençóis de algodão.

Malditas Pedras.

O sr. Doyle, um homem idoso e careca, de testa e orelhas enormes, estava na maca, abraçado à mão machucada como se fosse uma sobremesa roubada que alguém pretendia tirar dele.

— É brincadeira da Nora – falei, puxando uma cadeira. – É o senso de humor divertido e muito profissional dela. Vou fazer de tudo para manter todos os dedos na sua mão, prometo.

Bufando de descrença, o sr. Doyle me ofereceu a mão, e eu comecei a trabalhar, retirando com cuidado as camadas de pele podre.

Minha habilidade começou a coçar na ponta dos dedos, ávida para ajudar. Não sabia se precisaria dela; gostava do trabalho minucioso, e gangrena era uma situação relativamente comum.

Porém, eu nunca me perdoaria se descumprisse a promessa ao ranzinza sr. Doyle.

Cobri uma das mãos com a outra, como se não quisesse que ele visse o estado da lesão – eu tinha aprendido muito bem a esconder os meus poderes dos pacientes. O sr. Doyle fechou os olhos e recostou a cabeça, e eu deixei que um fio de luz pura escorresse dos meus dedos, como o suco de um limão.

A pele decomposta se aqueceu e ficou novamente rosada, curando diante de os meus olhos.

Eu era uma boa curandeira. Tinha a mão firme, mantinha a calma sob pressão e nunca me enojava ao ver as entranhas de alguém. Porém, também sabia curar de um modo que não se aprendia. Meu poder era uma luz pulsante e errática que jorrava das minhas mãos e se infiltrava nos outros, se espalhando por veias e vasos. Eu podia reparar ossos quebrados, devolver a cor a um rosto devastado pela gripe, ou fechar um corte sem agulha.

Só que não era bruxaria comum. Eu não tinha bruxos na linhagem familiar e, mesmo se tivesse, ao usar meus poderes, não havia feitiço murmurado e seguido por vento e estática. Meu dom escapava do meu corpo, e toda vez drenava minha energia e minha mente. Bruxas podiam praticar magia infinitamente, se tivessem um bom grimório e a orientação correta. Meus poderes, no entanto, se esgotavam quando usados em excesso, me deixando exausta. Às vezes, levava dias até retornarem por completo.

Da primeira vez que fiquei exausta foi curando a vítima de uma queimadura particularmente brutal, e achei que meu dom tinha ido embora de vez, o que me deixou com uma mistura inexplicável de alívio e horror. Quando por fim ele voltou, disse a mim mesma que estava agradecida. Agradecida por, quando criança, poder tratar os meus vergões e ossos quebrados em ângulos esquisitos antes que a minha mãe ou os meus irmãos percebessem o que meu padrasto fizera. Agradecida por poder ajudar quem sofresse ao meu redor. E agradecida por ganhar um dinheiro decente com isso, em épocas difíceis como aquela.

– Pronto, sr. Doyle: novinho em folha.

O velho homem abriu um sorriso sem dentes.

– Obrigado – falou, e se aproximou, em tom conspiratório. – Não achei que você conseguiria salvar.

– Fico muito magoada com sua pouca fé em mim – brinquei.

Ele saiu cautelosamente da sala, e eu o acompanhei até o corredor. Assim que ele partiu, Nora me olhou e balançou a cabeça.
– O que foi?
– Alegrinho demais – disse ela, erguendo o canto da boca em um sorriso.
– É um alívio ter um paciente que não esteja à beira da morte.
Fiz uma careta. O sr. Doyle, na verdade, era bem velho.
Nora bufou e voltou a se concentrar na gaze que tinha nas mãos. Eu voltei para as macas e me ocupei da limpeza dos equipamentos cirúrgicos. Eu deveria estar contente com os poucos pacientes do dia, mas aquela calma estava me dando um nó no estômago.
Curar me distraía de pensar no meu irmão e em Halden. Ajudava a acalmar o sofrimento que me revirava por causa da ausência deles. Como na corrida, havia uma qualidade meditativa na cura que aquietava meu cérebro agitado.
O silêncio fazia o contrário.
Nunca imaginei que ficaria animada com um caso de gangrena, mas ultimamente parecia que tudo que não fosse morte certa já contava como vitória. A maioria dos nossos pacientes eram soldados – ensanguentados, machucados e alquebrados pela batalha – ou vizinhos que eu conhecia desde sempre, definhando por causa dos parasitas que infestavam os parcos restos de comida que conseguiam arranjar. Pelo menos era melhor do que inanição. Havia tratamento para parasitas na enfermaria; para fome incessante, não.
E, em meio a toda aquela dor e sofrimento, da perda de pessoas queridas, de lares destruídos... ainda era um mistério o motivo do reino de Ônix ter começado a guerra conosco. Nosso rei Gareth não era digno de livros de história, e a terra de Âmbar não era conhecida por nada além da produção agrícola. Enquanto isso, reinos ricos, como Granada, tinham muito dinheiro e joias. As Montanhas Peroladas tinham manuscritos antigos e os acadêmicos mais requisitados do continente. Até os Territórios de Opala, com suas destilarias e terras intocadas, ou as Províncias de Peridoto, com suas cavernas cintilantes repletas de tesouros escondidos, seriam lugares melhores para iniciar o avanço gradual em direção ao poder completo sobre Evendell. Entretanto, por enquanto, todos outros reinos haviam sido deixados paz, e o Reino de Âmbar tentava, sozinho, manter a situação assim.
Mesmo assim, nenhum outro reino lutava ao nosso lado.
O reino de Ônix transbordava riqueza, joias e ouro. Era o reino que mais tinha terras, as cidades mais espetaculares – pelo que eu ouvia falar – e o maior exército. Pelo jeito nada disso era suficiente para eles. O rei de Ônix, Kane Ravenwood, era um imperialista insaciável. Pior: era de uma crueldade insensata. Nossos generais frequentemente eram encontrados pendurados

pelos membros, às vezes esfolados ou crucificados. Ele destruía e destruía e destruía até nosso pobre reino não ter mais com o que lutar, e ainda causava dor por puro esporte. Ele nos deixava de joelhos, depois de quatro, depois de cara no chão só para se divertir.

A única opção era insistir em ver as coisas pelo lado bom. Mesmo que o lado bom fosse meio escondido e embaçado e a gente precisasse suborná-lo e suplicar para ele aparecer. Era isso, segundo Nora, que fazia ela me manter naquele trabalho: "Você leva jeito, é otimista até dizer chega, e seus peitões encorajam os garotos da região a doarem sangue".

Obrigada, Nora. Você é um doce.

Fiquei observando enquanto ela guardava um cesto cheio de ataduras e unguentos.

Nora não era a colega mais calorosa, mas era uma das amigas mais íntimas da minha mãe e, apesar da aparência azeda, tinha sido generosa em me oferecer esse emprego para que eu pudesse cuidar da minha família depois de Ryder partir. Ela ajudava até com minha irmã, Leigh, quando minha mãe estava doente demais para levá-la à escola.

Meu sorriso enquanto pensava sobre a gentileza de Nora se esvaiu quando me lembrei da minha mãe – ela estava tão fraca pela manhã que mal conseguira abrir os olhos. Eu percebia bem a ironia de trabalhar como curandeira enquanto minha própria mãe morria devagar por causa a uma doença que ninguém conseguia identificar.

Para piorar – ou talvez para aumentar a ironia da situação –, minhas habilidades nunca tinham funcionado nela. Nem se ela tivesse apenas um corte superficial. Outro sinal de que meus poderes não eram como os de uma bruxa comum, e sim algo muito mais estranho.

Minha mãe estava doente desde que eu tinha idade para falar, mas tinha piorado nos últimos anos. As únicas coisas que ajudavam eram os medicamentos simples que eu e Nora preparávamos – compostos de copo-de-leite e flores de rodante nativas de Âmbar, além de óleo de ravensara e sândalo. O alívio, contudo, era temporário, e a dor piorava a cada dia.

Chacoalhei a cabeça para expulsar os pensamentos desagradáveis.

Eu não podia me concentrar naquilo no momento. O importante era apenas cuidar dela e da minha irmã da melhor forma, uma vez que Ryder tinha partido.

E talvez nunca mais voltasse.

– Não, você me escutou mal! Eu não disse que ele era *bonito*, disse que ele era *sabido*. Tipo, esperto, inteligente – disse Leigh, jogando lenha no fogo baixo da lareira.

Eu segurei o riso e peguei três tigelinhas do armário.

– Humm, sei. Acho que você está meio apaixonadinha.

Leigh revirou os olhos azul-pálido enquanto se movia pela pequena cozinha para pegar talheres e canecas. Nossa casa era apertada e frágil, mas eu a amava perdidamente. Cheirava ao tabaco de Ryder, à baunilha que usávamos para cozinhar e a lírios perfumados. Os desenhos de Leigh decoravam quase todas as paredes. Empoleirada em uma pequena colina, com vista para a maior parte de Abbington e três cômodos bem isolados e aconchegantes, era uma das casas mais agradáveis de nossa aldeia. Meu padrasto, Powell, a tinha construído para mim e minha mãe antes dos meus irmãos nascerem. A cozinha era meu lugar preferido, com a mesa de madeira feita por Powell e Ryder em um verão distante, quando éramos todos mais novos, e minha mãe, mais saudável.

Era impressionante o contraste entre as lembranças carinhosas aferradas ao esqueleto da casa e aquelas que se embolavam na minha cabeça e no meu estômago ao pensar no rosto severo e no maxilar tenso de Powell. Nas cicatrizes que seu cinto tinha deixado nas minhas costas.

Senti um calafrio.

Leigh se encostou em mim, me arrancando das lembranças poeirentas para me entregar um punhado de raízes e ervas para o remédio de nossa mãe.

– Toma. Não tem mais alecrim.

Observei sua cabeça loira e algo me aqueceu por dentro – ela era sempre radiante, mesmo na miséria de guerra que nos cercava. Alegre, engraçada, ousada.

– Que foi? – perguntou ela, estreitando os olhos.

– Nada – falei, refreando um sorriso.

Ela estava começando a se ver como adulta e não tolerava mais ser tratada como criança. Olhares de amor e adoração da irmã mais velha estavam obviamente proibidos. Ela gostava menos ainda quando eu tentava protegê-la.

Engoli em seco e joguei as ervas na panela que borbulhava na lareira.

Nos últimos tempos, boatos rodavam as tabernas, as escolas e os mercados. Os homens já tinham todos partido – Ryder e Halden provavelmente tinham dado suas vidas –, e ainda estávamos perdendo para o reino vil do norte.

As mulheres seriam as próximas.

Não era uma questão de sermos incapazes de fazer o que os homens faziam. Tinha ouvido relatos de que o exército do reino de Ônix era cheio de mulheres fortes e implacáveis que lutavam ao lado dos homens. O problema era que *eu* não conseguiria. Não conseguiria tirar a vida de alguém pelo meu reino, não conseguiria lutar pela minha própria vida. Só de pensar em sair de Abbington já me dava calafrios.

Mas eu me preocupava com Leigh. Ela era destemida demais.

Sua juventude a fazia pensar que era invencível, e sua sede de atenção a tornavam exibida, imprudente e corajosa a um nível temerário. Só de pensar naqueles cachos dourados balançando no front já me revirava o estômago.

Como se não bastasse, caso nós duas fôssemos obrigadas a lutar contra Ônix, nossa mãe ficaria sozinha. Velha e frágil demais para lutar, ela talvez conseguisse evitar o alistamento, mas não conseguiria se cuidar sozinha. Tendo os três filhos partido, ela não sobreviveria uma semana.

Como eu as protegeria nesse caso?

— Não tem nada a ver o que você falou do Jace — disse Leigh, apontando o garfo para mim com confiança fingida. — Nunca me apaixonei na vida. Muito menos por ele.

— Tá bom — respondi enquanto procurava cenouras no armário. Eu me perguntei se Leigh tinha me distraído de propósito; se sabia que eu estava preocupada.

— Estou sendo honesta — continuou ela, se largando à mesa da cozinha e cruzando os pés. — Não estou nem aí para o que você acha. Olha só pro seu gosto! Você está apaixonada por Halden Brownfield.

Leigh fez uma cara de nojo.

Meu coração acelerou ao ouvir o nome dele, lembrando que dia era e minha ansiedade naquela manhã. Balancei a cabeça diante da acusação.

— Não estou *apaixonada* por ele. Só gosto dele. Como pessoa. Na verdade, somos amigos.

— Humm, sei — disse ela, escarnecendo do modo que eu tinha agido em relação a ela e Jace.

Joguei as cenouras na panela com o jantar, ao lado da que continha o remédio da minha mãe. Uma das minhas especialidades desde a partida de Ryder era fazer várias coisas ao mesmo tempo. Abri a janela acima da lareira, deixando um pouco do calor das panelas escapar. A brisa fresca da noite correu pelo meu rosto grudento.

— E qual é o problema com o Halden, afinal? — perguntei, curiosa.

— Nada, na verdade. Ele era só meio chato. E temperamental. E nada bobo.

— Pare de dizer "era" — exigi, com mais irritação do que pretendia. — Ele está bem. Os dois estão.

Não era mentira. Mas meu otimismo às vezes era um tipo de negação. Leigh se levantou para arrumar a mesa, pegando canecas descascadas para a sidra.

– E Halden é bobo, interessante... e temperamental – concedi. – Isso eu aceito. Ele é meio enfezadinho.

Leigh sorriu, sabendo que tinha me pegado no pulo.

Observei minha irmã. Ela tinha crescido tanto em tão pouco tempo, que eu não sabia mais de que tipo de informação eu a protegia.

– Tá – falei, mexendo as duas panelas ao mesmo tempo. – A gente estava se conhecendo.

Leigh levantou as sobrancelhas com uma expressão sugestiva.

– Mas, de verdade, não tinha amor nenhum envolvido. Juro pelas Pedras.

– Por que não? Por que você sabia que ele teria que ir embora?

Meu olhar pousou na lareira, nas poucas chamas flamejantes, enquanto eu pensava sinceramente na pergunta.

Era superficial, mas a primeira coisa que me ocorria ao pensar em Halden era seu cabelo. Às vezes, especialmente ao luar, seus cachos loiros eram tão pálidos que quase reluziam. Na verdade, era o que de início tinha me atraído nele: ele era o único garoto na nossa cidade com o cabelo daquela cor. Âmbar em geral produzia morenos, de cabelo cor de chocolate, como o meu, ou loiros mais escuros, como Leigh e Ryder.

Eu tinha me encantado com aquele cabelo loiro-gelado aos exatos sete anos de idade. Ele e Ryder se tornaram inseparáveis mais ou menos naquela época. Certa de que ia me casar com ele, eu não me incomodava de ir atrás de todas as aventuras dos dois e de aderir às brincadeiras que acabavam sempre em joelhos ralados. O sorriso de Halden fazia eu me sentir segura. Eu o teria seguido a qualquer lugar. A única vez que vi seu sorriso vacilar foi no dia em que a notícia do alistamento chegou a Abbington.

Além do dia em que ele viu minhas cicatrizes.

Mas então, se eu tinha uma queda por Halden desde pequena, por que não senti amor quando ele finalmente viu em mim o que eu via nele havia tanto tempo?

Eu não tinha uma boa resposta, muito menos uma resposta adequada para uma menina de dez anos. Será que eu não o amava porque nunca vira o amor dar certo para ninguém, especialmente para nossa mãe? Ou porque às vezes perguntava o que ele achava da expansão das terras já vastas de Ônix e suas respostas desdenhosas me incomodavam por algum motivo que eu não sabia identificar com precisão? Talvez a resposta fosse muito pior. A resposta que eu mais temia e não queria que fosse verdade: eu não era capaz de tal sentimento.

Não havia ninguém que merecesse mais meu amor do que Halden. Mais ninguém com quem a minha mãe, Ryder ou Powell desejariam que eu ficasse.

– Não sei, Leigh.

Voltei a me atentar ao jantar e comecei a picar as verduras em silêncio. Leigh, pressentindo que eu tinha encerrado aquela conversa, voltou a arrumar a mesa. Quando o remédio da minha mãe acabou de ferver, coloquei-o na bancada para continuar a infusão. Assim que esfriasse, eu o colocaria em um frasco e o deixaria, como sempre, na bolsa perto do armário.

Talvez eu pudesse fazer aquilo: cuidar sozinha delas.

O aroma saboroso de verduras cozidas se misturou às notas medicinais do preparo para minha mãe e se espalhou pela casa. Era um cheiro conhecido. Confortável. Âmbar era cercada de montanhas, então o vale em que nos aninhávamos sempre tinha manhãs frescas, dias frios e noites geladas. Todas as árvores ostentavam folhas marrons, o ano todo. Toda refeição era composta de milho, abobrinha, abóbora e cenoura. Os invernos mais rigorosos se resumiam a muita chuva e galhos nus, e o verão mais quente de que eu me lembrava tivera apenas duas árvores verdes. Na maior parte do tempo, todos os dias no Reino de Âmbar eram marrons e cheios de vento.

Depois de vinte anos assim, havia dias em que eu sentia que já tinha comido milho e abobrinha até não poder mais. Tentava imaginar minha vida repleta de outros sabores, paisagens e pessoas... Mas eu conhecia tão pouco que as fantasias eram vagas e borradas – uma constelação confusa de livros que li e histórias que ouvi ao longo do tempo.

– Que cheiro divino.

Vi que minha mãe se aproximava, mancando, até a cozinha. Um pouco mais abatida naquele dia, o cabelo preso em uma trança úmida na nuca. Ela tinha apenas quarenta anos, mas o corpo magro e o rosto cavado lhe davam uma aparência mais velha.

– Me deixa te ajudar – falei enquanto ia até ela.

Leigh se levantou de imediato, deixando uma vela sem acender, para ajudá-la do outro lado.

– Estou bem, juro.

Ela soltou um muxoxo de desdém, mas nós ignoramos. Àquela altura, tudo já se tornara uma coreografia bem ensaiada.

– Rosas e espinhos? – perguntou ela, uma vez que a acomodamos à mesa.

Minha querida mãe, que, apesar da fadiga crônica, da dor e do sofrimento, sempre se preocupava genuinamente com o que acontecia em nossos dias. Cujo amor pelas flores se infiltrara em nossa rotina noturna.

Mamãe se mudara para Abbington quando eu tinha perto de um ano. Eu nunca conheci meu pai, mas Powell estava disposto a se casar com ela e a me assumir como filha. Eles tiveram Ryder menos de um ano depois, e Leigh dali a sete anos. Era raro, em nosso vilarejo tradicional, ser uma mulher com três crianças, dentre as quais uma tinha o pai diferente dos outros. Contudo, ela nunca deixava palavras desagradáveis enevoarem o brilho que ela emanava diariamente. E sempre tinha trabalhado incansavelmente para nos dar um teto, encher nossa barriga e nos proporcionar mais risadas e amor por dia do que a maioria das crianças teriam numa vida inteira.

– Minha rosa foi salvar o dedo do sr. Doyle da amputação – falei.

Leigh fez som de nojo. Não falei do meu espinho. Se elas ainda não tivessem notado, não seria eu a contar que nosso irmão não nos escrevia havia um ano.

– A minha foi quando Jace me contou...

– Jace é o garoto que a Leigh acha bonitinho – interrompi, com um aceno conspiratório para minha mãe. Ela retribuiu com uma piscadela dramática, e Leigh fechou a cara para nós duas.

– A prima dele é mensageira do exército e transporta os planos do rei Gareth para os generais em locais que nem os corvos sabem chegar – disse Leigh. – Essa prima disse para ele que viu um homem alado na capital de Ônix.

Ela arregalou os olhos azuis como o mar.

Olhei para minha mãe, chocada pelo absurdo, mas ela apenas assentiu com educação. Eu tentei fazer o mesmo. Não deveríamos zombar tanto de Leigh.

– Que curioso. Você acreditou? – perguntou minha mãe, apoiando a cabeça na mão, pensativa.

Leigh refletiu enquanto eu tomava o ensopado.

– Não acredito, não – disse ela, por fim. – Acho que ainda é possível que as fadas estejam vivas, mas isso é mais provável que seja algum tipo de bruxaria. Não é?

– É – concordei, mesmo sabendo que não era o caso.

As fadas tinham sido completamente extintas havia anos – isso se um dia tivessem mesmo existido. Mas eu não queria estourar aquela bolha de imaginação.

Sorri para Leigh.

– Entendi por que você está tão apaixonada pelo Jace. Ele sabe de todas as boas fofocas.

Minha mãe refreou um sorriso. Lá ia eu, zombando de novo. Era força do hábito.

Leigh franziu a testa e começou a discursar que *obviamente* não sentia *nada* romântico por aquele garoto. Eu sorri, conhecendo muito bem aquela encenação.

Histórias como a da prima de Jace circulavam de tempos em tempos por toda a região. Especialmente em relação a Willowridge, a misteriosa capital do Reino de Ônix. Na noite anterior à partida de Halden, ele me dissera que, segundo os rumores, a cidade era repleta de todo tipo de criatura monstruosa. Dragões, goblins, ogros... Eu sabia que ele estava tentando me assustar, na esperança de que eu me aninhasse na segurança de seus braços e permitisse que ele me protegesse do que havia além dos limites de nosso reino.

Entretanto, eu não tinha sentido medo algum. Sabia como acabavam histórias como aquelas. Homens engrandecidos a cada vez que a história era contada e recontada, distorcidos ao longo do tempo em feras horrendas cheias de poderes desconhecidos e capazes de torturas inimagináveis. Na realidade, eram apenas... homens. Cruéis, ambiciosos, corruptos e devassos, mas *homens*. Nada mais, nada menos e nada pior do que aquele que tinha morado na minha casa. Meu padrasto tinha sido mais vil e cruel do que qualquer monstro da ficção.

Eu não sabia se essa verdade teria aumentado ou diminuído o medo de Halden no dia em que ele e Ryder partiram para a guerra. Certamente não me ajudaria caso eu e Leigh fôssemos forçadas a nos juntar à batalha.

Na verdade, nosso rei Gareth fazia o melhor que podia, mas Ônix tinha um exército muito superior, armas melhores, aliados mais fortes, e, sem dúvida, inúmeras outras vantagens que eu desconhecia completamente. Eu poderia jurar que Ônix não estava ganhando a guerra devido a algum malvadão que espreitava noite adentro.

O suspiro da minha mãe me tirou dos pensamentos sobre criaturas cruéis e aladas e me fez voltar para nossa cozinha quente de madeira. Os últimos resquícios da luz do dia se derramavam pelo ambiente, e as chamas dançantes da lareira jogavam sombras em seu rosto macilento.

— Minha rosa é este ensopado, e minhas duas lindas meninas sentadas na minha frente. Minha gentil e responsável Arwen — disse ela, e se virou para Leigh — minha corajosa e ousada Leigh.

O sangue gelou em minhas veias. Eu sabia o que ela diria a seguir.

— E meu espinho é meu filho, de quem sinto tanta saudade. Mas faz um ano que não temos notícias dele. Acho... — suspirou. — Acho que é hora de aceitarmos que ele...

— Está bem — interrompi. — Ryder está bem. Nem imagino como deve ser difícil mandar uma carta nas condições em que ele se encontra.

— Arwen — começou minha mãe, com a voz calorosa e reconfortante, uma gentileza que me dava calafrios.

— Imagina como deve ser tentar mandar uma carta da selva para uma cidadezinha que nem a nossa? — fui falando por cima dela. — Ou, ou... de uma floresta? Do meio do mar? Quem sabe onde ele está?

Eu estava começando a perder o controle.

– Também fico triste, Arwen – disse Leigh, sua voz fraca insuportável aos meus ouvidos. – Mas acho que a mamãe talvez esteja certa.

– É saudável falarmos disso – disse mamãe, pegando minha mão. – Da saudade que sentimos, da dificuldade que será continuar sem ele.

Mordi o lábio; as expressões sérias das duas me partindo ao meio. Eu sabia que estavam certas. Mas falar em voz alta...

Por mais suave que fosse o toque, desvencilhei a mão e me virei para a janela, deixando a brisa noturna atingir meu rosto e fechando os olhos diante da sensação de frescor.

Meus pulmões se encheram do ar crepuscular.

Eu não podia tornar aquilo ainda mais difícil para elas.

Envolvi a tigela com as mãos para parar de tremer e me virei para a família que me restava.

– É verdade. É improvável que...

O som ensurdecedor da porta de casa sendo escancarada fez a tigela pular das minhas mãos e se estilhaçar no chão. O ensopado cor de laranja respingou por todo canto, como sangue derramado. Eu me virei e vi minha mãe, boquiaberta de choque. Diante de nós, arfante, ensanguentado e recostado na porta para sustentar o braço torcido, estava meu irmão, Ryder.

2

Por um momento, ninguém se mexeu, até que nos mexemos todas de uma vez.

Eu me levantei de um pulo, com o coração na boca e o sangue pulsando nos ouvidos. A dor de Ryder era evidente em seu rosto, e minha mãe se atirou nele com os olhos transbordando de lágrimas. Leigh correu para fechar a porta enquanto eu os ajudava a chegar à mesa.

Um alívio profundo e devastador percorreu meu corpo. Eu mal suportava aquela onda de emoção.

Ele estava vivo.

Engoli uma inspiração profunda e estudei meu irmão. O cabelo aloirado e curto; os olhos azul-claros que lembravam estrelas; a silhueta magricela e rígida. Ele parecia deslocado em nossa casinha – muito sujo e magro.

Leigh afastou nossas tigelas e se sentou em cima da mesa, bem de frente para ele. Os olhos de Ryder brilhavam de alegria, mas outra coisa faiscava ali. Algo mais sombrio.

Esperei o choque se dissipar, mas meu coração continuava a bater tão rápido que parecia que a minhas costelas sacolejavam.

— Olha como você está grande! — Ryder disse a Leigh, ainda apertando o próprio braço.

Ataduras. Ele precisava de ataduras.

Revirei as gavetas até encontrá-las e aproveitei para pegar uma manta e água.

— Aqui — falei e o embrulhei rapidamente com a manta tricotada, enquanto lhe dava um beijo na cabeça, com o cuidado de evitar o ombro.

— O que aconteceu com você? Por que voltou antes dos outros? — perguntava Leigh, frenética. — Arwen, o que houve com ele? O que está acontecendo? Mãe?

Nossa mãe não disse nada. Lágrimas silenciosas escorriam por seu rosto. Ryder pegou a mão dela.

Leigh estava certa. Por mais maravilhosa que fosse a volta dele, havia algo de errado. Para ele voltar daquele jeito, sem batalhão, sem desfile...

Sem contar aquela ferida sangrenta.

Talvez ele tivesse desertado.

— Calma — disse Ryder, rouco. — E falem baixo.

— Leigh está certa — me forcei a dizer. — Como você voltou? O que aconteceu?

Ele não respondeu, então rasquei o tecido ensanguentado da túnica que ele usava e usei como torniquete para a ferida no braço. Era um rasgo fundo e irregular, do qual jorravam riachos de sangue carmim. Assim que toquei sua pele, um arrepio conhecido se espalhou pelas minhas mãos, se estendendo para fechar a carne machucada.

Fechar a ferida ajudou a nós dois. Me acalmou e baixou os meus batimentos cardíacos. Depois de amarrar bem o braço com ataduras, comecei a tentar encaixar seu ombro deslocado.

Ryder fechou os olhos e fez uma careta.

— Estou bem. Estou com minha família. É só isso que importa.

Ele se esticou para beijar a testa de Leigh e de nossa mãe. Leigh, ao menos, teve a presença necessária para fingir nojo e limpar o beijo.

Minha mãe ainda segurava a mão saudável dele, mas seus dedos estavam brancos de tanta força.

— Ry — falei, impaciente. — Não é só o que importa. Cadê os outros soldados? E por que você está sangrando?

Ryder engoliu em seco e encontrou meu olhar.

— Há algumas semanas — disse, em voz baixa —, nossa tropa deu de cara com um batalhão de Ônix no território de Âmbar. Ouvimos que eles tinham perdido contingente e supusemos que seria uma vitória fácil. Nós nos aproximamos com cuidado do acampamento, mas... — Ele interrompeu a frase, rouco. — Era uma armadilha. Eles sabiam da nossa chegada. Todos os meus companheiros morreram, e eu quase não escapei com vida.

Algo horrendo me ocorreu, e fiquei enjoada ao perceber que tinha demorado tanto tempo para pensar naquilo.

— Halden? — perguntei com a voz quase inaudível. Meu estômago virou chumbo.

— Não! Não, Arwen — disse Ryder, de olhar sofrido. — Ele não estava na nossa tropa. Eu... Para ser sincero, não o vejo nem sei dele faz meses. — Ele olhou para baixo, franzindo a testa. — Achei que não fosse escapar...

Com um último estalo, encaixei o ombro dele.

– *Aaaai*! Merda! – gritou ele, apertando o ombro.

– Que boca suja – disse minha mãe, por hábito, apesar de ainda estar muito chocada para se irritar de verdade.

Ryder mexeu o braço em círculos hesitantes, testando o movimento. Aproveitando a sensação do ombro consertado, ele se levantou, alto e magrelo em nossa casinha, e andou em círculos na nossa frente. Sentindo uma certa fraqueza, me larguei numa cadeira.

– Eu me escondi atrás de um carvalho. Achei que fossem os últimos momentos da minha vida, que a qualquer segundo eles iriam me encontrar e me dilacerar. Eu tinha perdido os meus homens. Estava ferido. Era o fim... Até que percebi, enquanto me despedia do mundo, que toda a tropa de Ônix tinha ido embora. Não tinham nem me notado.

Eu o observei atentamente. Havia alegria demais em seus olhos. Não era apenas o alívio de voltar para casa, mas outra coisa. Um incômodo pesado tomou minha barriga.

– Então comecei a recuar e tropecei, literalmente, em um saco de moedas maior que a minha cabeça. Moedas de Ônix.

Ele parou e nos olhou, mas acho que nenhuma de nós sequer respirava. Meu irmão, tão destemido e inconsequente.

Rezei para ele não ter feito o que eu temia.

– Devem ter perdido depois da batalha. Então peguei o saco e voltei para cá correndo. Não parei de correr por um dia e meio.

Malditas Pedras.

– Ah, não, Ryder – suspirei.

As chamas da lareira, já minguando em brasas, cobriam o ambiente de sombras em movimento.

– O rei vai mandar matar você – sussurrou minha mãe. – Por abandonar seu batalhão.

– Não importa.

– Por que não? – perguntei, quase sem conseguir falar.

Ele suspirou.

– Estava a poucas horas de Abbington quando fui notado por outro pelotão de Ônix. Eles devem ter visto as cores de Ônix, ou desconfiado de mim, sei lá, e me seguiram. E...

– E você trouxe todos eles até aqui? – perguntou Leigh, cuja voz subiu uma oitava.

– Xiu! – sussurrou ele. – Falem baixo, tá? Não vão encontrar a gente se vocês fizerem o que eu pedir, mas tem que ser rápido.

Eu me virei para espiar pela janela. Nem sabia quem – ou o que – procurava.

– Por que não? – perguntei. – Onde estaremos?

O olhar de Ryder se iluminou.

– No Reino de Granada.

Eu me afundei na cadeira. Ia vomitar.

Ryder percebeu o horror em nossos rostos, porque se sentou e tentou argumentar outra vez, agora com mais vigor:

– Eu tenho visto o que está acontecendo por aí. É pior do que a gente imaginava. Nosso reino está desmoronando com a guerra. Não vamos ganhar – disse ele, e inspirou fundo, fazendo tremer a mandíbula. – Os boatos são verdadeiros. Nossa desvantagem é horrível. As mulheres vão ser convocadas também, e logo. Arwen... você e Leigh... vocês não vão escapar – continuou, e se virou para nossa mãe, voltando a pegar a mão dela. – E, mãe, você vai ficar sozinha aqui. Nem quero pensar como ficará Abbington depois disso. Entregue a desordeiros e sua saúde...

Ele parou de falar e me olhou. Eu sabia o que queria dizer.

Dei um jeito de controlar minha náusea.

– Granada é longe o suficiente para sairmos da confusão, mas perto o suficiente para chegarmos de barco. Podemos começar uma nova vida por lá – continuou ele, olhando enfaticamente para nossa mãe, para Leigh, e para mim. – Juntos. Em um lugar seguro, longe dessa guerra que só vai piorar.

– Mas não temos um barco.

A voz hesitante da minha mãe me surpreendeu. Eu teria dito "Você está fora de si".

– Encontrei dinheiro de Ônix suficiente para comprar passagens para nós quatro hoje mesmo. Mas precisamos sair agora, direto para o porto. Chegaremos em Granada em poucos dias. Mas, mãe, a gente precisa ir rápido.

– Por quê? – sussurrou Leigh.

– Porque o pelotão de Ônix deve estar chegando. Aqui não é mais seguro.

O silêncio tomou conta do cômodo, exceto pelo vento que fazia farfalhar os galhos pela janela aberta atrás de mim. Eu não conseguia olhar para minha mãe nem para Leigh, já que os meus pensamentos estavam tão mareados quanto meu estômago.

As opções eram óbvias: ficar ali e ver Ryder morrer de tanto apanhar de soldados furiosos em nossa própria casa, e provavelmente morrer pelas mãos deles em seguida, ou fazer as malas com todos nossos pertences e atravessar o mar até uma terra desconhecida para recomeçar. De todo modo, não havia garantia de segurança nem de sobrevivência.

A esperança, porém, era traiçoeira.

A mera fagulha da ideia de que nossa vida poderia ir além daquela que tínhamos em Abbington – que Leigh e eu poderíamos escapar do exército, continuar a cuidar de nossa mãe, talvez até encontrar mais ajuda para tratar dela, talvez até mesmo remédios melhores – bastou para me forçar a me levantar.

Eu não queria sair de Abbington. O mundo fora dela era tão desconhecido e tão vasto.

Mas não podia deixar minha família ver o turbilhão de terror que se formara dentro de mim.

Era tudo pelo que eu estava lutando: cuidar da minha família. Ser forte para protegê-la. Aquela era minha oportunidade.

– Temos que ir.

Leigh, Ryder e minha mãe me olharam com a mesma expressão de surpresa, como se tivessem ensaiado.

Ryder foi o primeiro a se recompor.

– Obrigado, Arwen – falou, antes de se virar para Leigh e nossa mãe. – Ela está certa, e tem que ser agora mesmo.

– Tem certeza? – minha mãe perguntou a Ryder, a voz um pouco mais alta que um sussurro.

– Sim – respondi por ele, embora não tivesse certeza alguma.

Foi o que bastou para que a minha mãe e Leigh começassem a jogar túnicas e livros de modo desordenado em baús pequenos. Ryder foi atrás delas, e o braço dolorido não o impediu de agarrar tudo que encontrasse pela frente.

Era um luxo, argumentei comigo mesma. Uma benção. Se mais alguém que restara em Abbington tivesse dinheiro para o trajeto, ou um lugar aonde ir, já teria partido anos antes.

Saí correndo para recolher um pouco de comida da nossa hortinha para a viagem e me despedir dos animais. Leigh já estava lá, chorando junto a nossa vaca, Sino, e a nosso cavalo, Casco, ambos nomes que ela escolhera aos três anos. Ela era muito próxima deles, e os alimentava pela manhã e pela noite. Sino, em especial, tinha um vínculo com Leigh que nem imaginávamos romper, nem mesmo por fome desesperada.

Os soluços abafados de Leigh ecoavam pelo curral, e meu coração começou a doer de verdade. Até senti um peso surpreendente no peito ao me aproximar da vaca malhada e do corcel caramelo: seus rostos carinhosos também tinham sido uma presença constante na minha vida e não conseguia imaginar acordar e não os ver. Fiz carinho nos dois e senti seu hálito quente no meu rosto, em contraste com o ar fresco da noite.

— Temos que ir — falei para Leigh, afastando o rosto do lombo quente de Casco. — Vá buscar a bolsa do remédio da mamãe. Eu amarro os animais. Nora vai cuidar deles, juro.

Leigh fez que sim e secou o nariz com a manga de algodão claro.

Pensei em Nora. Será que ela precisaria da minha ajuda na enfermaria? Ela era uma mulher dura, mas eu sentiria saudades. De certo modo, ela era minha única amiga.

Lágrimas arderam nos meus olhos — pelos meus bichos, pelo meu trabalho, pela vida modesta que eu tivera ali em Abbington. Apesar de todos os pensamentos distraídos desejando novas experiências, naquele momento, ao ter a oportunidade de algo a mais, eu sentia apenas medo.

Percebi, com mais uma pontada profunda de tristeza, que provavelmente nunca mais veria Halden. Se ele voltasse em segurança, como nos encontraria em Granada?

Eu nem poderia deixar um recado para ele, alertando de nossa decisão, pois os soldados de Ônix o encontrariam.

Jamais saberia o que poderia ter acontecido entre nós nem se eu teria conseguido amá-lo. Pensar nisso me entristeceu mais um pouco. Eu estava muito agradecida por Ryder ter voltado vivo para casa, mas não imaginava que, por isso, teria de me despedir de tantas coisas naquela noite.

Eu não queria ir embora. Não podia me conter — era muita mudança.

Ao sairmos, dei uma última olhada em nossa casinha. Parecia excepcionalmente vazia. Que loucura pensar que apenas duas horas antes estávamos jantando ensopado, como em uma noite qualquer. E que, de repente, estávamos fugindo para um reino estrangeiro.

Fechei a porta ao sair, e Leigh ajudou nossa mãe a caminhar pela trilha de terra. As docas ficavam na cidade vizinha, e a caminhada seria longa para ela. Fui andando ao lado de Ryder, que ainda mancava. Sabia que era melhor nem oferecer ajuda.

— Não acredito em você — sussurrei.

— Eu sei.

Ele olhou para trás. Também olhei, com o coração pulando no peito, mas não havia ninguém ali.

O sol se punha lindamente atrás das montanhas, e o céu rosa e roxo estava salpicado de nuvens. Um único pio de coruja ecoou pelas árvores agitadas.

— Quer dizer — continuei —, você foi para a guerra, nos deixou sozinhas por quase dois anos. Aí volta para casa, desmontado que nem uma boneca quebrada, com riquezas roubadas suficientes para recomeçar a vida em outro reino. Quem é você? Um herói das lendas?

– Arwen – ele parou e se virou para mim –, sei que você está com medo.

Eu tentei protestar, mas ele prosseguiu.

– Eu também estou. Mas vi a oportunidade e aproveitei. Não quero passar o resto da vida lutando por Âmbar, assim como você não quer passar o resto da vida morando aqui. Isso vai mudar nossas vidas. Pode ser a chance de curar a mamãe. Ou de uma infância melhor para Leigh. É a decisão certa – continuou ele e apertou minha mão. – Voltei para cuidar de nós. Não precisa se preocupar.

Assenti, apesar de naquele momento perceber como meu irmão me conhecia pouco. Eu teria passado o resto da vida ali com prazer. Talvez "prazer" não fosse a palavra certa, mas ao menos estaria viva.

Continuamos a caminhar, a luz do poente sumindo atrás das montanhas e nos banhando em azuis empoeirados. Sombras se estendiam pela estrada de terra, e eu encolhia e me virava a cada som, cada ruído atrás de mim, apesar de nunca ver ninguém.

Eu estava observando atentamente uns arbustos, buscando a fonte do que eu jurava serem passos, quando Leigh ficou rígida e se virou para nós, assustada.

– O que foi? – sussurrei, protegendo minha irmã com o corpo.

– A bolsa – cochichou ela, revirando, horrorizada, a bolsinha de lona.

– Como assim? – perguntei, mas meu coração já tinha parado de bater.

Ela olhou para nossa mãe.

– Os frascos estão vazios. – Lágrimas escorreram por seu rosto e ela começou a voltar para casa. – O remédio... temos que buscar.

Um calafrio horripilante me percorreu.

Eu não tinha posto o remédio nos frascos da bolsa. Tinha feito a infusão, preparado o jantar, Ryder tinha voltado para casa...

Na comoção, eu tinha pedido para Leigh pegar a bolsa, mas em nenhum momento tinha chegado a enchê-la.

Meu coração acelerou tanto que eu podia ouvi-lo bater.

– A culpa é minha – arfei. – Preciso voltar correndo para buscar. Serei rápida.

– Não – disse minha mãe, com a voz mais severa que eu jamais a ouvira usar. – É arriscado demais. Quem sabe por quanto tempo eles seguiram seu irmão. Vou ficar bem.

– Mãe, você precisa do remédio. Arwen é rápida – disse Ryder, e se virou para mim. – Corra, senão vamos perder o barco.

Porém, eu sabia o que ele queria dizer de verdade: que eu poderia esbarrar nos soldados que o perseguiam. Leigh chorava intensamente, mas tentava, corajosa, disfarçar os soluços.

– Já volto, e encontro vocês nas docas. Juro.

Saí correndo, sem esperar para ouvir protestos.

Não acreditava na minha burrice.

Depois de toda a pressão que eu me impusera para cuidar da minha família, para seguir o exemplo de Ryder. Para não sentir tanto medo.

Subi correndo a estrada de terra, passando por casas repletas de famílias que se davam boa noite e apagavam a lareira. A lua subia no céu, e a luz fraca do entardecer fora trocada pelo azul da noite.

Meu erro tinha uma única vantagem. A corrida de volta para casa me permitia um momento de solidão muito necessário. A calma envolveu minha mente ansiosa. Meu coração entrou no ritmo. Os meus passos também. *Tum, tum, tum.* Quando cheguei em casa, já me sentia melhor.

Eu me escondi por um momento atrás de uma macieira, mas não vi soldado, cavalo, nem carroça perto da casa. Nenhum ruído, nem luz lá de dentro.

Sino e Casco estavam calmos, ambos pastando tranquilamente.

Suspirei, e o suor da corrida esfriou meu rosto.

Talvez Ryder estivesse enganado e nem o tivessem seguido. Ou, o que era mais provável, tivessem desistido de caçar um único ladrão.

Eu via, finalmente, que daria tudo certo.

Se ficássemos juntos, enfrentaríamos a jornada. Eu tinha certeza.

Abri a porta com um rangido suave, e dei de cara com onze soldados de Ônix, banhados em sombra, sentados ao redor da mesa da minha cozinha.

3

—Pelo jeito, alguém saiu daqui com muita pressa.
A voz áspera arranhou minha coluna como uma faca sem corte. Ela vinha do homem ameaçador refestelado na minha frente, com as botas enlameadas apoiadas na mesa que Ryder esculpira com tanto esforço muitos verões atrás.

Fui dominada por um pavor tão esmagador que mal conseguia pensar. Minha boca estava seca demais para engolir. Não perdi um momento sequer analisando o resto da cena diante de mim – dei meia-volta e me preparei para correr. Porém um soldado jovem de rosto marcado de varíola me puxou com facilidade pelo cabelo.

A dor no couro cabeludo me fez gritar.

A porta bateu atrás de mim, os soldados me arrastaram para dentro da casa e então um cheiro metálico de sangue atingiu as minhas narinas. Vasculhei a casa com os olhos – num canto, sangrando no nosso piso de madeira, vi um homem careca em um uniforme de Ônix que mal lhe cabia, nitidamente apertado no seu corpo largo. Uma ferida aberta quase cortava seu tronco ao meio, e dois soldados impassíveis tentavam estancá-la com um pano, sem sucesso. O soldado corpulento gemia de agonia, e o poder nos meus dedos repuxava de vontade de ajudar, apesar de suas crenças e das cores que defendia.

Tentei não pensar no tipo de tropa que, mesmo perto de perder um homem, continuava a arrombar casas e a agarrar moças pelos cabelos como se não fosse nada de mais, apenas para recuperar uma bolsa de dinheiro.

Os soldados estavam todos vestidos com armaduras de couro preto, algumas incluindo ornamentos prateados. Alguns usavam capacetes escuros que lembravam caveiras ocas e ameaçadoras cintilando à luz das velas ainda bruxuleantes da cozinha. Outros não usavam capacete algum, e só olhar para os rostos frios e ensanguentados tornava tudo mais assustador.

Nenhum dos soldados parecia incomodado com a cena grotesca que se desenrolava no canto. Eles eram muito diferentes dos soldados de Âmbar e faziam nossos homens parecerem garotinhos – o que, sinceramente, era verdade. Aqueles guerreiros perigosos e brutais não tinham sido convocados para uma guerra, mas treinados uma vida inteira para matar e apenas matar.

O que mais eu esperava? O perverso rei de Ônix era conhecido por sua crueldade, e seu exército fora criado à sua própria imagem.

– Como você se chama, mocinha? – perguntou o mesmo soldado que falara comigo.

Era um dos homens cuja armadura de couro possuía pequenos adornos de prata pregados. Não usava capacete, tinha os olhos pequenos e o rosto quadrado, sem uma única linha de expressão que indicasse ter sorrido alguma vez na vida.

Reconheci imediatamente que tipo de homem ele era.

Não pela aparência, mas pelo esgar, pela confiança fria. Pela raiva que fervilhava em seus olhos.

Eu tinha crescido com um homem daqueles.

Expirei, trêmula.

– Arwen Valondale. E você?

Os homens riram, emanando ondas de desdém e piedade cruel. Por instinto, me encolhi.

– Pode me chamar de tenente Bert – disse ele, torcendo a boca. – Como vai?

Alguns riram ainda mais, encorajados pelo líder. Outros ficaram quietos. Entediados. Segurei a língua. Havia algo neles que não sabia descrever. Pareciam emanar poder. Tremi, e os meus joelhos começaram a chacoalhar em um ritmo descompassado. Não era de surpreender que aqueles monstros tivessem matado os colegas de Ryder sem esforço. Em silêncio, agradeci às Pedras por ele ter escapado com vida.

– Vou direto ao ponto, o que é mais do que alguns dos meus camaradas fariam por você. Seguimos um rapaz até esta casa. Ele roubou muito dinheiro de nós, e queremos nossa fortuna de volta. Se você nos contar onde ele está, matamos você bem rápido. Que tal?

Tensionei os joelhos e refreei um gemido involuntário.

– Não conheço o homem que mora aqui – declarei, e engoli em seco, procurando na memória qualquer prova na casa que me conectasse a Ryder. – Vim apenas pegar leite. Vi que a casa tinha uma vaca.

Ele sorriu para mim com o olhar morto e fez sinal para o homem de rosto marcado que ainda segurava minha trança entre as mãos.

– Pode matar, então. Ela não tem serventia para nós.

O soldado atrás de mim hesitou por um segundo, mas logo foi me arrastando para a porta.

— Espere! — supliquei.

O soldado parou de chofre e me olhou. Apenas gelo queimava em seus olhos castanho-escuros.

Eu tinha que pensar muito rápido.

— Aquele seu soldado — falei diretamente para Bert — vai morrer em minutos se não for tratado.

Bert soltou uma gargalhada molhada.

— De onde você tirou essa ideia? Talvez por causa dos intestinos pendurados?

— Eu sou curandeira — falei, forçando uma falsa coragem. — Estão enfaixando tudo errado. Ele vai ter um sepse.

Era verdade. O homem estava sofrendo convulsões, e rios vermelhos brotavam do abdômen, encharcando a madeira da minha casa.

Bert abanou a cabeça.

— Acho que nem gente como você pode salvar aquele homem.

Ele estava enganado.

— Me deixe tentar, em troca da minha vida.

Bert mordeu a bochecha por dentro. Eu orei para todas as Pedras para que aquele homem grande, parrudo e moribundo tivesse algum valor.

Passaram-se minutos.

Vidas inteiras.

— Saiam todos — finalmente ordenou Bert para o restante dos homens.

Soltei um suspiro demorado, e o outro homem largou meu cabelo. Massageei minha cabeça, que estava dolorida e sensível. Era o menor dos meus problemas.

Os soldados foram saindo, um a um, arrastando os pés. Até os dois que cuidavam do homem ferido se levantaram sem questionar e saíram porta afora, inexpressivos, para me deixar a sós com Bert e o paciente deitado no chão. O tenente tirou os pés da mesa e se levantou com um suspiro. Estalou o pescoço, aparentemente exausto pelo desenrolar dos acontecimentos, e fez sinal para eu me aproximar do moribundo.

O movimento das minhas pernas era como o de chumbo na água até eu me ajoelhar ao lado dele. O cheiro do remédio da minha mãe zombava de mim, ainda na infusão, a poucos metros. Bert pairava logo acima.

— Teria sido uma pena mesmo — disse Bert, se ajoelhando até se aproximar mais do que eu gostaria do meu rosto. — Uma mocinha tão doce, tão meiga. Morrer tão rápido. Antes de ser bem aproveitada.

Ele cheirava a cerveja. Eu me encolhi, o que apenas aumentou o seu prazer.
– Conserte ele, e veremos quão generoso estou hoje.
Então me virei para o homem ferido, cujo rosto era uma máscara de temor. Eu podia entender.
– Está tudo bem, senhor.
Duas costelas tinham sido quebradas em um ângulo estranho, e a pele da caixa torácica estava dilacerada, esmigalhada, como se algo o tivesse rasgado inteiro. Não era lesão de espada nem de flecha, e não havia queimaduras que indicassem estilhaços ou bala de canhão.
– O que aconteceu? – murmurei, sem pensar.
O Corpulento tentou falar – um som rouco e horrendo –, mas Bert o interrompeu.
– Há coisas mais medonhas do que eu por aí, mocinha. Coisas que você nem imagina.
Senti ódio da voz dele, que soava como o tilintar de uma garrafa vazia de gim, e daquele olhar que rastejava pelo meu corpo, fitando meu peito sem pudor.
– Preciso de álcool e de um pano limpo. Posso andar pela casa? Ver o que encontro?
Bert abanou a cabeça em negativa, com um brilho nos olhos.
– Acha que sou bobo? – ele tirou da bota um cantil e o estendeu para mim. – Aqui está o álcool. E pode usar sua túnica. Me parece bem limpa.
Com tranquilidade fingida, peguei o cantil das mãos dele, dos dedos cobertos de sujeira seca, e olhei para o soldado ferido.
Eu tinha escondido meu poder a vida inteira. Nunca deixava ninguém ver exatamente o que eu sabia fazer. Mamãe já me dissera, muitos anos antes do início da guerra, que sempre haveria quem tentasse se aproveitar do meu dom. Com a chegada dela, e tantas pessoas sofrendo o tempo inteiro, minha habilidade era ainda mais valiosa.
Não seria possível curar aquele homem sem usar a minha habilidade. Ele morreria em uma hora, talvez menos. E não daria para usar meu poder sem que Bert notasse. Mesmo se fingisse um encanto, o meu poder não se assemelhava à magia das bruxas. Não havia vento terroso, nem estática. Ele apenas fluía dos meus dedos.
Mesmo que Bert *não* estivesse ali, me olhando com malícia, se aquele soldado corpulento se levantasse e saísse andando depois de uma ferida daquelas, eu não poderia alegar que o crédito era das minhas excelentes habilidades cirúrgicas.
Um calafrio furioso percorreu o meu corpo diante daquela escolha.

Mas não se tratava exatamente de uma escolha: não podia deixar aquele homem morrer nem deixar que me matassem.

Então me preparei.

– Vai doer – avisei ao Corpulento.

Ele assentiu, resignado, e eu derramei a bebida em seu ferimento sangrento e nas minhas mãos. Ele gemeu de dor, mas ficou parado.

Em seguida, apoiei minhas mãos no peito dele e respirei fundo.

Murmurando enquanto os meus sentidos pulsavam e tateavam o soldado, senti os órgãos se fecharem, o sangue correr mais devagar e o coração bater mais tranquilo. O tecido da pele se costurou sozinho, tecendo carne nova e fresca que florescia sob minhas mãos.

Meu coração também desacelerou, a adrenalina foi esfriando nas veias e a tensão relaxando na barriga. Abri os olhos trêmulos e encontrei o olhar do Corpulento. Ele estava estupefato, vendo o próprio corpo se recompor como um brinquedo quebrado. Sua respiração voltou a um ritmo menos assustador, e o corte se transformou em uma cicatriz feia, rosa e irregular no abdômen.

Suspirei e fechei os olhos pelo tempo necessário para criar coragem. Ele precisava apenas de uma atadura, e eu não deixaria o tenente nojento me humilhar. Com um gesto ágil, tirei a túnica por cima da cabeça, expondo a combinação fina e sem manga por baixo. Tentei ignorar o olhar ardente de Bert recaindo sobre os meus seios.

Enfaixei a ferida do Corpulento com a minha blusa e amarrei bem.

Bert se levantou atrás de mim e caminhou pela cozinha, refletindo. Estava decidindo o meu destino.

Eu mal conseguia respirar. Nunca tinha sentido um medo como aquele. Um medo que fazia tremer o maxilar, as mãos, todos ossos.

– Obrigado, tenente – disse o Corpulento, mas Bert ainda estava perdido em pensamentos.

O Corpulento voltou para mim o olhar fraco.

– E obrigado, moça – acrescentou.

Eu acenei imperceptivelmente com a cabeça.

– Como você fez isso? É bruxa?

Balancei a cabeça em negativa.

– Como está se sentindo? – perguntei, em voz tão baixa que nem tive certeza de estar falando.

– Bem mais distante da morte.

– Certo – interrompeu Bert, seco. – Vamos achar o rapaz. E levaremos a garota também.

Não, não, não, não...

Eu não conseguia falar, nem respirar – o terror me inundava, fazendo meu coração bater tão rápido que quase vomitei no soldado diante de mim.

Não podia deixar eles encontrarem a minha família. Bert não podia chegar nem perto de Leigh. Lancei um olhar de súplica desesperada para o Corpulento, que teve a decência de fazer uma expressão ainda mais sofrida do que quando estava morrendo.

Entretanto, dois soldados já estavam voltando para carregá-lo.

Olhei ao redor da cozinha. Bert tinha saído.

Se eu fosse fugir, aquela era a minha única chance.

Com o sangue zunindo nos ouvidos, me levantei de um pulo e corri para os quartos. A chance de conseguir escapar pela janela era maior do que pela porta, por conta dos homens encouraçados que esperavam lá fora. Os dois soldados gritaram comigo, urros graves que ecoaram através dos meus ossos e dentes – mas continuei a avançar, me esquivando de um braço atrás do outro. Dei a volta na lareira, passei pela mesa da cozinha e escancarei a porta do quarto da minha mãe.

Ali estava a janela.

Bem acima da cama e dos lençóis amarrotados de minha mãe. Tudo cheirava a ela: sálvia, suor e gengibre.

Eu estava perto.

Tão perto.

Mas também estava exausta. Depois das curas recentes – o sr. Doyle, o ombro de Ryder e o abdômen inteiro do Corpulento –, eu estava tonta e fadigada, as pernas e os braços fracos, a respiração irregular. Forcei os músculos como pude, apesar da visão embaçada, meus dedos por fim, *por fim*, roçando as cortinas quadriculadas da janela...

Até que uma mão calejada apertou o meu ombro e me puxou com uma força imensurável que me fez colidir contra um peito.

Não. *Não.*

– Ela é rápida, hein? – Comentou ele com o soldado ofegante de quem eu escapara por pouco perto da lareira.

– Pelas Pedras, se é! – Arfou o outro, de mãos nos joelhos.

Um grito escapou da minha garganta – furioso, desesperado, carregado de medo.

– Já basta – ordenou o soldado, cobrindo a minha boca e o meu nariz com a mão imunda.

Eu não conseguia *respirar.*

Comecei a me debater em desespero, e ele soltou o meu rosto para me segurar pelos braços com as duas mãos.

– Não me obrigue a te nocautear, mocinha. Não quero, mas vou, se for para te fazer calar a boca...

Mordi a língua com tanta força que doeu.

Eu precisava me conter. Precisava...

Os dois soldados me levaram para fora, onde o restante dos homens de Ônix estava reunido, todos a cavalo. *Malditas Pedras*, até os cavalos eram apavorantes. De puro preto, com crinas desgrenhadas e soltas e olhos sem pupilas.

Não tive coragem de olhar para o local em que Sino e Casco ficavam. Não queria saber se aqueles homens cruéis os tinham deixado vivos. Pensei em Leigh e na mamãe. No que veriam se voltassem para me procurar. O sangue no chão...

Eu me desvencilhei do soldado, arquejando e chutando.

– Basta, mocinha. Você já se divertiu, então chega.

O soldado me apertou junto ao corpo até eu parar de me mexer. Ele era tão grande, tão mais forte...

E eu estava tão cansada, tão assustada, tão congelada...

Não podia deixar que perseguissem Ryder, mamãe, Leigh...

Desviei o rosto do soldado que me segurava e gritei para Bert, montado em um dos cavalos sombrios como a madrugada.

– Deixe a minha família em paz, e eu vou de bom grado com vocês.

Bert riu, e um som horrendo ecoou pela noite.

– Até parece que tenho medo de brigar com você. Espera só até o rei te ver. – O sorriso bruto brilhou por entre os raios de luar filtrados pelas árvores, expondo os dentes amarelados dele. – Além do mais, achei que você não conhecesse o moleque.

Meu estômago ameaçou se esvaziar todinho no chão.

– Ele é meu irmão. Dinheiro vocês têm de sobra, mas e quanto a curandeiros? Ir de bom grado significa que posso ajudar vocês. Curar você e os seus homens. Dinheiro roubado faz isso?

Bert não respondeu, e os soldados se viraram para ele, cheios de expectativa. O silêncio me encorajou.

– Se forem atrás deles, nunca vou trabalhar para vocês. Podem me torturar, me matar... Não farei nada por vocês se eles sofrerem.

Eu não sabia se estava blefando ou não.

– Está bem.

E foi tudo o que ele disse.

Foi tão abrupto que eu quase esqueci de sentir alívio.

Antes de eu entender o que estava acontecendo, o soldado que me segurava atou os meus punhos à minha frente. O sisal que usou arranhou e queimou minha pele, e então a minha respiração começou a entrar em um ritmo estranho e brusco.

Não gostava de me sentir presa.

De cabeça e peito atordoados, estava tão em choque que nem consegui chorar. Eu estava deixando Abbington, mas não a caminho de Granada, com a minha família.

Mas a caminho de Ônix.

Sozinha.

O reino mais perigoso do continente inteiro. Levada por uma horda dos homens mais fatais que eu jamais encontrara.

Eu me perguntei se o rei sabia daquele dinheiro perdido. Dificilmente. Parecia uma missão pessoal, orquestrada por um tenente ganancioso, que voltaria com uma nova curandeira e se gabaria da conquista.

Algo ácido me subiu pela garganta.

O soldado foi me puxando atrás dele conforme a caravana letal seguia noite afora, alguns a cavalo, outros a pé. Eu só conseguia me aferrar à certeza de que a minha família estaria segura. Eles tinham dinheiro suficiente para construir uma nova vida, linda e segura, e era tudo que eu poderia desejar. Eles mereciam.

Estremeci de novo ao pensar na enormidade daquilo a que me entregara. Nos horrores a que Bert aludira. Era provável que eu fosse estuprada, torturada ou morta, se não as três coisas. Pelo amor das Pedras Sagradas, o que eu tinha feito?

O ar fresco da noite tomou o meu corpo de assalto, e eu lembrei que estava pouco vestida. Corei, mas, com as mãos atadas, não conseguia nem me cobrir.

Fazia horas que caminhávamos em silêncio. Ao som de qualquer arquejo ou comentário errante dos homens, o meu estômago apertava com a certeza de que eles tinham afinal decidido me matar. Vez ou outra, alguns soldados falavam entre si, e eu me esforçava para escutar, mas, de modo geral, eles viajavam quietos e concentrados, como feras bem treinadas.

Já não reconhecia o caminho, as árvores e galhos começaram a me parecer todos iguais. Também tinha desistido de me perguntar se eles planejavam armar acampamento para passar a noite. Tinha visto alguns mapas ao longo da vida, em especial quando era mais nova e ainda estudava, e, pelo que me lembrava, Ônix ficava no extremo mais oposto do continente, sem atravessar o Mar Mineral. Só dava para concluir que passaríamos meses viajando, e os meus pés protestaram ao pensar nisso.

Aqueles homens não tinham equipamento, acampamento, carruagem. Como sobreviveram? Como *eu* sobreviveria?

Eles nem pareciam cansados. Eram mesmo de outra espécie.

O soldado que me atara começou a me arrastar quando a fadiga me dominou. Eu já estava mentalmente esgotada, e o esgotamento físico viria em seguida. Quando tropecei em galhos espalhados pelo chão, ele me olhou com pena ou nojo. Era difícil ver por atrás do capacete de osso e aço.

– Logo – foi tudo o que ele disse.

Só me fez sentir pior.

Quando achei que meu corpo estava a minutos de desabar, chegamos a uma clareira. Já devia ter passado muito da meia-noite. O trecho de terra e palha estava coberto por uma leve névoa noturna, e eu precisei forçar a vista para enxergar o caminho. Pés, tornozelos e panturrilhas reclamavam a cada movimento, tão doloridos que mesmo ficar parada incomodava. Os homens pararam de andar e se entreolharam, com expectativa, antes que eu escutasse alguma coisa.

Como o ribombar de um tambor grave ou o quebrar das ondas em um mar turbulento, um som trovejante atravessou a noite. Eu me assustei e procurei na clareira o monstro responsável por tal ruído, mas não vi nada entre as árvores. Os baques ficaram mais altos, em um ritmo ensurdecedor, reverberando no meu crânio.

O vento girava ao nosso redor, soprando pó no meu cabelo e no meu rosto. Com as mãos atadas, só podia fechar os olhos com força e escutar, com um medo incontido, o ruído ficando mais alto. Fiquei quase agradecida por estar cercada por aqueles homens que mais pareciam armas. Não que a primeira intenção de ninguém fosse me salvar, mas, com eles, eu tinha mais chances de sobreviver ao que quer que fosse aquela coisa.

O chão tremeu quando a criatura pousou na grama diante de nós, levantando nuvens de terra ao meu redor. Tossi, o tremor reverberando pelos meus joelhos e tornozelos enfraquecidos. A mistura de abeto e cedro na mata fez arder meu nariz. Quando a poeira baixou, abri os olhos.

Diante de mim se erguia o animal mais aterrorizante que eu já vira.

Não era um animal, era uma fera. Um monstro...

Um dragão imenso, inteiramente preto, coberto por escamas pontudas e reluzentes. Mais aterrorizante, primitivo e poderoso do que qualquer coisa que eu seria capaz de conjurar a partir de um livro ou de uma história infantil. Ele abriu as asas enormes, que lembravam as de um morcego, com garras prateadas nas pontas, e expôs a barriga prateada e cintilante. Uma cauda preta e farpada balançava com lentidão, se arrastando na terra.

O tenente se aproximou da fera sem medo e, para minha completa surpresa, pareceu *falar* com a criatura colossal.

Fiquei boquiaberta.

Então não era um monstro, mas um... bicho de estimação. O reino de Ônix tinha dragões de estimação?

Olhei para os outros homens, e nenhum deles parecia assustado. Nem mesmo surpresos. Na verdade, subiram com tranquilidade no dorso da criatura, grande o bastante para dar espaço para o dobro de gente, se fosse necessário.

Quando o soldado me puxou, soltei um gemido e finquei os pés no chão. Nem percebi o que fazia – queria ser uma garota corajosa do tipo que sobe em dragão, mas, infelizmente, os acontecimentos da noite tinham drenado toda a minha reserva de bravura. Ele me arrastou, apesar de eu protestar, até que eu parasse diante da pata direita aberta. As quatro unhas afiadas estavam manchadas de um tom de vermelho-ferrugem que eu estava pronta para fingir não ser sangue.

Tentei me forçar a olhar para outro lugar.

– Não se preocupe. A fera não vai te machucar – disse o Corpulento, esparramado no dorso do dragão e apertando a ferida com a mão.

Assenti, mas senti um gosto ácido na boca.

O soldado desamarrou as minhas mãos para eu subir.

– Nem tente dar uma de espertinha, garota.

Eu estava exausta demais para correr.

– Não tenho nem como.

Senti as escamas frias e lisas do dragão sob as minhas mãos, e eu me impulsionei para subir, vendo melhor seu olho reptiliano de um laranja flamejante dentro de um círculo cinza. O dragão desviou o olhar na minha direção e pareceu suavizar bem de leve. Ele piscou uma vez e inclinou um pouco a cabeça. O gesto simples foi tão inofensivo, tão desconcertante, que relaxei um pouco.

Depois de me sentar, massageei os pulsos doloridos, esfolados e ensanguentados por causa da fricção do sisal. Acabei olhando para o dorso da criatura, na área da cauda, onde um embrulho de juta encolhido estava manchado de vermelho. Uma única bota Ônix escapava do tecido.

O incômodo retorceu o meu estômago.

Havia um cadáver conosco naquela fera.

Olhei de novo para o Corpulento. Algo terrível tinha acontecido naquela noite. Entre a ferida do Corpulento, o sangue nas garras do dragão e o cadáver a bordo se desenrolava uma história que eu não tinha a menor vontade de desvendar.

Tentei ficar agradecida por, pelo menos, nada ter perfurado o meu peito. Por enquanto.

Assim que todos os soldados se acomodaram, mal tive um momento para olhar a minha cidade – minha vida inteira – antes da fera disparar pelo ar. Perdi o fôlego inteiramente quando subimos, voando. O ar era rarefeito e gelado, e os meus olhos ficaram marejados quando a noite fria me fustigou o rosto. Eu me agarrei às escamas estriadas da criatura com todas as forças, e esperei não a machucar com aquele aperto.

O vento fazia os meus olhos arderem, então desviei o rosto do céu e me voltei para os soldados. Eles pareciam à vontade, alguns relaxados nas asas abertas do dragão, outros com o braço envolvendo uma escama pontuda. O meu olhar pousou em Bert, e notei que ele me observava com atenção. Não era um olhar apenas sexual, apesar de haver lascívia ali. Era como se ele penetrasse a minha alma. Como se estivesse hipnotizado. Um calafrio furioso me percorreu – ele tinha visto os meus poderes. E aquilo me deixava mais exposta do que a minha combinação.

Eu me encolhi e desviei o olhar de seu rosto torpe.

Subimos mais e mais, acima das nuvens. Dali de cima, meu mundo parecia ainda menor do que eu imaginava. Pelo jeito era assim que soldados de Ônix percorriam o continente com tanta facilidade. Eu me perguntei como não tinham alcançado o meu irmão mais rápido. Pensar nele e no resto da minha família me deu um aperto no peito.

Nunca mais os veria.

Tensionei o maxilar, rangendo os dentes. Eu não podia sucumbir.

Precisava me conter até a oportunidade certa surgir, e aí então me permitiria desmoronar por completo.

Era um momento era muito apropriado para aquele otimismo todo que diziam que eu tinha de sobra.

Mas acho que não havia como ver algo de positivo em ser levada como prisioneira para um território inimigo voando no lombo de um dragão imenso e chifrudo. Olhei para a terra lá embaixo, envolta pela escuridão, e vi a única vida que conhecera desaparecer de vista.

4

*U*ma cinta estalou nas minhas costas, rapidamente substituído pelas minhas mãos, no fundo de uma ferida sangrenta e aberta no peito. Um olho laranja e brilhante me perscrutou, enxergando minha alma. Um poder indescritível formigou nos meus dedos, nos meus ossos, nos recantos da memória...

Acordei de sobressalto.

A escuridão ao redor me desorientou. Eu quase distinguia os formatos orgânicos das folhas, dos troncos e das videiras, mas estava tudo recoberto por tons de azul e preto, mal iluminado pelo luar. Os corpos ao meu redor se moviam um a um, e de repente me lembrei de onde estava e do que tinha acontecido. A desorientação se transformou em uma onda de pavor crescente. O horror me revirou o estômago, tensionou o meu rosto, os meus ossos...

O Corpulento, que se movia em ritmo regular e lento, chocando seus comparsas, me empurrou para a frente, e eu desmontei da fera com os meus membros se movendo antes que eu conseguisse dar o comando a eles.

Sem perceber, toquei o pescoço comprido da criatura e me equilibrei, com as pernas trêmulas. Os seus olhos peculiares se viraram para mim, e eu consegui forçar um sorriso fraco. *Não me coma*, foi tudo que pensei. Tive a impressão vaga e diluída de estar, provavelmente, sob efeito de choque.

Foi só então que percebi o frio insuportável. Fazia muito mais frio ali, no norte, e o meu corpo se encheu de arrepios enquanto eu perdia a sensibilidade na boca e no nariz.

O restante dos soldados avançava na escuridão, sem se interessem pela garota recém-capturada. Talvez fosse uma pequena clemência. O Corpulento enroscou o sisal nos meus braços, e eu fiz uma careta quando a pele ferida voltou a ser machucada.

O som de trovão me assustou, e eu me virei a tempo de ver a criatura disparar ao céu, jogando terra nos meus olhos. Quando voltei a abri-los, já não enxergava mais o dragão na escuridão acima de mim. Desaparecendo tão rápido quanto surgira, era como se ele tivesse sido fruto da minha imaginação.

Tirando o fato de que eu jamais conseguiria criar algo tão perturbador.

Olhei para o rastro da fera, para a textura escura da noite, da floresta e das árvores.

Meu único meio de voltar para casa se fora.

O Corpulento me puxou e os meus pulsos arderam em resposta. Ainda assim, avancei, arrastando um pé atrás do outro, seguindo Bert e o Corpulento, e, mais à frente, os dois soldados que carregavam o cadáver embrulhado.

Nos feixes de luar, eu via apenas árvores retorcidas e plantas verdejantes e altas que chegavam na altura dos meus joelhos enquanto eu avançava pesadamente.

Ficou óbvio que não estávamos em Willowridge, a capital de Ônix. Não havia cidade, nem vida, nem som. Apenas uma espécie de floresta. O cheiro de musgo úmido, lilás e gardênia tomou conta do meu nariz. Era diferente das florestas que conheci – nada de especiarias doces, abóboras, a podridão das folhas caídas. Eu conhecia apenas florestas de um marrom e dourado infinito ou completamente sem folhas. Aquele território úmido e enevoado era diferente de tudo o que já tinha visto ou sentido. Repleto de carvalhos e pinheiros, frio, floral, fresco. Por um único momento absurdo, quase esqueci onde estava e como tinha ido parar ali.

Aos poucos, meus olhos se ajustaram à noite. Demos a volta em um salgueiro grandioso e nodoso e, ao longe, se ergueu um castelo de pedra imponente, cercado por um campo repleto de centenas de barracas iluminadas. Era uma cacofonia das cores da guerra, como um punhado de joias aleatórias. Cada uma de um tamanho e formato, enfileiradas e amontoadas como toalhas de piquenique em um dia de verão, sobrepostas e desordenadas.

O que... o que era aquilo?

Avançamos mais e, por fim, escutei algo além do ruído de passos na terra – o som de gente e de música.

Uma onda de pavor me inundou.

Era mais do que um castelo ou uma fortaleza; mais parecia uma cidadela. Uma aldeia cercada.

O forte era cingido de todos os lados pelo bosque denso que tínhamos atravessado – não havia como entrar ou sair sem passar por aquelas árvores, videiras e raízes assombradas. Não havia sinal de vida em direção alguma além da mata. Eu me maldisse internamente por adormecer no caminho.

Ver aquilo de cima teria sido útil. Porém o esgotamento da adrenalina da ansiedade e do uso dos meus poderes era um sedativo contra o qual eu não podia lutar.

Vastos portões de ferro surgiram através do labirinto de árvores e se abriram, rangendo, quando nos aproximamos. Deixei o Corpulento me puxar para dentro, meu olhar fixo na terra ampla e no castelo diante de mim.

– Seja bem-vinda à Fortaleza das Sombras, mocinha – disse Bert, antes de tomar a dianteira do grupo.

Estremeci.

Enquanto andávamos pela trilha que cortava a aglomeração de barracas de lona dentro dos muros do castelo, reparei oficinas de ferreiro, panelas e armaduras penduradas. Foi então que entendi: aquele devia ser o posto avançado militar de Ônix. Ao nos aproximarmos, notei algumas pequenas choupanas e casebres, à esquerda, e estábulos, à direita.

A maioria dos soldados devia estar dormindo, mas alguns tocavam alaúde e bebiam perto das fogueiras crepitantes. Alguns olharam para o cadáver carregado atrás de nós, ou para minha silhueta seminua, mas todos desviaram o olhar do tenente.

Eu tremi na noite congelante e tentei me abraçar, até me lembrar que estava amarrada.

A ânsia de voltar à minha família era a pior dor que eu já sentira, muito pior do que qualquer surra de Powell. Brotava de dentro de mim, ameaçando me derrubar a qualquer momento.

Se eu caísse, o que eles fariam? Será que me arrastariam pelo chão enquanto eu soluçava?

Sim. Era exatamente o que aconteceria.

Quase engasguei de desespero. Queria estar em qualquer lugar que não fosse aquele. Qualquer um.

Fui arrastando os pés pela terra e pelo cascalho, meus tornozelos cobertos por uma camada fina de pó, enquanto o Corpulento me puxava com força. Foi então que meu olhar foi atraído pelo castelo.

Era diferente de tudo que eu já vira.

Era a fortaleza mais horripilante, perturbadora e, de algum modo, impressionante que eu poderia imaginar.

O forte, todo de pedra, era um feito de arquitetura gótica com torres altíssimas e pilares rochosos poderosos. Vitrais cintilavam nas sombras, retratando cenas assombrosas de guerra e brutalidade que contrastavam de maneira gritante com o calor que irradiava de dentro. A luz interna jogava sombras nas esquadrias, se movendo como espectros fluidos. O exterior, onde se viam algumas tochas pretas e grandes e estandartes com o brasão de Ônix, apenas confirmou a minha impressão de que aquela era a base militar do reino.

Chegamos às portas enormes de madeira, e eu me enrijeci, rangendo os dentes. O Corpulento me puxou outra vez, e os meus pulsos queimaram de dor, o que me fez soltar um gemido estranho.

Bert me olhou com um brilho de prazer pervertido.

– Venha, mocinha, você pode ficar comigo esta noite.

O horror embaçou minha visão.

Não conseguia pensar em nada a dizer para me salvar.

– Tenente, acho que o comandante Griffin desejava nos receber quando voltássemos. Que tal eu jogar a garota na masmorra por enquanto? – sugeriu o Corpulento.

Bert fitou o soldado e, irritado, concordou com um aceno brusco.

Soltei um leve suspiro de alívio. Não sabia se o Corpulento queria me ajudar ou se tinha sido pura sorte, mas, quando Bert seguiu na direção do castelo, senti o maior alívio do dia. O Corpulento me puxou para longe da porta, e passamos por mais guardas até atravessar um portão que levava a uma escadaria de paralelepípedos em espiral, pela qual descemos.

O medo despertou outra vez no meu peito e a minha boca secou.

– Não, não... – implorei, resistindo na direção oposta à das sombras do subsolo, mas o Corpulento nem pareceu me escutar.

Ou se importar.

Lá dentro, a masmorra era escura, mofada e fedia a água suja e imundície humana. O som incessante e lento de líquido gotejando ecoava pela escada. Lamparinas iluminavam um corredor cheio de celas de ferro. O meu coração foi à boca.

– Não, espere – supliquei de novo. – Não posso entrar aí.

O Corpulento me olhou, curioso.

– Não vou te machucar. É só um lugar para você descansar até o tenente decidir o que fazer.

Tentei controlar a minha respiração.

– Não posso ficar trancada. Por favor. Onde ficam os curandeiros?

O Corpulento bufou e me empurrou pela escada vertiginosa. Os meus pulmões estavam entrando em colapso e, quando chegamos ao fim da escada, eu mal conseguia respirar.

Ele foi me puxando pelo labirinto de celas. Os urros e assobios dos prisioneiros de boca suja se uniam aos batimentos trovejantes do meu coração em uma sinfonia vulgar. Em vão, tentei me cobrir.

O Corpulento escancarou a porta de uma cela e me jogou lá dentro, arrebentando a corda nos meus pulsos. Eu tropecei, me segurando com as mãos no chão de pedra sujo e áspero. O lugar era ainda menor do que parecia. Eu me virei, voltando correndo à grade de ferro.

– Espere! – berrei, mas ele já tinha trancado a cela e saído pelo corredor.

Solucei e me encolhi no canto, afundando e abraçando os meus joelhos. Estava tonta, respirando em arquejos irregulares e desiguais. Tentei me lembrar do que a minha mãe me ensinara muitos anos antes, quando eu entrava em pânico, mas minha cabeça estava uma bagunça.

Talvez fosse a hora de desmoronar.

Como aquilo tinha acontecido? Tentei relembrar as ocorrências da noite, mas a dor de cabeça só piorou. Então cedi às lágrimas que eu represara aquelas horas todas. Elas irromperam de mim, escorrendo pelo meu rosto, salpicando o chão. Meus uivos eram altos e engasgados, como o choro de uma criança.

Eu queria ser mais parecida com Ryder. Só o vi chorar duas vezes, na vida toda. A primeira, aos quinze anos, quando ele caiu do telhado e quebrou o joelho. A segunda, quando o pai dele, Powell, morreu, já fazia sete anos.

O meu padrasto morreu de derrame, e Ryder soluçou por dias quando minha mãe nos contou. O pai era o seu melhor amigo, e Powell idolatrava o único filho homem. Powell e eu, porém, nunca tivéramos um relacionamento desse tipo. Eu não sabia se o ódio dele era por que eu não era sua filha legítima, ou por que eu não era forte como Ryder, mas, qualquer que fosse a razão, ele tinha um desprezo tão grande por mim que me chocava ninguém mais reparar.

Diferente de Ryder, eu chorava o tempo inteiro. Chorava quando Leigh me fazia rir demais. Chorava quando via a dor da minha mãe. Chorava ao fim de um ótimo livro ou ao escutar uma linda harmonia. Chorava ao perder um paciente na enfermaria. Chorava quando estava sobrecarregada. Era a característica menos corajosa: ser tão sensível, medrosa e chorona.

Deixei as lágrimas caírem livremente.

Solucei pela minha família, que eu nunca voltaria a ver. Pela minha decisão estúpida e impulsiva de trocar a minha vida pela deles. Eu não estava arrependida, mas odiava que aquilo tivesse acontecido. Que eu não tivesse pensado em nada mais inteligente. Chorei pelo meu futuro ali, que eu sabia que seria dolorido, no melhor dos casos, e curto, no pior. Tentei me preparar para uma variedade de tormentos, o que apenas fez a minha imaginação correr solta. E se simplesmente nunca me tirassem daquela cela, e eu passasse a eternidade presa?

Um grito inconfundível de dor desesperada de um homem ecoou pelas paredes da masmorra. Olhei as celas pelas quais fora arrastada, mas quase todos os outros prisioneiros estavam dormindo.

O grito por socorro – *alguém aí, por favor* – soou outra vez. Talvez houvesse algum local ali perto para a tortura.

Cobri as orelhas com as mãos, fazendo força, mas não consegui abafar o choro e as súplicas. Parecia que ele estava sendo dilacerado.

Engoli ar e engasguei, o pânico voltando com toda a força.

Estava sufocando.

Talvez estivesse morrendo. A minha mente era um embate de medo rastejante e energia frenética, os pensamentos pulando de um lado para o outro sem que eu tivesse tempo de segurá-los. Estava tonta e ofegante, me retesando contra o chão sujo.

Eu estava morrendo, era isso.

Precisava sair daquele lugar. *Imediatamente.*

O que a minha mãe me mandara fazer? Por que eu não lembrava? Eram... *Três coisas.*

Era assim que ela chamava o método. Encontrar e me concentrar em três coisas que sabia nomear. Eu ia conseguir.

Um: teias de aranha. Vi teias de aranha e bolor no teto baixo da cela. Cheirava a mofo e a ar úmido e abafado.

Inspirei fundo.

Dois: lamparinas. Algumas lamparinas fracas e bruxuleantes estavam iluminando a área além da cela. Não sentia o calor das chamas, mas os feixes tênues de luz jogavam sombras no chão molhado e sujo.

Três... Olhei ao redor do pequeno espaço e vi dois baldes, um vazio, e outro cheio d'água. *Três:* Baldes. Duvidava que os baldes estivessem limpos, mas me levantei rápido e molhei o rosto. A água congelante me deixou sem fôlego, mas o choque ajudou a me acalmar um pouco. Então me agachei e respirei um pouco melhor.

– *Malditas Pedras.*

Apoiei a cabeça entre os joelhos.

– Que bocuda você, hein? – ronronou uma voz, ao mesmo tempo um trovão e uma carícia, através das barras de ferro ao meu lado.

Levantei a cabeça. Em meio ao terror por ter sido jogada na cela, não tinha percebido que havia outro prisioneiro na cela imediatamente ao lado; estávamos separados apenas por aquela grade de metal enferrujado.

Corei. Uma pessoa tinha assistido de perto o momento mais horrivelmente desesperador da minha vida. Considerando os gritos contínuos da pessoa torturada na outra ala da masmorra, também era provável que aquele momento tivesse sido um dos meus últimos.

– Desculpa – murmurei.

– É que... Foi meio dramático, né? – disse a voz sombria.

Senti um calafrio.

Forcei a vista nas sombras oscilantes, mas não vi nada além da silhueta de alguém recostado na parede.

– Já pedi desculpa, quer mais o quê?

Eu ainda estava tentando recuperar o fôlego.

Imediatamente, me arrependi do tom irritado. Não podia fazer inimizade com o homem ao lado do qual ficaria presa por sabe-se lá quanto tempo. Era bem provável que fosse um ladrão. Ou um assassino.

Ou algo muito, muito pior.

O prisioneiro apenas riu com um som que lembrava pedras rolando montanha abaixo e que reverberou no meu peito.

– Um momento de paz desse seu chororô seria bom.

Era o que eu esperava, mas, ainda assim: que babaca.

Dessa vez, nem disfarcei a cara feia. Não sabia se ele me enxergava naquela escuridão.

– Já acabei – admiti, respirando fundo. – Não é todo dia que a gente é preso. Bom... para você talvez até seja, mas não para mim.

Por favor, me deixe em paz, por favor, me deixe em paz.

– É só que tem gente aqui tentando dormir. Esse seu drama e esse peito arfando não vão mudar a situação – disse ele, com uma pausa. – Apesar do peito arfando ser uma beleza.

Senti o meu estômago revirar.

Falei "babaca"? Quis dizer "escroto". Escroto idiota.

Eu não tinha motivo para brigar com ele e era melhor não irritar aquele idiota – meu instinto de sobrevivência tinha que ser maior. Porém eu tinha passado por pressão demais naquela noite.

Estava totalmente sem paciência.

– Você é nojento – arfei.

– Nossa, pelo jeito tem alguém bem corajosa aí, do outro lado das grades.

– Não tem – admiti. – Só bem honesta.

A conversa era uma distração estranha, mas bem-vinda, da minha ansiedade. Ficar entregue aos meus pensamentos era pior do que quase qualquer coisa.

Os uivos do homem torturado tinham virado gemidos. Torci, pelo bem dele, que desmaiasse logo. Escutei um farfalhar e vi a silhueta na cela ao lado se levantar e se espreguiçar.

Apenas a sombra dele era imponente – pelo menos uns trinta centímetros mais alto do que eu, ou mais, mas a luz fraca escondia suas feições. Ele avançou na direção da grade que nos separava. Lutei contra o instinto de recuar e fugir dele, lembrando que ele não me alcançaria ali dentro. Eu precisava ter alguma coragem. Especialmente se meu futuro fosse aquele.

– Está tentando me assustar?

Eu pretendia soar ousada, mas minha voz saiu baixa e quieta.

– Mais ou menos – sussurrou ele do outro lado da grade.

Meu coração pulou foi parar na boca ao ouvir as palavras dele, a voz suave e tão mortal que encolhi os dedos de medo. Ainda não discernia seu rosto nas sombras, mas via os dentes brancos e afiados brilhando acima de mim sob a luz amarelada da lamparina.

– Bom, mas não conseguiu. Você não me assusta.

Ele riu, mas soou cruel.

– Que passarinha corajosa. Bom saber. Talvez agora eu possa dormir.

Como é que é?

Mas... os meus pensamentos estavam fluindo em um ritmo calmo e regular, se comparados ao caos frenético de antes.

O pânico tinha diminuído.

Inspirei fundo o ar úmido das masmorras para me acalmar e ergui os olhos para o prisioneiro banhado em sombras ao meu lado.

Ele sabia o que fazia ao meu provocar? Não, sem dúvida, mas a distração me impedira de enlouquecer por completo.

Ainda assim, não deixei de fazer cara feia para ele.

– A sua crueldade é meio clichê.

Ele soltou um suspiro (que soou mais como uma risada) e se agachou. Neste momento, a lamparina diante da cela iluminou o seu rosto.

De início, vi apenas os olhos. Penetrantes, acinzentados, tão brilhantes que eram quase prateados. Eles ardiam bem abaixo de sobrancelhas grossas e proeminentes e de cílios obscenamente longos. O cabelo escuro caía casualmente sobre a testa, então ele o afastou do rosto com a mão forte e larga. A mandíbula perfeitamente desenhada. Os lábios carnudos. Francamente, a beleza dele era indecente.

Belo, indecente e fatal.

Um calafrio me percorreu por inteiro.

Senti mais medo então do que sentira aquela noite toda, incluindo o trajeto pelos céus nas costas de um dragão. Porém, apesar do aviso em todas as minhas células, não consegui desviar os olhos.

Ele só me encarava enquanto eu o examinava. Havia um brilho no olhar dele que eu não conseguia parar de olhar. Então ele abriu um sorrisinho, e eu voltei a mim, avermelhada de calor no rosto.

– Por quê? Só porque estou preso?

– Como é?

Tentei desanuviar a mente.

— O clichê, como você disse.
— Sim.
Ergui o queixo. Eu já tinha lido livros o suficiente.
— Um prisioneiro cruel e sombrio. Mais batido impossível.
Ele levou a mão ao peito, fingindo ofensa.
— Essa doeu. Mas eu não posso dizer o mesmo de você?
Torci a boca, e ele sorriu de leve.
Ele estava certo, claro. Porém eu não queria contar minha história trágica – explicar que não era uma criminosa de verdade, como ele – para aquele desconhecido letal, apavorante e profanamente lindo.
Quando ele percebeu que eu não diria nada sobre a minha situação, suspirou.
— Você vai precisar criar coragem, passarinha. Agora está em Ônix. O reino não é só cabelo cor de lama, rostos corados e plantadores de abóbora. Desgraçados como eu são o menor dos seus problemas.
A voz dele trazia um tom cortante que arrancava das palavras todo tom de brincadeira, e eu não consegui conter o calafrio que me desceu pela espinha.
— Como você sabe que eu vim de Âmbar?
Ele me fitou através das grades. Breve e estupidamente, me perguntei qual era a minha aparência aos olhos dele. Presa em uma cela imunda, tremendo, os pés e as pernas à mostra, cobertos de terra, o cabelo desgrenhado, a boca azul de frio. *Argh.* Cruzei os braços ao lembrar a pouca roupa que usava – a combinação fina – e o efeito do frio no meu peito.
Ele tensionou de leve o maxilar.
— O que aconteceu com a sua roupa?
Eu me encolhi sob o seu olhar implacável, corando.
— É uma longa história.
Apesar da expressão calma, seus olhos se escureceram.
— Eu tenho tempo.
A última coisa de que eu precisava era que aquele babaca perigoso soubesse da minha humilhação sob as garras do tenente de Ônix.
— Precisei usar a minha blusa para ajudar uma pessoa. Foi só isso.
Ele assentiu, cético, mas a intensidade se esvaiu dos seus olhos. Eu tremi, uma convulsão sem jeito em resposta ao frio do ambiente.
— Está com frio?
— Estou – admiti. – Você não?
— Devo ter me acostumado.
Queria perguntar quanto tempo ele já estava ali e o motivo da prisão. Porém, eu desconfiava daquele homem estranho e imponente. A presença dele era quase insuportável.

– Toma – ofereceu, tirando o casaco de pele e passando a peça pela grade.
– Não vou aguentar ouvir seus dentes baterem nem mais um minuto sequer. Está me dando nos nervos.

Eu hesitei, mas o instinto de sobrevivência dominou o orgulho. Aceitei o casaco e me cobri num único gesto. A capa tinha cheiro de cedro, uísque e couro aveludado. E era quente. *Tão* quente. Quase gemi quando o calor envolveu meus braços e minhas pernas congeladas.

– Obrigada.

Ele me observava quando fechei os olhos trêmulos, acalmada pelo calor e pelo peso do agasalho. Ainda sentia o olhar dele sobre mim, o que fazia a minha pele pinicar.

Por algum motivo bizarro, não aguentei o silêncio.

– Bem, já parei de chorar. Vou tentar ficar quieta.

No entanto, ele não voltou a se encolher no canto para dormir. Na verdade, esticou uma perna para a frente e passou a mão grande pelo cabelo para afastá-lo do rosto.

– Está tentando se livrar de mim?

– Estou – admiti.

– Me usa para conseguir o casaco e me joga para escanteio. Essas mulheres...

Revirei os olhos, mas sabia bem que não me deixar encantar. Apesar da beleza obscena, aquele homem estava trancafiado nas masmorras de uma fortaleza do reino de Ônix. Eu precisava apenas me equilibrar no fio da navalha entre enfurecê-lo e baixar a guarda.

– É só autopreservação. Você pode ser perigoso.

– Verdade – meditou ele. – Posso ser. Mas se você fosse perigosa, eu nem me incomodaria.

Levantei a sobrancelha, cética, e me embrulhei mais no casaco.

– Como assim?

Ele abriu um sorriso torto e deu de ombros.

– Você é muito atraente. Eu arriscaria e, se você me matasse – ele foi se aproximando um pouco –, bom, seria uma boa morte.

Encostei a boca no ombro para conter a risada.

– Acho que você é um paquerador sem vergonha que passou tempo demais sozinho aqui embaixo. Parece até uma fera que gosta de brincar com a presa.

Ele abanou a cabeça, como que se depreciando, mas o humor sumira de seus olhos. A percepção de que eu poderia tê-lo magoado me causou um calafrio, e me afastei da sua silhueta nas sombras.

– Se eu for uma fera, você também é.

Com um gesto das mãos largas, ele apontou para as celas que nos seguravam.

Por algum motivo, senti lágrimas brotarem e meus olhos. Bastou uma simples lembrança de onde estávamos.

Pedras, como eu era fraca.

– A única coisa que podemos ter em comum é o ódio pelo perverso rei de Ônix, que nos trancou aqui.

– Qual é o problema do nosso rei?

O uso de "nosso" respondeu uma das minhas dúvidas. Ele era mesmo de Ônix. Talvez isso explicasse a aura sombria que emanava.

Tentei segurar a língua. Tentei mesmo. Mas era um tema sensível.

– Além de dizimar um reino inocente em troca de sua pouca riqueza e causar milhares e milhares de mortes de pessoas inocentes? – perguntei. – Ou de treinar os soldados para serem mais brutais, sanguinolentos e violentos do que qualquer outro exército de Evendell? Ou que tal seu famoso amor pela tortura entusiasmada, pela morte sem sentido e pela agressividade implacável?

Parecia que aquela cela não fizera nada bem para os meus bons modos.

Ele curvou a boca em um sorriso.

– Parece que você tem medo dele.

– Tenho. Você também deveria ter. – Balancei a cabeça. – Defender o rei que o acorrentou... Os soldados do rei Ravenwood massacraram toda a tropa do meu irmão. Foi sorte dele escapar vivo.

– Sim, passarinha. Soube que essas coisas acontecem durante a guerra.

– Não seja frio.

– Não seja ingênua.

Contive um resmungo. Mais um tema sensível. Fechei a boca antes das ofensas escaparem. Talvez fosse hora de interromper a corda-bamba mortífera daquela conversa. Recuei ainda mais e me virei para a cela vazia do outro lado.

Ele suspirou atrás de mim, resignado.

– Não deveria esperar que você entendesse, passarinha.

Malditas Pedras.

Eu me virei de volta para a grade, pronta para perguntar por que ele insistia tanto em falar comigo se só queria dormir, mas fui pega de surpresa pelo olhar penetrante dele.

Os olhos, como piscinas infinitas de prata líquida, faiscaram com algo muito mais intenso do que eu esperava.

– Por que você me chama assim?

Não era o que eu pretendia dizer, mas foi o que saiu.

Pela primeira vez, ele hesitou, e a intensidade em seus olhos sumiu tão rápido quanto surgira.

– Não sei, na verdade – disse ele, rindo baixo, e olhou para as próprias botas. – Só achei que combinava. Ele me olhou. – Talvez seja a jaula.

Eu fiz uma cara para expressar *Ah, tá, é isso*, e voltei a fechar os olhos.

– Bom, me diverti muito, mas a não ser que você saiba como sair daqui, vou tentar dormir. Sem dúvida, podemos continuar o papo amanhã e depois de amanhã e pelo resto da eternidade.

Queria soar cortante, mas o fogo da réplica e a energia da discussão tinham se dissolvido. A realidade era desoladora. Eu estava sozinha, exausta e mais assustada do que poderia suportar por muito mais tempo. Não me restava mais nada naquela noite. Talvez no dia seguinte descobrisse um jeito de escapar daquele forte, daquele reino, daquela confusão em que me metera.

Mas, enquanto era noite, só podia me recostar na parede e fechar os olhos. Ao pegar no sono, achei ouvir o desconhecido cochichar com outra pessoa. Eu me esforcei para ficar acordada a escutar, mas estava esgotada demais. O sono me tomou, ágil e inflexível, em meio aos sons abafados de homens discutindo.

5

Acordei dolorida e tensa, porém, ilesa. Um sussurro de sol entrava pela janela alta, mas momentos depois uma nuvem voltou a encobri-lo, e a cela ficou sombria. Tentei imaginar o sol no meu rosto.

Os acontecimentos da véspera me pareciam um sonho delirante e doentio – mas despertar na pedra úmida me despertou como se tivesse levado um tapa na cara. Precisava dar um jeito de escapar dali. Nada de choro. Nada de lágrimas. Então me preparei para o dia que me esperava.

Dominada pela minha curiosidade inconfundível, espreitei a cela da esquerda. Arreguei os olhos e fiquei rígida ao ver que estava... vazia. O homem da noite anterior tinha sumido.

Como eu não tinha ouvido nada? Nada de ruído da grade, nem de soldados escoltando o homem para fora.

Será que a discussão da noite fora entre o desconhecido e um soldado? Não tinha ouvido passos se aproximarem. Tentei enxergar mais longe, pela grade que levava à cela do outro lado da do desconhecido. Tinha alguém ali com quem ele pudesse brigar? Não consegui perceber.

Será que ele tinha fugido? Ou...

O pensamento me fez congelar. Uma execução poderia ser silenciosa. Senti uma pontada no peito ao pensar na silhueta forte e alta pendurada pelo pescoço no portão do castelo. Ou, pior, a cabeça cortada e exposta em uma estaca.

Seguiu-se a imagem da minha cabeça ao lado da dele. Se tivesse acontecido com ele, podia muito bem acontecer comigo... Chacoalhei a cabeça para expulsar as imagens horrendas.

Olhei o teto de pedra cinza e rachada, me preparando para passar o dia presa naquela cela úmida e tentando afastar os pensamentos tenebrosos e o pânico paralisante.

O som de passos no corredor das masmorras chamou a minha atenção. Era o Corpulento, que vinha na minha direção. Tirei o casaco de pele e o enfiei, com as mãos trêmulas, sob o banco à esquerda. Quando ergui o rosto, ele estava abrindo minha cela. A tranca era velha e enferrujada, e ele precisou forçá-la para abrir.

– Bom dia – falou.

Durante a noite, seu rosto tinha recuperado alguma cor. Ele parecia muito mais... vivo do que quando tinha me deixado ali.

Eu recuei o máximo que pude, me encolhendo na parede.

– O que foi?

– Você foi requisitada.

Orei para as Pedras para ter sido requisitada para curar alguém, e não pelo tenente. Tentei me manter positiva. Pelo menos ia sair da cela.

Ele me entregou um vestido preto simples e um pouco de pão marrom-escuro e aromático. Minha barriga roncou em resposta ao cheiro. Para minha surpresa, o Corpulento se virou para me dar privacidade. Enfiei um naco de pão na boca antes de tirar minhas roupas de Âmbar na velocidade da luz e trocar pelo vestido preto, que cheirava a sabonete de lilás.

– Obrigada – falei, já vestida.

O Corpulento se virou de volta, e me avaliou com um olhar gentil. Engoli um pouco do medo e fiz sinal para sua barriga.

– Como você está? – perguntei.

– Melhor do que achei ser possível, graças a você – disse ele, com um sorriso sem jeito. – Eu me chamo Barney. Peço perdão por ontem. Caso interesse saber, eu não queria tirá-la de sua casa.

Não consegui responder algo do tipo: *Tudo bem, Barney, não se preocupe. Acontece.*

– E o que aconteceu com você, afinal? – foi o que perguntei.

Ele abanou a cabeça.

– Você responde primeiro. Que magia foi aquela?

Se ao menos eu soubesse...

Havia um toque de calor nos olhos de Barney. Um leve sorriso apertou minha boca.

– Acho que cada um de nós vai continuar guardando os próprios segredos.

Sair da masmorra pareceu mais rápido do que entrar nela. Segui Barney até o pátio e imediatamente inspirei fundo o ar maravilhoso e fresco da manhã, que cheirava a chuva.

O dia estava nublado e congelante e, mais uma vez, percebi como o norte era frio. O casaco de pele de raposa, presente do desconhecido da masmorra, era muito mais quente do que meu novo vestido preto de lã, com corpete de couro e mangas bufantes antiquadas. A constatação desoladora de que o desconhecido provavelmente não precisaria mais do casaco só me fez tremer ainda mais.

Era bem cedo e o castelo estava quieto. Supus que estivessem todos dormindo, exceto pelos sentinelas responsáveis pela segurança. Atravessei com Barney as grandes portas de ferro do castelo e fui acolhida pelos cheiros e sons de um forte ao despertar. Pão quente no forno da cozinha, chão sendo esfregado com sabão de lavanda e baunilha. Para aquele horário, os moradores estavam trabalhando além do normal para deixar todas as superfícies brilhantes e as janelas reluzentes.

O castelo era arrebatador em sua beleza assombrosa. Como nunca entrara em um castelo, não contive o fascínio. A Fortaleza das Sombras era aterrorizante – lúgubre e gótica, como se fantasmas ocupassem cada canto sombrio e espreitassem atrás de cada alçapão –, mas sua majestade era inegável. A construção complexa e vasta em pedra contrastava com a luz suave que se espalhava pelas janelas distorcidas de vidro colorido. Barney deve ter notado que eu estava maravilhada, porque pareceu caminhar mais devagar de propósito, me dando assim tempo de admirar.

Tapeçarias em azul acinzentado e violeta; cortinas de veludo verde luxuosas; mesas e cadeiras de madeira escura, marcadas por anos de uso. Vasos de mármore contendo as flores mais estranhas que eu já vira adornavam o salão que atravessamos. Eram plantas esguias, de aparência triste. Videiras retorcidas em tons escuros que as distanciavam de tudo o que crescia em Âmbar. Mamãe adoraria conhecê-las.

Se eu um dia a encontrasse para contar.

Subimos com esforço uma escadaria de pedra esculpida que dava a volta no forte, criando vários pequenos nichos à luz de velas, e paramos diante de uma porta no segundo andar, do outro lado da galeria. Uma placa de madeira gasta com os dizeres "Botica & Enfermaria" pendia enviesada na porta.

Um alívio fugaz lançou o meu coração de volta no peito.

Nada de tortura, nem morte imediata. Nem tenente malvado.

Aquilo eu podia fazer.

– Você vai trabalhar aqui. Ficarei na porta de vigia, então não faça nada que exija a presença do tenente – disse como alerta, mas vi na sua expressão também um sinal de súplica. – Levarei você de volta à masmorra no fim do dia.

Assenti, apesar da ideia da grade de ferro da cela se fechando me encher de medo.

Eu teria que deixar o pânico para depois.

Barney pensou por um momento e acrescentou:

– Nosso rei é um homem justo. Se ele não conseguir punir o seu irmão pelo que ele roubou, tomará algo de você em troca. Não dê a ele motivo para tomar mais do que seu trabalho.

– Obrigada, Barney.

Barney fechou a porta atrás de mim, e eu respirei fundo, avaliando a botica.

O cômodo tinha piso de madeira e janelas imensas atrás do balcão, com vista para a vastidão vertiginosa de carvalhos e olmos que cercavam o forte. Faixas de luz entravam, preguiçosas, destacando a poeira que flutuava no ar almiscarado.

O cheiro era de araruta, capim-limão e outros bálsamos – uma mistura doce, perfumada e medicinal que eu achei estranhamente acolhedora. Fileiras e mais fileiras de prateleiras contendo várias ervas e unguentos ocupavam a maior parte do espaço, com alguns poucos cantinhos para os objetos mais bizarros do continente – a maioria eu nunca tinha visto.

Era claro que eu não planejava contar aquilo para ninguém. Precisaria botar à prova o meu talento pavoroso para a mentira se me perguntassem sobre aquelas coisas, senão seria considerada inútil ao castelo. O que fariam, se descobrissem? Me matariam? Voltariam a caçar o meu irmão? Eu duvidava que os soldados de Ônix conseguissem localizar minha família, ainda mais se já tivessem chegado a Granada. Fiz uma careta ao pensar na ironia. Se os homens do rei Ravenwood não conseguissem encontrar minha família, era provável que eu também não encontrasse.

– Oi? Vem cá! – berrou um homem.

Franzi a testa e a tensão me fez cerrar os punhos. Arregacei as mangas do vestido antes de seguir o som, dando a volta no balcão e virando à direita. Lá encontrei uma sala menor, que deveria ser a enfermaria. Sentado em uma maca estreita se encontrava um homem parrudo de bigode grosso e ruivo. Apesar da perna roxa e inchada, ele sorria alegremente.

– Bom dia – disse ele e fez uma careta. – Lindo dia para um machucado, não acha?

Uma leve onda de alívio me tomou. Eu esperava um general ou soldado ameaçador. Alguém como Bert, que eu precisaria curar com rapidez, sob risco de morte.

Ver a perna cheia de hematomas do homem serviu como tônico para o meu coração acelerado e maxilar tenso. Curar, de alguma forma, me acalmava. Era bizarro, mas era o que eu precisava.

– O que está acontecendo aí?

Eu me abaixei para observar. As veias da parte inferior da perna estavam furiosamente inchadas sob a pele.

– Eu saí para recolher lenha para os soldados que fixaram residência dentro dos portões do castelo. Dá para notar, pelas nuvens de hoje, que vai ser uma noite fria daquelas. Passei pelo que devia ser um espinheiro e minha perna agora está parecendo uma berinjela.

Ele fez uma careta quando ergui sua perna e a apoiei no meu colo.

A boa notícia era que se tratava de um simples caso de envenenamento. Era tratável e relativamente simples. A má notícia era que drenar veneno era algo bastante dolorido, e eu temia que nem aquele homem forte poderia suportar a experiência.

Sorri calmamente para ele.

– Posso ajudar, senhor, mas devo alertá-lo de que é muito dolorido.

– Pode me chamar de Owen. Você é a nova curandeira? A última morreu em batalha, a poucos quilômetros daqui. Soube que levou uma flecha no olho.

Owen me olhou com animação, como se fosse uma informação divertida.

– Pois é, sou – falei, torcendo o rosto ao imaginar a cena. – Eu me chamo Arwen.

– Que lindo nome!

Sorri, mesmo sem querer.

Eu estava cansada. Exausta, de verdade. E nem todos os homens bigodudos e fofos do mundo fariam desmoronar a montanha de medo que se erguera no meu peito por estar ali. Contudo, não podia voltar o tempo. Só podia tentar me cuidar, e, para isso, precisava cuidar de Owen e da sua perna roxa. Talvez, se trabalhasse bem o suficiente, conquistasse o direito de dormir em uma cama.

– Certo, Owen. Se segura.

– Faça seu pior – disse ele, com o rosto arredondado de humor.

Owen era um sujeito estranho, mas pelo jeito eu tinha acabado de conhecer a única pessoa decente na fortaleza.

Ele se deitou e eu comecei a trabalhar com os bálsamos e as pinças. Quando ele fechou os olhos para aguentar a dor, puxei o veneno pelos dedos, vendo suas veias ficarem cada vez menos inchadas. Seu rosto ficou vermelho como o bigode de tanto desconforto. Trabalhei rápido e acabei antes de ele me pedir para parar.

– Melhor não botar peso por algumas horas, e beber muita água hoje.

Owen me olhou, incrédulo.

– Que rapidez tremenda, Arwen. Sorte nossa tê-la aqui.

Sorri e o ajudei a sair, mancando, e acenei para Barney pela porta aberta.

Ao voltar, comecei a analisar os livros, documentos, poções e criaturas estranhas em frascos que adornavam as paredes da botica. Devorei toda a nova informação – tantos jeitos de tratar, consertar e curar que eu nunca aprendera com Nora. Talvez algo me desse uma ideia de como fugir. Eu tinha mais liberdade do que esperava como prisioneira e, com isso, vinha a oportunidade; precisava apenas de um ou dois dias para planejar algo que funcionasse.

Após algumas horas, porém, o dia começou a se arrastar na direção do pôr do sol. Os minutos eram horas; as horas, vidas.

A realidade da situação me atingiu na terceira hora, e eu passei o resto do meu tempo ali, condenada na botica, obcecada com aquilo. Não encontrei nada que me fosse útil para escapar, e todas as janelas e portas que via estavam trancadas ou guardadas. Além do mais, era improvável que fosse me livrar da sombra de Barney.

Ainda mais difícil do que fugir do castelo, contudo, seria sobreviver ao bosque que o cercava. E mesmo que eu desse um jeito de superar essa desvantagem, não fazia ideia de como me localizar na enormidade de Ônix. Não tinha talento, força nem educação sobre nada ligado àquele reino. Estava inteiramente despreparada para a vida sem a segurança da minha família. E onde estariam eles? Teriam chegado a Granada? Se sim, a que cidade? A que vilarejo?

Eu me larguei atrás do balcão. Valia a pena lutar pelo meu destino?

Foi então que pensei em Ryder. Na sua força.

Ele era tudo que eu não era. Criativo, enquanto eu era prática; extrovertido, enquanto eu era tímida. Corajoso, carismático, popular e adorado por todos. Eu tinha certeza de que metade das pessoas com quem eu crescera não conseguiria me diferenciar de nenhuma outra garota de cabelo castanho em Âmbar. Mas era um sol, e todos giravam em torno dele, encantados por sua luz. Isso fazia de mim um planeta distante, escondido em um canto solitário do espaço. Ou talvez um meteoro único, tentando, com toda a força, voltar à órbita.

E tinha o principal: ele era inacreditavelmente corajoso.

E eu, não. Eu tinha passado a vida paralisada pelo medo.

Talvez eu pudesse fingir. Fingir que tinha a coragem, o heroísmo e a confiança dele, e ver aonde isso me levaria. Não era ousada por natureza como Ryder, mas também ainda não estava pronta para me entregar e admitir a derrota.

Eu me levantei e fui atrás de alguma coisa que me fosse útil na jornada longa e provavelmente perigosa. Unguentos e ferramentas médicas das gavetas e armários ao redor, um par de tesouras afiadas, algumas plantas comestíveis. Enfiei tudo que consegui nos bolsos da saia. Depois, procurei algo que me desse uma noção de como ou por onde sair dali sem ser pega pelos guardas, mas nada chamou a minha atenção.

Quando o sol se pôs, arrumei o lugar e pensei em como pedir para Barney me deixar andar pelo castelo, para procurar portas, caminhos ou portões menos frequentados. Ao parar para ajeitar um frasco torto em uma estante, quase não vi a massa de cabelo ruivo-fogo que entrou com tudo e trombou comigo. Meu coração pulou de choque e eu tentei me segurar, desajeitada, na prateleira às minhas costas. Nós duas recuperamos alguns objetos caídos que tinham saído do lugar.

– Desculpa! Desculpa. *Ai*, que dia – disse ela, frenética.

O cabelo ondulado, bagunçado e ruivo-vivo emoldurava o rosto de feições delicadas e o nariz sardento. Ela cheirava a cravo e canela, e algo no perfume me parecia familiar e caloroso.

– Tudo bem, eu...

Antes que eu concluísse, a garota animada largou, sem a menor cerimônia, a bolsa no chão e se instalou em uma das poltronas de pele de cordeiro no meio da sala. Ela prendeu o cabelo rebelde com uma pena – um feito único, algo que eu nunca vira – e tirou os sapatos antes de se sentar sobre os pés.

– Meu paizinho esteve aqui e esqueceu a meia. Falei para ele que não estamos mal a ponto de precisar recuperar um único pé de meia, mas você sabe como são os pais.

Não movi um músculo do rosto. Na verdade, eu não sabia.

– Sempre essas histórias de *quem guarda, tem*, coisa e tal – continuou ela –, então eu falei que vinha buscar a meia na volta da biblioteca. Mas aí acabei ficando por lá quase até anoitecer. Acho que todas as pessoas do forte decidiram que é hoje o dia para expandir a mente, ou só pra acabar com a minha vida, sei lá, então cá estou, horas depois do planejado, prestes a perder a primeira peça da primavera, por causa de uma meia ridícula.

Eu deveria estar demostrando o meu espanto, porque ela arregalou os olhos antes de suspirar de leve e rir.

– Desculpa. Eu me chamo Mari. Meu paizinho diz que essa velocidade vem do cabelo ruivo. Pelo jeito faz com que eu seja mais agitada. Você deve ser a Arwen. Ele disse que você é espetacular e tratou dele rápido, sem muita dor. Obrigada.

Ela sorriu para mim com gentileza.

– Ah, pois não. Claro. Ele foi muito simpático – falei, e me debrucei na bancada para pegar a meia em questão. – Aqui está.

Achei que com isso Mari iria embora, mas ela apenas pegou a meia e se instalou mais confortavelmente na poltrona.

Mudei o peso de um pé para o outro, sem jeito. Ela não me parecia ameaçadora, mas eu ainda estava ansiosa. Olhei para trás dela, para Barney, que parecia ter pegado no sono, recostado em uma coluna de granito escuro na galeria com vista para o pátio.

Um guarda-costas e tanto.

– E aí, nova curandeira? – perguntou Mari. – Como você veio parar aqui na Fortaleza das Sombras?

Tal pai, tal filha. Mari e Owen tinham a mesma alegria rosada e contagiante no sorriso, mas a expressão de Mari tinha também uma astúcia que faltava no pai. Ela parecia ter minha idade, e era tão linda que chegava a ser chocante, de um modo meio desvairado e esbaforido. Era intimidador. Parecia capaz de devorar homens no café da manhã. Talvez alguns homens até gostassem disso.

Eu não sabia se deveria contar que era prisioneira. Será que confiariam em mim como curandeira se soubessem que eu era de um reino inimigo? Considerei mentir completamente, mas lembrei o resultado que tinha obtido da última vez. Cerrei os punhos na saia grossa do vestido e me contentei com uma meia-verdade.

– Cheguei aqui ontem, para ocupar a vaga, e não sei muito do lugar.

Esperei que a avidez de Mari me ajudasse. Talvez ela falasse um pouco demais, e eu adquirisse informações úteis para a fuga. Ela só não podia perguntar de onde eu vinha. Eu sabia que não devia contar que era de Âmbar, mas minha falta de experiência no mundo não ajudava para inventar outra resposta.

– Bom, posso te contar tudo que você precisa saber. A maioria das pessoas daqui é bem sem graça e, para ser sincera, não é muito culta. O forte abriga os soldados e as suas famílias, o comandante e os generais do exército, alguns dignatários e nobres, e gente como eu e meu paizinho, que fazem o lugar funcionar. Enfim – continuou, se ajoelhando na poltrona –, eu sempre morei aqui, só uma vez passei um feriado em Willowridge e foi incrível. Lá tem tanta história, tantos livros antigos. Mas a Fortaleza das Sombras é agradável, se você não for de sair muito. Você já deve saber, mas o Bosque das Sombras não é seguro para ninguém, nem para quem, que nem eu, conhece a área de cor. Tem criaturas demais lá para o meu gosto, e olha que sou bem corajosa. Não é para me gabar, mas é que também não sou lá tão modesta.

Ela desviou o olhar por um momento, como que se perguntado se era *mesmo* modesta.

– Onde eu estava mesmo? – perguntou. – Desculpa. Hoje foi um dia daqueles.

Abri um sorriso simpático. Ela era meio encantadora.

– Você dizia que sempre morou aqui?

– Ah, é. Em geral, servem um jantar decente no salão. O ensopado de coelho é o meu preferido, mas o peito bovino também não tem erro. As pessoas são mais discretas, mas são gentis, se você conhecer as pessoas certas, que nem eu. É melhor evitar os comandantes e soldados. Eles já não eram muito simpáticos antes da guerra, e agora vivem com cara de quem comeu e não gostou.

Recomendo especialmente evitar o tenente Bert. Ele é um brutamontes imundo. Meu paizinho acha que alguma coisa horrível deve ter acontecido quando ele era criança, porque ele é pervertido. Mas é puro trauma. Tenho muitos livros sobre o tema, se você tiver curiosidade. E ele está cada vez pior. Desde que o rei Ravenwood chegou, andam todos mais tensos.

Meu estômago de repente pareceu de chumbo.

O rei perverso estava *ali*? No mesmo castelo que eu?

– Você sabe o que ele está fazendo aqui?

Tentei manter a pergunta casual. Certamente era comum que reis deixassem a capital para visitar os postos militares, mas eu temia a consequência para a posição de nosso reino.

Mari franziu a testa.

– Imagino que esteja planejando o próximo ataque a Âmbar. Nosso rei é um general de guerra genial. Não acha? É interessante escolher Âmbar como alvo. Tem vantagens logísticas, sem dúvida. Queria apenas que ele tivesse uma diplomacia melhor. Nenhum rei pode se dar bem se tiver essa reputação de sádico e mulherengo.

Os meus olhos quase saltaram da cara. Eu nunca falaria mal assim do meu rei Gareth, mesmo que ele fosse o filho tonto do nosso antigo e grande rei Tyden, *que as Pedras o tenham*.

– Como assim? – perguntei.

Mari me olhou com estranheza, então tratei de acrescentar:

– Eu cresci em uma cidade muito pequena. Não entendo muito de política.

Era verdade. Uma expressão rápida de decepção enevoou os olhos de Mari, que tinham a cor de caramelo escuro, como se esperasse que a nova conhecida fosse mais informada, mas ela pareceu mudar de ideia ao perceber que poderia me educar.

– Bem, para começo de conversa, ele é meio biscate.

Dessa vez, eu ri, e ela caiu na gargalhada.

– É verdade! Soube que ele já levou metade do reino para a cama, mas não planeja assumir uma rainha. Acho que é porque não quer dividir poder nenhum. Até é inteligente, do ponto de vista político, mas também é bem indiferente. Mas o que eu queria, né? Ele está disposto a fazer qualquer coisa para conseguir o que deseja em uma batalha. Os livros de história já o descrevem como um dos governantes mais ferozes que já comandaram o continente. Ele descarta tenentes como roupas de baixo. Ninguém consegue sustentar uma posição no exército dele por muito tempo, além do comandante Griffin. Ele nunca nem se relacionou muito com os nobres ou os lordes do reino. É só frio e implacável, como eu disse.

Aquilo se encaixava com tudo que eu passara a vida ouvindo do rei Ravenwood. Eu não era ingênua a ponto de pensar que as histórias que contavam em Âmbar sobre o reino de Ônix e os seus soldados não fossem um pouco exageradas, mas ouvir aquilo de alguém do próprio reino apenas confirmava a veracidade da coisa.

Saber que ele estava ali, no forte, apenas tornava mais urgente a minha fuga. Mari me olhou, nitidamente sem saber o que tinha me distraído.

– Desculpa, é que... – hesitei. – É horrível ouvir coisas tão ruins sobre o nosso rei. Isso foi tudo novidade para mim!

Fiz uma careta ao ouvir a surpresa mal fingida na minha voz. Por que eu era tão ruim naquilo?

– Soube que o rei Ravenwood cria dragões, é verdade? – perguntei.

Não queria esbarrar em outra criatura daquelas quando escapasse.

Ela riu.

– Só um. Já vi o bicho uma ou duas vezes, dando voltas no forte pelo céu. Que coisa horrenda – disse Mari, com um calafrio. – Mas tem todo tipo de criatura no bosque. Quimeras, ogros, goblins...

Eu tremi de horror.

Jamais tinha considerado que tais criaturas pudessem existir, não dava a menor credibilidade aos boatos e rumores que se espalhavam pela minha cidade. Uma vez, vira uma presa de basilisco quando um caixeiro-viajante que vendia objetos estranhos visitou nossa região, e tinha imaginado se tratar de um embuste.

– Esses seres existem?

– Você veio mesmo do interior – disse Mari, e levantou a sobrancelha, cética. – Parece até que vai dizer que as salamandras de Granada e os espíritos da neve de Pérola também são lendas.

Tentei não ficar de queixo caído.

– Já passou da hora do jantar – disse Mari, e me ofereceu o braço. – Vamos juntas ver o finzinho dessa peça?

Eu balancei a cabeça em negativa. Considerando o medo que ela tinha do rei Ravenwood, imaginei que ela não fosse querer ser minha amiga se soubesse a verdade: que eu era uma prisioneira e precisava voltar à cela. Além do mais, eu não queria adentrar mais o castelo – se tinha criaturas assim no bosque, o que estaria entre os muros do forte?

Olhei para Barney, que tinha acordado e esperava na porta da botica.

– Desculpa, estou exausta do primeiro dia de trabalho, e preciso dormir.

– Tudo bem – disse ela, com uma expressão passageira de desânimo, e logo se animando. – A gente vai se ver por aí, certamente. Até porque tenho que vir perguntar uma coisa para Dagan amanhã. Se cuida!

Dito isso, ela foi embora.

– Espera, quem é Dagan? – perguntei, chamando por ela, mas ela já tinha avançado pela galeria que levava à escada de pedra.

Minha voz atraiu os olhares enxeridos de um soldado de ombros largos e capacete de caveira e de uma nobre que usava um vestido de renda escura, corpete e joias de ébano e cor violeta.

Merda, merda, *merda*.

Eu me encolhi e me escondi na botica para recuperar o fôlego.

Todo mundo ali me dava medo. Todos emanavam um poder violento e sombrio e intenções cruéis. Como se eu fosse carne, e estivessem todos famintos.

Exceto por Owen, talvez. E sua filha ruiva. E Barney, quem sabe – eu ainda não tinha certeza. Porém, tirando as exceções, o povo de Ônix deveria ser evitado a todo custo.

Esperei a galeria estar vazia para sair da botica. Barney me esperava na porta, como tinha feito durante o dia todo, e me cumprimentou com um sorriso cansado. Eu desci a escada com ele, em silêncio. Retratos lúgubres da realeza de Ônix com rostos pálidos e melancólicos me encaravam entre os candelabros e castiçais de ferro.

Tentei evitar os olhares ameaçadores dos soldados que chegavam ao salão e me conter para não olhar, com tristeza, as famílias que os encontravam no fim do dia para o jantar. Estava desesperada de saudades de Ryder, Leigh e da minha mãe. Eu me perguntei onde eles estariam, e se estavam tão preocupados comigo quanto eu, com eles.

Os corredores iam escurecendo conforme a noite encobria o castelo, e eu precisava encontrar uma saída que não fosse pela porta principal, que vivia guardada. Antes de virarmos o corredor sombreado a caminho da masmorra, vozes sussurradas de trás de uma porta fechada chamaram minha atenção.

Vi um brilho leve de velas emanando por baixo do painel de madeira, e uma leve fresta no batente fazia o som chegar a mim. Aquela porta não estava protegida por guardas – seria outra saída?

Olhei para Barney.

– Posso ver melhor essa pintura, por um instante? – perguntei, apontando o quadro mais próximo da sala misteriosa.

Ao olhar de fato o quadro, fiz uma careta. Era a pintura de um homem nu bastante bem-dotado, com seu... dote na mão.

Barney empalideceu de vergonha.

– Hum... claro.

Fiquei corada, mas agradeci a graça alcançada. Seu desconforto diante do que provavelmente supunha ser o meu interesse sexual na pintura a óleo provavelmente era o que o tinha impedido de recusar.

Eu me aproximei devagar da porta enquanto olhava para o retrato menos fascinante de um homem nu que eu já vira, para o caso de Barney olhar para mim. Estava prestes a pegar a maçaneta quando ouvi uma das vozes, que falava baixo em um tom severo.

— Com todo o respeito, Vossa Majestade, foi isso que me disse da última vez, e agora estamos perdendo homens em um ritmo preocupante. Não consigo treinar soldados na velocidade com que eles desaparecem.

Vossa Majestade? Ele estava falando com...

Outra voz retrucou.

— E, sem o menor respeito, você vai precisar. Não me obrigue a transformar outro dos seus tenentes em exemplo. Você sabe como gosto disso.

Fiquei rígida, o coração martelando o peito.

As palavras tinham sido ditas com calma absoluta. Suaves como seda, mesmo quando abafadas pela parede de pedra.

Rei Ravenwood.

Não podia ser outra pessoa.

— Pode brutalizar quem desejar, mas não nos ajudará a localizar a tempo o que precisamos. Só terei que encontrar novos tenentes.

— Não é para isso que pago você tão generosamente?

— Que tal interromper a busca por uma semana, para termos tempo de...

— Não. Você conhece as palavras da vidente tão bem quanto eu. O tempo está acabando, comandante. Temos menos de um ano.

Uma vidente? O que...

A mão áspera de Barney pegou meu braço, e eu dei um pulo ao sentir o seu toque.

— Já basta. O quadro ainda estará aqui amanhã — disse ele, com a expressão dura e fria.

Seus olhos, porém, brilhavam de preocupação. Será que ele também tinha ouvido a conversa furtiva? Enquanto ele me arrastava dali, o outro homem — o que o rei chamara de comandante — suspirou, e eu ouvi uma cadeira ser empurrada.

— Você já foi mais divertido.

Barney e eu saímos para o ar frio da noite, nos afastando daquela discussão reservada. A última coisa que escutei foi uma risada sombria que me atingiu como uma onda quebrando no peito.

6

Na manhã seguinte, fiquei surpresa quando vi que já havia alguém na botica quando Barney me acompanhou até lá. Observei o homem que lia atrás do balcão: tinha os cabelos grisalhos com alguns fios pretos ainda aparentes, a barba irregular e o porte alto e esguio. Ele me fitou com o olhar severo, e notei que tinha olheiras escuras.

– Você deve ser Arwen.
– Dagan? – perguntei.

Ele respondeu com um aceno seco de cabeça e voltou ao livro.

– Você também trabalha aqui? – perguntei.

Ele me olhou como se eu estivesse atrapalhando. E provavelmente eu estava mesmo.

Senti o meu rosto esquentar com a sensação de estar sendo uma chata.

– Às vezes – murmurou, perdendo o interesse em mim.

Que simpatia. Eu me ocupei arrumando as ervas secas e lendo mais um texto sobre processos curativos.

Tinha passado a noite toda pensando na conversa que escutara. Não conseguia me livrar da sensação de que, se eu fosse mais esperta, poderia usar alguma informação da discussão particular do rei a meu favor, para ajudar em meu plano de fuga. Meu plano muito mal elaborado ou, melhor dizendo, um plano praticamente inexistente.

Tudo que eu tinha entendido era que o rei estava em busca de algo e que o tempo estava acabando...

Não sabia o que pensar da menção a uma vidente. Era mais uma coisa que eu achava ser mera fábula. O poder de ver o futuro, de sentenciar o desejo das Pedras para nós, meros mortais. Era mais do que eu conseguia compreender.

Olhei de relance para Dagan. Ele parecia sempre ter morado em Ônix, considerando a carranca ameaçadora e o conforto atrás do balcão. Talvez pudesse perguntar a ele, bem sutilmente.

– Você... – comecei e engoli em seco, sem jeito. – Sabe se...

– Já volto – disse ele e seguiu para a porta.

Ah. Ótimo.

– Tudo bem – falei, com um suspiro, confusa. – Acho que Mari queria vê-lo hoje – acrescentei, me lembrando da véspera. – Se ela vier enquanto você não estiver, devo dizer que vai voltar?

Dagan pareceu perder mais alguns anos de sua já longa vida naquele instante. Tive a impressão de que ele tolerava bem pouco a energia caótica de Mari.

– Não.

Dito isso, ele partiu.

Mais ou menos uma hora depois, eu já tinha organizado as ervas não apenas por cor e lugar de origem, como também pelo grau de beleza que teriam se fossem homens segundo minha própria percepção (cardamomo claramente ganhava a competição). O tédio era insuportável.

Eu me levantei, entrelacei as mãos, levantei os braços e me estiquei para a frente, para alongar as costas depois de passar tanto tempo curvada mexendo nas folhas secas.

A onda de prazer do alívio foi abruptamente interrompida por um pigarreio rouco.

– Odeio reclamar dessa vista, passarinha, mas temo precisar de assistência.

O meu estômago parecia ter despencado de um penhasco. Eu conhecia aquela voz.

Tratei de me endireitar.

Diante de mim se encontrava o meu alarmantemente belo colega de masmorra. Não estava morto, mas também não estava lá muito longe disso. Ele usava apenas calças, rasgadas na panturrilha de uma perna e cobertas de lama. Os cabelos estavam grudados na testa de tanto suor e sujeira, e ele se apoiava em uma prateleira com o braço.

Era uma péssima hora para reparar, mas ele tinha o peito e o abdômen esculpidos de maneira incrível, reluzentes de suor e salpicados de alguns cachos escuros e finos. Os braços musculosos estavam tensionados e os dentes rangiam com o esforço de se manter de pé. Apesar da nítida dor, ele abriu um sorriso confiante, ao mesmo tempo charmoso e irritante. E com certeza tinha notado que eu estava embasbacada.

Tentei desviar o olhar – como uma *dama* –, até que vi que ele pressionava a mão com firmeza no lado direito do tronco. Sangue grudento escorria entre os dedos e pelas costelas, se acumulando no quadril e no cós da calça.

Corri até ele, mas achei melhor não passar o braço ao redor de seu corpo imenso – mesmo ferido, ele conseguiria me esmagar com uma só mão se quisesse –, então apenas o conduzi com leveza até a maca da enfermaria e fechei a porta com força. O corpo dele era como aço gelado sob as minhas mãos. A falta de calor irradiando me preocupou. Ele estava frio e úmido demais.

Tinha perdido muito sangue.

O desconhecido fechou os olhos e grunhiu de dor.

– O que aconteceu? – perguntei, enchendo uma tigela de água morna e antisséptico.

Como ele tinha saído da cela e vagado pelo castelo? Com guardas para todo lado, por todos cantos e corredores?

– Só uma coisinha de nada. Está tudo bem.

A ansiedade me arrepiou como se aranhas andassem pelo meu pescoço.

– Pode me mostrar?

Ele afastou a mão com cautela, e imediatamente agradeci pelos horrores da guerra que tinha visto nos últimos anos em Abbington – não tanto pela experiência médica, mas por ter aprendido a me conter e não ofegar de choque diante da visão dos ferimentos e assustar meu paciente.

Mantê-lo calmo era tão importante quanto dar pontos.

Um pedaço enorme de carne tinha sido arrancado entre as costelas. Quase dava para enxergar o osso sob os músculos.

– É o pior que você já viu, passarinha?

– Nem de longe. Como você disse, foi uma coisinha de nada. Vou fechar isso aí rapidinho.

Mantive a voz relaxada enquanto ele abria os olhos e me via arrumar o material. Ele se encolheu um pouco quando toquei a ferida com um pano. Dava para notar, pelas dezenas de cicatrizes nos braços e no tronco, que aquela não era a primeira *coisinha de nada* na vida dele. Ainda assim, quando o ferido se encolheu de novo, senti a necessidade de distraí-lo, como ele fizera comigo na primeira noite na masmorra.

– Como você se soltou? – perguntei, enquanto limpava o corte. – Achei que alguma coisa tinha acontecido...

– Ah, passarinha. Ficou preocupada comigo? Achou que ia ver minha cabeça exposta por aí?

Minha boca tremeu, mas não consegui pensar em uma resposta esperta e rápida. Eu tinha ficado mesmo preocupada com ele, ou pelo menos com o que o destino dele indicava em relação ao meu. Ele levantou as sobrancelhas e desviou o olhar com rapidez. O lampejo de incredulidade que eu vi em sua expressão me surpreendeu.

De qualquer modo, ele tinha se esquivado da pergunta, nitidamente se negando a compartilhar o seu plano de fuga.

Babaca egoísta.

– Sabem que você saiu do castelo... ou voltou? Por que você ainda está aqui? – perguntei.

– Depois dessa belezinha aqui, não tinha muito aonde ir.

Ele fez uma careta enquanto eu raspava a sujeira de uma parte especialmente destruída da pele.

– Então você se virou e voltou para o forte do qual tinha fugido? Imaginei que alguém como você continuaria em frente.

– Alguém muito burro?

– Você que está dizendo, não eu.

Ele franziu a testa.

– Não sei se você notou, passarinha, não tem cidade nem vilarejo algum por perto, nem a quilômetros daqui. Qual seria a chance se eu continuasse fugindo por dias a fio, com um ferimento desses?

Eu mal escutava. Não conseguia parar de olhar para a porta da enfermaria. Será que Barney, Bert ou outro soldado irromperia ali a qualquer momento para matá-lo? Ou para me matar, por tê-lo ajudado?

– Não está com medo de pegarem você aqui? – perguntei, sem parar de limpar a ferida.

Ele fez uma careta e um gesto de desdém com o ombro esquerdo.

– Não sou a prioridade dos soldados. Estamos em guerra, você sabe.

Engoli em seco, esperando que fosse verdade.

Ele me olhou e levantou a sobrancelha, curioso.

– Não se preocupe. Não vão castigar você por cuidar de mim.

– Você não sabe – sibilei, olhando de relance para a porta outra vez.

– Então por que me ajudar? Se acha que pode ser uma sentença de morte?

Eu corei. Ele estava certo. Era uma ideia horrível.

– Porque sim. Você está machucado. E eu sou curandeira.

Ele observou meu rosto.

– Você é muito correta, passarinha. O que alguém como você está fazendo em uma masmorra em Ônix?

A relutância me fez morder o lábio, pensativa. Ele tinha conseguido escapar da cela. Eu estava procurando uma saída, e ali estava. Talvez ele trocasse um segredo por outro. Parecia uma moeda de valor em um reino daqueles.

– Meu irmão roubou o rei, e eu fiz um acordo para salvar a vida dele – falei, ainda olhando o ferimento.

Depois de um silêncio demorado, ergui o rosto e vi que a expressão do homem tinha se endurecido.

– Por quê? – perguntou.

Fiquei na defensiva.

– Como assim, *por quê*? É o meu irmão. Eu não podia deixar esses desgraçados de Ônix matarem ele.

Ele encarou meus olhos com atenção, um misto de frieza e curiosidade.

– *Por que* você achou que a sua vida valia menos do que a dele?

Aquelas palavras não eram o que eu esperava.

– Eu... eu não... Não é isso.

Por algum motivo, eu estava corada.

Quando era mais nova, sempre sentira inveja de Ryder. Os homens queriam ser amigos dele, as mulheres o desejavam. Powell e minha mãe o adoravam. Aos olhos dos dois, ele não seria capaz de fazer nada de errado. O resultado disso era uma confiança incrível que, por sua vez, o fazia ser mais bem-sucedido em tudo que tentava fazer.

Talvez eu tivesse achado que, se alguém tinha que se sacrificar, era melhor que fosse eu e não ele. A vergonha inundou a minha língua, ecoou nos meus ouvidos. Meu rosto esquentou. Olhei para a ferida que limpava. Quanto mais rápido ele saísse da sala, melhor. O prisioneiro me observava com atenção, e eu me esquivei daquele olhar inquisitivo e concluí o trabalho.

Depois de limpar a ferida e tratá-la com unguentos, comecei a dar os pontos. Ele ficou deitado, mal se tensionando enquanto eu costurava a pele.

Aquela era a hora ou nunca mais. Estava quase acabando...

Pensei no tenente, no fato do rei Ravenwood estar naquele castelo, e considerei cautelosamente as palavras que diria. Eu tinha uma única chance.

– Queria te pedir uma ajuda.

Ele levantou as sobrancelhas, mas me esperou continuar. Revirei a verdade em pensamento. Era evidente que não podia confiar naquele homem, mas o tempo estava acabando. Assim que ele estivesse curado, iria embora, e, com ele, a minha única oportunidade de me libertar.

Como se notasse que eu me debatia para me abrir ou não, ele disse:

– Você me ajudou bastante... me deixe retribuir o favor.

Engoli a bile ardendo na garganta.

– Me ajude a fugir. Você conseguiu escapar. Me leve junto, por favor.

Ele franziu as sobrancelhas, mas não disse nada. Dei o último ponto e comecei a enfaixar o ferimento.

– Não posso. Desculpa. Ainda tenho negócios a tratar aqui.
Negócios?
– Você é um fugitivo – falei, e uma risada escapou, mais de choque do que de qualquer outra coisa. – Que *negócios* você pode ter, além de escapar vivo desse lugar maldito?

Talvez fosse seu ego, talvez ele precisasse que eu implorasse por ajuda. Eu não me recusaria. Faria o que fosse necessário. Ele sorriu e se sentou, pegando as ataduras da minha mão para acabar de se enfaixar sozinho.

– É um bom argumento de uma mulher sábia, mas, infelizmente, não posso contar muito mais, além de dizer que o bosque ao redor da Fortaleza das Sombras é feroz e repleto de criaturas que eu não recomendaria que você enfrentasse sozinha.

– Já soube. Foi assim que você se machucou? Alguma coisa te mordeu durante a fuga?

Ele deixou uma risada escapar e fez uma careta.

– Foi quase isso.

Ele passou as pernas para o lado e se levantou devagar.

– Espere – falei, indicando a cama. – Ainda não acabei. Falta um unguento.

Ele franziu a testa, mas fez um gesto como se dissesse "Tudo bem, mas não demore".

Peguei um bálsamo cicatrizante e atravessei a sala até ele. Pelas Pedras, como era alto! Era muito maior do que eu. Mesmo suado e pálido devido à hemorragia, era lindo de morrer. De devastar o coração.

E precisava muito vestir uma camisa. Respirei fundo, hesitante, e passei as mãos sob as ataduras, supostamente para passar o unguento. Ele prendeu a respiração ao sentir o toque, e eu deixei gotas de poder pingarem em sua pele, fechando o corte, reforçando os pontos e aliviando o inchaço.

– Por que não me ajuda? Não vou ser um fardo. Prometo.

Ergui o rosto para ele.

Seu olhar estava suave, mas magoado. Talvez ele só estivesse com muita dor por causa da lesão.

– Perdão, passarinha. Temo que precisem de você aqui.

Afastei as mãos e ele me olhou de cima a baixo, devagar, saboreando com uma intimidade chocante. Havia uma faísca entre nós.

Usar os meus poderes sempre me esgotava um pouco, e eu senti uma leve fadiga começar a se instalar. Ele estreitou os olhos e se aproximou ainda mais, o perfume amadeirado e sedutor invadindo os meus sentidos.

– Tudo bem?

– Estou cansada.

Ele fez que sim com a cabeça.

– Também acontece comigo.

Eu franzi a testa.

– Você... se cansa?

Ele quase pareceu corar, mas, antes de responder, seu olhar foi atraído pelo estrondo da porta da botica se abrindo na sala vizinha. Sem hesitar, ele me dirigiu um sorriso de desculpas e pulou pela janela.

– Cacete! – soltei, em um misto de grito e sussurro.

Dei a volta na maca até a janela, mas ele tinha pulado, com um grunhido, antes que eu pudesse impedi-lo. Olhei para o chão poeirento lá embaixo e arquejei.

Ele tinha sumido.

Como?

Eu me virei bem quando um homem bonito, de cabelo cor de mel e olhos verdes e límpidos como cristais marinhos, entrou a passos rápidos na sala.

Meu peito inflou enquanto eu tentava me lembrar de respirar. A adrenalina ainda queimava minhas veias.

– Cadê ele?

O homem de ombros largos era quase tão alto quanto o prisioneiro, e talvez ainda mais forte. Ele usava um uniforme de Ônix, com adornos reluzentes nas faixas de couro preto. Deu algumas voltas, inspecionando a sala. Em seguida, dirigiu a mim um olhar ameaçador e cruel.

Engoli em seco, me encolhendo diante daqueles olhos implacáveis.

– Eu sou Arwen, a nova curandeira. Quem você está procurando?

Ele me olhou com uma força devastadora e eu recuei. Sem dizer mais nada, ele deu meia-volta e saiu batendo a porta.

7

Apenas alguns dias depois daquela ridícula fuga pela janela, aconteceu um milagre: encontrei o meu caminho para sair dali.

E ele se chamava Jaem.

Jaem era filho do açougueiro e aparecera na enfermaria com dois dedos esmigalhados. O acidente acontecera quando ele estava amaciando um filé de carne de porco e uma bela moça chamada Lucinda chamou sua atenção. Com um belo cabelo comprido e nariz estreito, ela tinha feito Jaem perder o fôlego e martelar a própria mão. Coitado. Enquanto eu passava uma tala em seus dedos, que mais pareciam carne moída, ele me contou que pretendia trazer alguma coisa da cidade para Lucinda no dia seguinte. Ele ia à capital uma vez por semana para vender a carne e as peles que sobravam no forte, o que fazia escondido do pai, para poder guardar dinheiro. Saía sempre à meia-noite.

Então, naquela noite, eu ia me esconder na carroça dele.

Eu tinha percebido que a tranca da cela estava enferrujada já na primeira manhã, mas ainda não encontrara um jeito de tirar vantagem disso – até o momento. Quando chegasse à capital de Ônix, poderia ir a uma cidade na orla e escapar com segurança de navio. Ainda tinha, escondidas nos bolsos da saia, algumas moedas da noite em que tínhamos tentado fugir de Abbington, e esperava que fossem suficientes para pagar a viagem da costa de Ônix a Granada. Desde que eu conseguisse me virar na capital, com as criaturas e vilões que viviam entre as muralhas... O incômodo de estar em Willowridge, todavia, nem se comparava ao medo do Bosque das Sombras. Se conseguisse atravessar a mata em segurança, na carroça de Jaem, daria conta do que encontrasse na cidade.

O medo de Barney ou Bert – ou, pior ainda, do próprio rei – descobrirem que eu ajudara o prisioneiro a fugir no outro dia aturdia a minha cabeça o tempo todo. Todo dia havia um motivo novo, melhor e ainda mais urgente para eu escapar daquele forte de uma vez.

Ainda assim, eu repetia centenas de vezes a conversa com o desconhecido em pensamento. O que poderia tê-lo feito continuar na Fortaleza das Sombras depois de escapar das masmorras? Por que tinha desaparecido antes de cair no chão? Por certo, meus olhos tinham me pregado uma peça.

Esse diálogo, além da conversa que eu escutara entre o rei e o comandante, se repetiam em ciclo constante na minha memória a noite toda, quando eu estava trancada na cela – era o que me distraía do medo cortante e transbordante.

– A folha de murta fica aqui? – perguntei a Dagan, voltando às ervas à minha frente.

Ele assentiu devagar.

Eu deveria imaginar. Era o máximo que receberia de resposta daquele homem. Ele parecia me detestar por algum motivo, e eu tentava, dentro do possível, me manter quieta perto dele. Trabalhamos em silêncio conforme se aproximavam devagar as últimas horas do dia.

Sabendo que talvez eu conseguisse fugir quando desse meia-noite, o dia se debatia para chegar ao anoitecer.

– Oi, gente! Que farra esse lugar!

O sarcasmo alegre de Mari ao entrar saltitando pela porta da botica foi um bom alívio da monotonia.

– O que é isso? – perguntei em vez de cumprimentá-la e apontei o livro de couro em suas mãos.

– Um grimório de bruxa. Acho que tem mais de cem anos. Traduzi o que consegui. Dagan, será que você pode me ajudar com o resto?

Dagan bufou, mas notei que ele estava feliz com o pedido. Talvez estivesse tão entediado quanto eu. A ideia me fez rir. Ele pegou o livro de Mari e entrou no depósito, provavelmente para buscar algo para ajudar na tradução.

Quando ele sumiu de vista, cochichei para Mari:

– Acho que ele só disse seis palavras hoje, no máximo. Não é muito de conversa. Quem é ele, exatamente?

Mari riu baixinho.

– Ele foi um conselheiro, ou alguma coisa assim, do rei anterior a Kane Ravenwood, e, antes ainda, acho que serviu no exército, mas agora só trabalha na botica. Algumas crianças acham que ele é um bruxo, e por isso o rei Ravenwood o mantém aqui, mas nunca o vi usar magia alguma – disse, tamborilando os dedos na bancada de madeira, pensativa. – Ele finge que eu o irrito, mas eu vejo a verdade. Sei que ele adora me ajudar com textos antigos e com minha pesquisa sobre fadas e bruxas. Ele é só um velho solitário. Não sei nem se ele já teve família, nem nada.

Senti uma pontada no peito de tristeza por Dagan.

– Preciso voltar para a biblioteca, mas a gente pode jantar juntas hoje, que tal? Vão servir a carne de peito que comentei.

Eu não sabia por que sentia culpa por recusar o pedido de Mari outra vez. Nem a conhecia direito. Contudo, já fazia muito tempo que ninguém me oferecia uma amizade. E eu tinha evitado o salão por toda a semana que passara ali. Tinha evitado tudo além daquele cômodo, da enfermaria anexa e da minha cela.

Mesmo que eu ousasse e decidisse me aventurar pelo restante do castelo mergulhado em sombras, não achava que Barney fosse autorizar um jantar com uma nova amiga.

– Amanhã? – sugeri.

Se as Pedras quisessem, eu não estaria mais lá. Se desse tudo certo, provavelmente nunca mais a veria. A ideia triste me surpreendeu. Fiquei desejando que ela não imaginasse que aquilo tinha alguma coisa a ver com ela.

A expressão em seu rosto me indicou que ela sabia que eu estava escondendo algo.

– O que houve?

– Estou só com saudade de casa. Nada mais.

Outra meia-verdade.

– Tudo bem. Vamos ver como você estará amanhã.

Mari apertou de leve meu braço, se virou e foi embora.

Eu e Dagan continuamos a trabalhar, e apenas alguns outros pacientes – todos soldados – apareceram ao longo do dia. Ele me deixou cuidar de todo o tratamento e vinha apenas vez ou outra para confirmar que eu não cometera nenhum erro óbvio. Tentei não levar para o pessoal.

Eu estava limpando a enfermaria depois de tratar uma ferida de dardo excepcionalmente sangrenta quando ouvi uma voz áspera que me deixou enjoada de desconforto.

– Dagan, bem-vindo de volta – disse Bert. – O comandante me contou que as Ilhas de Jade foram um fracasso. Que pena. – O som de botas se arrastando na minha direção vinha lento e persistente, como o medo se espalhando no meu peito. – Cadê a garota?

Merda. Eu não podia estar tão perto da liberdade e acabar caindo nas mãos de Bert.

Em silêncio, com cautela e com tanta leveza que a minhas mãos até tremeram, fechei a porta da enfermaria e empurrei a maca para travar a tranca.

Tinha que sair dali antes de Dagan entrar com Bert para me levar embora. Meu coração batia tão forte que eu nem conseguia pensar.

A janela.

Se o desconhecido tinha conseguido pular, com aquela ferida, eu também conseguiria.

Meus dedos tocaram o vidro antes que eu me desse conta e então empurrei, empurrei e empurrei.

A trava nem se mexia. A *trava não se mexia*, e eu estava presa ali, feito um rato na ratoeira.

Será que a janela estava selada desde a véspera? Eu me joguei contra a esquadria várias vezes, a dor varando os músculos e ossos do meu ombro e antebraço.

O suor pingava da minha testa, da linha dos meus cabelos.

Lambi os lábios e me retesei fazendo esforço, rangendo os dentes, os ouvidos tinindo.

Vamos lá, vamos lá, *vamos lá*.

Finalmente, a janela cedeu com um *pop*.

Graças às Pedras.

Ergui o vidro, e a brisa fresca roçou o meu rosto. Concentrei o olhar na vista abaixo dali. Os soldados andando. O ferreiro batendo o martelo com a força de um carrasco. Senti uma comichão nas mãos ao olhar a vista – eu nunca chegaria ao estábulo. Provavelmente nem sobreviveria. A queda era mais íngreme do que eu esperava, mesmo do segundo andar. Continuava sem entender como o prisioneiro tinha conseguido fazer aquilo.

A porta da enfermaria tremeu, e eu tomei impulso para subir no batente.

– Arwen? Por que está trancada aí dentro?

Prendi a respiração.

Era Dagan.

Com um pé pendurado na janela, o vento fustigando o meu tornozelo, tentei escutar a voz de Bert. Não ouvi nada.

– Arwen?

Eu não voltei a ouvir Bert. As batidas continuaram, e eu rezei em silêncio às Pedras para ser a decisão correta antes de voltar para dentro da sala.

Quando afastei a maca e abri a porta, Dagan estava todo vermelho.

– O que você estava fazendo trancada aí?

Massageei o braço dolorido.

– A... porta emperrou.

Dagan abanou a cabeça e voltou à botica.

Eu o segui, e perguntei:

– Era o tenente?

Tentei soar casual, mas a minha voz saiu duas oitavas acima do normal. Dagan soltou um ruído frustrado.

– Infelizmente.

– Não é fã dele?

– Alguém é?

Um sorriso fez minha boca tremer.

– Como fez ele ir embora?

Dagan me dirigiu um olhar carregado.

– Eu não tinha o que ele estava procurando.

Um enorme suspiro escapou do meu peito. Eu nem tinha percebido que estava prendendo a respiração.

O alívio me fez olhar o relógio – já devia ter dado meia-noite, não? Eu precisava ir embora da Fortaleza das Sombras ainda mais do que precisava que meu coração batesse e os meus pulmões respirassem.

Porém, ainda estava anoitecendo.

– Dagan... Não estou me sentindo bem. Acho que o mingau de manhã me fez mal. Se incomoda se eu for embora mais cedo?

Levei a mão à barriga, com um pouco de atraso, para ser mais convincente. Ele me olhou com desconfiança.

– Se é necessário.

– Obrigada.

Quase me despedi com "até amanhã", mas senti que já tinha mentido o suficiente.

Barney me acompanhou até a masmorra em um silêncio desconfortável. Ele nitidamente estava pensando em algo, mas eu não queria saber o que era. Tinha uma única missão. Passara o dia fazendo planos enquanto suturava e tratava, e era hora de ver se eu tinha aprendido alguma coisa depois de uma vida criada com Ryder. Tudo o que eu precisava fazer era tentar não desmoronar diante da enormidade do perigo que enfrentaria em caso de sucesso.

Chegamos à cela. Barney fechou a porta quando entrei e enfiou a chave de ferro na fechadura.

– Barney – falei, pegando a mão dele através das grades.

Ele recuou de leve, mas encontrou o meu olhar e esperou que eu continuasse.

– Eu só queria dizer... Queria agradecer. Por sua bondade e coragem.

Enquanto eu falava, meu coração girava no peito. Usei o pé para puxar a porta da cela para dentro, bem devagar, milímetro a milímetro. Com muito cuidado, para ele não notar que a fechadura enferrujada só trancaria de verdade se a porta estivesse bem alinhada. Com muita sutileza, a ponto de nem eu mesma reparar se estava me mexendo ou não. Com muita leveza, para ele nunca notar o desencaixe da trava.

– Você é tão atencioso, e fez eu me sentir muito à vontade aqui. Para ser sincera – continuei, abaixando o rosto com uma expressão tímida e achei ver Barney corar –, você é... a única coisa que tem me ajudado a aguentar este momento difícil. Só queria agradecer.

Barney me olhou em um silêncio dolorosamente desconfortável e o rosto rosado.

– ...Tá bom.

Ele abanou a cabeça, confuso, e girou a chave antes de subir a escada em espiral, mais rápido do que eu jamais vira.

Quando ele se foi, soltei o ar que parecia estar preso havia séculos. Minha intenção era ser charmosa, mas deixá-lo desconfortável também tinha dado certo. Segurei com cautela as barras de ferro e, muito devagar, abri a porta, que rangeu.

Aberta.

Estava aberta. Não trancada.

Barney tinha girado a chave na fechadura enferrujada, e a tranca tinha passado direto pela trava.

Estava livre.

Mas ainda não podia comemorar.

Tirei do bolso da saia a comida e os mantimentos que tinha surrupiado naqueles poucos dias na botica, e peguei, em um dos baldes vazios, o papel com o mapa grosseiro que eu desenhara do pátio externo. Tinha tudo que era necessário, inclusive uma bolsinha que roubara da esposa esnobe de um nobre que fora à enfermaria para cuidar de uma dor de garganta. Quem diria que eu era tão boa ladra? Devia ser de família.

O mais difícil viria depois. Ficar sentada na cela aberta, sabendo que poderia sair dali a qualquer momento, mas me mantendo à espera de dar meia-noite, de Jaem, do toque do sino.

Eu cochilava quando fui despertada por gemidos.

Um prisioneiro tão machucado que a cabeça parecia uma ameixa era arrastado pelo chão de pedra molhada à minha frente, de volta à cela, vindo do anexo fechado do outro lado do corredor da masmorra. As noites passadas com a pele de raposa cobrindo a cabeça para me esconder dos lamentos, dos murmúrios e dos uivos eram uma indicação do que de fato acontecia lá dentro.

Faltavam três dedos da mão dele, e, no lugar da orelha, havia apenas uma ferida purulenta. Um suspiro terrível escapou de mim.

Ele estava ensanguentado, nauseado, quase esquelético e mal conseguia avançar três passos por vez. Assim que os soldados chegaram à cela o jogaram lá dentro. O som da pele batendo na pedra era de causar enjoo. A cela ficava a duas celas da minha, do outro lado da que ficara o belo desconhecido. Tive a certeza de que aquele homem esmagado era com quem o desconhecido discutira na primeira noite.

A tarde já dera lugar à noite, e a minha cabeça continuava a mil. Depois de imaginar uma cena especialmente desagradável na qual eu dava dois passos para fora da cela e um soldado de imediato me cortava ao meio por traição, me virei de lado e soltei um gemido contido e abafado pela capa.

— Dia difícil?

A voz dele teve um efeito no meu peito que eu não queria nem parar para analisar — uma mistura inacreditável de alívio, excitação e medo genuíno. Quando me virei, o desconhecido sobre quem eu tanto pensava estava de pé, na frente da minha cela, recostado na parede fria e iluminada pela lamparina, o rosto inundado por uma luz azul. Ele estava com um pé apoiado na parede e os braços cruzados — o retrato da despreocupação.

Segurei os joelhos com força para impedi-los de tremer.

— O que você está fazendo aqui? — perguntei e a minha voz saiu áspera e baixa.

Não havia prisioneiros nas celas diretamente ao meu lado, mas era provável que outros mais distantes nos ouvissem.

— Que linda cela essa sua. Bem melhor do que a minha. Tem banco, tem balde. Como você convenceu aquele brutamontes careca a montar um cantinho tão bom? — perguntou ele com um sorriso preguiçoso e se esticou para a frente. — Subornou ele com essa linda boca carnuda?

Nem tentei esconder o nojo.

— Pode parar com essa mente poluída. Ele é um soldado gentil. Um dos raros e poucos daqui, ao que parece.

Os olhos dele cintilaram quando ele se aproximou da minha cela e me esquadrinhou.

Meu instinto estivera certo em relação a ele: para entrar e sair do castelo com tanta facilidade, com tanta calma tranquila e enervante, era provável que ele fosse ainda mais sagaz e perigoso do que eu imaginava.

Eu não confiava nele.

E era nítido que a desconfiança era recíproca. Ele não tivera interesse em me contar sobre a sua fuga. A irritação pinicou a minha pele. Aquele desconhecido não podia me ajudar, mas tinha tempo de sobra para se pavonear pelas masmorras só para me irritar?

– O seu talento para a cura é de primeira, passarinha – ronronou ele. – Estou me sentindo inteiro outra vez.

Ele levantou a camisa, me mostrando um pedaço do tronco marrom-dourado estonteante, quase esculpido, com uma única cicatriz.

Fechei a cara.

– Você deve ser suicida. Por que voltou?

Lembrei que a minha cela estava destrancada, então fui me arrastando até conseguir encostar os pés na porta para mantê-la fechada. Uma sensação pesada me percorreu ao pensar na proximidade dele sem que houvesse uma verdadeira barreira entre nós. Ele estava muito mais ameaçador do que na enfermaria. Eu me perguntei se seria por conta da palidez suada que acompanhava a ferida no peito da outra vez. A expressão que tinha nos olhos quando temia pela própria vida.

– Eu já falei, tenho que resolver umas coisas. Algumas delas estão aqui, nesta masmorra.

Ele desviou o olhar de mim, se virando para o corredor escuro.

– Não se preocupe – continuou, voltando a me olhar. – Não vou meter você em encrenca.

O sino do relógio soou, indicando que dali a duas horas Jaem partiria para Willowridge, e que eu precisava escapar da cela.

– Certo – falei, mas não estava mais escutando o que ele dizia.

E lá vinham o medo e a dúvida, como sempre. Não ia conseguir. Não ia sobreviver. Eu...

– O que houve?

A voz dele tinha perdido o tom brincalhão de um ronronar.

– Como assim? Nada.

Tremi um pouco, a antecipação e a ansiedade chacoalhando o meu corpo. Os meus ossos. O sol tinha se posto, e eu não tinha um plano concreto para passar pelos guardas no alto da escada da masmorra. Que ideia era aquela, de tentar fugir? Talvez eu também fosse suicida.

– Ei – disse ele, mais brusco, e se agachou para esticar a mão grossa pela grade e agarrar meu braço. – Fala comigo.

Eu me encolhi ao sentir a pressão no braço. Não tinha me curado, na esperança de guardar todo meu poder e energia para a noite. Ele me soltou na mesma hora, contorcendo o rosto de horror.

– Você está machucada. Por que não disse?

– Não é nada, só estou dolorida.

A raiva ardeu em seus olhos.

– Quem fez isso com você?

– Eu fui burra e fiz isso comigo. Estava tentando...

O quê? O que estava tentando fazer? Não ia dizer que estava tentando me jogar pela janela que ele pulou.

Ele esperou que eu continuasse.

– Não importa. Por que você está falando comigo? Vai me contar alguma coisa de você? De como fugiu? Ou só vai continuar me incomodando nas horas mais inoportunas?

– E tem algum horário que é mais oportuno para você? – perguntou ele, arqueando a sobrancelha, provocador. – Talvez no meio da madrugada? Quando estiver aqui sozinha, pensando em mim?

Balancei a cabeça, exasperada.

Ele riu baixinho.

– Na verdade, passarinha, sua cela é o último lugar em que eu deveria visitar, mas... – ele suspirou – ...parece que não consigo me afastar.

Um calafrio beijou a minha espinha.

– Bem – falei, procurando as palavras certas. – É bom não me sentir completamente sozinha.

Ele levantou um pouco as sobrancelhas.

– Não imagino que uma mulher como você se sinta muito sozinha.

Eu o fuzilei com o olhar.

– Como é que é?

– Eu me expressei mal – disse ele, passando a mão no rosto para esconder o sorriso.

Eu tive que me forçar a olhar para baixo. Aquelas covinhas iam me matar.

– Só quis dizer que você é simpática, engraçada e muito agradável como companhia. Suponho que é raro homens e mulheres a deixarem só.

As palavras dele eram como um pão crescendo no meu peito. Quentes, cremosas e macias.

Porém, logo azedaram.

– Supôs errado. Não tive muitos amigos nessa vida. Muito menos *homens*. A minha cidade era pequena, tinha pouca gente da minha idade. Todo mundo era mais amigo do meu irmão, e eu só... ia de agregada.

– Então são todos idiotas. Deve ser uma bênção sair daquele amontoado de chalés.

– Talvez. Às vezes... Não sei.

– Diga. Às vezes o quê?

Por que eu sentia as palavras borbulharem? Palavras que tinha enterrado tão fundo, que quase conseguira esquecer, e com sucesso, que existiam. Eu me forcei a respirar devagar.

– Às vezes, eu desejava mais.

Os olhos dele brilharam à espera da continuação.

– Quando era mais nova... Eu não aprendi muita coisa, nem conheci muita gente, nem experimentei muita coisa. Chega a ser uma vergonha, juro, o pouco que sei do mundo.

Pensei em Mari. No que ela tinha visto, aprendido e vivido em vinte anos. Eu apostava que ela estava bem informada até sobre os cantos mais misteriosos e distantes do continente. Reinos dos quais eu não sabia nada, como Jade e Citrino. Balancei a cabeça.

– Nos poucos dias aqui, já conheci pessoas que viram e fizeram muito mais do que eu – continuei. – Sinto que vivi tão pouco.

– Por que você não foi embora?

Medo. O medo constante e grudento que escorria como xarope pelo meu pescoço todos os dias.

– Eu tinha muitas responsabilidades. Não podia – foi o que falei no lugar.

– Me parece uma mentira bem merda.

Fiquei tensa.

– Você é nojento.

– Sou honesto.

Apertei o nariz com os dedos. Ele não era nojento – era enlouquecedor!

– Deixa para lá. Vou dormir.

Fiz menção de voltar para o meu canto, mas ele esticou o braço entre as grades e agarrou o meu tornozelo nu com a mão forte. O toque era firme o suficiente para me segurar, mas também suave na pele sensível. Um calafrio subiu pela panturrilha até se instalar entre as minhas pernas. Estremeci.

– Por favor, passarinha. Você não tem motivo para mentir para mim. Por que não saiu de lá?

– Me solta.

Ele me soltou imediatamente, sem hesitar.

– Eu já falei. A minha mãe estava doente. A minha irmã era muito nova. Mesmo antes do meu irmão ser mandado para lutar na guerra do seu rei, alguém precisava cuidar delas.

Ele abanou a cabeça e um silêncio desconfortável se abriu entre nós, como um mar vasto e sem fim.

– E tinha uma pessoa de quem eu gostava lá.

O desconhecido ergueu as sobrancelhas grossas, interessado.

– Achei que você tivesse dito que não tinha homem algum.

Halden não era um *homem*. Era... Halden. Era...

Eu não precisava me explicar para aquele desconhecido. Abri a boca para dizer exatamente aquilo.

Porém, ele abanou a cabeça.

– Não.

Cruzei os braços.

– Como assim, "não"?

Ele deu de ombros.

– Ele não era importante para você.

– Como é que é?

– Você não brilha quando fala dele. Obviamente nunca pensa nele. Tente outra coisa.

– Quanto desdém. Como você pode saber disso?

– Confie em mim, eu entendo dessas coisas – disse ele, com o olhar penetrante. – Por que você *ficou* lá?

Argh. Já era o bastante. Que diferença fazia, afinal?

– Eu tinha medo.

– Do quê?

– De tudo!

Fiz um gesto agitado para indicar as grades que me cercavam, a cela na qual estava presa contra a minha vontade, no reino mais traiçoeiro de Evendell.

– Olha o que aconteceu quando eu dei um passo além da minha vidinha minúscula, sufocante e segura! – exclamei.

Por que me sentia tão culpada por dizer aquilo em voz alta?

– Verdade, passarinha. A cadeia não é o fim ideal para uma aventura, concordo.

Eu ri alto. Estava esgotada, frustrada e muito, muito cansada. Ouvi um grunhido de uma cela distante e me calei.

– Tá, então talvez eu tenha trocado uma cadeia por outra. Mas pelo menos aqui estou aprendendo o tempo todo. Tem remédios e ervas naquela botica que nunca ouvi falar e muito menos vi pessoalmente.

– Seu otimismo me deixa perplexo.

Levantei a sobrancelha, questionando.

– Esse jeito de ver as coisas. É... – disse ele, passando a mão pelas madeixas escuras. – É diferente.

Eu o observei. O cabelo escuro e perfeito com cachos na testa e na altura do pescoço. Um mínimo sinal de barba por fazer na mandíbula que rivalizaria com penhascos altos. Os olhos límpidos e cinzentos. Meu coração vibrava.

– O que foi? – disse ele, com um sorriso sedutor.

Não. Os dentes, não. O sorriso inteiro seria devastador. Era estranhíssimo ver alguém tão estonteante, tão nitidamente poderoso, tão perigoso, revelar algo tão íntimo quanto um sorriso. Sabia que mentir seria um desastre, então tentei disfarçar com a honestidade.

– Só estava tentando te entender.

O sorriso murchou, e ele ergueu o olhar para o teto, pensativo. Por fim, se levantou abruptamente.

– Hora de ir embora – disse ele, tentando manter o tom leve. – Prometi que não traria encrenca, né?

Concordei, mas não encontrei o que dizer.

Ele se virou para mim antes de ir embora.

– Levanta a cabeça, passarinha. Você não está sozinha aqui.

– Bem, estarei, quando você acabar o que o mantém aqui pela Fortaleza das Sombras.

Soei tão patética que encolhi os dedos dos pés.

Ele, porém, apenas me fitou com os olhos brilhantes e o sorriso elegante.

– Não vejo sinal de isso acontecer tão cedo.

Dito isso, ele atravessou o corredor como uma sombra e sumiu escada acima e noite afora. Quase me senti culpada – não lhe dissera que, mesmo que ele planejasse ficar por ali, eu não ficaria.

Então me enrodilhei num canto. A jornada à minha frente seria mais perigosa e desagradável do que qualquer outra experiência. Isso *se* eu sobrevivesse ao tentar sair dali. Eu me virei para o lado e me encolhi toda, desejando não sentir tanto medo.

8

Acordei de sobressalto ao som do sino da meia-noite.
Aquela era a hora ou nunca mais.

Minha cabeça ainda flutuava na névoa do sono inquieto, mas a adrenalina corria firme nas minhas veias e me forçava a me levantar. Eu me embrulhei na capa de pele de raposa do desconhecido, prendi o cabelo em uma trança frouxa e confirmei se a bolsa estava bem presa ao meu quadril. Não queria que nada me atrapalhasse caso precisasse fugir de alguma coisa ou alguém.

Abri a porta da cela com um rangido e me atentei ao corredor salpicado da luz fraca das lamparinas bruxuleantes – assustadoramente quieto e vazio, como sempre. Fui pé ante pé até a escadaria em espiral. Quando cheguei lá, me preparei, respirando fundo. Era um plano horrível. O pior plano que já tinha sido tentado na história do continente. Eu não tinha a menor fé nele, mas era o que me restava.

Respirei fundo outra vez, c...
– Socorro! – gritei escada acima.
Meu estômago ameaçou sair pela boca. Cerrei os punhos e relaxei.
O silêncio se estendeu noite adentro.
– Oi? Socorro! – gritei de novo.
Alguns resmungos dos prisioneiros, irritados pela perturbação incômoda no sono.
Mais nada.
Gritei uma última vez e subi a escada correndo até chegar à porta de ripas de madeira da masmorra. Ali me encostei na parede atrás da porta e tentei não respirar.
Esperei e esperei, por tanto tempo que anos pareciam ter se passado.
Meus pulmões queimavam.
O coração vibrava na velocidade das asas de um beija-flor.

Esperei até a porta ser aberta, me esmagando contra a parede de pedra, e um guarda, ainda tonto de sono, passar por mim e descer a escada.

Nenhum ar entrava ou saía de mim. Nada...

– Ei, cala a boca, quem quer que seja! – gritou ele em resposta.

Quando ele deu uma volta na espiral, escapei e corri pela noite, sem parar para respirar.

O castelo estava congelado em sono profundo e silencioso. Corri pelo mesmo caminho que tomara na noite da chegada, atravessando o campo entre as barracas pintadas dos soldados.

Queria ter ouvido falar de Jaem antes – depois de sair da cela, era mais fácil do que eu imaginava. Se Jaem conseguisse me levar a Willowridge, atravessando o bosque, talvez...

Vozes soaram na noite, e eu fiquei paralisada.

Eram apenas alguns soldados contando histórias noite adentro, junto de uma fogueira baixa de chamas dançantes. Meu peito afundou de alívio, e continuei a andar, escondida pelas sombras e me mantendo próxima às barracas para não chamar atenção. Percorri com cautela os labirintos de soldados adormecidos, de costas grudadas na lona, espreitando cada esquina antes de virar. Os sapatos afundavam na lama fria e molhada. Fiz uma careta quando a água gelada encharcou os dedos.

Por fim vi a carroça de Jaem aparecer na estrada de terra à frente. O cavalo relinchava baixinho, e mal dava para ver o veículo repleto de carne seca e peles. Se eu corresse, alcançaria a carroça antes de Jaem chegar ao portão principal do forte.

Dei mais um passo, e um caneco de latão fez ruído sob os meus pés. Em silêncio, xinguei os homens e sua incapacidade de manter as coisas arrumadas e olhei ao redor em busca de um sinal de que alguém me ouvira. Como ninguém me perseguiu, suspirei e me virei para correr até a carroça, quando trombei em um corpo grande e suado.

Bert.

Tão surpreso de me ver no acampamento quanto eu estava por vê-lo.

Meu coração bateu com tanta força que dava até para escutar, e a incredulidade dele se transformou em prazer sinistro.

– Olha só o que eu achei. A mocinha mágica perambulando sozinha por aqui – sibilou ele. – Aposto todo o dinheiro de Evendell que você não deveria estar fora da cela no meio da noite.

Engasguei com um grito silencioso. Eu não alcançaria a tesoura na minha bolsa a tempo. E, mesmo se conseguisse, não sabia se tinha a força – mental ou física – para enfiá-la no coração ou no pescoço dele. Contudo, eu conseguia correr mais rápido do que ele. Bert estava bêbado e usava uma armadura pesada, e eu era rápida.

Ainda mais rápida quando movida pelo medo.

Porém, se eu corresse, era provável que ele gritasse, alertando os outros soldados adormecidos. Não confiava na minha capacidade de fugir de centenas de homens de Ônix.

– Você se enganou – falei, juntando uma falsa coragem. – O rei sabe que estou aqui.

Bert soltou uma risada baixa e grave, mas o sorriso não contagiava aos olhos. Algo se contorceu dentro de mim, deixando um azedo no meu estômago. Soube de repente, com certeza absoluta, que deveria correr. Eu me virei, e logo senti um toque áspero me agarrar pelo cotovelo.

– Então vou levá-la até ele – disse Bert, mais para si, e me puxou para trás.

Meu corpo tremia tanto que eu achei que ia vomitar.

Precisava escapar dele. Antes que ele me levasse à barraca. Eu precisava...

– Me solta! – Odiei o som esganiçado, cheio de medo, do meu tom de voz. Tentei me desvencilhar da mão dele, mas ele apenas me apertou mais, as unhas afundando na pele e tirando sangue. – Sou prisioneira do rei!

Ele soltou uma gargalhada sinistra.

– Exatamente. *Prisioneira*. O que você acha que isso quer dizer?

– Me solte agora mesmo – exigi, mas as minhas palavras saíram em um arquejo esganiçado, e as lágrimas fizeram os meus olhos arderem. – Me solte, senão eu grito.

– Fique à vontade – sussurrou ele ao pé do meu ouvido, com o hálito quente e podre. – Acha que é a primeira?

Não deixei o choque me calar por muito tempo. Eu preferiria ser pega e passar o resto da vida na masmorra a passar pelo que Bert planejava para mim. Inspirei fundo para gritar por socorro, mas Bert cobriu minha boca com a mão grossa e me segurou com força. Tentei empurrá-lo, me soltar, enjoada de medo, nojo e náusea, mas ele era muito mais forte do que eu. Eu me debati e o mordi, tentando respirar, enquanto ele me arrastava na direção da barraca.

– Se essa sua boca é gostosa assim na minha mão, mal posso esperar pra te botar de joelhos. Uma mocinha mágica com uma boca mágica.

As lágrimas escorriam em abundância pelo meu rosto.

Eu me engasguei com um soluço desolado.

Ele me levou até a entrada da barraca, e eu vi o estrado e as peles lá dentro. O meu estômago se revirou.

Não, não, *não*.

Eu me debati, eu o empurrei e me contorci, qualquer coisa para fugir...

Eu não podia entrar ali.

Ele não podia me obrigar. Eu não ia deixar. Eu...

– Que caralhos está acontecendo aqui? – rosnou uma voz grave atrás de nós, fria como a morte, e igualmente violenta.

Bert nos virou para o homem, mas eu já sabia quem estava ali.

Eu já conhecia aquela voz como se fosse minha.

– Não.

A palavra escapou de mim. Bert certamente o mataria.

A silhueta imponente do desconhecido, os olhos prateados e ardentes e a expressão mais mercenária que eu já vira nos encararam. A fúria queimava naquele olhar – a fúria e a promessa da morte.

Contudo, ele não se mexeu para empunhar uma espada, nem tentou derrubar o tenente.

Em vez disso, sem motivo algum, Bert me soltou, e eu caí no chão sem a menor cerimônia.

A confusão vibrava no meu peito junto do alívio, meu coração ainda batendo de adrenalina residual.

Bert tropeçou e se curvou em uma reverência.

Meu coração agitado parou de repente.

Por que...?

– M-meu rei – gaguejou Bert, olhando para a terra sob nós.

A minha visão se turvou até eu enxergar apenas o prisioneiro de pé na minha frente. A constatação pesou no meu peito como uma rocha, esmagadora, horripilante...

Sem fôlego.

Eu não tinha mais fôlego. Não estava respirando. Eu...

Os olhos cinzentos não encontraram o meu olhar espantado. Estavam ocupados, concentrados, faiscando de raiva flamejante, como prata líquida e queimada, dirigidos ao tenente curvado.

Senti Bert cambalear ao meu lado, tentando, em vão, manter a postura de reverência.

Uma onda fria de humilhação inundou as minhas veias e eu inspirei com dificuldade.

– Você? – A palavra soou rouca demais. Pigarreei. – Você é... é o rei Ravenwood? Como assim?

– As perguntas ficam pra depois – disparou o rei, mas o tom furioso não era para mim.

Da lama, eu o vi avançar a passos largos, como a encarnação da sombra da morte, e apoiar as duas mãos nos ombros ainda curvados de Bert, antes de dar uma joelhada tão forte na cara dele que reverberou pelo chão.

Com um estalido úmido, Bert voou para trás e caiu com um baque atordoante. Ele gemeu de dor, o nariz visivelmente estourado em um ângulo horrendo, a boca arrebentada, um olho já fechando de tão inchado. Achei até ter visto o luar refletir em alguns dentes espalhados na grama molhada.

Pela primeira vez na vida, não me senti impelida a curar.

O rei se agachou acima dele e falou tão baixo que era quase um sussurro, um suspiro sinistro na névoa da noite.

– Seu imundo nojento, uma pústula purulenta no meu exército e entre os homens. Você se arrependerá de cada passo que o trouxe a este momento. Você vai *rezar* pela morte.

Bert soltou um gemido e caiu na grama, desacordado. O rei se levantou, limpou um pouco de lama dos joelhos, e se virou para mim. Tinha uma expressão de calma cautelosa, como se soubesse que, caso fosse muito suave comigo ou revelasse a intensidade de sua fúria, eu não aguentaria e entraria em choque.

Ele estava certo. Eu estava morrendo de vergonha e enjoada de medo. Não conseguia formar um pensamento coerente em meio ao rugido retumbante de traição que ecoava nos meus ouvidos.

Um punhado de soldados tinha escutado a comoção. Saíram correndo das barracas, alguns com espadas de metal reluzente em punho, outros sonolentos e puxando as calças – e todos se curvaram ao ver o rei.

– Levem essa merda aqui para as masmorras – ordenou, e apontou o rosto destruído de Bert. – E digam para o comandante Griffin que quero que ele *sofra*.

Os soldados não hesitaram: pegaram Bert na terra lamacenta e o carregaram para o castelo enquanto ele gemia.

O restante ficou por perto, a postos para mais ordens do rei.

Do *rei*.

– Dispensados.

A palavra fez os homens voltarem correndo às barracas e nos deixou a sós sob o céu brilhante da noite. O horror girou na minha barriga como sangue na água quando encarei o rei Ravenwood.

Ele se aproximou com um passo hesitante e me ofereceu a mão. Os olhos ainda queimavam como gelo.

Olhei a palma estendida e me levantei da grama sem sua ajuda.

Minha respiração tinha ficado curta, e eu tremia em espasmos bruscos e desajeitados. Não queria que ninguém me tocasse, muito menos ele.

O rei fechou a mão estendida e a pôs no bolso, como se não soubesse mais o que fazer com ela.

– Está tudo bem?

Se estava *tudo bem*?

– Não.

Limpei as lágrimas frias que secavam em meu rosto.

O rei Ravenwood parecia sentir dor ao acompanhar o movimento das minhas mãos no rosto.

– Juro que ele não viverá para tocar outra mulher.

Emoções se digladiaram no meu peito. A vergonha de ter sido feita de boba com tanta facilidade, a fúria pela traição e pelo tenente pervertido que chegara tão perto de me machucar, e… o medo. O medo intenso do perverso rei das lendas que se erguia à minha frente, tão forte que achei que ia desmaiar.

A fúria, mais fácil de apreender e controlar na minha mente, venceu a briga, e eu o encarei com raiva.

Ele passou a mão no rosto como um professor primário exausto.

– Arwen…

Soltei um som, algo entre uma exclamação e um bufo. Precisava sair dali. Imediatamente.

Jaem já se fora fazia tempo, então os meus pés começaram a me levar de volta ao castelo. O belo enganador me seguiu de perto.

Ele deu a volta até ficar na minha frente, e tive de parar de andar de súbito.

Nossos troncos ficaram a uma respiração de distância, então me afastei da sua figura larga. Do poder cruel e predador que emanava dele.

– Eu ia contar.

Ele me analisou da cabeça aos pés, parecendo buscar ferimentos.

O que ele faria comigo? Agora que eu tinha tentado fugir?

Provavelmente ele percebeu o medo no meu rosto, porque um sorriso amargo substituiu a carranca.

– Não vou te torturar por sua tentativa fracassada de fuga, embora fosse adequado ao rei implacável que você acha que sou.

– Obrigada – sussurrei bobamente.

O rei Ravenwood pressionou a boca em uma linha fina.

– Preciso saber se você está bem – disse ele, firme. – Ele te machucou?

As palavras eram como lâminas na sua boca.

– Por que você estava acorrentado na própria masmorra? – perguntei. E foi tudo que consegui dizer.

Ele tensionou o maxilar.

– Precisei falar com alguém lá embaixo. E não podia estar lá como eu mesmo.

Então me lembrei da discussão sussurrada daquela primeira noite. Do homem destruído que fora levado de volta à cela.

— Você. Está. Machucada? — Suas palavras saíram à força entre os dentes cerrados.

— Não — falei, mais baixo que um sussurro.

Ele assentiu, e seu olhar se suavizou de alívio.

— Por que... continuou a mentir na enfermaria?

Ele franziu a testa.

— Talvez você não me curasse se soubesse quem eu era. E tudo que tirei de você.

Eu o teria curado mesmo assim, e me perguntei se ele sabia disso. Se aquela era outra das suas mentiras.

Eu não sabia por que tinha perguntado aquilo — não podia confiar em nada do que ele dissesse. Junto ao medo, uma humilhação ardente me atravessou. Eu tinha permitido que um monstro mentisse para mim, me enganasse, arrancasse da minha boca algumas das minhas verdades mais profundas. Fora tudo um golpe sujo e vil. A névoa vermelha de raiva que cobria os meus olhos se intensificou.

Eu era fraca e burra — fora assim com Bert e com o rei Ravenwood.

— Você vai mesmo matá-lo? — perguntei.

O rei tensionou a mandíbula.

— Sim. Vou matá-lo.

— É claro.

Olhei para baixo, mas meu tom de voz transmitiu o asco.

— Você é impossível. Acabei de te salvar de um estuprador de merda, e você me julga pelo desejo de castigar o canalha que te machucou?

— Ele era o seu tenente corrupto!

Mordi a língua. Estava com raiva demais para me manter perto dele. Acabaria dizendo algo que também levaria à minha morte.

— Era, e isso me assombrará por muito tempo, Arwen. Eu não fazia ideia... de quem ele era — suspirou ele. — Deviam ter me contado. Os meus soldados. Sobre ele. Não sei por que não disseram nada.

— Talvez o rei de Ônix não seja temido apenas pelos outros reinos.

Ele franziu as sobrancelhas ao me olhar, e me perguntei se seria vergonha aquilo no seu rosto. O que quer que fosse, se enrijeceu em uma expressão cruel, fria, reluzente de intriga.

— E você, passarinha?

Fiquei quieta. Ele era arrogante demais... Eu sabia aonde aquilo iria chegar. Ele se recostou na parede ao nosso lado. O canto da sua boca se ergueu minimamente.

— Você tem medo de mim?

Seus dentes brilhavam como os de um lobo ao luar.
– Sim.
Eu não conseguiria mentir. Sabia que o meu medo estava explícito no rosto.
– Que bom. Talvez então me escute quando eu pedir para fazer algo por mim.

O meu estômago se revirou quando pensei no que ele poderia pedir. Acho que ele viu a repulsa no meu rosto, porque um músculo em seu maxilar tremeu.
– Não, não é nada disso, passarinha. Eu não diria que você faz o meu tipo – disse ele, e o meu rosto ardeu com o golpe de suas palavras. – Eu te avisei que a fuga seria perigosa, mas você ainda assim tentou fugir. Sei que deseja voltar para a sua família, mas peço que fique aqui na Fortaleza das Sombras e continue a trabalhar como curandeira. Considere que é o pagamento da dívida do seu irmão.

Não era o que eu esperava.

Eu tinha percebido, um ou dois dias antes, que havia muito menos gente necessitada de tratamento ali do que eu imaginava. Se o rei estivesse tão desesperado pela minha habilidade de cura, eu não seria mais útil no front? Até em Abbington tinha mais pacientes.

– Por que quer que eu fique aqui? Você nem tem tantos pacientes.
– Talvez eu esteja... intrigado pelos seus talentos em particular.

Corei. Não queria ser o troféu dele, guardada ali como uma das criaturas nos frascos da botica.

– Em troca do seu compromisso com Ônix, eu encontrarei a sua família e garantirei a segurança deles – acrescentou, como se a única coisa que me importava neste mundo fosse um mero detalhe.

Eu sabia que não podia confiar nele, mas o alívio ao pensar na segurança da minha família foi como um gole fresco de água enchendo o meu peito. O rei teria os recursos para encontrá-los. Espiões, mensageiros, um dragão que atravessava os mares mais rápido do que mil navios. Era possível que conseguisse localizá-los em poucas semanas, enquanto eu talvez levasse anos. Talvez a vida inteira.

De alguma forma ele sabia que eu sempre tentaria fugir, a não ser que ele me oferecesse outro incentivo.

– Como sei que você vai cumprir a promessa?

A minha voz retomara algum sinal de força.

Vi o senso de humor dançar nos olhos dele ao passar a mão pelos cabelos escuros e bagunçados.

– Apenas confie em mim. Sei que parece estranho te pedir isso, mas é simples assim.

A ideia me congelou. Eu era estúpida até mesmo por considerar a oferta. Não consegui formular uma resposta, então continuei a caminhar apressada rumo à masmorra. O rei me acompanhou com passos tranquilos. Malditas pernas compridas.

– Você aceita, então?

Estremeci.

– Não.

– Pois sinto te dizer que você está indo para o lugar errado.

Fiquei imóvel como um morto.

– Como assim?

Ele abriu um sorriso feroz que fez o meu sangue congelar nas veias.

– Acha que vou te permitir o luxo da cela da qual acabou de escapar, sem que você tenha a intenção de ouvir o meu alerta sobre fugas nem de aceitar minha proposta? De jeito nenhum, acho que vou te colocar em um lugar um pouco menos... confortável.

Fiquei rígida como um cadáver.

O anexo. Onde todos os gritos e uivos nasciam.

O sangue zumbiu nas minhas orelhas enquanto o prazer pelo meu tormento brilhava nos olhos do rei.

– Você disse que não faria isso.

Eu soava como uma criança petulante, e as palavras se transformaram em pó na minha língua.

Ele deu de ombros.

– Disse? Acho que mudei de ideia. O cavalete é muito eficiente, sabia?

Ele sentia prazer demais com a minha expressão de horror. Torcia para que ele estivesse vendo o quanto eu o odiava. Mais do que já odiara qualquer outra pessoa. Até mesmo Powell.

– Você é tudo que imaginei, e muito pior.

Os olhos cinzentos cintilaram.

– Talvez. Mas a escolha é sua.

A ideia de passar o resto da vida ali bastava para me deixar enjoada. Mas que opções eu tinha? Suportar o que ele planejasse para me forçar à submissão? Imagens de cavaletes e unhas arrancadas passaram pela minha mente. E depois? Acabaria mais fraca, mais traumatizada, ainda menos capaz de fugir. Aceitar ficar ali e deixá-lo ao menos encontrar a minha família não seria o menor dos males? E a escolha que eu teria mais probabilidade de usar a meu proveito?

– Tá – falei, dominando a náusea que me revirava. – Mas tenho... – Engoli em seco. – Tenho um pedido.

O rei se aproximou em um passo e me olhou com curiosidade. Curiosidade e... outra coisa. Algo... faminto. Congelei. Como não continuei, ele murmurou:

– Diga, passarinha.

– Você vai encontrar a minha família logo. Não algum dia. E vai entregar uma carta para eles, com prova de recebimento – me forcei a dizer.

Sua expressão se suavizou.

– Combinado.

– E deve jurar não ferir o meu irmão – sussurrei. – Estou cumprindo a pena dele.

– É claro – disse ele, apesar da boca mais azeda.

– E... Quero sair das masmorras. Para viver aqui, não posso dormir para sempre na cela. Preciso ter permissão de andar livremente pelo castelo. Sem Barney atrás de mim.

Ele me olhou, letal e implacável.

– Está bem. Vou atender todos os seus pedidos, mas me escute, passarinha. Você não vai fugir de novo. Se tentar, a sua família, quando eu a encontrar, sofrerá em seu lugar.

O sangue se esvaiu do meu rosto, mas concordei em silêncio, quieta como a morte.

– Lá fora é muito perigoso – acrescentou ele. – Acredite, eu não quero que você se machuque.

Apesar de tudo que acontecera, suspirei bem devagar. Se ele cumprisse o prometido, eu poderia entregar um recado à minha família. Talvez até voltasse a vê-los, se me comportasse. E, se ele estivesse mentindo, logo saberia. Se não recebesse prova da segurança da minha família, poderia voltar a tentar escapar, depois de tê-lo convencido de não ter intenção de fugir.

Ainda assim, um gosto amargo inundou a minha boca. Não consegui conter as palavras que cuspi quando nossos olhares se encontraram sob a luz brilhante da lua.

– Eu queria que o que o atacou no bosque tivesse conseguido matá-lo.

Olhos repletos de poder fatal me fitaram.

– Não queria, não.

9

— Você está mais emburrada do que de costume.

Dagan me olhou, e eu mudei de posição para encarar, carrancuda, a janela com vista para o bosque, pensando em tudo que tinha perdido em tão pouco tempo.

Os aposentos aos quais fora levada na véspera, na ala dos criados, não tinham nada de especial, mas, ainda assim, o quarto era maior do que aquele eu dividia com Leigh em Abbington. Isso me deixou deprimida de várias maneiras. Porém, o lençol branco era fresco ao toque, e a pequena lareira emanava um calor suave e ameno. Apesar de temer que os pesadelos de ansiedade me mantivessem acordada, o sono me tomara com rapidez. Imagens de escamas escuras de dragão, unhas ensanguentadas e olhos cinzentos inclementes me conduziram a uma noite sem sonhos.

Na véspera, imaginara que aquela seria a minha última tarde naquela botica. No entanto, passaria ali o resto da vida. O estado de espírito tenso de Dagan combinava com o meu, e nós dois apenas realçávamos o frio do castelo. Apesar de admirar as torres impressionantes, os lustres delicados e o mobiliário caro e texturizado do forte a caminho da botica naquela manhã, só conseguia pensar em toda a existência que passaria ali contra a minha vontade.

— Foi uma noite longa — falei.

Dagan esperou que eu continuasse. Não queria falar daquilo, mas ele também nunca tinha tentado me conhecer antes e, já que continuaríamos a trabalhar juntos, senti que deveria aproveitar aquele interesse.

— Descobri que uma pessoa estava mentindo para mim. E também fui atacada. Pelo tenente. Mas estou bem.

Talvez eu esperasse a mesma raiva protetora e furiosa que sentira do rei, mas Dagan continuou a me olhar, sem expressão.

– Ele tentou me tomar à força – falei, buscando a reação de ultraje.

Eu queria saber o que Dagan pensava de Bert. Do rei Ravenwood. Por que ele não estava incomodado com aquilo? Será que ninguém tinha consciência naquele maldito castelo, pelas Pedras?

– Mas o rei interveio... e o condenou à morte.

Nada ainda.

– Por *tortura* – insisti, olhando feio para o velho homem.

Dagan bufou, fechou o livro e procurou algo debaixo do armário.

– Obrigada pela preocupação – murmurei.

Ele tirou dali um embrulho de juta e deu a volta na bancada em direção à porta. Ele devia estar mesmo morrendo de tédio com a minha conversa.

– Você vem?

Olhei para ele, perplexa.

Ir? Com *ele*?

– Aonde você vai?

– Só tem um jeito de descobrir. – A resposta foi mais desanimada do que qualquer coisa.

Olhei ao redor da botica. Nunca descobriria mais sobre o castelo – ou o reino – se passasse os dias presa ali. E, se tinha aprendido algo na véspera, era que conhecimento era poder, e eu não teria poder se não colocasse o medo de lado e me aventurasse pelo restante do forte.

Eu o segui até a galeria sem perguntar mais nada.

Caminhamos em silêncio pelo castelo, virando em corredores acobertados por sombras e soldados cochichando entre si. Quando sentia seus olhares curiosos, me apressava para me manter próxima ao velho Dagan.

Era estranho estar livre do olhar atento de Barney – quase bom demais para ser verdade. Com isso, permiti que uma farpa de esperança penetrasse no meu coração. Talvez o rei pretendesse cumprir as promessas que fizera, e a minha independência no castelo fosse a primeira.

Em vez de tomar a rota à qual me habituara – descer a escada em espiral, seguir o corredor de telas a óleo e passar pelas portas até as masmorras –, viramos à esquerda em um momento inesperado e atravessamos um corredor decorado por estátuas. Uma mulher de mármore claro em pleno êxtase, envolta em panos transparentes, me fez corar, enquanto um lobo paralisado em obsidiana com dentes arreganhados era quase realista demais para ser arte. O corredor acabava em uma porta de madeira que nos foi aberta por um guarda.

O ar enevoado da manhã encheu os meus pulmões.

Em silêncio, fomos descendo uma escada de pedra úmida até eu não conseguir mais conter o desconforto.

– Aonde estamos indo?

É claro que ele não respondeu. Eu devia ter me preparado.

A escada levava a um grande gramado atrás do castelo, vasto e verde-esmeralda. Parada no limite da área, admirei o espaço amplo e aberto e inspirei o aroma de pinheiro molhado e grama cortada. Lembrava as minhas corridas matinais em Abbington, apesar de ser muito mais verde e mais úmido. Fui afundando os pés na grama fria, percorrendo a clareira atrás de Dagan e notei que árvores e flores cercavam o campo amurado.

Era uma espécie de arena.

Perdida na admiração das texturas e cores da clareira, quase não notei que Dagan parou no meio do caminho e largou o embrulho na minha frente. O objeto caiu com um baque metálico. Ele o indicou com um gesto, e o meu coração acelerou em resposta ao convite.

Eu me ajoelhei devagar para inspecionar o conteúdo do embrulho, e então o meu queixo caiu que nem fruta madura.

Lá dentro estavam duas espadas de prata imensas e reluzentes. As lâminas refletiam o sol fraco da manhã, filtrado pela juta. O punho e o pomo eram cobertos por metal ricamente trabalhado que lembrava as videiras de uma floresta densa.

Eu tremi de pavor.

– O que você vai fazer comigo?

Dagan franziu a testa.

– Quando eu era mais novo, o que quase aconteceu com você acontecia com a maioria das garotas, e não tinha nenhum rei por perto para salvá-las.

O meu sangue gelou quando pensei nas garotas que não tiveram a minha sorte. Ele ia acabar o que Bert tinha começado?

– Eu treinei as poucas que pude com essas espadas.

Em um instante, o medo se dissolveu em alívio, que deu lugar à confusão. Ele se aproximou de mim e ergueu as duas espadas, me entregando a menor e menos elaborada.

– Vamos começar com um golpe básico de cima. Distribua igualmente o peso do corpo entre os pés, deixando um deles mais à frente, e encare o oponente.

Assenti, mas não ergui a espada.

– Estou esperando.

Ele ia me ensinar? A empunhar uma espada?

Eu não tinha muito jeito nem com um cutelo.

O olhar de Dagan foi mudando de severo para irritado e, com aquela arma de metal nas mãos, eu não queria chateá-lo. Tentei a postura, e ele levantou um pouco os meus cotovelos.

— Sustente a espada na altura do ombro. Isso. Primeiro, diminua o alcance entre você e o seu oponente, avançando a espada assim.

Ele demonstrou com um movimento fluido como água corrente.

— Em seguida, avance um passo na direção do oponente, mas um pouco para a direita, para evitar o contra-ataque. Depois, pode abaixar a espada em linha reta no golpe.

Eu espelhava os movimentos dele, observando a posição dos meus pés e pensando em uns cem modos de pegar a espada e fugir pelo muro atrás de mim, que nos separava do bosque, quando ele falou, seco:

— Agora, atenção.

Antes que eu pudesse respirar, ele investiu contra mim. Ele devia ter mais de setenta anos, mas se movia como um lince. Eu devo ter gritado quando larguei a espada como se queimasse e corrido no sentido oposto. Ouvi Dagan soltar uma gargalhada genuína antes de me virar para olhá-lo, estupefata.

— Pelo amor das Pedras, o que foi isso? — exclamei.

— Vamos tentar de novo.

Dagan recuou e me esperou pegar a espada. Dessa vez, quando ele me atacou, eu me esquivei para a esquerda, sem soltar a espada, mas a arrastando atrás de mim como peso morto. Ele estava mesmo... me ensinando. E talvez zombando um pouco de mim também.

— Bom. Levante a espada. É uma arma, não uma vassoura.

— Você não diria isso se eu fosse homem — bufei e levantei a espada.

O peso puxou meus pulsos e antebraços. Eu sentiria dor no dia seguinte.

Dagan repetiu o ataque, mas, dessa vez, quando me esquivei, ele movimentou a espada na minha direção. Eu cambaleei e recuei, mas ele não desistiu. Continuei a desviar, me mexendo como ele instruíra, mas a espada dele acabou acertando meu ombro. Eu me preparei para a dor, mas senti apenas um toque leve. Supus que fosse necessário talento para atacar com tanto vigor e precisão, e aliviar o impacto bem a tempo.

— Bom — soltou ele. — De novo.

Continuamos por mais uns quarenta minutos, e ele me ensinou também a bloquear ataques e as bases de um contragolpe. Ele corrigiu a minha postura, os meus cotovelos, a direção dos meus pés. No fim, eu estava pingando de suor, com o rosto quente e salgado.

A dor familiar nos músculos e nas articulações foi mais bem-vinda do que eu previa. Fazia anos que eu não passava tanto tempo sem correr, e gastar um pouco da energia acumulada foi quase tão relaxante quanto revigorante.

— Muito bem — concedeu Dagan enquanto embrulhava as espadas. — Amanhã repetimos, mesma hora, mesmo lugar. Faremos isso todos dias antes de abrir a botica.

– Certo.

Eu não ia discutir, sendo que ele estava me ensinando a me defender dos homens que me mantinham naquele castelo. E o exercício em si me trazia... alegria. Eu era horrível naquilo, mas segurar a arma e a movimentação com ela em mãos era fortificante. Imaginei dar com aquela espada na cara arrogante do rei Ravenwood e todo um ânimo vibrou em mim.

Tive dificuldade de recuperar o fôlego no caminho de volta ao castelo, envolvidos em um silêncio agora estranhamente confortável. O céu escuro prometia um dia de chuva merecida, algo que o meu corpo superaquecido desejava.

– Dagan? – perguntei depois de um tempo. – Você é um espadachim de talento. Por que acabou responsável pela botica?

Ele estreitou os olhos na direção das nuvens pesadas no alto.

– Eu lutei no exército de Ônix. Faz tempo.

Balancei a cabeça.

– Não, eu já vi soldados. Isso vai muito além. Você é um mestre.

– Tive um professor digno, o meu pai – disse ele, e olhou para baixo.

– Bem, obrigada por tentar me ensinar. Farei o melhor que posso.

Ele subiu a escada, com a boca trêmula em um sorriso.

Mais tarde, de volta à botica, percebi que nunca o vira sorrir antes.

Se eu já não estivesse dolorida demais para andar depois de passar a manhã tentando me esquivar de um mestre espadachim, a subida para a biblioteca certamente acabaria o serviço. Cumprindo a promessa que eu fizera para mim mesma pela manhã, de descobrir mais do castelo e construir uma defesa de conhecimento, tinha decidido começar pelo que menos me assustava: visitar Mari no trabalho. Esperava que ela tivesse mais informações sobre o rei, a vidente, e o castelo em si. Além do mais, eu gostava dela.

Quando cheguei ao fim da escada quase infinita, encontrei livros e mais livros espalhados em espirais e fileiras de prateleiras. Nunca tinha visto tantos itens de uma só vez. A biblioteca era toda em tons quentes de chá e caramelo, com mesas de leitura gastas e poltronas antigas de veludo espalhadas. Quando por fim encontrei Mari, na seção de "Gnomos e Duendes", mal tinha recuperado o fôlego.

– Olá – chiei, com medo irracional de perturbar a paz dos livros. O ambiente parecia um templo de silêncio reverente.

– Arwen – disse ela, alegre, e veio correndo. – Não acredito que você veio até aqui. É uma subida e tanto, né? Meu paizinho diz que nenhum emprego compensa subir essa escadaria todo santo dia, mas não me incomoda.

– A vista aqui de cima deve ser inacreditável.

Mari abriu um sorriso esperto e nos conduziu a um dos vitrais com vista para a floresta. Os pinheiros e carvalhos eram ainda mais assombrosos vistos de cima e através do filtro do vidro colorido. Hectares e mais hectares de verde escuro e vívido e preto sombrio. Um trovão ressonante me causou um sobressalto, e Mari se virou para me olhar melhor.

– O que houve? Você está com uma cara horrível!

Eu me larguei junto à janela.

– Obrigada.

Ela se aproximou para inspecionar meu rosto.

– Eca, e está suada!

– Sei que vai parecer bizarro... – comecei, mas percebi que não sabia concluir a frase.

Já que ia morar ali, pelo menos por um tempo, precisava de uma pessoa com quem me abrir. A noite anterior fora...

Eu não conseguiria segurar aqueles sentimentos por tanto tempo.

– Sim? – insistiu ela, voltando a arrumar os livros.

Eu me afastei da janela e fui atrás dela, olhando a biblioteca. Uma mulher mais velha de óculos lia no canto à nossa esquerda, e dois homens que pareciam generais procuravam algo na seção de mapas.

Em voz baixa, me abri um pouco, para testar.

– Passei a manhã aprendendo a lutar de espadas com Dagan.

Mari se virou para me encarar.

– Como é que é? Por quê?

Ali estava o mais difícil... Será que eu podia confiar em Mari? O meu instinto nunca havia sido tão forte e naquele momento me impelia a me abrir com ela. Mari sempre fora gentil comigo, buscara minha amizade e tentara tornar aquela transição mais fácil para mim – embora não soubesse toda a verdade.

Suspirei.

– Eu vim para cá porque o meu irmão ia ser condenado à morte por roubo, e eu me ofereci para trabalhar de curandeira para pagar a dívida dele. Passei a primeira noite nas masmorras do castelo e o rei estava na cela ao lado, fingindo ser prisioneiro no próprio forte.

Ela contorceu o rosto, e eu acrescentei:

– Eu diria o motivo, se soubesse.

– Você conheceu o rei Ravenwood? E falou com ele? Como ele estava?

– Horrível – falei, irritada. – E insuportavelmente bonito. Uma combinação péssima.

Mari riu.

– Parece ser esse o consenso no reino. Como isso te levou a lutar com Dagan?

Contei tudo para Mari. As mentiras do rei Ravenwood, o tenente terrível, a minha tentativa de fuga, o nosso acordo infame e a minha experiência com Dagan pela manhã. Contei da minha mãe, dos meus irmãos, da minha infância em Abbington. Falei de tudo, menos das agressões de Powell.

Mari se recostou em uma estante alta ao meu lado. Ela parecia ter perdido as palavras pela primeira vez desde que eu a conhecera.

– Sinto muito por estar presa aqui – disse, quando terminei. – Mas a Fortaleza das Sombras não é tão ruim. Vai melhorar para você, tenho certeza. E sinto ainda mais pela doença da sua mãe. Nem imagino como seria ver o meu paizinho sofrer assim.

Meu coração doeu quando pensei na minha mãe, que tentava viajar para terras mais seguras naquelas condições, e sem sua medicação, visto que eu não conseguira levá-lo naquela noite.

– Os curandeiros da minha cidade nunca conseguiram diagnosticar. Tentamos todas as poções, os unguentos e as terapias que conhecíamos. Por fim, me disseram para parar de tentar curá-la, e apenas mantê-la confortável enquanto esperávamos o inevitável.

Pensei no dia em que Nora tinha me passado aquele sermão severo. Eu nunca me sentira tão derrotada.

– Sinto muito mesmo, Arwen. Pelo menos a sua cidadezinha tinha uma curandeira. Muita gente precisa viajar em busca de socorro médico. Na Nascente da Serpente, na fronteira com Peridoto, são quilômetros sem curandeiro algum. Uma vez, um homem perdeu o braço, cortado por um moinho, e precisou ser levado de serpe a Willowridge. Por que motivo ele se meteu lá, nem quero saber.

– Como você sabe disso?

Ela deu de ombros.

– Li em um texto médico.

Aquela mulher era um tesouro de conhecimento. Ela...

Perdi o fôlego.

Um texto médico.

Poderia ser?

Procurei as estantes ao meu redor até enxergar a seção marcada como "Medicina", e segui direto para lá. A nossa cidadezinha não tinha nenhum dos recursos daquele castelo, muito menos uma biblioteca como aquela, que devia ter sido importada da capital movimentada, e certamente de outras cidades ao longo das décadas.

— Como fui burra a ponto de só pensar nisso agora? — comentei com Mari, que vinha atrás de mim.

Era para ter sido a minha primeira ideia em um castelo daqueles.

— Pensar no quê? — perguntou Mari, em voz alta, na mesma sendo repreendida pela mulher de óculos.

Eu tinha encontrado o que buscava. Fileiras e mais fileiras de livros sobre doenças, males e curas. Se existisse algo para ajudar a minha mãe, estaria entre aquelas páginas.

Não era nem um plano tão terrível quanto os outros daquela semana — fazer um trabalho decente ali, curar os soldados, aprender a lutar. E, enquanto isso, buscar uma cura para a minha mãe. Quando encontrasse, poderia insistir para o rei Ravenwood levar a cura até ela, e, se não levasse, eu pararia de trabalhar para ele.

— Mari — chamei e me virei para ela, a verdadeira esperança acesa no meu peito pela primeira vez desde a partida de Abbington. — Você me ajuda? Sei que é um pedido grande, mas...

— Tem três coisas que amo neste mundo. Ler, um desafio e provar que os outros estão errados.

Eu ri, uma gargalhada alta e alegre.

— E ajudar as pessoas?

— Claro — disse ela, e deu de ombros. — Isso também.

A tarde se arrastou até a noite enquanto folheávamos metade dos livros da seção. Quando os meus olhos estavam tão cansados de jargão médico que eu mal conseguia enxergar, e não tínhamos encontrado nada de útil, fiquei de pé, com os joelhos bambeando, e prometi a Mari que voltaria no dia seguinte, antes da hora de trabalho na botica. Só então enfrentei novamente a escada traiçoeira de pedra.

Quando cheguei ao corredor das pinturas a óleo, virei para a direita, inspirada pela minha dedicação a não ignorar nenhum canto do castelo. Explorar o lugar ativamente, em busca de todo conhecimento que pudesse me ajudar, era muito melhor do que me esconder na botica.

O novo corredor escurecido que encontrei estava iluminado apenas por candelabros e castiçais de ferro, e eu me forcei a criar coragem. As sombras não podiam me machucar. Nem os ornamentos de pedra, ou os cochichos vindos dos nichos escondidos.

Um passo e mais outro, era tudo o que eu precisava fazer.

Ao fim do caminho sinuoso encontrei portas altas e sombrias como a noite, protegidas por quatro sentinelas.

Alguém berrou um palavrão que ressoou por trás deles para o corredor e me deixou chocada a ponto de perder o fôlego. Aquela voz grave me era muito conhecida, e não pude conter um terror concentrado que apertou as minhas entranhas ao ouvir o som. Até os guardas, de armadura de couro e capacetes de caveira, se encolheram.

Todas as células do meu corpo me impeliram a correr para o outro lado. A me afastar do urro letal. Porém, se ficasse ali e escutasse, talvez ouvisse outra informação sobre o conflito do rei com a vidente...

Era só dar mais uns passinhos...

As portas enormes e pretas se escancararam, e uma figura aos prantos, descontrolada, saiu em disparada e trombou comigo com força. Cambaleei para trás, torcendo o tornozelo.

— Esse maldito monstro vingativo vai causar a morte de todo mundo.

A força do homem que chorava quase me jogou no chão – ele era gigante. Tinha mais de um metro e oitenta, o porte de um armário, e fungava que nem um bebê. Eu não ia esperar para ver o que o rei Ravenwood fizera para reduzir aquela montanha humana a uma poça de lágrimas.

Dei meia-volta mas em seguida ouvi a voz do rei ecoar pelo corredor.

— Ah, olha só quem é.

Merda.

Apesar do ácido queimando nas minhas veias, eu sabia que não deveria fugir dele. A ameaça constante das masmorras era mera fração do que ele era capaz.

Eu me virei e levantei o queixo.

Entrar na sala do trono do rei Ravenwood era como adentrar uma nuvem em plena tempestade. As pedras pretas e acinzentadas davam um ar cavernoso à sala, e o trono retorcido no qual ele se sentava era um monumento de videiras pretas esculpidas. Tochas iluminavam o ambiente em colunas de luz bruxuleante, mas nada disfarçava a dureza do espaço, intensificada pela expressão sombria do rei.

Eu me forcei a fazer uma reverência simples, apesar disso me dar engulhos.

Ele arqueou uma sobrancelha. Seus olhos, normalmente brilhantes, aparentavam cansaço.

— O que está fazendo aqui? Já sentiu saudades?

— Então o rei não é tão esperto – murmurei.

Eu precisava controlar aquela raiva, mas não conseguia conter o fogo que queimava em mim sempre que ele falava. E naquele momento era especialmente difícil. Ele estava em posição de extremo poder – as pernas bem abertas, a mandíbula relaxada, a mão adornada por anéis de prata e casualmente apoiada em um braço do trono.

O babaca arrogante estava praticamente implorando pelas minhas patadas.

Porém, os guardas atrás dele se calaram, e eu reconheci o soldado loiro que brigara comigo na enfermaria, o mesmo que avançara com intenção mortal, prometendo assassinato em seus olhos verdes.

Engoli em seco, observando o jovem soldado impassível. Ele tinha perseguido o próprio rei naquele dia, apesar de Ravenwood não ser, de fato, um prisioneiro em fuga... Por que correr atrás dele?

– É melhor segurar essa língua – disse o rei Ravenwood de um jeito arrastado. – O comandante Griffin é meio sensível a ofensas.

Comandante?

O homem parecia jovem demais para ser comandante do exército de Ônix. Eu entendia a possibilidade de um rei jovem como Ravenwood, que devia ter 25 ou 26 anos. A realeza não tinha controle de quando morriam os pais que lhe deixavam a coroa.

O comandante Griffin, porém, parecia ter idade próxima à do rei. Eu me perguntei como ele tinha subido tão rápido na hierarquia.

O homem em questão revirou os olhos, mas continuou em posição ao lado do rei, me olhando como se eu fosse uma ameaça. A ideia me fez sorrir um pouco.

– Qual é a graça, passarinha?

– Nenhuma – falei, controlando uma careta. – Na verdade, o clima está bem... sério.

O rei arregaçou as mangas ornamentadas da camisa preta e cruzou uma perna, apoiando o tornozelo no joelho. Seus antebraços dourados de sol ostentavam os músculos esguios enquanto repousavam no trono.

– Se quer saber, foi um dia ruim para caralho.

– Que trágico – comentei. Não falei com grosseria, mas também não foi com educação.

O sorriso dele em resposta foi feral, e os braços de madeira do trono rangeram sob o seu peso. Quando eu tinha ficado tão corajosa?

– Fácil zombar de mim, não é? Ainda mais considerando que você não sabe absolutamente nada do que acontece ao seu redor. Sua falta de noção dos sacrifícios que reis e rainhas têm que fazer por seus súditos, das vidas perdidas, das escolhas irreversíveis.

Tentei não bufar conforme a raiva crescia dentro de mim. Ele declarara guerra contra um dos reinos mais fracos de Evendell. Era um agressor, não um mártir.

— Acho difícil ter empatia — admiti, rangendo os dentes.

Eu precisava ir embora daquela sala antes de me arrepender do que dizia.

O rei, porém, apenas assumiu uma expressão mais intensa. Uma expressão que fervia abaixo das sobrancelhas grossas e franzidas.

— Você não faz ideia de como as coisas estão perigosas. Do quão precário é o destino de todas as pessoas que você conhece. Que já conheceu. Que ama.

Fechei a cara para aquela tentativa de me assustar, mas não consegui controlar o calafrio que me percorreu.

— Então me diga — falei. — O que está em jogo para você, rei Ravenwood? Ou está com medo de que eu saiba a verdade? Que a única coisa que importa é a sua ganância?

O rosto dele se enrijeceu em uma máscara de calma cruel. Ele se levantou e se aproximou de mim devagar.

Lutei contra a vontade de me encolher quando ele acercou o rosto do meu e murmurou ao pé do meu ouvido.

— Primeiro, me chame de Kane. Rei Ravenwood é meio formal para alguém que eu fiz corar tantas vezes quanto você.

A vergonha punitiva ardeu no meu rosto. Os guardas atrás do rei se mexeram. Abri a boca para protestar contra aquela alegação ultrajante, mas ele continuou.

— Segundo, Arwen, o que você poderia *saber*? Você, que viveu apenas uma "vidinha minúscula, sufocante e segura" por vinte anos, nunca viu nada, ou esteve em qualquer lugar, ou sentiu homem algum...?

Sem pensar duas vezes, recuei, e a palma da minha mão atingiu seu rosto masculino e arrogante.

Esperei em silêncio pela raiva. Pela fúria.

O rei Ravenwood, contudo, teve a audácia de se mostrar estranhamente satisfeito, e um sorriso enigmático se abriu no seu rosto.

Assim que o ruído do tapa soou na sala, o comandante Griffin chegou por trás de mim, agarrando meus braços em um aperto forte.

Uma onda de pânico inundou o meu peito, e o meu coração subiu até a boca.

Eu puxei com vigor, mas o comandante tinha uma força absurda, e me segurou por trás. As mãos ásperas arranharam minha pele.

— Solte — disse o rei, irritado, e coçou o queixo ao se voltar para o trono. — Ela não é mais que um mero aborrecimento.

As palavras dele doeram. Desejei que o tapa também tivesse doído. Como ele ousava jogar as minhas próprias palavras contra mim? Palavras que eu tinha compartilhado em segredo, quando achava que ele era outra pessoa. Era golpe baixo. E proposital para suscitar a minha reação.

O comandante obedeceu e me soltou sem dizer mais nada.

– Posso ir embora? – perguntei ao rei, tentando não soar como Leigh quando queria ser dispensada da mesa de jantar.

– À vontade – disse o rei, e indicou a porta.

Voltei correndo para o meu quarto na ala dos criados, vergonha e raiva disputando lugar dentro de mim. Não acreditava que tinha me rebaixado ao nível dele. Eu me meti debaixo da manta tricotada, e o colchão firme cedeu um pouco sob o meu corpo dolorido. O dia tinha começado de modo tão promissor, com Dagan, Mari e um nova perspectiva. O primeiro raio de luz no poço sem fim de escuridão que envolvera a minha vida.

E agora eu só queria que acabasse. De novo.

Por mais que tentasse refutar, as palavras do rei tinham acertado um ponto tão sensível e particular da minha vergonha que era quase invasivo. Como se ele conseguisse me enxergar por dentro, e tivesse escavado minhas costelas ocas para arrancar os pensamentos escondidos nos cantos mais profundos do coração.

Eu *tinha* começado a me ressentir da minha casa em Abbington. De todos os modos com que a vida ali me tinha limitado. E ainda odiava a Fortaleza das Sombras, muito mais até, pois tudo indicava que eu ficaria ali para sempre. Não me restava muita opção de um lugar ao qual pertencesse de verdade. De alguma forma, apesar dos muitos dias longos e vazios da minha infância, ou das noites recentes na cela de pedra molhada, eu nunca me sentira tão sozinha.

10

Querida mãe, Leigh e Ryder,

Se estão recebendo esta carta, é porque estão em algum lugar seguro, e talvez aquecido. Que estão cercados de comidas e frutas exóticas. Ou isso é apenas ideia da minha barriga, que está roncando? Queria estar com vocês, mas saibam que estou sendo bem cuidada em Ônix. É uma longa história que espero poder contar pessoalmente um dia. Enquanto isso, por favor, usem este dinheiro para ajudar na construção das suas novas vidas. Conhecendo Ryder, metade do que ele roubou provavelmente já acabou. Leigh, não deixe tanta mudança te assustar. Sei que deixar Abbington foi difícil, mas, enquanto estiver com Ryder e com a mamãe, estará em casa. Mãe, estou vasculhando este novo reino em busca de toda informação possível sobre a sua doença. Não perca a esperança! E, Ryder, por favor, cuide delas. Elas precisam de você.

Com amor,
Arwen

Fazia dias que eu carregava a carta por aí, como uma criança com sua manta preferida. Não conseguia criar coragem de pedir para o babaca cumprir a promessa, ainda mais depois da última vez em que o vira – quando me comportara feito uma maníaca. Pensei em entregar a carta a Barney, por quem eu passava, vez ou outra, no salão ou na galeria, mas eu saberia avaliar melhor se o rei Ravenwood pretendia cumprir a promessa se pudesse conversar com ele pessoalmente e dar um jeito de me desculpar pela minha explosão.

Eu nunca tinha sido tão franca com ninguém. Eu o odiava, não o respeitava, não confiava nele e não conseguia, de jeito algum, parar de pensar nele e em suas palavras cruéis e arrogantes. Porém, precisava controlar aquela fúria e forçar uma expressão agradável para pedir que ele mandasse a carta.

Cheguei na biblioteca mal iluminada depois de mais um treino matinal com Dagan. Mari estava debruçada sobre três livros abertos, em diferentes pontos de leitura, roncando que nem um urso em hibernação.

– Mari?

– Ah! – exclamou ela, pulando que nem fogos de artifício, o cabelo ruivo tapando o rosto.

– Pegou no sono, foi?

– Ai, foi – grunhiu ela. – A última vez que isso aconteceu foi antes de fazer a o exame da Ordem dos Advogados.

– Você fez a prova de Direito? Vai virar advogada?

– Não, pelo amor das Pedras – disse ela, e abanou a cabeça, enquanto ajeitava o cabelo.

– Então... por quê?

– Só para ver como eu me sairia.

Ela abriu um sorriso esperto, indicando que obviamente tinha tirado a maior nota.

Eu chacoalhei a cabeça.

– Você é doida – falei, e quando ela alargou o sorriso, arrancou da minha boca um sorriso também. – E fico muito feliz por seu pai ter esquecido a meia na enfermaria.

– Eu também. Faz um tempo que não faço novas amizades – disse ela, e se levantou para se espreguiçar. – Acho que às vezes encho o saco das pessoas.

Antes que eu discordasse, ela prosseguiu:

– Enfim, olha o que achei.

Mari apontou o livro na nossa frente, e eu acompanhei seu dedo na página desgastada cor de areia.

– Fadiga, atrofia muscular, dor de cabeça, perda de peso... – continuou.

A página descrevia precisamente a doença da minha mãe, incluindo a dor nas articulações, a dor de cabeça e as tonturas.

Uma faísca se acendeu dentro de mim – uma esperança cautelosa e um feixe de pura alegria.

– O que é?

– O livro é das Montanhas Peroladas, então dá pra saber que é preciso – começou ela.

O reino era conhecido pela vasta riqueza de conhecimento e pelas bibliotecas gigantescas, construídas nos picos da cidade, onde ficavam flutuando.

– Diz aqui que se chama Transtorno de Plait e tem um tratamento até que simples, o que é bem surpreendente. "Um preparo de uso diário aliviou os sintomas da maioria dos pacientes, e melhorou a qualidade de vida e a expectativa de sobrevivência."

O feixe de luz se abriu num leque luminoso. Era bom demais para ser verdade.

– Mari! Você é genial.

Ela sorriu para mim, ainda precisando de um pente.

– Só leio rápido. A ideia de pesquisar na biblioteca foi sua.

Os ingredientes do preparo não eram tão comuns, mas, felizmente, a botica do castelo possuía quase todos. Eu nunca tinha ouvido falar de raiz-cavada e, depois de organizar o inventário da botica aproximadamente três vezes ao dia todos os dias, sabia muito bem que não tínhamos nenhuma por lá.

– Droga – resmunguei ao ler. – Você sabe alguma coisa dessa raiz-cavada?

Mari fez que sim.

– É uma planta nativa do reino de Ônix, então deve crescer nos bosques por aqui. Mas só floresce no eclipse lunar, que acontece daqui a dois meses e dura apenas oito minutos, do começou ao fim.

Fiz uma careta, tomada de decepção. Tão perto, mas ainda assim...

– Como encontro essa planta no eclipse?

– Ela deixa um resíduo iridescente onde cresce, o ano todo, então, se você desse um jeito de desbravar a floresta, poderia procurar o lugar. Depois, só teria que ir até lá na noite do eclipse...

Como se visse minhas engrenagens girarem, ela acrescentou:

– Por favor, não faça nada que seja completamente idiota.

– Não vou fazer – menti. Eu estava ficando boa nesse negócio de mentir.

Se o primeiro passo para a coragem era reconhecer que eu precisava reencontrar o rei, tanto para entregar minha carta quanto para encontrar o resíduo de raiz-cavada no bosque, o segundo passo era de fato agir.

Era meu dia de folga da botica – Dagan provavelmente queria descansar da tagarelice e dos risos constantes, já que Mari passara a me visitar todo os dias –, e eu estava a caminho da sala do trono. Para pedir ajuda do perverso rei. Como uma idiota.

O castelo estava quieto e sonolento enquanto percorria seus corredores, observando as famílias e os soldados que tomavam o desjejum no salão. Minha barriga roncou. Em apenas duas semanas, eu me acostumara de forma vergonhosa ao pão de cravo do reino de Ônix. O pão marrom-escuro era feito de trigo obsidiano, nativo daquela terra, misturado a melado e cominho. Eu espalhava manteiga derretida nas fatias densas e adocicadas toda manhã. Ver uma mãe e seu filho arrancarem um naco de pão quentinho enquanto liam um livro infantil fez meu peito doer.

Eu tinha de admitir que, se usasse aquele castelo de referência, talvez o reino de Ônix não fosse a terra de horrores que todos com quem eu crescera diziam ser. Ninguém ali tinha chifres retorcidos ou garras grotescas, muito menos asas. Além de Bert, ninguém tinha sido de fato desagradável comigo. Embora minha mãe dissesse sempre para não julgar um livro pela capa, era exatamente o que eu tinha feito. Eu me perguntei se aquela gente também detestava a guerra tanto quanto nós, em Âmbar. Eu tinha certeza de que eles também tinham perdido casas e parentes.

Aquela ideia me deixou furiosa de novo com o rei Ravenwood. Que tipo de homem, ainda por cima um rei, faria aquilo com tanta gente inocente? E em nome do quê? De mais terras? De mais riqueza?

Além do meu nojo pelo rei Ravenwood, senti nojo de mim mesma. Como eu tinha nutrido qualquer sentimento positivo por alguém tão egoísta, vil, arrogante, violento...

– Arwen?

Eu me virei e trombei de cara com um peito forte e quente.

– Ai – reclamei, massageando meu nariz dolorido, que nem uma criança.

O rei me fitou com humor nos olhos, apesar da boca manter-se em linha firme. Ele vinha escoltado por quatro soldados, todos aparentados com equipamento de caça.

– Bom dia, Kane – falei.

O comandante Griffin pigarreou.

– Ou prefere Vossa Majestade? – perguntei.

Ele fez uma careta.

– Kane já serve. Não dê bola para o comandante Griffin.

Griffin levantou uma sobrancelha, cético.

O cabelo escuro do rei estava penteado para trás, sem cair no rosto. Ele usava uma jaqueta de couro sobre a túnica, botas de caça e uma espada na cintura, nitidamente a caminho de uma expedição. O medo, porém, era evidente no rosto iluminado por lamparinas de todos os homens atrás dele no corredor. Não parecia um passeio jovial.

Agora que ele estava bem à minha frente, eu não sabia como agir. Talvez ele entregasse a carta, mas eu tinha minhas dúvidas quanto à raiz-cavada. Poderia tentar coagi-lo, dizer que me recusava a curar pacientes até ele entregá-la para mim, mas não teria como deixar de explicar que era para minha mãe. Havia um motivo para a botica não ter a planta em estoque: não era usada para tratamentos. Ele perguntaria por que eu a procurava, e eu não estava disposta a compartilhar os meus desejos e fraquezas mais profundos com aquele babaca. De novo.

Uma ideia me ocorreu.

Abri meu sorriso mais atraente e pestanejei com os olhos arregalados e inocentes.

— Na verdade, eu estava procurando por você, meu rei.

Por dentro, me encolhi. Provavelmente estava exagerando. Os olhos de Kane brilharam, e ele curvou a boca, achando graça.

— É mesmo?

— Ah, sim. Preciso me desculpar pelo meu comportamento no outro dia. Foi um ultraje. Eu estava muito cansada, e acho que talvez estivesse doente. O senhor me perdoa?

Ele levantou a sobrancelha, interessado.

— Sua fúria não me pareceu febril. Mas fico feliz por estar se sentindo melhor.

— Estou muito agradecida pela sua gentileza na outra noite, por me permitir ficar aqui no forte. Pensei em entregar a carta que queria enviar para minha família, para que o senhor a compartilhasse com eles quando os encontrasse.

Tirei a carta do bolso do vestido e a entreguei para ele.

Ele pegou o envelope e o virou na mão, confuso.

— Por que está pesada assim?

Corei.

— Pensei em mandar um pouco de dinheiro. Para o caso de estarem necessitados.

O rei pesou a carta em uma das mãos grandes.

— Botou bastante dinheiro. É tudo que você tem?

— Quase tudo.

— Seu irmão não tem dinheiro suficiente para a vida inteira?

Eu odiava quando ele falava assim do meu irmão. Ryder não teria precisado daquele dinheiro se a minha aldeia não estivesse destruída havia cinco anos. Ainda assim, segurei a língua.

— Só quero ajudar. E só posso fazer isso mandando dinheiro.

Ele franziu a testa, e as luzes bruxuleantes espalhadas pelo salão brilharam em seu rosto severo. Ele não disse mais nada.

— Pode entregar a eles? — insisti. — Quando encontrá-los? Quando nos separamos, eles estavam a caminho de Granada.

O rei me observou com atenção, e algo que se assemelhava a pena brilhou em seus olhos de mercúrio.

Eu me irritei.

– Dei minha palavra, não dei?

Deu, mas sua palavra não vale muito mais que um saco de batata.

Engoli em seco. Se alguma coisa que eu tinha aprendido sobre o rei fosse verdade, lisonja e o poder presumido sobre seus súditos eram o único modo de conseguir o que se queria dele.

– Sim, meu rei, é claro.

Suas pálpebras pesaram, e um sorriso sedutor repuxou sua boca.

– Você precisa parar de me chamar por esse apelido tão carinhoso, passarinha.

Perdi o fôlego e meu rosto ardeu. O comandante pigarreou outra vez, e eu voltei a engolir em seco. Por que a minha boca estava tão ressecada? Kane levou a mão ao rosto para esconder o sorriso.

– Naquele dia... minha intenção não foi ofendê-la.

– Foi, sim – falei, antes de me repreender internamente.

Os homens atrás do rei se mexeram um pouco. *Seja agradável, Arwen.*

O rei Ravenwood coçou o queixo, pensativo.

– Talvez você conheça as minhas intenções melhor ainda do que eu mesmo. Então, ainda mais ardorosamente, peço desculpas – disse ele, em voz baixa.

Em seus olhos, uma nova expressão – uma que eu nunca vira ali.

Fiquei parada, perplexa. Era um pedido sincero de desculpas? Vindo *dele*?

O rei e os seus homens fizeram menção de passar por mim, para seguir pelo corredor, certamente a caminho do portal do castelo. Porém, eu não podia abandonar a segunda parte do plano. Precisava encontrar o lugar onde crescia a raiz-cavada.

– Na verdade, sei o que pode fazer pelo meu perdão.

Ele se virou, e me permitiu continuar. Esquecendo a confusa admissão de culpa, eu sabia que o babaca estava lutando contra a vontade de levantar a sobrancelha.

– Posso ir com vocês? – perguntei.

– Não – cuspiu Griffin.

– Mas...

– Claro – disse Kane, sorrindo.

Griffin resmungou algo em voz baixa e seguiu pelo corredor.

Eu sorri para o rei, com a minha melhor expressão de "isso é muito importante para mim".

– Prometo não incomodar ninguém – garanti. – Sou muito boazinha.

II

— *Nem por ordem das Pedras.*
Bati o pé para dar ênfase.
Kane revirou os olhos.
— Como queira — falou, e seguiu para o estábulo.
Os homens dele estavam montando os cavalos ao nosso redor. Era um raro dia ensolarado, o que indicava a proximidade do verão. Uma brisa morna e bem-vinda soprou pelos pinheiros do bosque, enchendo o estábulo com um cheiro doce e refrescante que já se tornara familiar. Apesar de eu treinar com Dagan todos os dias, a natureza das aulas dava pouco tempo para admirar o ambiente. Fazia semanas que eu não tinha tempo de realmente aproveitar o ar livre, e estava com saudades de sentir a grama entre os dedos e o sol no rosto.
Além do mais, tinha dado um jeito de convencer Kane a me levar com ele ao bosque, meu único jeito de encontrar o resíduo de raiz-cavada. Era a minha chance, e eu não podia desperdiçá-la por causa de uma cavalgada desagradável.
Fiz uma careta pedindo forças às Pedras do Céu, e fui atrás de Kane.
— Tá! — exclamei. — Tá. Mas saiba que eu já andei muito a cavalo. Não sei por que está me tratando que nem criança.
Ele não disse nada, apenas esperou, paciente, que eu montasse a criatura. Eu subi no cavalo com facilidade, e quase chutei a cara do rei no caminho. Achei que ouvi seu riso antes de montar também, mas todos os pensamentos sumiram de meu cérebro assim que ele se sentou atrás de mim.
Seu corpo quente e impressionante me envolvia pelas costas, como uma mão larga pegando uma pedrinha. Uma mistura inebriante de abeto, couro e hortelã invadiu meu nariz enquanto os braços fortes e musculosos me cercaram para pegar as rédeas. Eu me recostei naquele abraço acidental. Honestamente, eu não tinha mais o que fazer.

– Está confortável, passarinha? – ele murmurou ao meu ouvido.
Fechei os olhos sem pensar.
– Não.
Contudo, a sonolência rouca da minha voz me fez abrir os olhos de repente, assustada. Kane riu, um som sensual que convocava imagens de lençóis e murmúrios suaves, e conduziu o cavalo até os outros homens.
Pedras do céu, ele era sempre tão confiante!
Eu odiava aquilo.
Griffin nos observou de testa franzida.
– Estão bem aconchegados.
– Eu falei que podia cavalgar sozinha.
Não sei por que sentia necessidade de me justificar para aqueles homens – todos sabiam do meu ódio pelo rei. Tinham visto o meu ataque na sala do trono. Mas eu não queria que pensassem que eu era fraca.
Era uma coisa que eu nunca tinha pensado antes, mas começara a pensar o tempo inteiro.
– E eu falei que, se ela pudesse se proteger, podia ficar à vontade. Vamos.
Eu me perguntei se ele sabia das minhas aulas matutinas com Dagan. Antes que pudesse perguntar, Kane e eu disparamos em ritmo rápido, e os outros homens nos seguiram na formação militar, atravessando o portão da Fortaleza das Sombras.
Eu me preparei para as criaturas horríveis e as curvas fatais do Bosque das Sombras – mas as árvores retorcidas não eram tão assustadoras à luz do dia. Então me perguntei por que a floresta me parecera tão apavorante antes, e esperei que não tivesse nada a ver com as lendas que cercavam o homem inacreditavelmente mortal colado às minhas costas. Sempre que a raiva que tinha dele borbulhava em mim, eu me lembrava do plano: ser agradável, encontrar a raiz-cavada, aguentar firme aquele dia e ignorar Kane pelo resto da eternidade. Fiquei de olho no possível resíduo brilhante da raiz-cavada enquanto tentava decorar o caminho.
Eu teria que chegar ali na noite do eclipse, então, em algum momento, precisaria contar o plano para alguém; mesmo que o bosque fosse menos assustador do que eu esperava, não podia arriscar a segurança da minha família por descumprir o acordo com Kane se fugisse escondida. Todavia, era um problema para dali a dois meses. Talvez alguém o matasse antes. Sonhar não custava nada...
Pinheiros e salgueiros altos, olmos nodosos formando recantos e esconderijos, e florzinhas azuis se enraizavam na grama verdejante e nos tufos de musgo espalhados pelo solo da floresta. Pequenas criaturas corriam de um lado para

o outro conforme atravessávamos o bosque, e bolsões de sol se derramavam entre a folhagem densa das árvores.

Era muito diferente da floresta da minha aldeia em Âmbar, que era dourada e vermelho-ferrugem o ano inteiro. Nossas folhas caíam como a chuva pela manhã, e estalavam sob os pés toda noite. Eu nunca vira tanto verde – chegava a doer nos olhos.

Kane fazia o trajeto em silêncio, apesar da nossa posição íntima. Achei que ele faria piadas lascivas e toques repulsivos, mas ele se comportava de um jeito reservado e quase desconfortável. Eu queria quebrar o silêncio tenso, mas não conseguia pensar em nada de agradável para dizer. Era estranho estar tão grudada a alguém que eu odiava tanto.

Ainda mais porque aqueles braços apertados na minha cintura eram como barras de ferro quente, e eu precisava desesperadamente parar de pensar neles.

– Você sempre passeia assim tão tranquilo na floresta à tarde? – perguntei por fim.

– Ando meio ocupado para essas distrações.

Revirei os olhos.

– Ocupado com o quê, exatamente? Levando mulheres para a cama e matando gente por diversão?

Sua voz soou em um ronronar grave e satisfeito.

– Nem me tente, passarinha.

Engoli meu coração, que subira até a garganta. Não queria saber quais das opções era a tentadora.

Agradável, certo.

– Então, qual é o propósito da excursão de hoje? – arrisquei.

– Por que me pediu para vir, se não sabia?

A pergunta era razoável. Experimentei ser um pouco honesta.

– Precisava sair do castelo. Estava me sentindo meio enclausurada.

– Você sente isso com bastante frequência, não sente?

Então o rei egocêntrico era observador.

– Tenho uma... reação desagradável quando fico encurralada.

– Eu me lembro a sua primeira noite na cela.

Tentei não tremer em um espasmo ao sentir o peso no peito que acompanhava aquela lembrança. Assim como a de Kane fingindo ser outra pessoa. Ainda me enfurecia não entender por que ele mentira para mim.

Agradável, agradável, agradável.

Ryder passara dezenove anos sendo charmoso. Eu aguentaria por uma tarde.

– Nunca te agradeci. Por me transferir para a ala dos criados e dispensar Barney do serviço.

– Me pareceu um castigo inteligente para alguém que tentou fugir.
Escutei um sorriso sarcástico na sua voz.
– Na verdade, eu avisei que estava pensando em fugir.
– Não – disse ele, em reprimenda. – Você me pediu ajuda. Me contou como amigo.

Lembrar minha tolice foi como levar um banho de água fria. E senti outra coisa... uma dor estranha e pequena me apertando o coração. Pela intimidade que sentira com ele naquela última noite, antes de fugir e descobrir a verdade.

– Sim – admiti. – Quase fomos amigos, não fomos?
– Humm – murmurou ele. – Amigos.
– Por que você voltou para a minha cela naquela noite, ainda escondendo a sua identidade?

A voz dele ficou afiada como navalha.
– Talvez eu quisesse ver se você ainda pretendia fugir.
– Se não quisesse que eu fugisse, podia ter aumentado a guarda – retruquei.
– Verdade. Muito fácil impedir alguém que tem medo mortal de confinamento de fugir.

Uma surpresa traidora brotou no meu peito ao pensar nele se esforçando para manter minha ansiedade sob controle. Olhei para a floresta à nossa frente, os raios de sol filtrados por folhas de esmeralda. Se houvesse um grama de bondade que eu não notara naquele homem, precisaria dar um jeito de aproveitá-lo.

– Não fez diferença – continuou ele. – Você nem chegou até os sentinelas.
– Sentinelas?
– Pus guardas no perímetro do bosque toda noite depois que confessou sua intenção na enfermaria. Se chegasse lá, eles a pegariam. Mas você não chegou, como sabemos.

Os dedos dele ficaram pálidos de tensão nas rédeas, e o seu corpo se enrijeceu atrás de mim.

– Sim.
Passaram-se minutos de silêncio penetrante enquanto cavalgávamos entre árvores altas de galhos entrelaçados, como se tivessem sido costurados.

– Ouso perguntar o que foi feito de Bert?
– Melhor não – disse ele, a voz grave como a carícia de uma adaga no meu rosto.

Ele se aproximou, espalmando a mão tensa na minha barriga, me segurando junto de si.

O trajeto era longo, e eu estava cansando da proximidade. Entretanto, não conseguia mais me sustentar ereta – minhas costas estavam começando a doer, e joelhos e coxas estavam exaustos de apertar o cavalo para manter a postura. Cautelosa, me recostei em Kane, apenas um pouco, e repousei a cabeça no seu peito.

Ele se encolheu, e eu quis dizer *Não gosto disso mais do que você gosta*, mas temi a resposta, que sem dúvida seria convencida.

Então o cavalo de Griffin ultrapassou o nosso. Ele me dirigiu um olhar irritado e direto ao passar, e eu me endireitei, tímida, apesar da dor nas costas protestar.

Quando Kane falou, soou um pouco rouco.

– Não dê atenção para ele.

– Acho que ele me odeia – brinquei, mas o tom não foi bem-humorado.

– Não é com você que ele está chateado, passarinha.

Eu quis perguntar o que ele queria dizer, mas naquele momento chegamos a uma clareira.

A área aberta era mais iluminada do que o trajeto até lá, banhada de raios de sol que reluziam nos insetos e em coisas esvoaçantes que pairavam preguiçosamente na brisa.

Kane, porém, se tensionou atrás de mim, e, ao longe, vi o motivo.

Parecia o resultado de algum tipo de ataque. Terra e pedras estavam jogadas como se alguém tivesse sido arrastado de um lado para o outro. Chegamos mais perto e notei que havia sangue molhando a grama. Rezei para a bagunça carnuda e enlameada entre as folhas não ser de vísceras, mas eu tinha trabalhado tempo suficiente com ferimentos de guerra para saber que estava desperdiçando uma oração.

Kane conteve o nosso cavalo enquanto Griffin desmontava. Os outros homens pararam atrás de nós.

– O que aconteceu aqui? – sussurrei.

– É isso que estamos tentando descobrir – disse Griffin, avançando a passos largos pela grama alta e lamacenta.

Kane e o restante dos homens desceram dos cavalos para ver melhor. Eu desci também, e escutei os homens comentarem a cena em voz baixa.

A minha barriga deu outro nó quando observei melhor o banho de sangue à nossa frente.

Mari não estava de brincadeira quando me falou das criaturas escondidas naquele bosque. Eu nem imaginava o que poderia ter dilacerado uma pessoa a ponto de deixar um desastre daqueles para trás.

Afastei a ideia da cabeça.

Enquanto os homens estavam distraídos, eu precisava procurar a raiz-cavada no bosque. Não tinha visto resíduo nenhum no caminho, mas talvez fosse mais fácil de encontrar mais perto do chão. Não podia ser tão difícil. Era só encontrar o resíduo, me lembrar da localização, e voltar em segurança no eclipse.

Fácil.

Fui de fininho para trás de algumas árvores e inspecionei o solo da floresta. A grama era alta e descuidada, e era difícil enxergar entre os trevos, as folhas mortas e os bichinhos rastejantes que pareciam sementinhas.

Porém, virando atrás de um carvalho de tronco grosso, algo refletiu um raio de sol. Voltei a olhar de relance para Kane, mas ele, Griffin e os outros ainda estavam olhando ao redor da área do ataque, ponderando o que achavam ter acontecido.

Eu me escondi atrás do carvalho e me ajoelhei. Era aquilo mesmo: uma gosma grudenta e cintilante escorria das raízes da árvore. A não ser que fosse o cenário de um encontro íntimo entre unicórnios, do qual eu preferia não saber, a raiz-cavada cresceria ali na noite do eclipse. A adrenalina disparou por todo o meu corpo. Depois de tantos anos, enfim tinha encontrado algo que de fato poderia me ajudar a curar a minha mãe.

Então me levantei e tentei memorizar a área. Ficava a mais ou menos vinte passos da clareira, debaixo do maior carvalho, e a clareira ficava a meia-hora da fortaleza, no sentido leste, se fosse a cavalo.

Dava para encontrar o lugar outra vez.

– Acho que acabamos – ouvi Kane dizer. – Arwen, está fazendo o quê aí?

Fiquei tensa e dei a volta na árvore.

– Só olhando as flores.

Os soldados seguiram as ordens do rei e montaram os cavalos. Suspirei ao perceber que ia voltar para a Fortaleza das Sombras. Era um dia lindo, o bosque não me parecia mais tão apavorante, e eu daria quase qualquer coisa para não passar mais uma tarde de primavera no quarto.

Kane encontrou o meu olhar.

– O que foi?

Corei. Que besteira me preocupar com aquilo.

– Nada.

Voltei ao cavalo, mas Kane ficou parado.

– Diga.

Eu o observei com cautela. Ele estava sendo estranhamente gentil comigo. Eu tinha certeza de que era algum tipo de armação, mas talvez, só talvez, minha tentativa de ser charmosa tivesse funcionado melhor do que o esperado.

Lá íamos nós.

– Eu queria... ficar aqui. Um pouquinho.

– Ficar aqui – repetiu ele. – No bosque?

Fiz que sim, alegre.

– O dia está lindo. E ameno, quentinho... Será que tem um lago aqui por perto?

Girei ao redor, tentando escutar o borbulhar característico de uma nascente.

A boca de Kane tremeu. Ele estava pensando, considerando. Então declarou:

– Certo, vamos achar um lago. Griff, nos encontramos na fortaleza.

Griffin não deu sinal de que iria embora.

– Não se preocupe, vou devolver o rei inteiro – falei, sorridente.

Não conseguia conter a faísca de alegria pelo resultado da minha tentativa.

– Espero que devolva mesmo. Temos apenas um rei – respondeu ele.

Não havia um toque de humor sequer. Com o comandante Griffin, nunca havia.

Ele ficou parado, nos olhando com atenção, até Kane insistir:

– Você ouviu. Estou em boas mãos.

A expressão de Griffin era de pura relutância, mas, ainda assim, ele deu meia-volta com o cavalo e saiu trotando, me deixando a sós com Kane.

Pássaros de canto melódico voavam, e uma brisa quente soprou o meu cabelo no rosto. Eu ajeitei as mechas, envergonhada.

O olhar de Kane se demorou em mim.

A clareira de repente parecia pequena demais para nós dois.

Eu me encolhi sob o seu olhar. Não sabia nem o que fazer com as mãos. Será que ele percebia?

Tinha sido uma péssima ideia. No que eu estava pensando?

– Vamos.

Ele rompeu a energia estranha com uma gargalhada e saiu por uma trilha marcada entre as árvores. Fui logo atrás, o coração ainda martelando no peito.

Eu me virei para olhar o cavalo, que ainda pastava na clareira, onde tinha sido deixado.

– O cavalo vai ficar aí?

– Vai.

– E se alguma das criaturas o encontrar?

Kane pulou uma raiz protuberante e indicou que eu fizesse o mesmo.

– Vai ficar tudo bem. Ele é muito rápido.

– E se a criatura nos encontrar?

Ele parou de repente e se virou para mim.

– De repente está cheia das perguntas. Ficou nervosa?

Fiquei, sim.
— Não, por que ficaria nervosa?
— Achei que você morresse de medo de mim — disse ele, com os olhos brilhando.
Morro, sim. Mas...
— Se quisesse me machucar, acho que já teria me machucado.
A verdade das palavras me surpreendeu.
O rei abriu um sorriso rápido e esperto antes de continuar a caminhar.
Ele era bonito demais. Que desastre.
Era hora de mudar de assunto.
— O que era aquilo na clareira?
Senti a energia dele mudar, como uma nuvem densa cobrindo o sol de verão. Ele desacelerou o passo, mas não se voltou para mim para falar.
— Dois dos meus homens não voltaram de uma missão. Um guarda encontrou os restos deles hoje cedo.
O medo se contorceu nas minhas entranhas, escorregadio e grudento.
— Vocês acham que eles foram mortos por algo que vive aqui? Um animal?
Um monstro?
— É complicado.
Outra resposta que não dizia nada. Eu não sabia o que esperar. Queria ver o rosto dele enquanto o seguia pela trilha estreita. Além do farfalhar das folhas e do pio das aves, a floresta era encoberta por uma calma silenciosa. A tensão que me contorcia por dentro desde que Griffin e os soldados haviam partido ficou mais intensa.
Respirei fundo pelo nariz. Não podia pedir para voltar; mostraria fraqueza demais.
— Os meus pêsames — falei. — Pelos seus homens.
Ele não respondeu.
Caminhamos em silêncio até a trilha estreita e protegida por folhas até chegar a uma abertura. Diante de nós se estendia um campo vasto e verdejante, salpicado de cardo rosa suave e lavanda. Ao longe, aninhada em uma parede de pedra montanhosa, via-se uma piscina turquesa e cintilante.
Meu coração deu um pulo, esquecendo a ansiedade por um momento. Era mais lindo do que qualquer coisa que eu já vira em Abbington. E na vida toda.
Olhei para Kane, suado da caminhada. Queria atravessar aquela pose arrogante mais do que saberia explicar.
— Corrida até lá?

Kane arregalou os olhos e riu – uma gargalhada de verdade, florescente, que pareceu surpreender até a ele.

– Apostamos alguma coisa?

Apesar do meu coração girar ao ouvir aquelas palavras, dei umas batidinhas com o dedo na boca, fingindo pensar. O olhar dele acompanhou o movimento do meu dedo na boca com atenção.

– Se eu ganhar, você tem que responder uma pergunta que eu fizer com honestidade total.

Ele tirou a camisa e descalçou as botas. O peito largo estava ainda mais magnífico do que naquele dia na enfermaria. Quando os nossos olhares se encontraram, a minha barriga se revirou.

Nada bom, nada bom, nada bom.

Abaixei o olhar para a minha roupa pesada e escura, e desamarrei o corpete.

– Devo dizer que admiro a sua determinação – disse ele, apertando os olhos para fitar o céu azul. – Combinado. Mas, se eu ganhar – acrescentou, e me olhou de relance –, você vai me contar por que realmente quis vir pra cá.

Parei de tirar a bota e o olhei, boquiaberta.

– Não sou tão trouxa quanto você imagina – disse ele, com um sorrisinho.

Merda.

– Uma verdade por outra verdade – falei. – Acho justo.

Kane parecia inteiramente extasiado, e eu deixei a confiança tomar o meu olhar também. Retribuir a arrogância dele me encheu de prazer. Ficamos ali parados, sorrindo que nem bobos.

Ele foi o primeiro a falar.

– Vamos no três. Primeiro na água ganha?

Concordei.

– Um. Dois. Tr…

– Espera! – interrompi.

Não conseguiria correr com aquele vestido de lã grossa, e a aposta me deixara mais ousada. Queria ver ele ceder, ou hesitar de algum modo. Tirei o vestido pela cabeça, ficando apenas de combinação sem manga e finas roupas íntimas.

A brisa suave beijou o meu corpo, e eu me espreguicei que nem um gato ao sol.

Senti o olhar de Kane e o retribuí. Um olhar sombreado passou pelos meus pés descalços, subiu pelas minhas canela e coxas expostas, se arrastou pela minha barriga e seios, cobertos de seda, e parou no meu rosto.

Ele parecia estar sofrendo.

– Tudo bem aí?

Ele abanou a cabeça.

– Que passarinha danada.

Tentei esconder o sorriso.

Não sabia o que estava acontecendo – ele sempre fora atraente. Como prisioneiro, paciente da enfermaria, e até rei perverso. Porém, um pouco do meu ódio ardente tinha começado a escapar de mim...

Ele pigarreou.

– Vamos, antes de você me matar. Um. Dois. Três.

Disparamos com velocidade incendiada. Balancei os braços no ritmo dos toques dos meus pés na grama e no musgo. Parecia estar correndo no ar. O vento jogava meu cabelo para trás, refrescava o corpo aquecido pelo sol. Fazia tanto tempo... correr era como voltar para casa. Inspirei fundo o ar fresco, com cheiro de pinheiro.

Uma onda de euforia me inundou e me fez acelerar.

À direita, Kane mantinha o ritmo. Os músculos se resetavam a cada movimento dos braços fortes, e ele parecia tão feliz quanto eu.

E estava acelerando também.

Dei mais impulso, aumentando o ritmo e me inclinando para a frente. Era a única coisa na qual eu sabia ser excelente. Sempre que me sentia aprisionada, solitária, patética, correr me lembrava que eu podia ser forte. Que precisava apenas dos meus pés e poderia ir a qualquer lugar. Alcancei Kane com facilidade, e vi o choque no rosto dele.

Que delícia.

Estávamos a poucos metros da água, e quase pescoço a pescoço. Fiz mais força, até os meus pulmões arderem, a minha canela doer e o meu coração latejar nos ouvidos. Pensei na expressão de Kane me olhando despida e me senti ainda mais forte. Saltei no ar um segundo antes dele, e atingi a água fria com um baque.

– Ahá! – gritei, emergindo e secando a água do rosto. – Ganhei.

Kane sacudiu o cabelo que nem um cachorro, e tentou tirar um pouco de água do ouvido.

– É, pois é, eu vi – disse ele, recuperando o fôlego.

Sorri e mergulhei de novo, deixando a água fresca e fria me acariciar a cabeça.

Ele me observou, achando graça.

– Você é rápida. Parece até uma gazela ou algo assim.

– Obrigada.

– Deve ser porque é pequenininha assim. As pernas carregam menos peso.

Ele apontou o próprio tronco largo.

Eu revirei os olhos.

— Está se gabando, rei Ravenwood? Da sua silhueta musculosa?

Fiz um barulhinho de decepção fingida.

— Fico lisonjeado por você ter notado.

Eu sabia que estávamos flertando. Era desprezível. Ainda assim, eu estava me divertindo. Fazia muito tempo que não fazia nada daquele tipo.

Ele me fitou, a água reluzente pingando em seus olhos.

— Está pensando no quê?

Eu estava cansada de meias-verdades.

— Que estou me divertindo. De algum modo.

A expressão de Kane mostrou que era uma resposta melhor do que ele podia esperar.

Nadei pelo lago, alongando o corpo e evitando as pedras e os peixinhos alaranjados e finos.

— Você deve se divertir muito, sem dúvida, mas faz um tempo que não me divirto. A minha cidade não é tão agradável, já que virou um trapo usado de guerra. Também não é tão bom ficar presa em uma cela de um reino distante, sem a minha família...

Eu não pretendia soar amarga, mas, depois de abrir as portas da verdade, era difícil trancá-las.

Kane me observou com interesse desconfiado, e algo semelhante a pena se instalou em seu rosto.

— Imagino o que você pensa das minhas escolhas — disse ele, e nadou na minha direção, a algo intenso fervilhando nos seus olhos prateados. — Na verdade, nem preciso imaginar... você já me disse, não disse?

Engoli em seco e me afastei a nado.

— Saiba apenas que... não tomo decisões sem entender o sacrifício — continuou. — As perdas, como te falei na sala do trono. Não me *divirto* tanto quanto você imagina.

Devia ser a água fria o motivo dos calafrios no meu corpo. Eu me forcei a desviar o olhar dele, pois a sinceridade no seu rosto era aberta demais. Íntima demais.

— O que você fazia por diversão quando era mais novo, então?

Já estava sentindo falta de como me sentia meros minutos antes. Da leveza aérea da nossa conversa.

— Eu gostava de tocar alaúde. A minha mãe me ensinou. Era uma atividade que fazíamos juntos.

Parecia uma lembrança feliz, mas, quando voltei a olhá-lo, ele estava rígido, com uma expressão quase angustiada.

Nada de leve, nem aéreo.

— Foi essa a sua pergunta tão difícil de conseguir? — questionou ele, levantando a sobrancelha. — Achei um desperdício da curiosidade insaciável que espero de você.

Kane veio nadando, o peito largo ondulando a cada movimento, o cabelo pingando gotas reluzentes de água no rosto. Ele afastou o cabelo e me olhou.

— Não, eu...

Eu não podia ficar tão perto dele. Ele era lindo, magnético, ameaçador demais. E continuava a se aproximar a gestos largos, o lago ondulando ao redor das entradas definidas do seu abdômen. Eu recuei, escorregando os pés no musgo do fundo do lago, até atingir a pedra atrás de mim com as costas. A cachoeira das rochas acima descia pelas minhas costas como chuva. Kane posicionou as mãos ao lado da minha cabeça e se inclinou, a água descendo por suas mãos e antebraços, gotas cintilantes que brilhavam ao nosso redor como estrelas cadentes.

Ele arregalou os olhos, apenas pupilas. A sinceridade e a tristeza de antes tinham sido substituídas por uma atenção ardente e singular, focada na minha boca. Eu tinha certeza de que ele via o batimento vibrante da pulsação no meu pescoço. Eu estava quase tremendo. De medo, mas também...

Firmei os pés e me levantei, para me reafirmar, para me equilibrar...

Porém, o lago era mais raso naquela parte. Senti a combinação grudada nos meus seios, encharcada e colada no corpo. Cobri os mamilos intumescidos com os braços cruzados, e olhei para Kane. Ele tinha tensionado o maxilar e desviado o olhar cinzento para a cachoeira.

— Não se preocupe, passarinha. Não estou olhando.

Mais uma vez, quando eu esperava ofensa, provocação e crueldade, encontrei consideração. Bondade, até...

As palavras escaparam da minha boca antes que eu conseguisse contê-las.

— Me liberte — sussurrei.

— Como é?

Ele fixou o olhar no meu.

Senti meu rosto corar, mas já tinha falado.

— Por favor — implorei. — Aqui não é o meu lugar. Você mal precisa de mim. Me deixe voltar para a minha família.

A mandíbula de Kane estava rígida, e os olhos cinza-claro ferviam. Ele se afastou das pedras com um impulso e recuou.

— Não posso — soltou, com dificuldade.

— Por que não?

Nadei atrás dele. Nunca tinha me sentido tão pequena. Tão vulnerável. Pelo menos, não desde a infância.

Entretanto, eu não me negaria a suplicar pela minha vida. Ele demonstrara bondade. Talvez parte dele tivesse empatia, pudesse ser convencida.
– Por favor – pedi outra vez.
Ele abriu a boca, mas pensou melhor, e voltou a fechar.
Lágrimas começaram a arder nos meus olhos.
A adrenalina da corrida, da súplica e de... outras coisas estava baixando, o sol se punha atrás das árvores, e senti o corpo tremer de calafrios na água fresca.
– Vamos voltar – disse ele, olhando para os meus ombros estremecidos.
– Pode fazer a pergunta no caminho.

12

A volta foi mil vezes pior do que a ida. Depois de Kane me emprestar a camisa para secar o cabelo úmido, nos vestimos rápido e caminhamos pelo bosque, menos vestidos do que antes.

Ele era um babaca desgraçado. Quando queria, era brincalhão, charmoso e até mesmo compreensivo, o que era surpreendente, mas era também o maior dos egoístas. Eu me repreendi por desperdiçar uma súplica por liberdade.

Além do mais, e pior ao infinito: eu não conseguia parar de pensar no peito úmido daquele desgraçado colado nas minhas costas. Meu vestido estava enrolado até a cintura para deixar secar a combinação, e ele segurava as rédeas à minha frente de um jeito inocente, mas vê-lo apertar aquelas tiras de couro era sensual o bastante para fazer meus dedos do pé encolherem. Eu percebia com intensidade a respiração controlada na minha nuca, e podia jurar que sentia o coração dele martelando no meu ombro. Nossas pernas abertas em sincronia ao redor da sela eram incomodamente eróticas, e o tempo todo eu precisava repreender meus pensamentos dispersos de chegarem a lugares de fato obscenos.

Eu estava furiosa com ele. Tão furiosa. Mas também queria lamber aquele pescoço. Era complicado.

O cavalo fez um movimento rápido para desviar de um tronco caído, e Kane espalmou a mão na minha barriga, me pressionando contra ele para me manter no lugar. O mindinho roçou de leve o baixo-ventre, e eu senti o toque no fundo do meu ser, abrindo um desejo profundo dentro de mim. O peito de Kane se expandiu, e ele soltou um suspiro trêmulo antes de afastar a mão, como se minha combinação fina e molhada estivesse encharcada de fogo.

Felizmente, logo chegamos ao castelo, e Kane desmontou mais rápido do que eu já o vira fazer qualquer coisa, considerando que a gente tinha acabado de apostar corrida. Achei que ele estava se recompondo quando desci do cavalo, mas evitei ficar olhando.

— Bom, obrigada — falei, e dei meia-volta para entrar na fortaleza.

— Arwen... Espere!

Tentei forçar o meu rosto a aliviar a vermelhidão antes de olhar para trás, e vi que ele estava com minhas botas nas mãos. Olhei para os meus pés descalços.

— Acho que você não pretendia entrar descalça, mas sei que é melhor não te dar ordens.

— Obrigada.

Com a cabeça desanuviada do que a tinha nublado durante o trajeto, me lembrei de nossa aposta.

— Acabei não fazendo a pergunta — falei.

Humor brilhou em seus olhos prateados.

— Achei que você tivesse esquecido. Pode perguntar.

Eu podia perguntar tantas coisas. *Por que você declarou guerra? Por que Griffin se chateou com você hoje? Com quem você estava falando na masmorra naquela noite? Para alguém que tem que cuidar de um reino inteiro, você é extremamente egoísta.* Acho que a última não era uma pergunta.

O que eu mais queria saber, contudo, saiu da minha boca como uma rocha rolando montanha abaixo.

— Por que você deixa todo mundo, dos seus súditos ao resto de Evendell, achar que você é tão monstruoso?

Kane levantou as sobrancelhas, surpresa.

— Você não acha mais isso?

— Não sei, mas você de fato capricha na pose — respondi com toda honestidade.

O queixo dele tremeu, mas os olhos estavam pensativos, não raivosos. Ele suspirou e olhou o céu nublado. Então voltou a me fitar.

— A maioria dos boatos que imagino que você tenha ouvido sobre mim são verdadeiros. Não permito que a vulnerabilidade atrapalhe os meus deveres.

Por algum motivo, aquelas palavras me atingiram como um tapa.

— Então para você concessão, misericórdia, amor... são vulnerabilidades? Fraquezas?

Ele pareceu se esforçar muito para não revirar os olhos, e tensionou o maxilar.

— Vejo, sim. Reis guiados por emoção tomam decisões que ferem o seu povo. Meu único trabalho é proteger o reino.

— O rei Gareth é um rei bondoso e justo — falei, erguendo o queixo. — Ele mantém a população em segurança e é sempre misericordioso. Ele dá escolhas para o povo.

Kane tensionou a mandíbula.

– Nunca forcei o meu povo a entrar no exército.

Meu protesto morreu na boca. Ele continuou, se aproximando até apenas um sopro nos separar.

– E ele mantém a população em segurança? – perguntou, o olhar queimando o meu. – Você está aqui, não está? Capturada pelo maior inimigo. Gareth é um *verme* covarde.

Cerrei os punhos.

– Você é cruel sem necessidade.

Ele recuou, e uma risada maldosa lhe escapou.

– Tem tantas coisas que você nem sabe.

– Então me conte.

Ele suspirou, mas, quando o seu olhar encontrou o meu, parecia quase ferido.

– Quantas vezes preciso repetir? Não *posso*.

Eu rangi os dentes.

– Acho que confiança é outra dessas fraquezas incômodas que você prefere evitar.

Meu coração batia enfurecido. O que eu estava fazendo? Parada ali, discutindo com ele mais uma vez? Levando suas confissões para o lado pessoal? Ele não me devia nada.

Eu precisava seriamente de ajuda.

Saí batendo os pés até a fortaleza e tentei não sentir nada quando ele não me chamou de volta.

Minha barriga roncou enquanto eu subia dois degraus de cada vez para encontrar Mari no salão. O castelo tinha uma beleza fantasmagórica à noite, quando a música fraca e o murmúrio das conversas do jantar flutuavam pelos corredores. Eu não tinha comido nada desde que voltara do bosque na véspera, pois tinha preferido me enfiar na cama e afogar os pensamentos em sono inquieto. E depois em uma manhã agitada. E uma tarde ansiosa...

Já era noite, e eu estava faminta.

– Enfim achei um livro sobre fadas, mas era todo de histórias para crianças – bufou Mari, soprando um cacho ruivo do rosto, quando a encontrei na fila do jantar.

Ela era fascinada por fadas, mas havia pouquíssimo material de leitura sobre aqueles seres. Alguns livros alegavam que as criaturas eram inteiramente mitológicas, mas Mari ainda não tinha certeza.

– Por que não voltar para a pesquisa sobre bruxas? Achei que estivesse gostando. Dagan já deve estar acabando de traduzir o grimório, não?

Talvez ele pudesse me ajudar a encontrar a raiz-cavada na noite do eclipse. Ele parecia disposto a ajudar Mari, e era generoso ao me ensinar a lutar.

Abri espaço para deixar passar um grupo de belos e jovens soldados. Mari estava linda, de vestido azul e um laço preto de Ônix. Todos os homens a olharam com atenção, mas Mari nem pareceu reparar.

Ela revirou os olhos.

– As bruxas são muito menos interessantes. Tudo que achamos saber das fadas, as asas, as orelhas pontudas, as garras, pode nem ser preciso. O fato de eu não encontrar um texto definitivo está me enlouquecendo. Bruxas são apenas mulheres que dominam alguns feitiços. Chega a ser chato.

Ela mordeu o lábio. Eu estreitei os olhos.

– O que você está me escondendo? – perguntei.

– Nada!

A voz esganiçada dela, todavia, dizia o contrário. Ficamos em um raro silêncio até nos servirem a carne de peito. Macia, caramelizada, com cheiro doce e apimentado... eu mal podia esperar para me encher de comida. Nós nos sentamos em um canto iluminado pelas chamas da lamparina e pelos vagalumes que às vezes voavam do pátio para o salão. O brilho inconstante dançava nos olhos preocupados de Mari.

– Se você não me contar o que está acontecendo, como é que eu vou te contar do dia desastroso que passei com o rei ontem?

Fingi uma genuína perplexidade e mordi uma garfada enorme.

– O quê? Quando?

Balancei a cabeça enquanto mastigava.

– Tá bom – ela cedeu. – Ando experimentando uns feitiços, mas não tive... muita sorte.

Fiquei boquiaberta. Mari era bruxa?

Ela falara como se fosse a coisa mais óbvia do mundo, mas apenas descendentes de bruxas e bruxos podiam praticar bruxaria. Magia não era algo raro, mas eu conhecia apenas um punhado de bruxas que usavam feitiços para construir coisas, cozinhar e, às vezes, preparar poções soníferas ou tônicos da sorte que só funcionavam vez ou outra. Eu imaginava, sabendo o que sabia de Mari, que ela não pretendia praticar bruxaria tão comum, e, sim, algo muito mais impressionante. Muito mais poderoso.

– Agora descobri como resolver esse problema, mas é meio complicado.

Pressenti que admitir derrota causava nela uma dor física.

Porém, eu ainda estava encucada com a questão da magia.

– Feitiços? Você vem de uma linhagem de bruxas?

Ela assentiu.

– Minha mãe era bruxa.

Mari não falava muito da mãe, e, para alguém que não parava de falar como ela, o motivo do assunto ser sensível devia ser grande. Queria saber tudo, e por que razão ela tinha escondido de mim, mas engoli a curiosidade. Eu ainda não estava pronta para falar de Powell, então não achei justo me meter.

– Como posso ajudar? – perguntei.

Mari abanou a cabeça.

– Você não pode fazer nada.

– Sério, eu topo ser cobaia, com prazer. Quer experimentar um feitiço de ânimo em mim? Estou exausta.

Ela riu e mordeu o lábio, e eu sabia que, se esperasse, havia uma boa chance de ela se abrir. Desconfiava que segredos não durassem muito no cofre de Mari.

E, como eu esperava, ela cedeu.

– Tá. Eu preciso do amuleto de Briar. É uma relíquia que pertencia a uma das bruxas mais poderosas da história, Briar Creighton. Ela nasceu séculos atrás, mas ainda está viva, tão bela e jovial como sempre. Pelo menos, é o que eu soube. Ela botou bastante magia em um pingente, que, dizem os boatos, deu de presente para... bem, adivinhe.

Eu já temia a resposta.

– Para o rei Kane Ravenwood?

– Isso! Aparentemente, eles foram amantes quando ele era mais jovem.

– Mas é claro.

Coloquei a mão na testa. Não ia julgar Kane por dormir com uma bruxa centenária que provavelmente ainda aparentava ter a minha idade, mas... De repente, senti uma dor de cabeça horrível.

– Então quer que eu peça para ele? – perguntei.

Os olhos de Mari quase pularam da cara.

– Não! Pelas Pedras Sagradas, Arwen, claro que não. Ele nunca daria o pingente para você, nem para mim.

Suspirei de alívio. Graças às Pedras, porque eu já não queria ter mais nada a ver com...

– Quero roubar do gabinete dele.

Foi a minha vez de esbugalhar os olhos.

– Me diz que é brincadeira.

– Você pediu honestidade – disse ela, e deu de ombros.

Massageei as têmporas. Minha dor de cabeça estava virando uma enxaqueca séria.

– É muito perigoso – falei. – O rei Ravenwood arrancaria a sua cabeça por menos.

– Ele nem vai saber. O ferreiro me falou que hoje ele está no bosque. É o momento perfeito – ela mordeu o lábio antes me dirigir um olhar de súplica. – É o único momento.

A culpa apertou minha barriga. Eu tinha insistido para Mari ser sincera comigo. Fazia apenas algumas semanas que éramos amigas, mas eu sabia, com certeza absoluta, que ela seguiria com aquele plano idiota com ou sem a minha ajuda. E, sinceramente, eu estava me sentindo mais corajosa do que antes. Já tinha sobrevivido a muito mais do que entrar escondida em um gabinete.

– Vou fazer de qualquer jeito – disse Mari, como se lesse os meus pensamentos.

– Tá bom – concordei. – Qual é o plano?

O sorriso de Mari em resposta foi tão puro, tão alegre, que forçou no meu rosto um sorriso relutante, apesar da minha exaustão e do medo de ser um desastre completo.

– Vai ser fácil – disse ela, sorridente. – E aí você me conta tudo do seu dia com o rei. Venha comigo.

– Agora? – perguntei, mas ela já estava se levantando e saltitando para sair do salão.

Soltei um palavrão baixinho e meti mais uma garfada na boca antes de ir atrás dela.

Subimos com pressa a escadaria de pedra, atravessamos a galeria acima do pátio e passamos pela botica, que já tinha sido trancada.

Fiz um esforço para respirar mais devagar apesar da urgência em nossos passos.

Era entrar e sair num piscar de olhos.

– Como você sabe que o amuleto existe, e que ainda por cima está no gabinete dele?

– Sempre morei aqui, Arwen. Sei todos os segredos deste castelo, até alguns que nem o rei aprendeu.

Engolindo o pânico e o nervosismo, viramos outra esquina e chegamos a um corredor pelo qual eu ainda não tinha andado. Tinha as mesmas paredes de pedra elaborada e os mesmos nichos e cantinhos do restante da fortaleza, mas era mais estreito e iluminado por menos lamparinas. Parecia dizer aos passantes: *Este corredor não é para você.*

Ao final dele, encontravam-se duas portas ornamentadas por filigranas de ferro com a cor do nanquim, protegidas por sentinelas impassíveis. Mari passou rapidamente na frente delas, e nos conduziu a uma última esquina, até chegar a uma vitrine solitária. Ela continha tesouros que eu nunca imaginaria, como a armadura de guerra do rei original de Ônix, incrustada de diamantes e ametistas, lembrando uma boca cheia de dentes. Abaixo dela, uma criatura anfíbia esguia, com asas delicadas com renda, estava suspensa em uma espécie de conservante. Ainda mais embaixo, havia uma enorme garra de harpia, mais alta e larga do que eu.

A cada dia naquele reino, a minha compreensão do continente – do mundo – se expandia.

– Vamos – sussurrou Mari, me afastando dos artefatos fascinantes.

Eu me virei e olhei ao redor.

– Não tem nada aqui.

Mari murmurou uma frase e, sentindo um tremor sob os pés, a vitrine dos itens ímpares se mexeu e rangeu, revelando um pequeno recanto.

– O que foi isso?

– Senha secreta – disse Mari, baixinho. – A porta é enfeitiçada, só abre com as palavras certas.

Que sorrateiro da parte de Kane! Uma entrada secreta para seu gabinete particular. Combinava com um homem que valorizava segredos acima de tudo.

Mari entrou e eu a segui, o coração batendo em um ritmo furioso no peito.

Foi como entrar em uma caixa de joias. Um tapete ornamentado – certamente vindo de Granada ou Quartzo de Rosa, considerando os detalhes elaborados – se estendia sob os meus pés, espalhando-se pelo chão e passando por baixo de estantes, estátuas e uma namoradeira de couro coberta de almofadas macias com bordados intricados. A lareira de pedra tinha lenha ainda adornada pelas brasas, brilhando como joias ao arrefecer. Os vasos estavam repletos dos lírios e violetas gélidas de Ônix que eu aprendera a amar. Uma abóboda de vidro que parecia subir sem fim filtrava o luar. Devia ser a parte interna da ponta espiralara do castelo, um pináculo alto e pontudo que penetrava as nuvens.

No centro daquele nicho estonteante havia uma escrivaninha grande – de madeira da cor do cobre, e quase tão brilhante quanto o próprio metal – e uma cadeira de couro preto deliciosa, com quatro pés em forma de garra, que implorava para alguém se afundar ali. A mesa estava coberta de livros brilhantes, manuscritos gastos e penas, e até um cálice abandonado, ainda manchado de vinho.

– Uau.

– É, foi o que pensei da primeira vez também.

– Você já entrou aqui outra vez?

Mari era mais rebelde do que eu imaginava.

– Só uma ou duas vezes – disse ela, enquanto olhava as gavetas e estantes. – Ou um pouco mais... Quando eu era mais nova, uma das cozinheiras deixou escapar a senha, então comecei a vir aqui de vez em quando. Vinha só espionar os tesouros que o rei colecionava. Ou me esconder de valentões.

Ela foi tão casual quando disse a última parte que quase não reparei. Quis perguntar mais, porém ela correu para uma estante cheia de textos antigos e começou a folheá-los.

— Se você entra aqui tão fácil, por que pediu minha ajuda?

— Ouvi boatos de que o rei andava mantendo seu bichinho de estimação neste aposento. Achei que talvez precisasse de uma mãozinha. Mas pelo jeito não tem ninguém aqui, então vai ser tranquilo.

Bicho de estimação? A ideia de Kane correndo por aí com um cachorrinho peludo de olhos arregalados me derreteu o coração. Afastei a imagem da cabeça, e o meu olhar encontrou uma porta pequena e simples, de madeira, no canto.

— Onde será que isso dá?

— Nos aposentos do rei. Mas não sei entrar lá.

Murmurei em anuência, mas meus pensamentos vagaram. Era impressionante como havia algo de erótico em imaginar o quarto de Kane. O que ele fazia lá quando estava sozinho. Como dormia, em quem pensava. Tentei não estremecer.

Era provável que o quarto fosse igual às masmorras, ou à sala do trono — tudo de pedra e aço. Um cômodo sombrio e frio para uma pessoa sóbria e fria.

Pela voz de Mari, soube que ela estava revirando os olhos.

— Você está doidinha pelo rei.

Eu corei ao perceber que tinha ficado olhando com desejo para a porta de madeira.

— Certo — disse ela, se aproximando da mesa. — Amuleto de Briar, cadê você?

Antes que eu a alcançasse, um berro assombroso, como o choro de uma viúva, atravessou o cômodo.

Um grito ficou engasgado na minha garganta, e Mari e eu nos viramos ao mesmo tempo, pegas no ato.

Uma criatura coberta de penas surgiu devagar de trás da namoradeira, se espreguiçando como se tivesse acabado de acordar. O ser esquisito e magrelo nos encarou. De relance, parecia uma coruja. Porém, ao observar melhor, me encolhi diante dos olhos redondos e humanos e dos ombros ossudos dobrados sob as asas de pluma preta. Ela veio na nossa direção com uma alegria astuta, as patas compridas, e a cabeça inclinada e tremendo. Era como se uma coruja tivesse copulado com um pequeno demônio esfomeado.

O bicho parou, olhou para nós com curiosidade, e grasnou outra vez, revelando inúmeras fileiras de dentes brancos e pontiagudos.

— Mari. É esse o "bichinho" do Kane?

A minha voz não soava como de costume.

– É. Distrai ele pra mim? Estou quase acabando aqui.

Ela estava revirando todas as gavetas da escrivaninha, procurando o pingente. O bicho-coruja piou outra vez e esticou uma garra. Os olhos penetrantes, que não piscavam, acompanhavam cada movimento meu.

– Distrair? Mari! – sibilei.

– É só uma estrige. Se fosse comer a gente, já teria comido.

Relaxei um pouco a tensão nos joelhos travados e na mandíbula retesada.

– Ah. Então ela não come seres humanos?

A voz dela veio num eco por estar com a cabeça enfiada na cavidade de madeira.

– Não, não é isso. Come, sim, sem dúvida. Mas essa aí ainda não comeu, então...

Inspirei fundo, tremendo.

Minha amiga era meio sem noção.

– Que criatura boazinha. Que presas lindas você tem.

Isso era distrair? Tentei falar com carinho, como faria com Sino e Casco em casa, mas a minha voz saiu assustada e perturbada.

A criatura avançou devagar. Seu olhar se tornara feroz, e ela esticou os três dedos finos da garra monstruosa. Minha respiração saía irregular.

– Mari, vai logo. *Já*.

– Quase... acabando... – grunhiu ela, a voz abafada.

A estrige, ainda fulminando minha alma com o olhar, abriu bem as asas de plumas pretas e brilhantes como se tivessem sido mergulhadas em petróleo. Recuei de um pulo.

– Ah! Achei.

Em resposta à exclamação de Mari, o ser-coruja arreganhou os dentes outra vez e investiu contra mim.

Com o coração martelando nos ouvidos, corri até a passagem secreta, me encolhi junto à parede e escutei de longe o murmúrio baixo de Mari atrás de mim. A rajada de vento nas minhas costas fez com que eu me virasse, e então vi a estrige ser jogada para cima com um pio esganiçado. Ela ficou suspensa, se debatendo.

Malditas Pedras.

Relaxei, aliviada, e precisei me apoiar na porta escondida para inspirar fundo o ar bolorento do escritório.

– É você que está fazendo isso? – perguntei, apontando a estrige que se esforçava para descer da sua posição pairando no ar.

– Sou! – exclamou Mari, correndo até mim, e vi que usava no pescoço uma corda fina de couro com uma pedra roxa pendurada. – Santas Pedras! Sinto o poder dela. Nem acredito.

– Que ótimo. Fico feliz. Mas – olhei para o bicho voador, que apontava para nos atacar, incapaz de se mexer. – O que a gente faz com isso? Não podemos deixar ela aí.

– Claro que podemos.

Olhei com irritação para ela.

– Não podemos, *não*.

Eu não podia fazer isso com o Kane, nem com a criatura, por mais que ela quisesse comer os meus olhos e devorar a minha carne. Pelo menos, era o que eu pensava que ela parecia expressar.

– Abaixa ela, e a gente corre antes de ela nos pegar.

Mari franziu a testa, mas apertou o amuleto junto ao peito, determinada. Ela se concentrou na coruja que se sacudia e grasnava, e começou a entoar um cântico assombroso em voz baixa.

Ver magia em ação era sempre impressionante, mesmo quando eu tremia a ponto de sentir dor na mandíbula. O vento estático, a suave vibração no ar – o pequeno feitiço que a costureira do meu vilarejo usava para pegar um frasco de corante da prateleira mais alta; um breve encanto de um dono de bar em um cliente bêbado para ajudá-lo a ir embora sem problemas.

Nunca tinha sido tão cru ou visceral quanto o que Mari fazia.

Ela continuou a entoar, mas a criatura nem se mexeu.

Mari e eu nos entreolhamos, preocupadas. A estrige também parecia preocupada, a cabeça emplumada inclinada.

O baque de passos ecoou pela porta de madeira – aquela que levava ao quarto de Kane. Nós três nos viramos na direção do som de homens que falavam no cômodo vizinho, e que entrava filtrado pela porta.

– E Eryx parece satisfeito com a nossa oferta – veio a voz grave e inconfundível de Kane. – Parece que conseguiremos um aliado. E bem a tempo.

– Isso já é certo exagero – soou a voz de Griffin.

– Ah, pelo amor das Pedras, Mari! Tenta outra vez! – sibilei.

Não sabia o que aquilo indicava, mas eu tinha muito mais medo de que Kane me visse ali do que de ser assassinada por uma estrige.

– Sempre tão otimista, comandante. Não podemos comemorar um ligeiro sucesso?

Griffin bufou do outro lado da parede.

– Tá. E a Amelia?

A risada casual de Kane atravessou a porta e chegou aos meus ossos.

Meu rosto ardeu.

Eu não queria ouvir mais da conversa. Mari torceu o rosto e continuou o cântico, apertando o amuleto do colar.

– Griff, você acha, honestamente, que com tudo que está em jogo agora...

A estrige piou alto, fazendo farfalhar as plumas impressionantes na tensão contra a força mágica.

Ah, minhas Pedras. O meu coração estava na boca. Eu ia engasgar...

A gente precisava ir embora.

– O que foi isso? – ouvimos ao longe.

As botas dos guardas marcavam um ritmo constante, vindo na nossa direção a partir do quarto do rei.

– Mari! – sibilei.

De repente, Mari relaxou o domínio da estrige, e a criatura caiu por metade do caminho, se recompondo a meros centímetros do chão, com as asas abertas e os olhos assassinos. Mari e eu escapamos pela saída secreta no segundo que os guardas empurraram a porta, ou pouco antes da criatura nos devorar.

Soltamos suspiros gêmeos de alívio no corredor, e saímos para o lado oposto na maior velocidade possível sem parecermos suspeitas. Quando viramos no corredor, eu estava vibrando de raiva.

– Mari. Isso...

– Mil desculpas, Arwen – disse ela, virando para mim seus olhos castanhos. – Foi muito perigoso, de uma burrice completa. Nem acredito que você aceitou, sério.

Senti voltar aquela dor de cabeça que já conhecia tão bem.

– A gente quase morreu por sua causa – falei, irritada. – Como você achou...

Fechei a boca quando passamos por dois sentinelas de patrulha no corredor. Mari e eu sorrimos, bem simpáticas, exageradas e fingidas que nem charlatães.

Eles passaram por nós e eu me preparei para reclamar ainda mais, mas ela diminuiu o passo na galeria, olhando para as pessoas que passeavam pelo pátio abaixo de nós.

Ela parecia assustada.

Será que tinha sentido tanto medo da estrige?

– Eu precisava pegar o amuleto. Não podia fracassar – falou, e se virou para mim com o olhar sério. – Ser boa nas coisas, saber de tudo... Sei lá. Acho que é todo o meu valor.

A irritação ainda pinicava em mim, mas as palavras dela causaram dor no meu coração.

– Mari, isso não é verdade, você sabe muito bem. Como pode dizer isso?

– Eu não tinha amigo nenhum aqui. Pelo amor das Pedras, é um forte militar. Tinha poucas crianças e, entre elas, as meninas eram mandadas para estudar em Willowridge, e os meninos aprendiam a lutar. Acho que meu paizinho nunca me mandou para a escola porque não queria ficar sozinho.

A imagem de Mari, pequena e solitária, o rosto escondido pelos cachos ruivos, sendo perseguida por jovens soldados e se escondendo no escritório ornamentado de Kane me deu vontade de abraçá-la.

– Minha mãe morreu no parto. Pelo que meu paizinho me contou, ela foi uma bruxa brilhante, e era boa em tudo que fazia. Ele era muito apaixonado por ela, e quando eu era criança ele sempre me falava de como éramos parecidas. Que, como ela, eu amava ler. Era bom ter algo de que me orgulhar. Bom sentir que a gente era igual. Assim, não importava o que mais pensassem de mim. Eu tinha a minha inteligência, que nem a minha mãe, e só precisava disso. Senti tanto medo de fracassar nos feitiços, Arwen, de fracassar em algo que ela fazia tão bem, e que eu tinha decidido fazer, que quase nos matei. Peço profundas desculpas. Só não sei quem seria se experimentasse bruxaria e não desse certo.

A fúria se apagou em mim como uma vela soprada.

Eu entendia.

Talvez não a pressão incrível que ela punha sobre si, mas a minha solidão na infância também tinha me levado a decisões ruins na vida adulta. Na verdade, se eu tivesse encontrado, quando criança, algo em que me saísse tão bem quanto Mari nos estudos, poderia ter crescido com um pouco da noção e da confiança que ela tinha.

Eu a virei para mim.

– Mari, se você nunca mais tirasse um fato aleatório do nada, citasse um texto de que nunca ouvi falar, nem dominasse um novo feitiço ou tradução, eu não mudaria o que penso de você. A sua genialidade e essa determinação ardente são apenas duas das muitas e muitas qualidades que te tornam minha amiga.

Os olhos dela brilharam.

– Obrigada por dizer isso.

– É verdade. Eu minto muito mal.

Voltamos a caminhar, e o silêncio passou a ser agradável – uma comemoração para acompanhar a noite amena que, por sorte, não acabara em morte.

– Então – disse ela, após alguns minutos –, vamos falar do que escutamos?

Fiquei toda vermelha. *Amelia.*

– O meu ego ainda está se recuperando do fato de Kane ter levado metade do reino para a cama, inclusive bruxas centenárias, e não mostrar o menor interesse em mim – falei.

Era brincadeira, mas não foi o que pareceu.

Mari apertou o meu braço e me puxou para me olhar.

– Não vamos seguir por essa linha de pensamento – falou, com uma careta. – Você nem quer ser desejada por um homem daqueles. Você o odeia, e com razão – disse, com a voz carinhosa, mas firme. – Você é uma luz brilhante, Arwen. E ele não te merece.

Assenti, mas meu coração apertou no peito.

Talvez, assim como eu achava que Mari não se enxergava corretamente, eu também não me enxergasse tão bem assim.

13

Golpeei a árvore com toda a minha força, mas mal lasquei o tronco. Embora imaginasse ali o rosto arrogante de Kane, ou uma pessoa chamada *Amelia*, os meus cortes eram meros arranhões na madeira. Mesmo depois de tantas manhãs passadas com a lâmina nas mãos, sentia que a minha força não tinha melhorado em nada.

Sequei o suor dos olhos e me virei para Dagan.

– Isso não é treinamento. É trabalho forçado. Se precisa de lenha, suponho que Owen pode ajudar.

Dagan deixou escapar uma risadinha, um ato que nunca deixava de ser novidade. Nada parecia proporcionar tanta alegria àquele velho carrancudo quanto as nossas aulas matinais. Eu não sabia se, secretamente, ele achava o meu aprendizado comovente, ou se era apenas sádico. Devia ser as duas coisas.

– Mais quatro golpes, e a gente para.

Ajeitei os ombros e ataquei a árvore com o machado mais quatro vezes, deixando um risco superficial na madeira.

– Boa! – Elogiou ele. – Já é alguma coisa. Um dia você acerta.

– Ainda não entendi o que isso tem a ver com luta de espadas.

Dagan me ofereceu a própria espada em troca do machado. Assim que a peguei, senti de imediato meu braço ser puxado para o chão.

– Dagan! – exclamei. – Sua espada é feita do quê? De tijolos?

Eu não a aguentava nem com as duas mãos, impossível dominá-la com uma só.

– A espada com a qual você treina foi forjada para uma criança. De cinco ou seis anos, no máximo. Você precisa ficar mais forte para usar uma arma adequada o quanto antes.

Fiquei boquiaberta com a informação.

Eu respeitava a dedicação dele no que se referia à minha autodefesa, mas a urgência me pareceu preocupante. Ele achava que eu estaria em perigo num futuro próximo?

Apesar do calafrio que tomou conta de mim, agradeci a lembrança de não ficar confortável demais ali – Ônix ainda era perigoso.

– Desculpa, não quis reclamar. Só estou cansada.

Na noite anterior, eu tinha curado dois soldados que tinham voltado de uma missão com perfurações graves, o que tinha exigido quase todas as minhas forças.

Soltei a espada e me recostei na árvore arranhada. Dagan me olhou, comiseração e curiosidade se contorcendo em seu rosto.

– Você se cansa quando trabalha na botica?

Eu sabia que a confusão no meu rosto era óbvia.

– Às vezes a gente trabalha até tarde... Por quê?

– Não estou falando disso.

Dagan pegou a espada e passou a lâmina na palma da mão.

– Dagan! O que...

Fui pegar a espada, mas ele me afastou com um tapa.

– Tome, cure isso.

Estreitei os olhos, mas atendi ao pedido. Peguei a mão calejada dele, fechei os olhos e senti o formigamento típico nos dedos.

– Muito bem, mas quero que tente uma coisa diferente. Em vez de tirar o poder de dentro de si, tente puxá-lo do que a cerca.

– Do que me cerca? – perguntei, abrindo os olhos para observar a área. – Tipo você? A espada?

– Não exatamente. Às vezes é água. Às vezes, terra. No seu caso, eu chutaria que é a atmosfera. Então tente puxar o ar ao seu redor para minha mão, se puder.

– Dagan – falei, e uma esperança cautelosa borbulhou no meu peito. – Você sabe o que é o meu poder? Passei a vida querendo entender. Se souber alguma coisa, precisa me contar.

Abbington não tinha bibliotecas, nem acadêmicos, então, após exaurir todas as opções de pesquisa, eu tinha desistido de tentar entender aquela parte de mim. Tinha até investigado na biblioteca da Fortaleza das Sombras algumas semanas antes, sem sucesso. Eu me convencera de que era melhor assim, que preferia nem saber.

Dagan olhou para o campo que nos cercava.

– É uma técnica que bruxas usam em seus feitiços. É só isso. Achei que valesse a pena experimentar.

Soube na hora que ele estava escondendo algo de mim. Não mentia tão mal quanto eu, mas era péssimo mentiroso também. Eu sabia que bruxas nunca tiravam o poder do ar, da água ou da terra. Quando Mari me apresentou toda a pesquisa sobre seus novos talentos, ela me explicou que o poder de uma bruxa vinha da sua ancestralidade.

Contudo, como ele não disse mais nada, cedi e experimentei. Imaginei que puxava o ar ao meu redor para a palma dele, fechando o pequeno rio de sangue que se derramara. Meus dedos tremeram e, maravilhada, vi a mão se reconstituir sem me deixar tonta ou cansada.

– Como...?

Dagan torceu a boca em um sorriso esperto.

– Que bom. Deve ajudar. Me conte depois.

Com isso, ele seguiu para o castelo.

Estava tão dolorida, que mal aguentei andar até o quarto. Ia tomar um banho de água pelando, com sais da botica para aliviar a dor dos músculos. Outra característica do meu poder estranho era a habilidade de me curar mais rápido. Eu nunca passava muito tempo doente, e os meus cortes às vezes viravam cicatrizes de um dia para o outro. Se tomasse um banho demorado, no dia seguinte estaria novinha em folha.

O dia estava estranhamente nublado, apesar da aproximação do verão, e o meu banheiro particular estava quieto e escuro. Acendi duas lamparinas e um punhado de velas para iluminar o ambiente e comecei a ferver a água. A banheira de pés de ferro e porcelana branca estava um pouco lascada e tinha um ou outro foco de ferrugem, mas eu era apaixonada por ela. Em Abbington, tínhamos apenas um banho público, usado quase que exclusivamente por adolescentes que queriam transar escondidos dos pais.

Tentei me lembrar do presságio fugaz que sentira ao treinar com Dagan – a lembrança de não baixar completamente a guarda. Porém, a minha vida ali na fortaleza era muito mais razoável do que eu jamais imaginara. Até me esquecia de fazer planos e estratagemas para fugir, e aproveitava a companhia de Mari e Dagan, até mesmo de Barney, quando eu o encontrava no salão.

Afastei a culpa que arranhava o meu peito.

Eu estava sobrevivendo.

Era tudo o que podia fazer. A culpa também andava nadando na minha cabeça depois de roubar o amuleto de Briar. Queria que Kane não notasse, que não perseguisse Mari.

Parte de mim também queria que ele não se sentisse traído.

A ironia era tão ridícula que quase me deu dor de cabeça.

Quando a água estava quase escaldante, enchi a banheira e tirei a roupa de couro suja e manchada de suor. Mergulhei um dedinho cheio de bolhas na água fervendo. Meu corpo inteiro estava moído e dolorido por causa dos exercícios da manhã.

Dagan com certeza era um sádico.

Acrescentei os sais, e a água límpida ficou de um branco leitoso, cheirando a eucalipto e lírio. Quando mergulhei na banheira, pouco a pouco, pelo menos metade da tensão saiu do meu corpo como o vapor de uma xícara de chá no ar do inverno. Afundei e tirei os pés, que apoiei na beirada da banheira numa posição digna de rainha.

Eu também tinha ficado dolorida assim depois da corrida com Kane. Fazia tempo que não exercitava os músculos, mas a dor nas pernas era muito mais agradável do que aquele hematoma de corpo inteiro que resultava do treinamento. Pensar no dia com Kane trouxe à minha mente uma mistura de sentimentos contraditórios. A arrogância irritante dele. Nossa discussão. O que ele pensava sobre amor e confiança. A disposição que ele teve em me levar ao bosque apenas porque eu precisava de ar livre. Nossa aposta. Nosso mergulho. A cavalgada de volta ao castelo...

Pensar nele atrás de mim, reluzindo ao sol poente, talvez até se excitando pela sensação do meu corpo em seus braços... Eu não queria sentir nada por ele, mas era inevitável. A lembrança despertou uma dor intensa no meu âmago.

Sozinha, na privacidade do banheiro, cercada pela luz fraca das velas, me permiti escorregar a mão pela barriga até entre as minhas pernas. Era bem diferente pensar em Kane, em comparação a Halden – era um desejo tão puro, tão exigente, que eu não suportava deixá-lo insatisfeito. Pensei no sorriso safado de Kane, na gargalhada grave e rouca, e em quando ele quase me esmagara contra as pedras do lago.

Eu me perguntei o que teria acontecido se eu não estivesse tão concentrada em fugir. E se eu tivesse tirado a combinação? Ele teria conseguido se conter? Ou teria me devorado, me consumido completamente até nos tornarmos um só?

Imaginei que ele me agarrava, arrancando um gemido de mim, sussurrando ao pé do meu ouvido o que os meus sons mais íntimos faziam com ele. Esfreguei em círculos entre as minhas pernas, sentindo a pressão crescer pelo meu corpo, o desejo se acumulado no baixo-ventre.

Eu ansiava por ele.

Queria tão desesperadamente que ele me tocasse; aquilo estava me consumindo. Levei a outra mão ao peito e o massageei devagar, pensando nas mãos dele, na força, no toque áspero. Ele era tão perigoso, tão letal. Era uma vergonha, um constrangimento, o quanto aquilo tinha começado a me excitar.

Ao imaginar Kane, seu nome escapou da minha boca em um sussurro suave. Mesmo na água, senti a umidade surgindo do meu centro, e enfiei um dedo devagar. Gemi, fechando os olhos com força de tanto prazer, enquanto o meu relaxamento aumentava. Fui tirando o dedo até a pontinha antes de mergulhá-lo de novo e imaginei que era a mão de Kane me usando, brincando comigo, arrancando gritos da minha garganta e lágrimas de êxtase dos meus olhos. Ele seria bruto? A mandíbula tensa, as mãos me castigando, exigindo gemido atrás de gemido, soluço atrás de soluço... Ou o rei perverso seria surpreendentemente gentil? E se conteria, com medo de meter forte demais, tremendo com o esforço de se controlar... As minhas fantasias eram desvairadas. Eu estava quase, tão quase que sentia a língua dele no pescoço, os grunhidos junto a mim, o jeito que...

Fui sacudida da minha imaginação obscena pelo som de passos pesados vindos do quarto.

O medo me atravessou.

Eu me levantei, encharcando o chão, preparada para o que viria pelas portas do banheiro. Procurei uma arma e peguei o castiçal mais próximo.

– Arwen? Está tudo...

Kane irrompeu no banheiro, com a mão na espada embainhada, e parou abruptamente ao me ver, nua e molhada. Ele soltou um ruído gutural que quase soou como um ganido, e me deu as costas, rápido.

– Merda – disse, com a voz falhando, e pigarreando. – Desculpa.

Eu mergulhei na banheira com um movimento desajeitado só para esconder o corpo.

– O que você está fazendo aqui? Não sabe bater? – perguntei, mas soou como um gritinho.

– Eu vim perguntar uma coisa, e ouvi... Achei que você estivesse machucada – falou para a parede, ainda de costas para mim. – Eu... Perdão.

Eu me encolhi. Ainda toda quente – do banho fervendo, da vergonha, de... Afastei as imagens dos olhos cheios de luxúria de Kane e da sua boca entreaberta e ofegante.

– Bom, estou bem. E você já pode virar de volta.

Kane se virou para mim devagar. Eu tinha cruzado os braços para proteger os seios, e a banheira cobria o resto do meu corpo. Os sais tinham deixado a água opaca, como uma coberta de líquido branco. Ele parecia quase tão envergonhado quanto eu.

Uma ideia horrível surgiu na minha mente, expulsando todas as outras.

– Por que achou que eu tinha me machucado? – perguntei, tentando não soar histérica.

– Achei que tinha ouvido...

O rosto dele estava mesmo corado. Eu não sabia se era de excitação ou de vergonha. Talvez as duas coisas.

Mas me recuperei rápido.

– Não seja vulgar, Kane. Estou só dolorida. Dagan está me ensinando luta de espadas. Nunca sentiu dor muscular? Nasceu assim, parecendo que foi esculpido pelas Pedras?

Argh. Eu estava exagerando.

Ele relaxou um pouco e o seu sorriso de lobo voltou. Ele se recostou na parede.

– Alguém está espirituosa hoje.

Balancei a cabeça e fechei os olhos, me recostando na banheira. Deixei a água quente me cobrir até o pescoço para me acalmar antes de voltar a olhá-lo.

– Está cheiroso.

Ele se aproximou um pouco, mas manteve uma distância respeitosa. Eu não sabia se ficava agradecida ou se odiava aquilo acima de tudo.

– Os sais têm perfume de lírio branco. É a minha flor preferida.

Ele abriu um novo sorriso, uma expressão relaxada e agradável que eu raramente via nele. Perdi o fôlego.

– Não é muito comum aqui em Ônix.

– Eu sei – falei. – Minha mãe disse que só florescem em Âmbar. Foi por isso que meu segundo nome é *Lily*, em homenagem aos lírios. Ela disse que eu nasci cercada por essas flores.

– Arwen Lily Valondale – comentou ele.

Meu nome nos lábios dele soava como uma oração, se orações fossem sensuais. Só aquilo quase bastou para me fazer gemer.

Pigarreei.

– Como você sabe o meu sobrenome?

Ele estalou a língua e abanou a cabeça, fingindo repreensão, e os meus seios ficaram duros em resposta. *Maldito.* Ele não devia fazer nada que me levasse a olhar para a sua boca.

– Acha que deixo prisioneiros vagarem por aí no meu forte sem pesquisar sobre eles?

Ele se aproximou a passos largos, e o meu baixo-ventre se apertou. Eu ainda estava *tão* nua.

Ele precisava ir embora.

– Que eu saiba, a banheira é um espaço particular, e não comunal. Por que você veio aos meus aposentos, afinal?

Kane chegou ainda mais perto e se ajoelhou, para não enxergar dentro da banheira. Quando os seus olhos estavam na altura dos meus, ele disse:
– Queria perguntar...
Ele coçou o queixo.
Uma ideia horrível me ocorreu, tarde demais. Ele sabia que eu e Mari tínhamos entrado em seu escritório? Era por isso que estava ali? Tinha percebido que o amuleto de Briar desaparecera? Tentei manter a expressão indiferente.
Ele suspirou.
– Você aceita se juntar a mim numa coisinha amanhã à noite? Acho que pode ajudá-la a entender melhor este reino.
Dizer que eu estava surpresa era pouco. Afundei um pouco mais para ganhar tempo.
– E por que eu aceitaria?
– Por que estou mandando?
Fechei a cara.
Ele riu, uma gargalhada calorosa e sincera, como se eu fosse hilária.
– É, achei que não fosse fazer diferença. Que tal: porque vai satisfazer sua curiosidade insaciável sobre a minha pessoa, este reino e a guerra sobre a qual tem tantas opiniões?
– Está bem.
Quase sorri. Ele estava certo.
– Que bom – disse ele, e sorriu. – Enviarei Barney para te buscar.
Eu me virei para pegar o roupão atrás de mim, e ouvi uma respiração brusca. Eu me voltei para ele e esperei para ouvir o que estava na ponta da sua língua, mas já sabia o que seria.
Ele parecia assustado.
– Você tem cicatrizes – falou, como se fosse capaz de quebrar ferro com os punhos.
Apesar da água quente, um calafrio subiu por minhas costas.
– Tenho – foi tudo que consegui dizer.
Não era uma parte da minha vida que eu queria compartilhar com ninguém, muito menos com ele.
– Quem fez isso com você? – perguntou, em voz tão baixa que eu mal escutei.
Imagens de Powell e seu cinto invadiram minha memória.
Eu corei.
– Já faz muito tempo.
Como se visse o efeito da lembrança em mim, ele não insistiu, e eu agradeci. Kane engoliu em seco e sustentou o meu olhar.

Como não desviei o rosto, ele se esticou um pouco, e eu não consegui interpretar a sua expressão. Ele mantinha o maxilar rígido com granito.

O espaço entre nós pulsava com uma energia lenta e insuportável.

Meu âmago ainda doía.

Estávamos próximos demais para a minha nudez. E para a minha proximidade de gozar poucos momentos antes. Senti o perfume de couro e madeira, inebriante.

Passei a língua no lábio inferior e o vi acompanhar o movimento com o que me parecia uma careta, como se aquele movimento doesse nele. Os olhos inteiramente pretos, apenas pupilas. Não restava nada do cinza que normalmente me fitava. Ele baixou o olhar, seguindo a linha da coluna do meu pescoço à clavícula e depois ao encontro dos meus seios apertados pelos braços cruzados. Ele entreabriu um pouco a boca.

Contudo, ele não olhou mais para baixo, e eu senti ao mesmo tempo alívio e decepção.

Levantei o rosto para chegar mais perto dele. Queria que ele me beijasse. Admiti para mim mesma: queria a sua boca na minha mais do que queria respirar.

Porém, ele franziu a testa, chacoalhou a cabeça, pigarreou e se levantou.

– Sinto muito – falou, e saiu do banheiro sem mais uma palavra, me deixando sem ar.

14

Acompanhei Barney pelo mar de barracas. Uma lua cheia grande e brilhante pairava no céu noturno fresco e iluminava seu rosto suave e conhecido. Fiquei surpresa ao perceber que tinha sentido saudade daquele homem rechonchudo e doce.

Eu tinha pegado um vestido emprestado de Mari, assim como algumas fitas pretas, do tipo que via tão frequentemente no cabelo das mulheres de Ônix. Nem eu, nem muito menos ela, fazia ideia do que Kane queria que eu visse. Mari ponderara que talvez ele fosse me levar à linha de frente para me mostrar a realidade da guerra, de modo a ver por que ele era tão cruel como governante. Eu não conseguia imaginar nada mais horrível.

Dagan fora ainda menos útil. Eu tinha revelado apenas que o rei me convidara para fazer algo à noite, mas, é claro, não mencionara a carência desejosa e o contato visual agressivo que tinham nos dominado nos últimos dias. Eu tinha o pressentimento, porém, de que Dagan percebia que tinha alguma coisa acontecendo ali. Sempre que eu falava de Kane, ficava corada. Quando eu perguntara se ele tinha ideia de por que o rei poderia querer minha companhia, ele tinha revirado os olhos e me deixado sozinha na botica pelo resto do dia. *Lembrete: não peça conselhos amorosos para Dagan.*

O som do fogo crepitou nos meus ouvidos quando Barney e eu passamos por homens cozinhando ensopado, jogando carteado e bebendo cerveja. Os soldados, que meras semanas antes me apavoravam tanto, no momento apenas me lembravam Ryder e seus amigos – brincalhões, moleques e jovens demais.

Viramos uma esquina agitada e chegamos a uma barraca alta e inteiramente preta. Na verdade, estava mais para um pavilhão, adornado com filigranas de prata na entrada e estandartes do emblema de Ônix.

Reconheci a área, e náusea me trespassou.

Atrás de nós estava o local exato em que Bert tentara me tomar à força. Kane devia estar naquela barraca, por isso escutara a briga. Estremeci ao pensar no que poderia ter acontecido se ele não estivesse ali. Tinha começado a sentir uma gratidão relutante pelo treinamento: se eu tivesse uma espada naquela noite e soubesse usá-la, poderia pelo menos revidar.

A barraca era inteiramente diferente do que eu esperava. Bem no meio havia um mapa de Evendell, grande e cheio de texturas, com peças que representavam os muitos batalhões de cada reino. Poltronas de couro e peles de tons entre areia e chocolate ocupavam o resto do espaço, assim como lamparinas góticas e velas finas e pretas que banhavam a área em feixes de luz caramelo.

Homens e mulheres bebiam de cálices de cobre e comiam pão de cravo, frango e bife. O cheiro de gengibre, cítricos, rum e cravo tomava o ar, misturado ao de gardênia e lilás – as flores mais comuns em Ônix, pelo que eu descobrira. As luzes criavam um ambiente caloroso e agradável.

Percebi, com atraso, que tinha levado as mãos ao peito de tanto assombro e... entusiasmo.

Barney me conduziu até Kane, que estava sentado em um trono de veludo. A seu lado estava um homem de pele escura e queixo forte, que eu não reconheci.

– Lady Arwen, Vossa Majestade.

Kane se levantou para me cumprimentar. Ele estava paramentado como um verdadeiro rei: vestes pretas, alguns anéis de prata, cabelo penteado para trás, e uma coroa delicada de galhos de ônix ao redor da cabeça. De tirar o fôlego.

Engoli o restinho de vergonha do quase beijo no meu banheiro na véspera, e o cumprimentei com uma reverência simples. Kane me examinou, olhando devagar desde as minhas botas à fita preta no cabelo, uma faísca dançando nos olhos. Eu me perguntei se ele tinha notado que eu estava vestida como eles.

Entretanto, o humor e o charme habituais estavam ausentes. Nada de comentários em tom de flerte, nada de respostas engraçadinhas.

– Que bom que pôde se juntar a nós – disse ele. – Espere apenas um minuto. Sente-se.

Ele indicou a cadeira de veludo roxa ao seu lado antes de retomar uma conversa acalorada com o homem à direita.

Tentei conter a vontade de olhar para o pequeno mar de nobres que preenchiam a barraca. Seus olhares curiosos, mas também territoriais, fulminavam as minhas costas como as pontas afiadas de cem espadas. Olhei, portanto, para o meu outro lado, onde se encontrava o meu maior fã: Griffin. Queria perguntar a ele ou a Kane o que exatamente era aquilo, mas ele também estava envolvido em uma conversa que eu temia interromper. Desejei que Barney não tivesse ido embora.

Olhando para as mãos, voltei a atenção para escutar as conversas ao redor. Kane discutia o tratado de paz dos Territórios de Opala, mas eu só entendia uma ou outra palavra. Estava barulhento e inquieto ali.

À esquerda, Griffin estava entretido em uma discussão surpreendentemente jovial com uma bela moça loira. Era fascinante vê-lo rir, uma vez que sempre fora tão estoico comigo. Ele até que tinha um sorriso simpático e amigável quando resolvia mostrá-lo.

– Impressionante, né?

Eu me virei para Kane.

– Acho que é a primeira vez que vejo os dentes dele. Pelo menos quando ele não está arreganhando os dentes para mim.

Kane sorriu de leve, mas a expressão não chegou aos olhos. Era evidente que algo o preocupava.

– Eu já disse, não é com você, é comigo.

Concordei num murmúrio, mas não disse mais nada. Griffin e Kane não eram irmãos, mas visivelmente havia uma tensão profunda, quase familiar, entre eles, e eu não tinha a menor intenção de me envolver.

O comandante em questão se levantou, e a turba de dignatários tagarelas se calou, voltando a atenção para ele.

– O fórum de hoje trata dos Territórios de Opala – declarou. – Âmbar tem movimentado soldados pelo Passo da Meia-Noite ilegalmente, chegando mais rápido aos nossos homens.

Meu coração caiu até o fundo do estômago com um baque.

Ah, não.

Olhei de relance para Kane, mas ele estava concentrado no comandante.

Procurei na memória o que sabia sobre o Passo da Meia-Noite e o tratado. Eram informações que tinha aprendido em aulas quando criança. A terra de Opala era livre e não tinha governante único. Era uma região rochosa e bravia, com muitos grupos e divisões. Se eu bem me lembrava, fazia décadas que tinha assinado coletivamente um tratado de paz com os outros oito reinos, se declarando como terreno neutro em qualquer circunstância de guerra.

Infelizmente, Opala e Peridoto ficavam bem no meio do conflito entre Âmbar e Ônix. Soldados dos dois lados precisavam viajar pelo Mar Mineral e por Quartzo de Rosa, trajetos que demoravam muito mais do que apenas atravessar Opala.

Meu ânimo por participar do fórum rapidamente azedou e se transformou em uma grave preocupação. O que eles fariam com os soldados de Âmbar? Quão implacáveis seriam? Ou nem se importavam? Talvez fosse problema de Opala.

– Obrigado por juntarem-se a nós – concluiu Griffin. – O fórum está aberto.

Quase imediatamente, um homem parrudo de barba impressionante se levantou.

– Meu rei, já disse isso, mas repetirei com prazer. Se Âmbar pode descumprir as regras dos territórios sem enfrentar consequências, podemos fazer o mesmo. Vamos levar nossos homens para lá hoje mesmo. Equilibrar o jogo. Não há tempo para discutir alternativas.

A loira sentada ao lado de Griffin bufou, se levantou e encarou Kane. Seus olhos eram suplicantes.

– Vossa Majestade, com todo o respeito a Sir Phylip, as ações de Âmbar não ficarão sem consequência. Meus espiões souberam que os territórios estão preparando um ataque contra o rei Gareth em resposta pelo uso de suas terras como atalho e por descumprir o tratado. Isso ajudará a nossa causa. É melhor que não sejamos também alvo da fúria deles.

Sir Phylip passou a mão no rosto. Parecia que eles já tinham discutido aquilo antes.

– Se entrarmos lá – continuou ela –, traremos apenas mais perigo para este reino, e causaremos mais derramamento de sangue em Opala.

Kane se pronunciou pela primeira vez.

– Lady Kleio está certa: é por respeito, e não medo, que não atravessamos Opala. Os de Âmbar podem ser uns canalhas, mas nós não somos.

Opala criara o tratado para proteger suas terras e seu povo – eu não acreditava que Gareth fosse ignorar as regras por vantagem própria. Parecia o estilo de Kane, na verdade.

O homem ao lado de Kane se ergueu, e a sua voz de barítono ribombou pelo fórum, congregando a atenção.

– Aconselhei nosso rei a reunir-se com os vários líderes dos povos e divisões para firmar um novo tratado que permita passagem segura apenas para Ônix. Se desejarmos enviar uma onda de tropas de encontro a Âmbar, precisaremos desse auxílio.

Sir Phylip e Lady Kleio reviraram os olhos ao ouvir o homem, quase sincronizados. Foi Kleio a primeira a falar.

– Tenente Eardley, localizar todos os líderes, mesmo com o melhor trabalho de nossa inteligência, levará meses. Não temos tanto tempo.

A aflição revirou meu estômago. Eu não queria fazer mal ao meu reino, mas queria impedir que mais sangue fosse derramado. A falta de dignatários que se opusessem ao plano de carnificina de Phylip me preocupava. Se seguissem a estratégia dele, milhares de vidas de Ônix, Opala e Âmbar acabariam em questão de dias.

O conflito, porém, me lembrava de algo...

Era inusitado, mas, quando eu não queria que um medicamento atingisse o sistema nervoso rapidamente, incluía no preparo certas ervas ou elementos que funcionavam como bloqueios, o que fazia com que o tratamento encontrasse outras rotas pelo corpo, ampliando a duração do efeito no paciente.

Ônix precisava de algo assim. Alguma coisa que bloqueasse os soldados de Âmbar e os obrigasse a abandonar o passo. Se atravessar por Opala demorasse tanto quanto as outras rotas, deixariam de ver o território como atalho, e o abandonariam.

Olhei de relance para Kane. Recostado, o tornozelo apoiado no joelho e dedos cruzados no colo, ele era o auge da calma. Eu devia admitir que estava equivocada quanto ao método que supunha que ele usasse para comandar o reino. Ele estava dando a todos nobres, tenentes e dignatários da corte a oportunidade de opinar para chegarem juntos às soluções. Era surpreendentemente justo.

Como se pressentisse o meu olhar, Kane se virou para mim. Ele acenou com discrição, apenas com os dedos. Eu sorri e mexi a cabeça – não estava apenas cumprimentando. Fiz sinal para o grupo, e depois para mim. Ele levantou a sobrancelha, mas assentiu, inclinando a cabeça em uma aprovação desconfiada.

Meu estômago se contorceu de ansiedade, e eu cerrei os punhos na saia para me impedir de tremer.

Quando uma mulher mais velha, de cabelo cacheado, terminou de falar sua sugestão, que nada mais era que manter homens de Ônix na fronteira de Opala e Âmbar, e teve sua proposta recusada por Griffin por ser um desperdício das tropas, respirei fundo e me levantei.

– Boa noite – comecei.

A mesa ficou em silêncio. Todos olharam para Kane, buscando apoio. Eu também me virei para ele. Ele me observou com a mesma expressão distante que vinha mantendo, e não fez sinal de me impedir.

– Não tenho treinamento militar – falei, me voltando para a pequena aglomeração. – Não sou da nobreza, e vi apenas dois mapas do continente nessa vida.

Ao meu lado, Griffin escondeu o rosto com as mãos. Kane segurou a risada ao ver o comandante.

– Então veio fazer o quê aqui? – perguntou uma voz ranzinza do outro lado da barraca.

Vozes tiritaram, rindo, e eu me estiquei, mas não consegui ver quem falara. Corei, e o suor me pinicou a cabeça.

Kane lançou ao homem um olhar de puro veneno.

– Não acredito que a dama tenha acabado de se pronunciar. Seria sábio cuidar do que diz na presença dela.

Seguiu-se um silêncio mortal.

As palavras dele me deram coragem, e eu continuei, com a voz um pouco menos trêmula.

– Poderia ser frutífero tornar o Passo da Meia-Noite ineficiente.

Apesar de não haver a menor umidade na boca ou garganta, tentei, em vão, engolir. Esperei o murmúrio de discordância que sabia que viria, mas senti apenas os olhares demorados em mim, esperando que eu continuasse. Não tinha como olhar para Kane em busca de aprovação, pois seria sinal de fraqueza.

Mas eu não precisava olhar para ele.

Era uma boa ideia. Eu sabia.

– Isso não apenas impediria os soldados de Âmbar de chegarem às nossas fronteiras mais rápido do que chegaríamos às deles, mas seria um favor para os Territórios de Opala. Afastaríamos de graça a guerra das suas terras e, no futuro, talvez eles aceitem nos fazer um favor em troca.

– Podemos usar o dragão e as hidras – acrescentou um nobre à minha direita. – Seria mais rápido e discreto do que usar um batalhão para transportar o bloqueio.

– Nossos depósitos de minério dão conta do necessário para bloquear a passagem. Eles nunca terão mão de obra suficiente para removê-los – acrescentou Griffin, pensativo.

O orgulho me aqueceu por dentro quando me sentei. Não consegui deixar de olhar para Kane. Ele ainda observava o decorrer da discussão, mas acenou rapidamente para mim com a cabeça, e um sorriso brilhava em seu olhar.

Kleio foi a próxima a se levantar.

– Obrigada...?

– Arwen – respondi.

– Obrigada, Arwen – disse ela, e sorriu. – Não é má ideia. Tenho alguns espiões em Opala agora mesmo. Eles podem encontrar...

Kleio foi interrompida por botas pesadas que marchavam em direção à barraca.

Murmúrios preocupados percorreram o fórum, e senti o medo repuxar o fundo do estômago.

Sete soldados de Ônix, de armadura completa, empurraram a abertura da barraca e adentraram o fórum marchando, em direção a Kane.

O rei se levantou do trono num salto. Nos seus olhos havia algo que eu nunca vira antes ali: puro medo.

Senti a garganta apertar e precisei fazer um esforço para engolir em seco.

O soldado de armadura decorada com prata falou com Kane aos cochichos. Reconheci a armadura, e não o homem, e percebi que ele provavelmente tomara a posição do tenente Bert.

Esperei e esperei e esperei.

A atmosfera crepitava numa antecipação horrível.

Assim que conversaram um pouco, vi Kane relaxar os ombros. Relaxei os meus também. O que quer que tinha sido, não era o que ele temia. O alívio fugaz chegou e partiu antes de Kane se dirigir ao fórum.

– Por hoje, já basta. Lady Kleio, peça para seus espiões confirmarem a limpeza do passo. Utilize Eryx, se necessário. Meus homens começarão a extrair e transportar o minério.

Com isso, a barraca inteira se esvaziou em questão de minutos, deixando apenas Kane, Griffin, o tenente Eardley e os soldados.

E eu.

Griffin mandou os homens cobrirem a mesa de guerra. Esperei alguém me dizer o que fazer, aonde ir, mas não veio instrução alguma. Kane fez sinal para o tenente, que saiu da barraca e voltou com mais três soldados de Ônix.

Vê-los encheu o meu estômago de um desconforto incômodo, e eu enfiei as unhas nos braços de madeira da cadeira. Cada soldado trazia um homem de braços e pernas acorrentados e cabeça coberta por um saco.

Deixei escapar um pequeno suspiro. Eram prisioneiros.

Prisioneiros de guerra.

Kane voltou a atenção para os homens forçados a se ajoelharem diante dele.

O tenente pigarreou.

– Estes três soldados de Âmbar foram encontrados no nosso forte, tentando acessar o cofre. Mataram seis dos nossos homens e três civis. Acredito que seja uma equipe especializada do rei Gareth. Como deseja proceder, meu rei?

O rosto de Kane era de puro aço. Fúria fria e calma. Não restava um grama do homem que eu conhecia. Ele era a personificação da morte e da violência, e o medo me fez estremecer. Não por mim, mas pelos homens ajoelhados.

– Tirem – ordenou, e os soldados arrancaram o capuz dos prisioneiros.

Eu quase desmaiei.

Diante de mim, imundo, de nariz ensanguentado e se encolhendo de agonia, estava Halden.

15

Sem pensar, avancei na direção dele, de mãos esticadas.
Não, não, não, *não...*
Griffin apertou o meu braço e me puxou para trás.
– O que você acha que está fazendo? – sussurrou.
Eu estava frenética. A barraca estava quente demais, as velas, sufocantes.
– Eu conheço esse rapaz! – sussurrei. – É um amigo meu. Deve ser um engano.
Eu não acreditava que ele estava vivo. E ali, em Ônix. E preso. E...
Griffin apertou o meu braço ainda mais.
– Você precisa sair daqui, já.
Ele deu um passo para me esconder atrás de si, mas já era tarde.
– Arwen? – murmurou Halden, rouco.
O cabelo dele estava desgrenhado e sujo, tingido de vermelho pelo sangue. O nariz inchado, o rosto machucado, mas os olhos castanhos continuavam iguais ao dia em que tinha partido para a batalha. Redondos, sinceros, sofridos.
– Cala a boca.
O soldado atrás dele deu um tapa na cabeça de Halden.
– Pare!
Eu não suportava vê-lo daquele jeito. Dei um pulo para a frente outra vez.
Kane se virou para mim bruscamente.
– Você conhece esse garoto?
Antes que eu pudesse falar, Halden respondeu:
– Ela ia ser minha esposa.
Eu fiquei paralisada.
A barraca inteira ficou.
Halden, pelo amor das Pedras, que idiotice.

Kane ficou inteiramente lívido, e até Griffin empalideceu.

– Não, não é... Não é exatamente...

As palavras não chegavam a tempo ao meu cérebro.

Kane nem me esperou concluir. Ele caminhou até Halden, assustadoramente calmo.

– Você ama esta mulher?

Halden me encarou com fervor.

– Mais do que tudo.

Malditas Pedras.

Kane fez um aceno curto com a cabeça.

– Que bom – falou, e se dirigiu aos soldados atrás de Halden. – Matem.

– Não! – berrei.

Mais alguém estava ouvindo um zumbido? O que estava acontecendo?

– Perdeu a razão? – perguntei, suplicante.

Kane, porém, não me olhava mais. Ele caminhou até o trono e pegou uma taça de líquido escuro, que bebeu devagar. Tranquilo, enquanto eu mal conseguia respirar.

Os soldados começaram a arrastar Halden e os outros dois rapazes para longe dali.

– Parem! – urrei. – Já!

Griffin me apertava como uma algema de metal. Ele nem precisava se esforçar para me segurar.

Kane analisou o meu rosto, frio e insensível, enquanto lágrimas brotavam nos meus olhos. O rapaz à direita de Halden começou a implorar, e o que estava à esquerda tremia, urina escorrendo pela perna. Kane não disse nada enquanto eu chorava de desespero.

Não, não, não. Não, por favor...

Finalmente, Griffin interveio.

– Meu rei. Posso sugerir discutirmos a vantagem de manter vivo ao menos um desses roedores? Eles podem ter alguma informação de valor. Deixemos que apodreçam um pouco nas masmorras enquanto nos reunimos?

Kane revirou os olhos, tensionou a mandíbula e tomou outro gole, mas acabou fazendo sinal para o tenente.

– Siga a sugestão do comandante. Levem os prisioneiros para as masmorras, por enquanto.

Os três prisioneiros suspiraram em uníssono. Halden continuava me olhando. Ele murmurou algo para mim antes de ser arrastado para fora da barraca, mas eu não ouvi, nem enxerguei, pois meus olhos estavam embaçados de água salgada. Kane, porém, pareceu entender, e fez um esgar de nojo.

– Saiam, todos – rosnou Kane.

O lugar se esvaziou rapidamente, deixando apenas ele, Griffin e eu.

Eu ia esmurrar a cara cruel e entediada de Kane.

Griffin me soltou, e eu me joguei nele.

– Você é um monstro. Qual é o seu problema? – sibilei. – Ia matar aqueles garotos? Eles mal são homens! E você sabia que eu o conhecia? Que gostava dele? Mal consigo olhar para você.

Precisei me conter para não dar um soco no queixo dele. Eu me recusava a me rebaixar àquele nível outra vez.

Kane me estudou com indiferença. Os únicos sinais da sua raiva eram as mãos de punhos cerrados, a pele dos dedos brancas de tanta tensão.

– Eles mataram os meus homens. Mataram inocentes. Isso não a incomoda? – perguntou, tranquilamente venenoso.

Eu balancei a cabeça.

– Você não tem certeza de nada. Condenou todos à morte sem nem pensar. Como alguém tão impulsivo comanda um reino?

– A curandeira está certa, na verdade – interrompeu Griffin. – Foi de uma estupidez suprema, meu amigo.

Eu nem acreditei no que ouvia.

– Obrigada! – exclamei, e me voltei para o rei, enfática. – Não podemos matar ninguém só porque deu vontade, Kane.

Griffin abanou a cabeça.

– Não, agora a gente precisa matá-los, sim, sem dúvida.

– Exatamente... Espera, como é que é? – me virei para Griffin. – Por quê?

Griffin suspirou e se serviu de uísque.

– Kane acabou de se mostrar vulnerável. O seu amante o testou, e ele fracassou. Agora os três homens sabem que o rei de Ônix se importa com uma curandeira, e isso é uma fraqueza para Kane. Sinto muito, eles não podem viver sabendo dessa informação.

Eu estava tonta. Tinha coisa demais acontecendo. Griffin estava certo? A violência de Kane tinha sido por causa da sugestão de Halden de que estávamos apaixonados em Abbington? E Halden tinha feito aquilo de propósito? Na esperança de se salvar? Ele sabia, de algum modo, nos meros minutos que passara ali, que Kane me valorizava?

Eu era uma idiota. Claro que sabia. Por que eu estaria naquela barraca, com o exército do rei, sentada diretamente ao lado de Kane, arrumada com um vestido de Ônix e fitas pretas no cabelo, tomando uísque de lavanda com eles todos, se... se Kane não me valorizasse?

Eu era uma traidora suja.

Eu me larguei em uma cadeira de couro e olhei para o chão. Kane se virou para Griffin.

– Eles já estavam fadados a morrer, de qualquer modo. Se chegaram ao cofre, já sabem demais para voltar para Gareth.

Comecei a chorar.

Não dava para me conter. Fazia um tempo que eu nem pensava em Halden, mas nem por isso queria que ele morresse.

Contemplar o fim da vida dele era horrível demais. Ainda mais por ser, de alguma forma, culpa minha.

Kane me fitou com uma raiva sossegada.

– Os meus pêsames, Arwen. Pelo homem que você ama.

Eu o encarei através das lágrimas, furiosa.

– Eu nunca disse que estava *apaixonada* por ele. Ele é um dos meus amigos de infância mais antigos. Um dos melhores amigos do meu irmão.

– Não resta dúvida de que ele é um ladrão também – murmurou Griffin, enquanto bebia, e eu o ignorei.

– Ele é como se fosse da minha *família* – continuei. – Não o vejo desde o dia em que ele foi enviado para lutar contra os *seus* soldados, na *sua* guerra inútil e maldita!

Eu estava ficando nervosa, o fluxo do sangue pulsando nos ouvidos.

– Mas ele está apaixonado por você e pretendia desposá-la? – insistiu Kane.

– Não faz diferença!

– Estou curioso.

Que pena, pensei. Mas respirei fundo. Se havia um momento para convencer a melhor parte de Kane, o Kane na versão do dia no lago, era aquele.

– Sim, é verdade. Tivemos um relacionamento… romântico. Mas ele foi embora, e eu achei que nunca mais o veria. Achei que fosse só diversão, e não que ele pensasse em mim *assim*.

Kane suavizou um pouco.

– E como não pensaria?

– Por favor – implorei. – Não o mate.

Griffin parecia enjoado.

– Acho que é hora da curandeira voltar aos seus aposentos, não acha?

Depois de uma noite de sono inquieto, acordei antes do amanhecer e desci a escadaria. A minha capa lutava contra o frio matinal, e eu soprei ar quente nas mãos. Tinha pegado algumas fatias de pão, carne seca, uma agulha e ataduras e embrulhado no casaco de pele que cobria o meu corpo.

Tinha que dar um jeito de encontrar Halden, e achei que o melhor era me ater à verdade, dentro do possível.

– Bom dia – falei, alegre, para o jovem guarda no posto. – Vim visitar o prisioneiro.

– Que prisioneiro?

Fingi confusão.

– Mathis. O que tem uma ferida purulenta.

Depois de tanto tempo em um reino comandado por um mentiroso, as mentiras tinham começado a sair mais fácil.

– E quem é você?

– Arwen. A curandeira. O comandante Griffin me mandou fechar o corte de Mathis.

Mostrei as ferramentas médicas para o guarda.

Ele franziu a testa e torceu a boca, em dúvida.

– Certo, fique à vontade – falei, e suspirei. – Eu não queria ter que trabalhar tão cedo assim.

Dei meia-volta, mas me virei outra vez.

– Se Mathis morrer de hemorragia antes de tirarem as informações dele, diga ao comandante Griffin que você não reconheceu a curandeira – acrescentei. – Ele certamente vai entender. Afinal, é um homem bem simpático e compreensivo.

Comecei a andar e prendi o fôlego. Depois de alguns resmungos, o guarda gritou:

– Tá bom, tá bom, só seja rápida.

Fiquei satisfeita, mas fingi tédio ao me virar.

– Obrigada, não devo demorar.

Lá dentro, as celas estavam molhadas e miseráveis, bem como eu me lembrava. O meu peito doeu por Halden – entre aquelas paredes, eu tinha sentido o meu maior desespero.

Encontrei a cela dele mais rápido do que esperava. O cabelo loiro-gelado se destacava entre todo o cinza. Ele dormia encolhido, tremendo e sujo de sangue seco. Sussurrei seu nome até ele despertar de sobressalto.

– Arwen, o que está fazendo aqui?

Ele estava com uma aparência horrível. O olho estava fechado de tão inchado, e um hematoma do tamanho de uma abóbora brotava no queixo.

– Trouxe umas coisas.

Peguei o meu contrabando e passei pela grade, semelhante ao que Kane fizera por mim tanto tempo antes. Afastei essa lembrança.

Halden pegou o embrulho e os seus dedos machucados roçaram nos meus. A minha mão tremeu de vontade de abraçá-lo, de confortá-lo.

– Obrigado – disse ele, olhando os itens antes de escondê-los atrás do balde. – Mas não queria saber o que está fazendo nas celas. Como veio parar no posto avançado do reino de Ônix?

– É uma longa história. Mas estou em segurança. Conto tudo quando tivermos mais tempo.

– Duvido que me reste tanto tempo assim.

– Não pense isso. Vamos dar um jeito.

Ele me observou, curioso.

– Você está diferente.

Senti o meu rosto arder.

– Como assim?

Ele parecia desconfortável.

– Não sei bem. O que fizeram com você?

Uma emoção defensiva brotou em mim. Halden às vezes me lembrava Powell. Fazia eu me sentir menor.

– Nada. Na verdade, eles têm sido surpreendentemente bondosos.

Era verdade.

– É, isso eu vi – disse Halden, estreitando os olhos. – Talvez você possa argumentar com o rei. Ele gosta de você, sabia? Você devia ver a cara dele quando disse que você seria minha esposa. Parecia até que eu tinha matado o bicho de estimação dele.

Por algum motivo, pensei na estrige. A minha boca tremeu ao pensar na relação de Kane com aquela fera horrenda – ensinando a ela a ir aonde fosse chamada e a fazer truques adestrados. *Malditas Pedras*, como eu ainda sentia algo assim caloroso e carinhoso por aquele homem?

Halden. Eu precisava me concentrar em Halden.

– Por que você disse que eu seria sua esposa? Nunca falamos dessas coisas.

Halden roeu a unha, pensativo.

– Eu esperava mesmo que, quando voltasse, poderíamos nos casar – disse, e eu esperei que ele continuasse. – Mas, quando a vi ali, solta, e não como criada, sentada diretamente ao lado do rei... Soube que tinha alguma posição de poder aqui. Imaginei que, se me conectasse a você, seria poupado.

Algo desconfortável se espalhou em mim, oleoso e grudento. Griffin estava certo. Halden era mais manipulador do que eu imaginava. Eu nunca tinha conhecido aquele lado dele. Imaginei que ele estava fazendo o necessário para sobreviver.

– Talvez.

Deixei o pensamento no ar, sem saber o que concluir. Não sabia se queria que Halden estivesse certo. Se queria que Kane continuasse se sentindo daquela maneira por mim.

– Confie em mim. Se ele não gostasse de você, eu já estaria morto.

Algo naquela declaração fez toda a cor se esvair do meu rosto.

– Por quê? O que você fez?

Halden recuou como se tivesse levado um tapa.

– O que *eu* fiz? Estou lutando pelo nosso lar.

Ainda assim, os meus instintos diziam que aquelas palavras tinham mais significado do que ele queria compartilhar.

– Ontem disseram que vocês mataram três civis inocentes. É verdade?

– Arwen – disse ele, com um olhar sentido. – Claro que não. Como você acredita no que eles dizem? Sobre mim?

A vergonha queimou o meu rosto.

– Não sei. Por que mentiriam?

Halden voltou a roer as unhas.

– Por quê? Porque são demônios, Arwen. Eles obviamente já a afetaram. Não sei por que você está aqui, mas prometo que vou libertá-la. Falei ontem que te salvaria.

Ele me olhou com sinceridade, e eu tentei sentir algo positivo: esperança, amor, alívio. Porém, sentia apenas náusea.

– Temos um plano – continuou, indicando as celas à direita, onde dormiam os outros dois soldados de Âmbar. – Precisamos apenas de uma distração. Consegue pensar em algo que possa dispersar os guardas?

Tentei pensar, mas não me ocorreu nada.

– Aqui é um lugar bem isolado. Qual é o plano?

Ele chacoalhou a cabeça, como se quisesse acalmar pensamentos frenéticos.

– Quando surgir algo que possa funcionar, você dá um jeito de me contar, tá? Aí explico. E tiro a gente daqui.

Passos ecoaram nas masmorras, vindo do alto da escada.

– Sim. Vou ficar de olhos e ouvidos atentos. Enquanto isso, fique vivo.

Eu me virei para correr.

– Arwen! – ele exclamou, rouco, e eu me virei, vendo as mãos dele apertando as barras da grade. – Senti muita saudade.

Esperei o meu coração dar um pulo e esperei a resposta àquelas palavras, mas não senti nada.

Em vez disso, abri um quase sorriso e saí apressada, subindo a escada bolorenta e passando pelo jovem guarda.

– Resolvido? – perguntou.

– Quê?
Eu ainda estava atordoada pelo encontro. Não tinha sido o que eu esperava...
– Ah. Ah! Sim, Martin está curado. Obrigada.
– Martin?
Merda.
– Mathis! Opa. Está muito cedo pra mim, vou voltar pra cama!
Saí correndo antes que a desconfiança no rosto do guarda virasse outra coisa. A meio caminho do quarto, diminuí o ritmo para recuperar o fôlego.

Halden estava diferente. Mas ele não dissera o mesmo de mim? Como eu poderia julgá-lo? Quem sabia os horrores que ele vira em batalha? Meu peito doía por ele. Por tudo que ele tinha vivido.

Ao atravessar o pátio de pedra, notei o sol surgir atrás dos pináculos do castelo. A brisa suave, com perfume de lilás, soprou o cabelo do meu rosto. Apesar das últimas horas horríveis, o amanhecer quieto me trouxe uma estranha paz.

– É a minha hora preferida do dia – entoou uma voz grave atrás de mim. – O sol nascendo atrás do castelo é como um recomeço. Um renascimento.

Fechei os olhos. Não tinha energia para aquele homem no momento.

– Por favor – sussurrei. – Me deixe em paz.

– Eu agi de modo abominável ontem. Deixei que a fúria me consumisse. Não foi digno de um rei. Nem de um homem, para dizer a verdade.

Hesitei, e me virei para Kane.

Meu coração quase não suportou quando olhei para ele.

Ele parecia não ter dormido nada a noite inteira, e estava de cabelo desgrenhado e olhos vermelhos.

Ainda assim, era quase lindo demais para ser visto.

A exaustão delineava o seu rosto ao me fitar.

– Peço perdão – disse ele, com a voz cansada. – E, para sua informação, você foi incrível no fórum. É tão brilhante quanto é linda.

Meu coração traiçoeiro tentou voar, mas eu o capturei e empurrei de volta. Nada de sentimentos calorosos pelo rei de palavras doces. De jeito nenhum.

– Você me seguiu hoje cedo?

– Não – disse ele, e hesitou. – Mas sei que foi visitar o garoto. Arwen, ele não é quem você imagina.

Eu estava cansada de tantas coisas que não sabia.

– Jura? Então me conte tudo.

Kane franziu a testa, perturbado. Considerou cautelosamente as palavras antes de responder.

– Não sei se posso confiar em você, passarinha.

Revirei tanto os olhos que quase ficaram emperrados no crânio.

– *Você* não pode confiar em *mim*?

Ele riu, amargo.

– Conheço a nossa história. Mas nunca menti para você.

– Como é que é? E aquela pose de "também sou prisioneiro"?

– Não mencionei a minha linhagem real, mas nunca menti.

– E eu não menti para você, Kane.

Ele se aproximou e eu me encolhi por reflexo. A expressão dele murchou.

– Ontem à noite, você chegou no fórum usando as cores de Ônix, e se referiu ao meu povo como *nosso*, a este reino como *nós*.

Meu estômago se revirou. Era verdade. Antes da captura de Halden, estava começando a me sentir parte daquela terra. Tinha criado um lar inesperado ali. Kane notou a mudança de atitude e continuou, com o rosto deformado pelo ultraje.

– Aí, o seu amante apareceu na minha casa, matou minha gente e tentou roubar o que é meu. Você lutou por ele, roubou por ele e armou para ajudá-lo a fugir, e me diz que não mente?

Engasguei de tanta náusea.

– Achei que você não tivesse me seguido.

– Tenho olhos no castelo inteiro. Como ousou pensar que seria diferente?

Kane passou por mim a passos largos, emanando ondas de fúria.

O calor iluminou o meu rosto. Eu deveria saber que ele nunca teria me deixado solta, sem vigilância. Rangi os dentes para conter a fúria.

– A propósito, eu não sou sua.

Eu nem sabia por que tinha dito aquilo. Queria magoá-lo também.

Ele se virou para mim, mas a sua expressão não revelou nada.

– Claro que não.

– Você disse "roubar o que é meu".

Kane me dirigiu um sorriso cruel.

– Ah, que arrogante. Não estava me referindo a você. Gostaria que estivesse?

As palavras doeram mais do que eu esperava.

– Não, é claro que não – falei, abanando a cabeça para enfatizar. – Mal te conheço.

Ele curvou o canto da boca em um sorriso malicioso.

– Bem, quando você me perdoar pelo meu comportamento, teremos que remediar esse fato.

Eu nunca o perdoaria por condenar Halden à morte.

– Então você não vai matá-los, mesmo depois do que Griffin disse?

– Ainda não.

O jantar no salão estava agitado e cheio de vida, mas eu mal conseguia desviar os olhos do ensopado de berinjela e pimentão. Mari me observava com cuidado, como fizera o dia inteiro, até não suportar mais.

– Tá, Arwen. Cansei. O que houve com você?

Encostei a cabeça na mesa de madeira fria e soltei um ruído gutural.

– Desculpa, não falo essa língua da depressão. Fale comigo.

Olhei para Mari. O rosto sardento era severo, mas, sob aquela expressão, senti apenas empatia e carinho. Suspirei.

– É muita coisa.

Mari pareceu aliviada.

– Sou toda ouvidos.

Contei a saga para Mari. Falei que, talvez, apesar do que percebia, estava meio caidinha pelo rei. Que tinha ficado admirada com o fórum de guerra e respeitava o processo igualitário. Que estava começando a me encaixar em Ônix, com ele, mas então Halden foi capturado. Que odiava o rei naquele momento mais do que o odiara antes. Que Kane aceitara poupar a vida do meu amigo por enquanto. Que eu precisava ajudar Halden a fugir antes de Kane mudar de ideia.

– Não tem jeito. Se eu não ajudar, ele vai morrer aqui.

Mari mastigou o jantar devagar, processando.

– O rei não é visto com mulher alguma há semanas. Está na boca do povo. Eu me pergunto se é por sua causa.

– É, até parece – retruquei. – Não ouvi nada disso.

– Não, porque você só conversa comigo. Já falei: não faltam mulheres lindas por aqui que adorariam ser a rainha de Ônix. Ou só dormir com ele. Elas se jogam nele desde que ele chegou ao forte. A reputação dele já era conhecida, e elas estão muito decepcionadas.

Tentei, com toda célula do meu corpo, não sentir nada.

– Bom, isso é irrelevante, Mari. Esqueça Kane. E Halden?

Mari revirou os olhos.

– Não falei que as táticas de guerra do rei tinham os seus defeitos? Agora sua própria súdita – e apontou para si com um gesto teatral – vai ajudar a cometer traição para salvar a vida de um rapaz. Vamos tirá-lo daqui. Não se preocupe.

Levantei a sobrancelha.

– Por favor, me conte.

Ela me dirigiu um olhar clássico de Mari, ao mesmo tempo cheio de confiança fria e empolgação inquieta.

– Na verdade, passei o dia todo querendo te contar isso, mas você estava na fossa. Estava esperando para poder receber a reação completa de empolgação da Arwen. Na véspera do eclipse, o rei Eryx de Peridoto vem para cá com a filha. O rei Ravenwood vai dar um banquete em homenagem à chegada deles. Terá comida, vinho, bebida... vão estar todos na farra, e provavelmente caindo de bêbados!

Eu devia ter perdido alguma coisa. Mari me observou atentamente, esperando a minha "reação completa de empolgação". Como não reagi, ela continuou, sem paciência:

– Todos, inclusive os guardas das masmorras! Nunca temos festivais ou celebrações aqui, no meio do mato. Vão estar ocupados, e Halden vai poder fugir.

Fiz uma cara de repreensão e olhei ao redor, para confirmar que ninguém no salão nos escutava. Felizmente, a multidão animada do jantar mantinha as mesas compridas em um nível alto de decibéis.

– Opa – disse ela, envergonhada.
– Agora tenho só que descobrir como informar Halden.
– Acho que também posso ajudar.
– Mari, você é a salvadora da pátria.
– É meio que o contrário, né?

Ela riu, mas eu ainda não tinha esperança suficiente para rir também.

16

O castelo inteiro exalava tensão – criados correndo de um lado para o outro aos cochichos, soldados ainda mais brutos e mais prontos para a briga do que o normal. Eu esperava que fosse apenas devido à pressão dos preparativos para a festividade que estava se aproximando. Tentei não temer que algo mais perigoso estivesse para acontecer.

Eu não podia perguntar a Kane o motivo daquilo – tinha decidido, encorajada por Mari, a me libertar dos sentimentos complicados pelo rei. Ele era um homem poderoso e charmoso, com bom senso de humor e um sorriso torto de matar, mas também tinha pavio curto, era manipulador e mentiroso, e não tinha a mínima noção de moralidade ou compaixão. Na minha opinião, a conta não fechava.

Porém, o meu coração ainda não concordava com o novo arranjo, então eu o evitava a ponto de me esconder atrás de colunas quando o via passar no corredor. Não era o comportamento mais maduro, mas eu tinha preocupações maiores.

O importante era ajudar Halden.

Era provável que eu não conseguisse entrar escondida na masmorra outra vez, especialmente com os olhos de Kane espalhados pelo castelo inteiro, como ele mesmo dissera, então passei semanas sem ter notícias de Halden. Ainda assim, continuava determinada a ajudá-lo a fugir; não podia esperar que Kane o usasse como moeda de troca com o rei Gareth, ou o matasse em outro surto de raiva ciumenta. Torcia para que nenhuma das duas coisas já tivesse acontecido.

Mari havia jurado que tinha um plano e que só precisava de um tempo para tudo funcionar.

Para me distrair, eu treinava com a espada de manhã, tratava de soldados à tarde e passava a maior parte do anoitecer com Mari na biblioteca. O verão finalmente chegara de vez, e senti a minha primeira mudança de estação de verdade.

A primavera de Ônix não era muito diferente do frio constante de Âmbar, mas o verão era um banho de luz e calor. Com os ventos suaves e agitados e os dias que pareciam nunca escurecer de fato, vinha uma abundância de jacintos e violetas, que eu começara a roubar para colocar em vasos de vidro no quarto. Quando murchavam, eu tinha tanta dificuldade de me livrar daquelas flores espetaculares que as secava dentro de livros, até se tornarem lembranças finas e delicadas dos brotos que um dia foram. Não era tão diferente do que sentia sobre mim mesma ultimamente, passando todos os dias atordoada, vagando da botica para a cama.

Eu estava precisando desesperadamente da Arwen otimista. Onde ela estava?

Enquanto enrolava ataduras na botica, e a luz fraca da tarde descia atrás dos pinheiros lá fora, tentei jogar rosa e espinho, como se minha mãe ainda estivesse ali comigo.

Rosa: Finalmente estava usando uma espada de adulto, mas ainda muito diferente da de Dagan.

Espinho...

O som de grunhidos e botas arrastadas no chão da botica me fez erguer o olhar das ataduras até encontrar uma dupla de soldados de armadura que carregava um homem suado e trêmulo, mais pálido do que qualquer pessoa deveria ser.

— Aqui – falei, e fiz sinal para a enfermaria. — Podem posicioná-lo na maca.

— Obrigado – veio a voz de trás deles, soando como a meia-noite: quieta, suave, um breu.

Pedras do céu.

Kane entrou na botica. Ele usava uma camisa branca simples e desabotoada, alguns anéis de prata e uma calça preta, e a sedução escorria dele como chuva na janela. Mesmo depois de tudo, eu ainda me sentia afetada por sua presença.

— O que você quer? Tenho que tratar do paciente.

Esperava que a minha voz ofegante pudesse ser atribuída ao choque.

— Você anda me evitando.

Eu podia jurar que tinha fumaça saindo das minhas orelhas.

— Você é sempre egocêntrico assim? Esse homem aqui está *morrendo*.

— Sim, e eu vim ajudar – disse ele. – Lance é um dos meus melhores soldados.

Que mentiroso irritante.

— É bem desprezível usar a doença do próprio soldado como justificativa para vir me perturbar – falei, indo à enfermaria atrás dos homens.

Os dois soldados estavam olhando para qualquer lugar que não fosse nós dois. Kane se irritou e se virou para eles.

– Saiam. *Já.*

Eles saíram apressados e sem hesitar, e um deles até esbarrou nas minhas ervas e derrubou sálvia e sementes de papoula pelo chão.

Uma tosse carregada chamou a minha atenção, me distraindo dos frascos derrubados.

Lance não estava nada bem.

Ele tremia todo, apesar da manta com a qual eu o cobrira, e suava profusamente. Eu diria que era gripe ou febre, se não tivesse notado as duas perfurações perto do pulso, enferrujadas de sangue seco.

– O que aconteceu?

– Ele foi mordido. Acho que é a peçonha da criatura que o mata devagar. Bem, não tão devagar assim, ao que parece.

– Sempre tão compadecido – falei, de cara fechada. – O que o mordeu?

Lance gemeu, incoerente, e Kane não parava de olhar o homem trêmulo.

– Não sei bem. Precisa saber para tratá-lo?

– Ajudaria. – Fui procurar na botica os antídotos. – Atrax, goblin-rochoso, víbora-chifruda-das-brasas… é algum desses bichos?

Kane foi atrás de mim, se afastando da maca de Lance.

– Não é nada que pode ser resolvido pelos seus unguentos. Ele precisa de você – declarou, com uma sinceridade pouco característica. – Das suas habilidades.

– Tá.

Passei por ele e voltei à enfermaria, onde encostei as mãos no rosto suado de Lance. Ele tinha começado a tremer em convulsões. Escancarei a janela e deixei o ar noturno com perfume de lilás entrar. Precisava trabalhar rápido.

Desde que Dagan me ensinara a utilizar o poder da atmosfera, eu a usava em doses baixas para pacientes especialmente complicados em dias muito movimentados. A brisa suave entrou, como o vapor de uma panela fervendo, e eu a redirecionei às palmas das minhas mãos, que, por sua vez, emanaram poder para a cabeça de Lance. A energia o percorreu, um tônico potente contra a dor. Ele arquejou quando o próprio ar mergulhou nele, purgando a peçonha dos ossos, dos pulmões e da pele. Lance suspirou com força, trêmulo, e um pouco de cor fraca começou a voltar ao rosto molhado.

Suspirei, o ar saindo de mim como de uma bola estourada. Estava ficando cada vez mais fácil usar os elementos ao meu redor, e eu não terminava mais uma cura desejando um cochilo, como era antes. Embrulhei Lance com a manta de tricô e ele adormeceu.

– Agora ele deve melhorar, mas ficarei algumas horas com ele aqui, para garantir.

– Bom trabalho, passarinha – murmurou Kane.

— Não pedi a sua aprovação.

Ele riu enquanto eu punha uma compressa fria na cabeça do homem e enchia um copo d'água para quando ele despertasse.

— Ando treinando — admiti, quando ele saiu da enfermaria para andar pela botica. — Se quer saber.

Saí atrás dele, torcendo os dedos na saia antes de conter as minhas mãos inquietas nas costas.

Ele precisava ir embora.

— Bem, estou impressionado — disse Kane, com o olhar brilhante. — E orgulhoso de ter uma curandeira tão talentosa no meu forte.

Ele continuou a andar devagar, inundado pela luz amanteigada das velas do corredor. O brilho se refletia dos anéis e olhos cinzentos. Ele estava sempre reluzente.

— Você não tem nada melhor para fazer? — perguntei.

Ele levantou a sobrancelha.

— Você vai passar a noite aqui, vendo o coitado do Lance dormir. Estou só oferecendo companhia.

Bufei.

— Estou bem sozinha. Obrigada.

Ele se virou para mim, me fulminando com o olhar.

— Talvez eu goste de ver você se contorcer na minha presença.

Franzi as sobrancelhas. Não me restava mais acidez.

— Por que você é assim? — perguntei, a voz cheia de exasperação.

Kane abriu um sorriso de soslaio.

— Você não quer nem arranhar a superfície dessa pergunta, passarinha.

Ele estava certo.

— Já encontrou a minha família? — perguntei.

— Ainda não — respondeu ele, andando pela botica e abrindo e fechando frascos e gavetas. — Mas vou encontrar.

— Não acredito — retruquei.

Ele se virou para mim.

— É que nem procurar agulha em palheiro. Três agulhas, na verdade... Me dê algum tempo.

Rangi os dentes, prestes a xingá-lo, quando um ronco constrangedor irrompeu da minha barriga. Apertei a mão no vestido para aquietá-la, mas tinha passado o dia na botica sem comer nada depois do pêssego que pegara de manhã antes de chegar. O estômago protestou outra vez, e eu fiz uma careta.

Kane levantou uma sobrancelha de curiosidade, e um calafrio leve de vergonha subiu pelo meu pescoço.

– O que foi? – perguntei, fingindo ignorância.

Ele andou até a porta da botica e a abriu, balançando a placa de madeira.

– Barney – chamou na galeria –, pode mandar o jantar de Lady Arwen para a botica?

Ai, minhas Pedras Sagradas.

O calafrio de vergonha se transformou em um arrepio completo.

– É claro, Vossa Majestade – ecoou a voz familiar e doce de Barney no corredor.

Kane começou a fechar a porta, mas parou antes de concluir o movimento para reabri-la.

– E traga pão de cravo a mais – disse ele. – Duas broas. Obrigado.

Quando fechou a porta e se virou para mim, parecia muito satisfeito.

– Não era necessário – falei, pegando as ervas do chão para jogá-las no lixo.

– Claro que era. Se você não se cuidar, alguém precisa cuidar de você.

Eu o fulminei com o olhar.

– É isso que você acha que está fazendo? Cuidando de mim? Me mantendo aqui contra a minha vontade e ameaçando os meus amigos de assassinato?

A expressão bem-humorada foi substituída por algo muito mais frio. Muito mais assustador. Engoli em seco.

– Aquele garoto não é seu amigo.

Balancei a cabeça. Não queria ter aquela conversa com ele.

Naquela noite, não.

Nunca, de preferência.

Ele suspirou e passou a mão pelo cabelo, frustrado, antes de se virar e voltar a caminhar tranquilamente pela botica. O sol tinha se posto, e a sala estava começando a ser coberta pela escuridão sonolenta da noite.

Revirei a gaveta mais próxima em busca de um fósforo para acender as lamparinas.

Kane cutucou o mostruário de vidro à sua frente, e eu o olhei de relance.

– O que é isso? – perguntou.

Bufei.

– Não é da sua conta.

– Me conta, é tão espigado. Estou fascinado.

Suspirei.

– É água-viva conservada. Tem enzimas restauradoras no tecido, e a membrana seca pode ser usada como segunda pele em cortes e arranhões.

– Amo ouvir você explicar procedimentos médicos – ronronou ele.

– E eu amaria ouvir você cair de um penhasco.

Ele chegou a tremer, contendo uma gargalhada.

Que homem irritante. Foi ali, me perturbou, tentou me subornar com comida.

E ainda falou mal de Halden, depois de tudo.

Halden e os outros nem estariam no cofre de Kane se ele não tivesse atacado o reino de Âmbar. Massageei as têmporas. Queria apenas umas respostas.

– Por que você atacou Âmbar? – perguntei, dando a volta no balcão para me aproximar. – Me diga *alguma coisa*.

– Eu já falei – disse ele, ainda olhando a água-viva. – Gareth é um covarde e não merece comandar o próprio reino.

– Não é motivo para matar milhares de pessoas em uma guerra, e você sabe muito bem.

O olhar dele se tornou mais duro, mas não desviou do mostruário de vidro.

– É tudo que posso dizer.

O eco nos meus ouvidos era tão alto que mal me escutei falar.

– Então saia da minha botica.

– Arwen – disse ele, encontrando meu olhar. – Por mais charmoso que seja esse seu fogo, você vai ter que me perdoar um dia.

Rangi os dentes.

– Não, não vou *mesmo*.

Ele avançou na minha direção devagar, e eu quase o senti. Toquei. Cheirei. Ele franziu as sobrancelhas.

– Não vou suportar você me odiar para sempre.

O olhar dele não hesitava.

Não consegui conter a resposta.

– Bem, devia ter pensado nisso antes de condenar Halden à morte.

Algo de predador tremeluziu em seus olhos antes de ele tensionar a mandíbula e meter as mãos nos bolsos.

– Está bem. Como queira.

– Isso é uma ameaça?

Não consegui segurar o medo que soou na minha voz.

Ele me olhou com raiva, até que soltou um suspiro resignado.

– Se fosse, você saberia. Boa noite.

17

Apesar do meu amor pela brisa morna e perfumada da noite – que eu aprendera ser o vento do verão –, o clima não estava ajudando a me acalmar. Finalmente tinha convencido Mari a me contar o tal "plano", que, na verdade, era um feitiço complexo que ela precisava fazer com exatidão.

Por fim, ela estava pronta para experimentar.

– Certo. De novo, por favor – falei, em voz baixa, torcendo a saia com as mãos.

Estávamos escondidas atrás de uma sebe, perto da escada das masmorras, onde tínhamos combinado de nos encontrar.

– Relaxa. Já treinei várias vezes. Me vem naturalmente.

Mari soava confiante, e eu queria acreditar. Ela tinha passado semanas estudando aquele feitiço, e ficou muito feliz quando conseguiu usá-lo em um esquilo. Ele tinha passado horas sem ver uma noz bem na frente do nariz.

Ela apertou o amuleto violeta.

– É um simples feitiço de disfarce. Vou enfeitiçar o guarda e, para ele, você ficará invisível por um tempinho.

– Quanto tempo é "um tempinho"?

Mari olhou para o horizonte e levantou bem a cabeça.

– Não sei.

– Como é que é?

– Xiu! – sibilou. – Está tudo certo! Quanto tempo você demora para entrar e sair? Eu estarei aqui esperando.

– Mari... – tentei dizer – Você sabe que não é grave se não fizer tudo perfeito logo de primeira. A gente pode tentar outra coisa.

Ela me olhou como se dissesse *Nem ouse*, então assenti, mas não consegui parar de me remexer de nervoso.

– Fica quieta, senão vou me distrair e errar.

Mari fechou os olhos e esticou as mãos para a frente, como se pudesse tocar o guarda de longe. Ela murmurou uma melodia baixa e sussurrou palavras em uma língua primeva que eu não entendia. A grama alta a seus pés começou a farfalhar no vento repentino, um vento que cheirava a chuva e terra, apesar do dia de sol. Alguns dos fios de seu cabelo comprido começaram a subir gradualmente ao seu redor, a envolvendo em mechas ruivas que lembravam chamas. Os nós dos dedos estendidos estalaram quando ela os fechou.

Finalmente, parou.

Ela abriu os olhos e pestanejou, um pouco desorientada. Esticou a mão para se apoiar em mim, e eu a segurei firme.

– Tudo bem?

Ela me olhou, atordoada.

– Quem é você?

O meu coração afundou.

Ela abriu um sorriso largo.

– Brincadeira!

Suspirei, quase rindo. *Quase*.

– Você é péssima.

– Vai lá – disse ela.

Fui até o guarda barbudo, acelerada, mas sem sucumbir ao desejo de correr, o que poderia causar desconfiança em quem de fato me enxergava.

O guarda tinha mais ou menos a minha idade, o rosto bem corado, a barba e as sobrancelhas loiras e desgrenhadas. Quando parei diante dele, uma sensação estranha coçou no meu pescoço. Ele me olhou de frente, mas não me enxergou. Acenei, hesitante, mas ele apenas coçou o nariz, entediado, e continuou a vigiar. Eu não ia ficar ali e arriscar a sorte.

Passei de fininho por ele e desci pela espiral escura outra vez. Pensei momentaneamente que, se tivesse mesmo sorte, seria a última vez que desceria até ali.

Dei uma batidinha na grade da cela de Halden.

– Psiu! Halden!

Ele estava dormindo debaixo do casaco de pele que eu levara, enroscado em um canto escuro feito um animal machucado, o cabelo loiro-gelado quase cinza de tanta sujeira e fuligem.

– Você voltou – disse ele, com a voz sonolenta, e soou quase reverente.

– Voltei, mas tenho que ser rápida – falei, e passei um pouco mais de comida contrabandeada. – Daqui a uma semana, na noite anterior ao eclipse, vai acontecer um banquete durante o pôr do sol. Será a melhor hora para você tentar fugir.

Halden fez que sim com a cabeça.

– Em homenagem a quem é o banquete?

– Ao rei Eryx de Peridoto. Imagino que estejam tentando forjar uma aliança.

Ele roeu a unha e cuspiu um pedaço para a esquerda. Era um hábito nojento, que antigamente, por alguma razão, eu achava atraente.

– Você conheceu algum meio-sangue aqui na Fortaleza das Sombras?

Franzi a testa. Halden acreditava em fadas? E em seus descendentes?

– Como assim? Não que eu saiba.

Pensando bem, alguns dos soldados que encontrara e tratara pareciam muito poderosos e ameaçadores... Mas não valia a pena dizer isso para Halden.

– Nem sei diferenciar um meio-sangue de um mortal – falei.

Halden suspirou e se agachou.

– Não dá para diferenciar, na verdade. É difícil saber sem pesquisar as origens da pessoa. Dizem que Ônix é repleto de meio-sangues.

– Por que a pergunta?

Ele abriu um meio sorriso.

– Acho que foi curiosidade mórbida. O rei te falou de algo que está procurando? Uma relíquia, algo assim?

Um desconforto tomou minha barriga.

– Halden, que interrogatório é esse? Você sabe que eu diria qualquer coisa que pudesse te ajudar a fugir.

– Claro. É só outra lenda que ouvi de uns soldados do meu batalhão. Estou com muito tempo livre para pensar.

Lembrei da noite em que ouvira Kane falar com Griffin sobre a vidente e algo que eles buscavam. Parecia ter se passado uma vida desde então. Será que era daquilo que Halden estava falando?

– Desde quando você se importa com Ônix e seus segredos? Você era o mais relutante a servir em Abbington.

Lembrei a minha decepção, mais de dois anos antes, quando ele dera tão pouca importância para lutar contra o rei perverso do norte. De como a apatia dele tinha me deixado irritada e feito com que me sentisse sozinha.

Como as coisas tinha mudado em tão pouco tempo.

Ele sacudiu a cabeça.

– Eu ainda era menino, Arwen. Já aprendi muito sobre o rei Gareth, sobre aquilo que ele defende. É muita coisa que você não entende.

Eu estava exausta de ouvir aquilo de homens pelos quais eu me interessava romanticamente. Fiz uma careta.

– E você? Não se importa mais com o nosso reino?

– Sim, claro que me importo – falei, corando. – Eu me importo com as pessoas que morrem por causa de ganância insensata por terra e dinheiro.

– Não quero discutir. Na noite do banquete... onde a gente se encontra?
– perguntou Halden.

Era a pergunta que eu temia. Seria a noite antes do eclipse. Quando eu precisava voltar ao bosque para colher a raiz-cavada. E, sinceramente, eu não sabia se seria mais fácil encontrar a minha família se fugisse com Halden.

– O rei está tentando localizar a minha família. Se encontrar, e eu tiver ido embora...

Eu não sabia como concluir a frase. Kane faria mal a eles por raiva?

– Posso proteger vocês, Arwen. Os espiões do rei Gareth são tão bons quanto os de Ônix, talvez até melhores. Podemos encontrar a sua família juntos.

Parte de mim ainda amoleceu ao ouvir aquelas palavras de conforto. Ao ver o sorriso confiante de Halden, mesmo atrás das grades.

– Como vai sair da cela? E, mesmo que os guardas estejam na farra, como vai atravessar o bosque?

Halden bufou.

– O bosque não é tão perigoso quanto certamente fizeram você acreditar. Confie em mim. Na noite do banquete, quando ouvir uma explosão, você terá alguns minutos para chegar ao portão norte. Pode fazer isso?

O choque fez meu coração sacolejar no peito, dificultando a resposta.

– Uma *explosão*? Pelo amor das Pedras, que plano é esse?

– Quanto menos você souber, melhor – disse ele, sincero.

– Preciso de mais informação. Você não pode machucar as pessoas deste castelo. São inocentes.

Ele abanou a cabeça.

– Claro que não. Você acha mesmo que eu faria isso?

Eu não sabia o que responder. A culpa se espalhou como vinho tinto em um vestido branco – grudenta e impossível de ignorar.

Halden suspirou e roeu a unha outra vez.

– Um dos meus homens é bruxo. Ele pode arrombar essas celas a qualquer momento. A explosão vai abrir caminho para a gente sair, mas mal vai fazer tremer o salão lá em cima – disse ele, com um gesto para o teto. – Mesmo assim, nunca passaríamos pelos soldados que guardam o portão norte. Já na noite do banquete, vão estar despreparados, e sobrecarregados de gente. É a nossa melhor oportunidade. Prometo que ninguém vai se machucar.

Parecia um bom plano. Não era infalível, mas era o melhor possível com tanta pressa.

– Preciso ir. Não tenho muito tempo.

Eu me levantei, mas Halden pegou a minha mão através das grades.

– Espere.

Ele me puxou até eu encostar na grade, e as suas mãos ásperas apertaram as minhas.

– Lembra quando vimos aquelas estrelas cadentes do telhado do Javali Beberrão? – perguntou.

Relembrei a noite fresca, aninhada no colo dele, no telhado da taberna. Ele tinha visto as estrelas cadentes e queria uma vista melhor. Tinha me convencido a subir com ele. Tinha certeza de que a qualquer momento a estrutura ia ceder sob nosso peso, e acabaríamos em uma pilha de vidro e cerveja.

– Claro – falei.

Os olhos castanho-avermelhados estavam pesados, encharcados de desejo.

– E lembra o que fizemos quando a última estrela se apagou no céu?

A voz assumiu um tom mais rouco, e o meu rosto ficou quente.

– Claro – repeti.

– Penso constantemente naquela noite... Só para o caso de algo dar errado, eu nunca me perdoaria se não a beijasse uma última vez.

Antes que eu pudesse registrar a intenção, Halden me puxou até o ferro frio pressionar meu rosto, e roçou minha boca com os lábios quentes. Era um beijo hesitante. Seguro e conhecido. Eu tinha sentido tanta saudade quando ele fora para a guerra, e havia fantasiado um momento como aquele – bem, sem o cenário das masmorras. Mas, naquele momento... Não sabia definir o que sentia. Era confortável estar com ele outra vez. Eu ainda estremecia sob o seu toque. Mas faltava alguma coisa.

Ele recuou, sustentando o meu olhar, e apertou bem as minhas mãos.

– Você vai me encontrar no portão norte?

Vou?

Halden podia me ajudar a encontrar a raiz-cavada no bosque, melhor do que eu encontraria sozinha. Ele gostava de mim, sempre iria gostar. E eu não podia passar mais um minuto ali com Kane depois de quem ele revelara ser, inúmeras vezes. Duvidava que ele planejasse mesmo encontrar a minha família. Ele era mentiroso, sempre fora, então que futuro me esperava na Fortaleza das Sombras? Era mais seguro me juntar ao homem que eu conhecia do que ao rei que não conhecia.

– Vou, sim – respondi, finalmente. – Boa sorte.

Subi a escada dois degraus de cada vez e soltei o ar que nem tinha percebido prender quando vi que o mesmo guarda estava de vigia. Passei rápido por ele e só desacelerei quando eu e Mari chegamos de volta à botica.

O corte da espada no ar ao lado da minha cabeça estava um pouco perto demais.

– Cuidado! – falei, me esquivando bem a tempo.

Dagan continuou o ataque, investindo com uma ferocidade que nunca vira nele. Entretanto, não me assustei. Revidei golpe a golpe, e usei o meu tamanho e a minha agilidade como vantagem. Dagan era mais velho, mais alto e mais lento. Portanto, eu podia ser rápida e dar voltas nele com facilidade. Com um segundo de adiantamento, recuperei o fôlego e o ataquei, arranhando a sua armadura de couro.

Ele parou e observou o corte, secando o suor da testa. Um sorriso brincou no seu rosto, mas ele não disse nada. Eu queria muito me gabar ou pular de comemoração por minha leve vitória, mas a exaustão me forçou a apoiar as mãos nos joelhos e recuperar o fôlego.

– Última lição do dia – falou.

Graças às Pedras. Ainda era manhã, mas a semana tinha voado, e eu tinha muito a fazer antes do banquete naquela noite. Dagan tirou a armadura externa e a largou na grama sem a menor cerimônia. Ele se sentou e fez sinal para eu me sentar diante dele. A grama sob as minhas mãos estava fresca, e eu inspirei fundo o perfume de gardênias em flor. Tinha tanto que eu não valorizava naquelas manhãs. Ao perceber que era minha última, notei também que sentiria tremenda saudade.

– O que estamos fazendo? – perguntei.

– Usando outro tipo de arma. Feche os olhos.

Obedeci. Tinha aprendido a não questionar Dagan. Quando a questão era autodefesa, ele sabia o que dizia.

– Pense na sua maior força. Me diga o que sente.

Franzi as sobrancelhas. A minha maior força? Não me ocorreu nada. Eu me orgulhava da minha habilidade de cura, mas não era uma força, apenas uma capacidade. Um dom, talvez. Eu me sentia forte quando corria, mas servia como força? Nunca tinha pensado assim. A minha família me veio à mente – cuidar deles fazia eu me sentir forte. Porém, eu nunca fora tão boa nisso quanto Ryder.

– Não consigo pensar em nada – admiti.

Era mais vergonhoso do que gostaria de confessar.

– Não foi isso que perguntei. O que você *sente*?

Fiquei sentada, teimosa. Os olhos fechados traziam à tona emoções que eu não percebia.

– Tristeza. E solidão. E isso me causa medo.

– Atente-se a esse sentimento. O que você sente com o medo?

Suspirei.

– Eu me sinto presa. Às vezes é difícil. Acordar todo dia e saber quanto da minha vida será dominado por isso, pelo medo.

– Essa sensação do coração acelerado, do peito apertado, da boca seca. Sabe o que é?

Assenti.

– Pavor.

– Não, Arwen. É poder.

Eu estava tentando seguir a orientação, mas não fazia o menor sentido.

– Dagan, não sei se isso está funcionando. Seja lá o que for. Podemos parar por hoje?

Entreabri um olho.

A resposta dele foi imediata:

– Olhos fechados.

– Como...?

– Olhos. Fechados.

O vento uivava pelas árvores no campo em que treinávamos. De olhos fechados, os sons do forte se preparando para o banquete ficaram mais altos – carroças sendo carregadas, móveis arrastados ao longe.

– Quando você sente medo – continuou Dagan –, o corpo te dá energia para fugir ou para lutar. Enche você do poder de se proteger, de um modo ou de outro. Você é uma corredora excelente. E está se tornando uma lutadora excelente. Não posso dizer que o medo vai se dissipar um dia. Mas você pode usar essa sensação. Aproveitá-la a seu favor. Transformar o medo em coragem. Afinal, é tudo a mesma coisa.

Havia certa verdade em suas palavras. Os ataques de pânico que eu sofria, do ponto de vista médico, eram apenas um fluxo torrencial de adrenalina. Porém, quando ficava presa neles, era quase debilitante. Era muito difícil ver aquilo como poder mal aproveitado.

Fiquei quieta e sentada, como ele mandara, até sentir dor nas costas e dormência no cóccix. Como não aconteceu o que Dagan esperava, ele interrompeu o exercício.

– Vamos tentar de novo amanhã.

Eu me levantei, resmungando.

– Acho que vou até sentir saudade das espadas.

Não soei tão engraçada quanto esperava.

Dagan me fitou.

– Quem você acha mais corajoso quando vai à batalha? O cavaleiro que não tem nada a temer, cercado por centenas de seus compatriotas, armado com toda a artilharia do continente, ou o cavaleiro solitário, que não tem ninguém a seu lado, nada além dos punhos, e tudo a perder?

Por motivos que eu não compreendia, a pergunta me deu vontade de chorar.

– O segundo.

– Por quê? – perguntou ele.

– Porque ele sabe que não vai vencer, e escolhe lutar mesmo assim.

– A única coragem é enfrentar o que nos assusta. O que você chama de medo é, na verdade, poder, e você pode usá-lo para o bem.

Abaixei o rosto para me esquivar do olhar inquisitivo de Dagan.

Eu me sentia fadada a decepcioná-lo. Eu sabia que não havia em mim o que ele esperava encontrar.

– Você me lembra... Eu ficaria muito orgulhoso se tivesse visto a minha filha crescer para ser como você, Arwen.

Por um momento, fiquei sem palavras. Era a coisa mais gentil que eu já o ouvira dizer. Talvez fosse a coisa mais gentil que qualquer pessoa já tivesse me dito, com exceção da minha mãe.

– O que aconteceu com ela? – perguntei, hesitante.

Não sabia se queria mesmo saber.

Dagan se abaixou para pegar as espadas e embrulhá-las.

– A minha esposa e a minha filha pequena foram mortas pelo homem contra quem Kane declarou guerra – falou, e eu recuei diante do horror daquelas palavras. – Esse luto, essa raiva. Eu encontro um modo de utilizá-los toda manhã para enfrentar o dia, e toda noite para adormecer. Todos temos nossos demônios. O que nos define é como escolhemos encará-los.

O meu coração se contorceu e se partiu.

– Os meus pêsames – foi tudo que consegui dizer.

– Obrigado.

Ele assentiu, e voltamos ao forte no silêncio de sempre.

Eu estava enjoada. Por Dagan, e pelo fato de planejar ir embora na mesma noite, talvez voltar ao reino responsável por sua perda. De repente, tudo me pareceu um enorme erro.

18

O reflexo que me olhava de volta no espelho dourado mal lembrava o meu rosto. Eu nunca tinha visto tanto carvão – Mari pintara os meus olhos com uma mistura esfumaçada e a minha boca de um tom escuro de escarlate.

– Já está bom. Honestamente, Mari. Pareço uma pirata. Ou uma mulher da vida.

– Ou as duas coisas. Uma linda puta pirata – disse Mari, passando mais pó escuro nas minhas pálpebras.

A aparência não ficava melhor com o vestido de ombros nus e tecido preto-noite no qual ela me enfiara.

– Que injusto. Por que não posso usar uma roupa que nem a sua?

– Porque – disse Mari, dando uma voltinha no seu vestido verde-pinheiro de gola alta – eu não vou encontrar um ex-amante hoje.

– Ele não é um ex-amante de modo algum. É o rei, e duvido que a gente vá se encontrar.

Mari me ignorou e penteou os meus cabelos, deixando mechas cor de chocolate caírem pelas minhas costas, um pouco por vez.

– Hoje... – comecei, mas não sabia concluir o pensamento.

– Eu sei.

Eu não enxergava o rosto dela no espelho, então me virei para vê-la.

Ainda assim, não consegui dizer aquelas palavras. Engasguei com a emoção que viera sem aviso.

– Eu entendo, Arwen – disse ela, pegando minha mão. – Se Halden escapar, você vai embora com ele. Eu faria a mesma coisa.

– Sim. Mas é um *se* considerável.

– Não é, não. Ele não quer morrer. Vai dar um jeito.

Senti lágrimas me arderem nos olhos.

– Ah, Arwen. Não chore. Ele vai ficar bem.

Fui tomada pela culpa – eu não estava chorando por Halden.

– Vou sentir saudades suas.

Os olhos de Mari lembravam vidro molhado quando ela me puxou para um abraço.

– Eu também.

Ela me soltou e secou o meu rosto, limpando as manchas pretas escorrendo pela bochecha.

– Mas você vai dar um jeito de escrever para mim. Sei que vamos nos rever. Agora, deixa eu consertar isso. Puta pirata *triste* não é bem o estilo que eu queria.

O salão estava elegante e festivo, iluminado com velas de todo formato e tamanho e adornado por guirlandas de flores de Ônix. O calor das lamparinas sombreadas, a comida quente e fresca e a proximidade da aglomeração aqueciam a minha pele. A melodia assombrosa da harmonia de um quarteto de cordas reverberava pelo salão e me convocava a dançar. Lá fora, os cavalos brancos e elegantes de Peridoto contrastavam com os cavalos brutais e demoníacos de Ônix, e os dignatários e nobres loiros e bronzeados de Peridoto, vestidos em cores quentes e sensuais, chegavam aos poucos.

Eu já tinha perdido Mari havia tempos. Ela e uma bibliotecária de Peridoto tinham se escondido em um canto, bêbadas de vinho de bétula, para analisar um texto feérico antigo. Mas não me incomodava andar sozinha pela festa. Apesar de ter reclamado, até que eu me sentia bonita com aquele vestido de seda em camadas, que abraçava as minhas curvas e derretia no meu corpo como cera de vela.

Peguei uma taça de vinho e tomei um gole. O sabor amargo era estranho para mim – o vinho de Âmbar era famoso pela doçura e o tom de caramelo. Aquele vinho tinha cor de cassis, e já senti seus efeitos depois de dois míseros golinhos. Abri caminho entre os desconhecidos suados e alegres, rumo à dança. Normalmente não era farrista, mas o grau de anonimato na festa daquela noite me dava uma sensação de liberdade que nunca tinha sentido. Antes que eu me jogasse na folia, uma coisa chamou a minha atenção. Não: alguém.

Uma mulher tão estonteante que chegava a assustar – esguia, de cabelo branco-leite adornado com uma coroa de folhas delicadas –, ria às gargalhadas de um certo rei sombrio.

Kane estava apoiado na parede atrás dela, com um braço esticado, e sorria enquanto bebia cerveja. A risada dela era como o soar de sinos, leve e melódica.

Enquanto ele continuava a história que contava, a mulher misteriosa escutava com atenção, acompanhando com o olhar cada palavra que saía de sua boca. Depois de um comentário especialmente hilário, ela estendeu a mão para apertar seu bíceps, e os meus pés se moveram antes da minha cabeça ter a chance de acompanhar.

– Boa noite – falei, tropeçando neles com um pouco de vigor demais.

Kane me admirou, o olhar descendo pelo meu corpo com uma lentidão deliciosa. Porém, foi a expressão de quando ele fitou o meu rosto que me fez perder o fôlego.

– Arwen. Você está... lindíssima.

Nós nos entreolhamos por um segundo a mais, e um sorriso quase de assombro cresceu no rosto dele.

Então, Kane pareceu se lembrar de onde estava, pigarreou, e fez um gesto para a mulher a seu lado.

– Arwen, esta é a princesa Amelia. Princesa, esta é Lady Arwen, a curandeira do nosso forte.

Amelia. Era a princesa das Províncias de Peridoto, a península de selva verdejante que fazia fronteira com Ônix, e a filha do convidado de honra do banquete, rei Eryx.

A vergonha coloriu meu rosto.

– Sua Alteza – cumprimentei, com uma reverência.

A princesa não disse nada, mas os olhos apertados indicavam que ela não gostara nada da interrupção.

Ficamos os três ali parados, sem jeito, até eu não suportar mais a tensão. Era evidente que eu tinha interrompido um momento entre eles. Por que tinha corrido até ali, afinal? Para estragar a noite de Kane? Não era eu quem queria que ele me deixasse em paz? Quem planejava fugir naquela noite mesmo? O vinho estava me deixando tonta.

– Bem. Aproveitem o banquete! O cordeiro está excelente – falei, com alegria exagerada.

Fiz uma careta e dei meia-volta.

A mão quente de Kane apertou o meu braço com calma, e ele me puxou de volta.

– Sua Alteza – disse à princesa, ainda me segurando com força –, preciso conversar brevemente com Lady Arwen. Posso vir a seu encontro daqui a alguns instantes?

– É melhor que venha mesmo – disse ela, sem o menor senso de humor. Era tão severa quanto estonteante.

Dei de ombros, com a minha melhor cara de "nem olhe para mim", enquanto Kane me puxava para longe.

Atravessamos o salão rapidamente. Quando percebi que ele me levava para fora do banquete, me debati.

– Aonde você está me levando? Me solte. Não vou mais incomodar, mas quero ficar e aproveitar o baile.

Kane estava me ignorando, ou talvez não estivesse ouvindo o meu protesto em meio à música e à algazarra. Saímos do salão por um corredor escondido, descemos uma escada estreita de pedra, e entramos na adega mais próxima.

Kane fechou a pesada porta de pedra ao passar, abafando o som do banquete e nos afogando no silêncio. Meus ouvidos pareciam cheios de algodão.

O espaço apertado era seco e abafado, repleto de barris de vinho. Sobrava pouco espaço para nós dois. A altura impressionante de Kane não ajudava. Eu me sentia pequena, tanto em estatura, quanto em comportamento.

– *Malditas Pedras*, Kane. Que ridículo.

– Essa boca suja é de marinheiro.

Ele riu e se recostou na porta.

– Nem pense na minha boca.

O olhar dele foi de brincalhão a fatal em um instante.

– Queria muito parar, passarinha.

Bufei.

– Você é incorrigível.

– E você, ciumenta.

O sorriso lembrava o de um lobo.

– Ridículo. Você me dá nojo. Eu...

Hesitei, tentando me recompor. O que eu ia dizer?

– Desculpa por interromper a sua conversa com a princesa – falei. – Foi grosseria minha.

Cruzei os braços, mas logo descruzei, para não parecer que estava na defensiva.

O olhar dele não me revelou nada.

– Estamos em guerra. Estou tentando solidificar uma aliança. Você acha que estou de brincadeira? Tenho cara de quem é fã de banquetes?

Fechei a boca com força.

– Quem diria que guerra política pode ser tão íntima.

Kane curvou o canto da boca.

– Ah, passarinha. Ficou se mordendo de raiva só de pensar em mim com outra mulher?

– Deixe de besteira. Fique à vontade, sinceramente. Ela só é meio jovem para você, não é?

Kane pareceu realmente ofendido.

– Quantos anos você acha que eu tenho?

– Deixe para lá. Não faz diferença.

Tentei passar por ele, mas ele bloqueou o caminho.

– Espero que não faça mesmo. Tem um homem enjaulado poucos metros abaixo de nós que acredita que você é esposa dele.

– Claro. Halden. Obrigada por poupá-lo.

– Claro – imitou ele, com um brilho nos olhos. – Não sou tão cruel, afinal.

– Preciso mesmo voltar. Mari vai...

Uma onda de choque reverberou pelo meu corpo, me arremessando contra Kane com força brutal. Bati com o queixo no esterno dele, e uma dor ardente brotou na minha mandíbula. Kane me abraçou, puxando o meu corpo para perto dele, quando a força nos derrubou no chão.

O vinho ia se derramando conforme barris caíam e quebravam. O rugido distante de gritos ecoava do salão acima de nós, e eu fechei os olhos com força. O chão continuou a tremer.

– Estou te segurando – grunhiu Kane, enquanto barris desabavam das prateleiras, atingindo as suas costas.

Todos os meus músculos estavam tensos como molas enquanto eu rezava para o tremor acabar.

Para, para, *para*.

Quando os tremores secundários cessaram, o rosto de Kane estava a centímetros do meu, e o seu corpo, inteiramente colado em mim. Era devastador senti-lo assim – o tronco musculoso apertado contra os meus seios, as coxas entrelaçadas, os braços fortes protegendo a minha cabeça. E a mão também forte ainda segurando o meu pescoço com suavidade, tanta suavidade. Suavidade até demais. Quando arfei, ele se desvencilhou de mim na velocidade da luz.

Meu coração ainda estava sacudindo com o choque quando avaliei os danos.

A adega dizimada.

Pó e escombros tomavam as prateleiras e o chão, e nós dois estávamos encharcados de vermelho-escuro. Os olhos de Kane brilhavam de pavor enquanto ele analisava o meu corpo.

– Você se machucou?

– Não, é só vinho – falei.

Porém, ao levar a mão à boca, senti o ponto em que mordera o lábio na colisão.

Ele acariciou o meu queixo com uma leveza que quase me fez ofegar. Com o polegar, ele puxou devagar meu lábio para baixo, para inspecionar o machucado. Senti o meu corpo inteiro arder pela intimidade do toque.

– Ai. Desculpa, passarinha. Tome um pouco disso, vai ajudar a limpar.

Ele soltou minha boca e pegou uma garrafa ainda intacta, soprou a poeira dela e me entregou. Tomei um gole lento, sustentando o olhar dele.

Ele suspirou, trêmulo, e me viu beber bastante da garrafa antes de deixá-la de lado.

– O que foi isso? – perguntei, massageando o queixo.

A resposta me atingiu com um momento de atraso. A explosão de Halden. Era muito maior do que ele deixara entender, fosse lá o que a tivesse causado.

Se alguém tivesse se ferido por causa dela, eu...

– Talvez seja um terremoto – disse Kane, e se levantou para atravessar os escombros e abrir a porta. – Fique aqui. Vou mandar Barney vir buscá-la.

Antes que eu dissesse alguma coisa, ele empurrou a porta. Só que ela nem se mexeu. Minha barriga se contorceu no mesmo instante.

– Kane.

O meu peito começou a apertar. Ele empurrou de novo, com força, usando o corpo inteiro. Os músculos das costas ondulavam sob a camisa; os tendões do pescoço saltavam.

– Kane.

Minhas mãos estavam suando. E meu coração estava acelerado. Kane soltou a porta, afastou o cabelo do rosto, e estalou as juntas dos dedos. Mais uma vez, se jogou para a frente, mas nada aconteceu.

– Kane!

– Que foi?

Ele se virou. Eu estava de quatro no chão, arfando, sem ar. Ele correu na minha direção e apoiou a mão nas minhas costas para me acalmar.

– Merda. Está tudo bem, passarinha. Confie em mim. Não se morre só de medo. E aqui tem muito ar.

Ele estava dizendo as coisas certas. Coisas que eu já dissera mil vezes a mim mesma. As mesmas que Nora me ensinara, ou a minha mãe, quando eu era menor. Contudo, não fazia diferença. O peito parecia estar desmoronando. Meu corpo inteiro tremia de adrenalina, e meus pensamentos estavam mareados. Eu precisava sair dali.

Já, já, *já*.

– Não posso ficar aqui.

Engoli uma lufada de ar.

– Tente se sentar – disse ele.

Eu recuei e me recostei na parede, fechando os olhos com força.

– Muito bem. Agora respire fundo, devagar. Inspire pelo nariz, expire pela boca.

Aquele ambiente tinha muito ar. Eu não ficaria presa para sempre. Apertei a mão de Kane e lutei contra o impulso de puxar o ar sem parar.

– Que força. Seus treinos com Dagan devem estar indo bem.

Fiz que sim com a cabeça, ainda de olhos fechados.

– Estou tão forte, que conseguiria te esganar.

Kane riu, e o som me relaxou mais.

– Você é forte mesmo. Está se saindo muito bem.

As palavras de encorajamento deixaram meus olhos marejados.

– Me conte como me esganaria – falou ele.

– Como é que é? – perguntei, abrindo os olhos para fitá-lo.

– Você ouviu. Quero saber... me ajude a me preparar para o ataque.

Eu sabia o que ele estava fazendo, mas precisava mesmo de distração.

– Eu faria Griffin sorrir. O choque seria suficiente para distrai-lo. Aí, arrancaria a vida do seu corpo por esse pescoção grosso.

Kane gargalhou – aquela risada vigorosa e viciante.

Eu queria mastigar aquele som. Metê-lo na boca para ninguém mais ouvir.

– Continue. É o meu novo passatempo preferido. Morte por passarinha.

Voltei a fechar os olhos com força e me recostar.

Inspirar, expirar.

– Bom, você teria morrido. Então eu dominaria o reino de Ônix, e comandaria ao lado de Barney.

Quando ele guinchou de rir, eu abri um olho. Lágrimas tinham se acumulado nos cantos dos olhos dele. Eu também curvei a boca. Aquela risada era contagiante.

Inspirei fundo outra vez e, finalmente, a adrenalina se dissipou. Eu ainda estava tensa, mas minha pulsação tinha diminuído, e eu conseguia engolir. Suspirei.

– Obrigada.

Ele abriu aquele sorriso torto e secou as lágrimas.

– Não, sou *eu* que agradeço.

Devagar, ele massageou a palma da minha mão, fazendo círculos com o polegar. A sensação deveria me acalmar, mas tudo que eu sentia era o calor líquido correr por minhas veias devido àquele contato mínimo. Soltei a mão dele.

– Não se preocupe, passarinha. Não vamos demorar aqui. Vão procurar por nós. Alguém vai acabar notando que o rei sumiu.

Encostei a testa nos meus joelhos dobrados e expirei, ainda trêmula. Ouvi ele se levantar e, quando ergui o rosto, vi Kane beber de uma garrafa de vinho de bétula. A coluna comprida do pescoço reluzia de suor na luz fraca da adega enquanto ele bebia. Ele tomou um último gole e apontou a garrafa para mim.

– Quer uma bebida?
– Não consegue mesmo abrir essa porta?
Ele se sentou ao meu lado e me passou o vinho. Um lampejo de preocupação tomou o seu rosto, mas se foi em um instante.
– Parece que não.
O líquido era amargo e pesado na minha língua. Bebi e bebi, desejando que o álcool aliviasse um pouco da tensão retesada no meu corpo. Da culpa que voltara por me divertir com Kane. Mesmo que estivesse tentando suprimir o puro pânico incessante.
– Está bem, já basta.
Kane indicou o vinho. Eu continuei a beber até esvaziar a garrafa. Ia precisar de toda a ajuda possível para ficar presa ali com ele.
– Vamos tentar outra distração – disse Kane, tirando a garrafa das minhas mãos.
Meu corpo logo sentiu os efeitos da bebida, se soltando e vibrando com um zumbido sutil. Olhei para Kane pelo que me pareceu a primeira vez desde que ficamos presos ali. O cabelo escuro estava afastado do rosto, molhado de suor e talvez de vinho derramado. A coroa estava um pouco torta. Antes de perceber o que fazia, estiquei a mão e a ajeitei com cuidado na cabeça dele. O olhar marcante de mercúrio me fitou. Afastei a mão e a soltei, inerte, no colo.
– Quer me passar um sermão sobre não entender nada do continente, e sobre como sou patética?
– Não se subestime assim, passarinha. Nunca tenho a intenção de te ofender. Você não faz ideia de como te acho excepcional.
Bufei.
– Que cantada. Acredite, não tenho nada de especial.
Kane limpou a garganta e olhou para o teto, como se pedisse para uma entidade desconhecida lhe dar forças. Ele também parecia sofrer com nosso impasse.
– O que você tinha pensado? Como distração? – perguntei.
– Não sei. O que você faz para se divertir com sua amiga ruiva bonitinha?
Uma gargalhada genuína escapou de mim, e eu nem sabia o motivo. Peguei outra garrafa acima de mim e a abri.
– Qual é a graça? – perguntou Kane. – Além de você virar o vinho mais caro do castelo como se fosse água.
Gargalhei ainda mais e tomei outro gole.
– Não sei. – Soltei mais uma risada. – Acho engraçado você não saber se divertir.
Kane me lançou um olhar de ofensa fingida. Era insuportavelmente adorável.

— Parece que está usando contra mim a minha confissão do lago. Eu me divertia muito, em outros tempos. Até era famoso por isso.

Bufei.

— É, mas não é esse o tipo de "diversão" que eu tenho com Mari.

— Que notícia deprimente.

Por algum motivo, não consegui me conter. Gargalhei até me dobrar.

— Segura essa calça, Kane. Você não faz o tipo dela.

— Eu faço o tipo de todo mundo.

Fingi vomitar e, dessa vez, foi Kane quem riu. O som foi um ronco profundo no peito, e o sorriso brilhava nos olhos dele.

— Eu sei. O pior de tudo — falei.

— Ah. Coitada da minha passarinha ciumenta. Eu já falei, não estou mais interessado na princesa.

Balancei a cabeça. Ele tinha entendido tudo errado: eu não estava falando dela. Estava falando de mi...

O meu cérebro parou de funcionar.

— Mais? — perguntei, mal conseguindo afastar o pavor.

Ele fez uma careta.

— Nós já passamos um tempo juntos. Íntimos. Faz muitos anos.

Deixei escapar uma exclamação como se estivesse em uma peça de teatro bem ruim, e Kane gargalhou ainda mais. Tentei rir com ele, mas a imagem dos dois juntos me deu vontade de pegar fogo. O cabelo comprido e branco dela entre as mãos fortes dele. Os grunhidos de prazer dele ao afundar entre...

— Arwen... — disse ele, misericordiosamente interrompendo aquele meu pensamento revoltante. — Não foi nada. Eu não sentia nada por ela.

— Ah, então só se aproveitou dela?

Ele jogou a cabeça para trás, bateu no barril de vinho e fez uma careta.

— Que dificuldade. Era mútuo. Um acordo entre velhos amigos. Foi... antes.

— Antes do quê? — perguntei, as palavras carreadas pela esperança contida.

Ele concentrou o olhar na minha boca, mas não respondeu.

Por um momento, escutei apenas o gotejar de vinho derramado no chão de pedra.

— E você nem tem muito direito de sentir ciúme — disse ele, por fim, acabando a garrafa. — Visto que ainda não superou aquela escória humana na cela lá embaixo.

Pensar em Halden matou a minha onda alegre quase de imediato.

Olhei para minhas mãos.

— Acho que ele não está mais lá embaixo.

— Então não foi um terremoto?

Balancei a cabeça em negativa.

– E você sabia?

Não aguentei erguer o rosto para ver raiva dele por causa da minha traição. Não falei nada.

– Bom, para o bem dele, espero que ele tenha escapado. Se os meus homens o pegarem, ele morrerá antes do sol nascer.

Desviei o rosto de Kane, para que não visse a minha expressão. Não queria revelar a dor que sentia ao pensar na morte de Halden.

– O que eles queriam? No cofre? – perguntei.

– Algo que não está lá já faz muito tempo.

Kane se levantou e começou a andar em círculos por aquele espaço pequeno. Parecia uma fera enjaulada, os pelos eriçados, emanando poder. A adega abafada, de teto baixo, era pequena demais para contê-lo.

Ele soltou um palavrão baixinho e se virou para mim.

– Preciso partir amanhã. Voltarei o mais rápido possível. Mas, Arwen, não corra atrás dele enquanto eu não estiver – disse ele e se ajoelhou. – Há maldade à espreita do outro lado dessas muralhas, esperando você cometer o menor deslize.

Considerei o pedido. Eu já tinha ouvido aqueles alertas, mas a voz de Halden ecoou nos meus ouvidos. "O bosque não é tão perigoso quanto certamente fizeram você acreditar."

Ele notou que eu não acreditava. Percebi no seu olhar. Ele parecia estar à beira de uma decisão extremamente difícil.

– Preciso explicar algo para você.

Quis insistir para ele continuar – eu mataria por respostas –, mas senti que ele poderia mudar de ideia a qualquer momento.

– Arwen – falou, e hesitou, passando as mãos no cabelo, exasperado. – Ele é um assassino.

19

Um calafrio perturbador desceu pela minha espinha.
  Do que ele estava falando? Chacoalhei a cabeça em negativa.
– Não, o assassino é você.
Kane olhou ao redor, exasperado.
– Posso até ser, mas não tenho o hábito de matar inocentes a sangue frio.
Fiquei rígida.
– Halden também não.
– Ele era um assassino do rei de Âmbar. Ele...
– Você certamente tem assassinos.
Ouvi a minha voz subir de tom.
O rosto de Kane se endureceu.
Lembrei o puro poder que ele tinha, e me encolhi, recuando.
– Por que essa obsessão por nos comparar? Não estou alegando ser nada que não sou.
Não respondi, e ele se suavizou, mas acrescentou em um tom amargo:
– O seu precioso rei Gareth mandou a tropa de Halden para matar fadas em Ônix.
O meu corpo inteiro travou. Não conseguia me mexer, nem respirar. Apoiei as mãos no chão de pedra fria para me equilibrar.
– Eu não contei antes porque é um fardo entender o que está em jogo. Não queria que ficasse magoada, mas ver você sofrer por aquele frouxo idiota está me... incomodando.
A adega não parava de girar. E o meu coração girava no peito.
– Então elas... – falei e engoli um nó. – Elas existem?
– Quanto você sabe delas... das fadas?

– Pouco – admiti, ainda tonta. – São criaturas antigas e violentas. Muito assustadoras, muito velhas, muito mortas.

– Séculos atrás, existia um domínio todo delas. E também mortais. Mas as fadas eram uma espécie em extinção, e acabou que o rei delas era a última fada verdadeira viva.

Fiquei completamente rígida. Arregalei os olhos, vastos como o mar, e tentei controlar minha respiração e os meus pensamentos confusos. O vinho não ajudava.

– Como assim, fada verdadeira?

– Ele era puro-sangue, sem ancestral mortal. Mas foi o último. Nem os filhos dele eram puro-sangue, já que a avó da rainha era bruxa. A terra que eles habitavam, o Domínio Feérico, ia perdendo recursos. Filhos de fadas eram raros, mas os mortais eram férteis, e, quanto mais crianças mortais nasciam no domínio, mais bocas tinham para alimentar, casas para construir e guerras para lutar.

"O domínio funcionava na base de um poder único das fadas, chamado de luze, com o qual toda fada nascia. Podia ser engarrafado e vendido, usado como combustível para qualquer coisa. Podia curar, construir, destruir. Porém, chegava para eles das profundezas das terras das fadas, e não era infinito. É por isso que não nascem fadas aqui em Evendell.

"Com menos fadas, o luze tornou-se mais raro, e ainda mais valioso. O domínio logo não suportou o fluxo de gente, e o mundo, antes mágico, transformou-se em terra árida e inóspita. Chovia cinzas do céu; prados verdejantes deram lugar a terra seca e rachada. Terremotos, chuva de fogo e o nascimento de demônios que floresciam naquelas condições afetaram o domínio. As pessoas sofriam e morriam de fome. Imploravam ao rei das fadas, Lazarus, para ser mais bondoso com o domínio, para fazer racionamento de luze, para encontrar outros recursos, mas ele se recusou."

– Por que eu não sei nada disso?

A história parecia uma fábula moral antiga. Elaborei melhor a pergunta.

– E por que acadêmicos e estudiosos como Mari não sabem nada disso? – acrescentei.

– Apenas nobres de alto escalão e a realeza de Ônix sabem da verdade. E você, agora.

Um calor passou por seu rosto. Meu coração tremeu.

– Por que apenas em Ônix? – perguntei.

– Quando os refugiados do domínio começaram a chegar a Evendell, o reino mais próximo era Ônix. Alguns fizeram viagens instantâneas, usando luze ou bruxaria. Outros se prepararam para a jornada longa e traiçoeira por terras e mares proibidos. Poucos sobreviveram. Quando Lazarus percebeu que os súditos estavam partindo, construiu uma muralha para conter o povo. Convenceu a população de que a muralha iria protegê-los de todos os que queriam roubar a luze. Certa noite, uma vidente, um tipo de fada que atrai visões do futuro, foi tirada de seu sono para transmitir uma profecia.

A vidente era *fada*... e a profecia a que Kane se referira tantos meses antes dizia respeito ao rei das fadas. Mas o que aquilo tinha a ver com ele? Ou com Halden?

– Um grupo pequeno, mas poderoso, usou a visão da vidente para liderar uma rebelião e salvar o domínio, mas fracassou – disse ele, e tensionou o maxilar. – Milhares morreram. Na retirada, apenas cem fadas escaparam, e vieram para cá, para Ônix, para recomeçar. Por isso ainda há fadas e meio-sangues neste reino, até hoje.

O pavor daquelas palavras fez meu coração sacolejar.

– Como elas escaparam? – perguntei.

Seu olhar tornou-se triste.

– Com enorme custo pessoal.

A minha cabeça estava a mil. As fadas tinham existido aquele tempo todo, e algumas ainda viviam, ali mesmo, em Ônix.

Chacoalhei a cabeça, sem encontrar palavras adequadas para o meu choque.

– Tenho umas cem perguntas – falei, olhando para os barris de vinho.

O sorrisinho de Kane em resposta dizia: *Que surpresa.*

– Mas o que essa aula de história tem a ver com Halden? – perguntei.

As pupilas dele arderam.

– Há aproximadamente três anos, meus espiões me informaram que o rei Gareth fizera um acordo com o rei Lazarus.

Um medo congelante me percorreu.

– Ele ainda está vivo?

– Qualquer fada que tenha mais de meio-sangue pode viver por muito tempo. Lazarus provavelmente se aproxima do milênio. Ele prometeu a Gareth e a seus maiores dignatários poder inenarrável, riqueza e luze em troca de novas terras inabitadas.

– Como...?

Não consegui concluir a pergunta. Um horror inimaginável me invadiu. Peguei outra garrafa de vinho de bétula.

– Lazarus não tem nada contra arrasar um reino mortal inteiro se, com isso, conseguir um recomeço para as fadas que restaram em seu reino – disse Kane, vendo um fio de vinho derramado se arrastar devagar pelo piso poeirento da adega.

– Então ele destruiu o próprio mundo por ganância e, agora que não lhe serve mais, quer tomar o nosso?

Kane rangeu os dentes.

– Exatamente. Tentei convencer Gareth de que Lazarus não era confiável, e de que eu poderia fornecer toda a riqueza que ele desejasse. Mas o idiota não se convenceu. Agora, Lazarus e Gareth estão formando alianças para declarar guerra em Evendell.

– Ainda não entendo por que Gareth e Lazarus querem matar fadas. Não é o povo de Lazarus? Não são seus súditos?

Kane suspirou profundamente.

– Eles as consideram *traidoras*. Qualquer fada aqui em Ônix, ou em outro lugar, é uma prova viva dos que escaparam do domínio de Lazarus – disse ele, coçando o queixo. – Ele é um rei muito vingativo. Faz tudo que você pensava de mim parecer brincadeira.

A culpa borbulhou em mim.

– Foi por isso que Ônix atacou Âmbar? Pessoas com sangue feérico vivem em seu reino, e Gareth as estava assassinado?

Halden não falara algo assim? Minha cabeça estava embolada como um monte de lençóis. Eu não acreditava que Halden tinha mentido para mim. Queria dar um soco na cara dele.

– Em parte. Mas é mais complicado.

Sempre era.

– Então por que você está aqui? E não em Willowridge, protegendo o seu povo?

Kane passou a mão no rosto, nitidamente arrependido de compartilhar informação comigo.

– O rei das fadas está no meu encalço, ainda mais do que busca os traidores. Protejo minha cidade ao ficar aqui, na fortaleza. Longe deles.

Um medo que eu nunca esperara tomou minha alma. Medo do meu próprio rei Gareth, e do que aconteceria se seu exército dominasse o castelo.

– Estamos seguros na fortaleza?

– Por enquanto. A não ser que o trouxa conte a Gareth que estou aqui.

Não era a resposta mais reconfortante.

– Ótimo – falei, cuspindo sarcasmo. – Ajudei a libertar um assassino que mata inocentes, e por causa disso ainda tenho o prazer de ser prisioneira de um castelo condenado a cair a qualquer momento pelas mãos de um rei das fadas cruel. Estou arrasando.

Kane bufou.

– Nós dois sabemos que faz muito tempo que você não é mais prisioneira. Ainda assim, você continua aqui.

A pontada de culpa que já conhecia muito bem voltou ao meu peito.

Eu não devia contar.

Não *precisava* contar nada.

Mas... as palavras fizeram pressão na minha língua sob a curiosidade suave com que ele me olhava.

Não. Ele tinha escondido tanto de mim, e eu não devia nada a ele. Por que sentia a necessidade de...

– Eu ia embora – soltei. – Hoje.

Maldito vinho.

A expressão de Kane era incompreensível.

– Mas fiquei presa aqui, então Halden provavelmente foi embora sem mim.

Eu não notaria a fúria de Kane se não olhasse para suas mãos. Os seus dedos estavam rígidos e pálidos enquanto ele tensionava e relaxava os punhos.

– Não entendo que diferença faz para você – acrescentei. – Não sou propriedade sua.

– Eu sei.

Ele soava exasperado.

– E agradeço por você tentar encontrar a minha família, e não sofro tanto como curandeira aqui quanto imaginei, mas você precisa entender. Halden era da família. Eu precisava ir embora com ele, se pudesse.

– Eu sei.

– E se...

– Arwen – disse ele, e se virou para mim, expressando mais frustração do que ira. – Não estou com raiva por você planejar ir embora. Estou com raiva porque aquele imbecil te deixou para trás.

Fiquei confusa. Dessa vez, nem era culpa do vinho.

– Como assim? Você queria que eu fosse embora com um assassino de fadas?

Kane curvou de leve a boca.

– Não – falou, tentando ser paciente. – Deixe para lá.

Balancei a cabeça.

Ele estava chateado por causa... da minha honra.

Quase ri.

Afinal, ele não era mesmo um monstro. De modo algum.

– Então tudo que pensei de você, que o continente todo pensou, pela guerra que você travou, foi para lutar contra esse rei das fadas?

– Bom – disse ele, pesaroso, com um sorriso enviesado –, não me atribua tanta virtude. Ainda sou meio escroto.

Não consegui sorrir diante daquelas palavras. Ainda tentava encaixar as peças.

As fadas, a guerra iminente, o rei ainda *mais* perverso. A profecia...

As palavras que tinham me feito passar tantas noites em claro na Fortaleza das Sombras voltaram à minha mente: "Você conhece as palavras da vidente tão bem quanto eu. O tempo está acabando, comandante. Temos menos de um ano."

– O que previa a profecia?

– Essa conversa vai ficar para outro dia – disse ele, e o seu olhar cansado desceu pela coluna de meu pescoço. – Um dia mais sóbrio.

Concordei. Ele já tinha me contado muita coisa, e eu não sabia se aguentaria mais.

Ele acabou com a outra garrafa de vinho de bétula e se recostou na parede ao meu lado, fechando os olhos. Depois de minutos demorados passarem como gotas d'água escorrendo por uma taça suada, enquanto a minha cabeça girava por enfim saber de tudo que antes compreendera tão mal, não aguentei mais o silêncio.

– Passamos um século aqui já? – perguntei, vendo Kane descansar.

O rosto dele era magnífico. Parecia esculpido pelas próprias Pedras.

Eu me perguntei se ele estava sentindo algum alívio ao compartilhar tanto daquilo comigo, ou se a intimidade o assustava. Se fazia ele se sentir fraco, como antes temia.

– Sim – disse ele, ainda de olhos fechados. – Por que está me olhando assim?

Desviei o rosto imediatamente.

– Não estou.

– É justo. Eu já olhei muito para você. Na maior parte do tempo, não consigo olhar para mais nada.

Eu me voltei para ele e o encontrei olhando para mim, como ele dissera. Nossos rostos estavam próximos demais. Eu precisava recuar, mas me senti inexplicavelmente presa ao seu olhar. Os olhos inquietos fitavam os meus – cinza-ardósia cravados no verde-azeitona –, e o meu coração martelava no peito.

Ele levou a mão ao meu rosto, cauteloso, como se não quisesse me assustar. Roçou o dedo na minha bochecha, e eu soltei um murmúrio involuntário.

A expressão de Kane mudou. Eu sabia que era desejo nos seus olhos, e que refletiam o desejo nos meus. Não podia negar mais um minuto sequer. A atração que sentia por ele era como uma dor imprecisa e constante. Lambi meu lábio inferior, na esperança de transmitir exatamente o que queria. Se fosse um pouco mais corajosa – ou tomasse mais um gole de vinho –, talvez tivesse agido por conta própria. Porém, algo nele ainda me apavorava, mesmo que, no momento, fosse por outro motivo.

Ele viu a minha língua acariciar o lábio, e entrelaçou a mão no meu cabelo, acariciando a lateral do meu rosto. Apertou apenas o suficiente para me fazer encolher os pés. Eu devo ter gemido, porque ele se aproximou de mim até eu sentir o calor de seu hálito na boca. Ele cheirava a vinho, couro e hortelã. Fechei os olhos e me aconcheguei em seu toque.

– Ah, puta que pariu – veio uma voz masculina exasperada da porta, que tinha acabado de ser escancarada.

Dei um pulo de susto e me arrastei para longe de Kane, que continuou perfeitamente parado no chão. Griffin e um punhado de soldados e guardas estavam aglomerados na entrada.

– Comandante – cumprimentou Kane, tranquilo. – Já não era sem tempo.

Quando saímos da adega, Kane me mandou para a enfermaria enquanto ele e Griffin avaliavam o estrago. Felizmente, poucas pessoas tinham se ferido com a explosão. Cuidei de alguns convidados de Peridoto e Ônix, todos com concussões, e de dois guardas da prisão, que sofreram queimaduras. Não foram os meus melhores trabalhos, visto que eu estava bastante bêbada, mas, por sorte, as habilidades de cura me vinham naturalmente. Voltei ao quarto apenas de madrugada.

Meus pés reclamavam de dor quando abri a porta.

Senti na mesma hora a presença dele no quarto mal iluminado. Kane estava deitado na minha cama, com uma das mãos atrás da cabeça. O retrato do conforto.

– Se eu ganhasse um saco de moedas sempre que encontrasse você onde não deveria, seria uma curandeira bem rica.

Uma gargalhada escapuliu dele.

– Como foi na enfermaria?

Tirei os sapatos, sentindo a dor nos pés, e subi na cama ao lado dele, ainda inteiramente vestida.

– Exaustivo. E talvez eu tenha operado alguns soldados enquanto estava meio altinha. Mas eles são fortes. Quem precisa dos cinco dedos, afinal?

Ele me olhou, chocado, até eu rir.

– É brincadeira. Todo mundo parece bem, apesar de meio abalado.

Suspirei e olhei para os nós na madeira do teto. Ele fez o mesmo.

– Bom saber.

Eu me virei para ele.

– E agora, o que vai acontecer?

– Os melhores espiões do reino estão perseguindo os homens de Âmbar. Amanhã, eu e Griffin trabalharemos com as pistas que encontrarem. Precisamos capturá-los antes que eles deem a Gareth e Lazarus qualquer informação sobre mim ou sobre a Fortaleza das Sombras. O forte inteiro, assim como os convidados de Peridoto, acreditam que a perturbação se deu por um acidente na cozinha. Por hoje, não podemos fazer mais nada.

– E em que encrenca eu me meti? – perguntei, me preparando para o pior.

– Para ser sincero, passarinha, a culpa é toda minha. Eu nunca deveria ameaçar alguém importante para você. Você ama com muita intensidade.

Queria lembrá-lo que eu não estava apaixonada por Halden, mas percebi que ele não se referia a amor romântico. Aquela tolerância pela minha traição me deixou chocada.

– Peço perdão pela minha participação. Se eu soubesse que ele era...

Eu não sabia como concluir a frase.

Kane assentiu e voltou a olhar as ripas de madeira do teto.

– Tenho tantas perguntas sobre a nossa conversa. Sobre a história das fadas. Mari provavelmente estaria vibrando de curiosidade.

Kane curvou a boca, mas não disse mais nada, e eu não perguntei. Talvez, depois do que tinha feito para ajudar Halden a escapar, eu sentisse que não merecia interrogá-lo.

Ficamos deitados por um momento num silêncio confortável. Eu não sabia se era o vinho ainda percorrendo as minhas veias, o alívio de finalmente entender o homem ao meu lado, a hora estranha da madrugada, mas não conseguia mais odiar Kane por um minuto que fosse.

Para ser sincera, acho que não o odiava desde aquele dia na floresta.

– Me conte de Abbington.

As palavras dele me pegaram de surpresa, e eu fiquei imperceptivelmente mais tensa.

– Já contei. Como foi que você falou mesmo? Um "amontoado de chalés"?

Ele abanou a cabeça e fixou o olhar em mim.

– Não, quero saber das coisas boas... Me conte do que gostava lá.

Foi mais fácil do que esperei voltar à clareira diante de casa, às ruas de paralelepípedos, às pequenas choupanas e fazendas. Senti o cheiro do ar fresco, da colheita perene de milho, do vapor subindo do chá de maçã e cranberry, do calor dentro da cozinha fria.

– Não era glamuroso. Não tínhamos o luxo que vocês têm, mesmo aqui, no meio do mato. Mas todos eram gentis e tentavam se ajudar. As tabernas eram quentes e viviam cheias, e o pôr do sol nas montanhas era sempre espetacular. Não sei... Era o meu lar.

– E a sua família? Como é?

– Leigh, minha irmã mais nova, é um perigo. Ela é esperta demais pra idade, e sempre diz tudo que pensa. Ela tem um jeitinho afiado e espirituoso.

Me faz rir à beça. Você adoraria a Leigh. Ryder é o mais charmoso. Tem o tipo de confiança que até charlatães seguiriam sem pensar. Nunca conheci uma pessoa que não ficasse inteiramente encantado por ele. Até os nossos pais. E a minha mãe...

Eu me virei para Kane, cuja expressão ficara melancólica. O aperto no peito me forçou a me calar.

– A sua mãe?

Pigarreei.

– Quando estava mais saudável, cantava enquanto cozinhava. Sempre inventava umas músicas que nunca davam tão certo. Tentava rimar "aipo" e "baio", esse tipo de coisa – falei, e sorri, apesar de sentir a garganta apertar. – Ela fazia tudo melhorar: cada dia ruim na escola, cada farpa no dedo, cada vez que eu senti tanto medo que perdia o ar. Por toda a minha vida ela esteve doente, e nunca reclamou. Nenhuma vez.

– Eu sinto muito – disse Kane, com o olhar quase magoado. – Pelo que esta guerra fez com a sua casa e a sua família. Juro que vou encontrá-los por você.

Eu fiz que sim com a cabeça, porque acreditava nele.

– E, um dia, quando Lazarus for derrotado, reconstruirei todas as cidades e aldeias destruídas, como a sua – continuou. – Restaurarei as casas, curarei os feridos.

– Posso ajudar com essa última parte – falei, antes de perceber que soava patética.

Estava praticamente implorando para ele me manter por perto. Para me levar com ele.

Os olhos de Kane se iluminaram com outra expressão. Algo que eu não sabia identificar, e que se apagou com a velocidade de um relâmpago.

– Curar é a sua atividade preferida, passarinha? Ou você só faz isso por causa do seu dom?

– Eu amo tratar das pessoas, sim. E gosto de ser boa nisso. É arrogância minha?

Ele curvou a boca em um sorriso.

– Claro que não.

– Mas a minha atividade preferida... Eu amo correr. Se pudesse, correria toda manhã e toda noite. Dormiria que nem um bebê. Também amo flores. Acho que teria gostado de ser herbolária. E Mari despertou em mim o prazer de ler. Gosto das histórias de amor e das narrativas épicas e fantásticas de piratas e conquistadores.

Ele bufou, rindo.

– Você não gosta de ler? – perguntei.

– Gosto.

Ele ajeitou uma mecha castanha rebelde que tinha caído no meu rosto, e a passou para trás da orelha. Meu corpo inteiro se acendeu como um fósforo. Tentei me manter calma, mas meus pés estremeceram, e eu tinha certeza de que ele notara isso.

– Mas, como você mesma disse, sou velho e chato. Gosto de tratados políticos.

Fingi que morria devagar de tédio, e ele respondeu com um sorriso lindo.

– Tá. Do que mais você gosta? – perguntei.

Eu precisava de mais. Amava aprender sobre o lado de Kane que não era um rei perverso. Eu o imaginei em outra vida, passando manteiga no pão de cravo e lendo um livro grande e sem graça em uma casinha à beira mar, enquanto bebês dormiam no cômodo ao lado. E tentei não pensar muito se eu estava naquela casinha também, tomando um banho de espuma.

– Bem, você já sabe que eu amava tocar alaúde. Gosto de jogar xadrez com Griffin. Só ele ganha de mim.

– Que rei modesto – brinquei.

– A verdade é que não faço mais tantas coisas por diversão.

A ideia me deixou insuportavelmente triste.

– Bom, temos que mudar isso. Quando acabar a guerra, e você tiver uma folga dos seus deveres de rei, vou te levar até minha colina preferida de Âmbar, que é toda de grama e fica acima da minha casa. Não há nada que uma caneca de sidra e um pôr do sol com vista para a praça central de Abbington não cure.

– Você é muito boa nisso.

– No quê?

– Otimismo incansável.

Minha boca tremeu, achando graça.

– Não parece uma vantagem.

– Não há nada de mais valioso num mundo sombrio como o nosso.

Estávamos os dois de lado, um de frente para o outro. Havia pouquíssimo espaço entre nós, mas, ao mesmo tempo, era distância demais. Era uma tortura. Procurei outra pergunta para aliviar a tensão.

– Da última vez que você me surpreendeu assim, ainda achava que você era prisioneiro. Por que me visitou naquela noite?

– Como assim?

– Quando nos conhecemos, você estava nas masmorras para interrogar alguém e conseguir informação. Na segunda vez que me encontrou, precisava de cuidado médico. Sou a única curandeira, você achou que eu não fosse ajudá-lo se soubesse que era o rei, tudo bem, faz sentido. Mas, na terceira vez, você só apareceu na frente da minha cela. Disse que tinha ido ver se eu ainda pretendia fugir. Na época não acreditei, e agora não acredito mesmo. Então por que foi?

Ele passou a mão no queixo, pensativo.

– O que falei naquela noite era verdade. Eu estava tratando de algo desagradável. Depois, acho que só quis... estar com você.

Meu coração acelerou, e eu esperei por mais. Mais, mais, *mais*.

– Não como o rei que sabia que você odiava. Mas como um homem de quem você estava começando a gostar. – Ele abanou a cabeça e suspirou. – Um homem do qual eu tinha começado a gostar.

Então eu estava certa, depois do dia da corrida até o lago.

A pose de monstro era proposital, para mostrar aos outros o que sentia por dentro. Escolhi com cautela as minhas próximas palavras.

– Você disse, um tempo atrás, que talvez eu não me desse tanto valor – admiti, e continuei apesar do meu rosto queimar. – Que eu achava que a minha vida valia menos do que a do meu irmão. Percebi, pouco depois, que eu tinha passado muitos anos sem me impor, sem pensar em mim. É possível que você sofra de um mal semelhante?

Kane entrelaçou nossos dedos. A palma da mão dele era áspera e quente, duas vezes maior do que a minha.

– Que passarinha perceptiva. Temo que o meu mal seja muito pior. Você esteve cercada de gente que disse essas coisas para você. Tolos ignorantes, todos.

Ele se debatia com o que queria dizer, dava para notar. Esperei, paciente.

– Eu fiz mal a muita gente, Arwen. Levo dor aonde quer que eu vá. Machuco as pessoas. Muitas vezes, aquelas com quem mais me importo.

Eu sabia que era verdade, mas era pior ouvi-lo admitir.

– Sempre há outro dia, Kane. A chance de consertar as coisas.

– Não há, não.

Seus olhos sérios reluziam ao brilho das velas, e eu suspirei devagar.

– Não está sendo meio... definitivo? Todo mundo é digno de redenção.

– Pessoas morreram, Arwen. Por minha causa.

Eu me assustei com as palavras duras. A dor e o ódio por si mesmo misturados ali... Era claro que ele se via como um monstro.

– Não há redenção – continuou, soltando a minha mão. – Apenas vingança.

– Parece uma vida muito solitária.

– É – falou, como se merecesse tal existência.

– É por isso... Que nunca assumiu uma rainha?

A pergunta era delicada, mas vinha martelando na minha cabeça fazia muito tempo.

– Não sei se alguém merece esse castigo – disse ele, e uma gargalhada amarga lhe escapou. – Até para mim, com o meu "amor por tortura", como você gosta de dizer. Ninguém merece sofrer a danação eterna de ser a minha esposa.

Kane autocrítico... isso era novidade.

Talvez não fosse. Percebi que não o conhecia tão bem antes daquela noite. Ele se endireitou um pouco.

– Só para você saber, Griffin gosta muito mais dessas táticas que você diz que eu amo tanto. Teve pais militares muito rígidos. Uma vez, até sugeriu que usássemos algo assim para fazer você falar.

Os olhos de Kane assumiram um tom de preto vil ao lembrar de algo, e o meu coração acelerou.

– Me fazer falar? Do quê?

– Uma arma foi roubada do meu cofre há anos. Griffin achou que talvez você soubesse de alguma coisa, já que a nossa última pista, na época, estava em Âmbar. É o que seu *amante* tapado estava procurando.

Ele falou aquela palavra com uma careta.

Eu estava cansada de Kane supor que eu e Halden tínhamos um relacionamento amoroso, sendo que não tínhamos. Em especial depois de saber do que Halden era capaz.

– Ele nunca foi meu amante. A gente não...

Respirei fundo, desajeitada.

– Ah.

– Eu nunca... Com ninguém.

Ele estava certo naquela noite, na sala do trono. Algo naquela estranha hora da madrugada, como um intervalo particular e nosso, misturado à proximidade na cama, arrancava de mim confissões íntimas. Talvez eu ainda estivesse bêbada.

A expressão de Kane era incompreensível, mas ele teve a decência de ignorar a minha confissão desnecessária.

– Mas você sentiu algo por ele.

– Não sei. Acho que ele era o que esperavam de mim, e eu queria muito ser o que a minha família queria. Mas não senti nada quando nos beijamos nas masmorras.

Merda. Eu certamente ainda estava bêbada.

Os olhos de Kane eram como lâminas me arranhando. Ele estava com a mandíbula travada.

Fiz uma careta.

– Que foi?

– Caralho – disse ele e suspirou, passando a mão pelo rosto tenso. – Quero erradicar ele por ter te tocado e beijado. Até me deu um enjoo. – Ele apoiou o rosto na mão. – Desde quando sou um garotinho ciumento assim?

Meu coração deu um pulo, e segurei um sorriso. Estava ficando viciada naquelas declarações.

– Mas, se me lembro bem, eu não faço o "seu tipo"?

Ele contorceu o rosto, franzindo as sobrancelhas escuras.

– Não sei o que me fez dizer uma coisa dessas.

– Acho que eu tinha te ofendido.

– Ah, um dos seus muitos talentos atraentes.

A palavra "atraentes" escapando de sua boca marcou o meu cérebro como um selo de cera, e eu corei, desejando de repente que o quarto estivesse ainda mais escuro. Perto assim, eu não tinha como esconder o rosto. A pele dourada de Kane brilhava à luz suave das velas. A beleza dele era quase apavorante vista tão de perto.

Ele me olhou com sinceridade.

– Foi muita grosseria dizer isso e provavelmente falei por... autopreservação. Peço desculpas, Arwen. Nada nunca esteve tão longe da verdade.

Talvez eu devesse contar a ele o que sentia, mas já seria algo grande demais para compartilhar. Maior do que eu. Maior do que ele.

Honestamente, aquilo me assustava.

Eu só sabia com certeza que confiava mais nele do que jamais esperara, e que deveria contar o meu plano de pegar a raiz-cavada na noite seguinte, durante o eclipse. Talvez ele pudesse me ajudar a entrar e sair ilesa do bosque.

Entretanto, eu não tinha energia para discutir, caso ele considerasse perigoso. Depois de tudo que ele me contara sobre o rei das fadas e o bosque ao redor do castelo, eu duvidava que ele quisesse arriscar a vida de algum guarda, muito menos a própria, para conseguir uma única flor para a minha mãe – que talvez eu nunca mais visse – e uma poção que talvez nem fosse funcionar.

A minhas pálpebras estavam pesadas como chumbo, puxando os cílios. A minha cabeça inteira estava cheia de vinho e da onda de informações que recebera naquela noite.

Kane passou os dedos devagar pelos meus cabelos, o que encorajava a fechar os olhos e acalmava a minha tontura.

Eu perguntaria da raiz-cavada de manhã cedo.

20

Meu crânio latejava numa cacofonia ultrajante de dor. Parecia que a minha cabeça era o porão sob um salão de baile para gigantes. Gigantes bêbados e desastrados.

Gemi ao me levantar, trôpega, e lavar o rosto com água morna no banheiro. O verão tinha chegado de vez, e eu estava pingando de suor apesar da hora. Tinha dormido até tarde e ficado na cama até o sol se pôr, sem conseguir me mexer, contemplando tudo o que Kane me dissera na noite anterior, tanto na adega, quanto no quarto.

Pensando bem, as perguntas de Halden nas masmorras tinham sido tão óbvias. Eu me perguntei o que Gareth contara para ele sobre o plano de entregar toda Evendell para Lazarus. Um cantinho da minha mente me disse que Halden provavelmente sabia de tudo e, ainda assim, lutava por ele.

A culpa de ajudá-lo a fugir era esmagadora, mas Kane não tinha zombado de mim por aquelas escolhas, nem me ameaçado com castigo algum. Eu tinha literalmente cometido lesa-pátria, e tudo o que ele sentia era raiva em meu nome. Fúria por alguém me deixar para trás.

Na verdade, ele sentia mais raiva do que eu. Mesmo antes de Kane revelar a verdade sobre Halden e as fadas, eu sabia que nunca tinha sentido por Halden nada que se aproximasse do que sentira por Kane nos últimos meses. Era verdade que parte do que eu sentia era puro ódio ardente, mas tudo bem. Era uma loucura que o pouco tempo longe de Âmbar tivesse transformado completamente os meus sentimentos quase eternos por aquele garoto loiro. O que antes me parecia devastador e carregado de emoções tinha virado uma lembrança embaçada; da mesma forma que uma pessoa pode olhar para trás e achar que o primeiro livro que leu ou o primeiro pedaço de chocolate que comeu era o melhor que o continente tinha a oferecer. Não sabia quantos aspecto da minha antiga vida sofreriam uma revelação semelhante.

Kane tinha ido embora quando acordei ao sol poente – como eu sabia que faria –, e fiquei agradecida. Precisava falar com Mari. Ela não sabia que eu ainda estava lá. Ela achava que eu tinha ido embora com Halden e os outros. Precisava contar para ela tudo que Kane me revelara, e também o nosso quase beijo. Conhecendo Mari, essa segunda parte a interessaria ainda mais.

Leigh seria a mais feliz. O namoradinho que ela tinha em Abbington talvez estivesse certo desde o início. Exceto pelas asas, provavelmente havia fadas pelo reino inteiro. Ao pensar em Leigh, meu sangue gelou.

A minha mãe, o eclipse. Merda, eu tinha perdido a hora.

Merda, merda, merda.

Era a noite do eclipse. Em movimentos frenéticos, peguei a minha bolsa e vesti a roupa de couro que usava para treinar. Que burrice a minha! Estava tão enjoada de vinho e envolvida com meu semirromance ridículo com um rei sombrio que quase perdera a oportunidade de salvar a minha própria mãe.

Eu precisava focar.

Se fracassasse naquela noite, teria muito tempo para me culpar ao longo do ano seguinte, enquanto esperava a lua se esconder outra vez.

Precisava encontrar Kane, bem rápido. Ele tinha sido honesto comigo à noite, e eu seria honesta com ele. Imploraria para ele me levar de volta ao lugar da raiz-cavada. Não tinha coragem de enfrentar a floresta sozinha à noite, e ele era a única pessoa de confiança para me levar em segurança até lá.

Quando cheguei à sala do trono, os sentinelas me encararam com gelo nos olhos. Eu não os culpava; três prisioneiros tinham escapado na véspera. Eu também estaria tensa, no lugar deles.

– Boa noite. Gostaria de uma audiência com o rei. Podem dizer que é Arwen Valondale?

– Ele não está, Lady Arwen.

– Onde posso encontrá-lo? Ou o comandante Griffin?

O guarda mais alto olhou para o bigodudo. O bigodudo abanou a cabeça em negativa.

– Eles não estão na Fortaleza das Sombras, senhorita – disse o alto.

A minha barriga deu um nó.

– Bom, e onde estão? Quando vão voltar?

Foi então que lembrei. Kane dissera que iriam atrás de Halden.

Merda.

Mais uma vez, o excesso de vinho era o meu inimigo.

O bigodudo afastou as pernas e pôs as mãos na cintura, como se tentasse intimidar um animal.

– Acho melhor ir circulando.

Eu podia brigar com eles, implorar por informação, mas o tempo estava acabando. Dei meia-volta e corri para a botica.

As lamparinas estavam apagadas na saleta.

– Dagan! – gritei, mas o vazio da minha voz ecoando nas paredes de madeira indicou que não havia mais ninguém ali.

Teria sido difícil convencê-lo, de qualquer modo.

Pelas janelas coloridas, olhei a lua distorcida no céu. Eu tinha no máximo uma hora. O luar prateado refletiu em algo no canto da minha visão e, quando me virei, vi a espada e a bainha de Dagan largados no armário. Provavelmente ficara ali porque eu tinha perdido a lição de manhã. Tentei me lembrar de me desculpar pela falta, e também pelo que estava prestes a fazer. Peguei a arma pesada e a pendurei nas costas, então corri até o estábulo.

Quando cheguei, tirei uma égua da baia, desejando que o som dos cascos na terra não soasse tão alto para todos quanto para mim. Forcei a vista contra o ar claro da noite, mas discerni apenas uns poucos guardas. O portão norte era muito menor do que a entrada do castelo, pois dava em uma área mais densa de floresta. Do outro lado da mata ficava um aglomerado montanhoso, então era muito mais difícil inimigos acessarem a região por ali.

Tinha que pensar rápido. A lua estava alta, e eu não fazia a menor ideia de como passar, a cavalo, pelos cerca de seis guardas que cuidavam do portão. Provavelmente daria um jeito de atravessar sozinha, mas, com o cavalo, não teria jeito.

Talvez fosse isso: era impossível esconder a égua. Ela podia servir de distração. Eu teria que correr até a clareira, mas era minha chance. Sem pensar duas vezes, sussurrei um pedido de desculpas para a égua e dei um tapa em seu lombo.

Ela disparou como se estivesse possuída. Os guardas foram atrás dela, tentando pegar as rédeas, mas a coitada estava assustada e não seria capturada. Desejei que fossem gentis com ela quando a devolvessem ao estábulo.

Quando restava apenas um guarda no portão, pois os outros tentavam encurralar a égua, saí correndo. Se conseguisse passar pela entrada de metal antes que ele me pegasse, sabia que correria mais rápido do que o guarda. No tempo que os soldados de Ônix precisariam para pegar os seus cavalos e me perseguirem, eu já teria a raiz-cavada. Depois, enfrentaria as consequências.

Fui ágil, aderindo aos cantos de sombra na borda externa do castelo. Estava quase no portão quando tropecei e levei um tombo. Caí com força no punho, e senti uma dor instantânea e ardente.

Seria problema para depois.

Olhei para trás e vi uma armadilha de metal escondida na grama. Tinha vários daqueles espinhos no pátio cercando o portão. Então era uma área com menos guardas, mas nem por isso menos protegida. Eu devia ter pensado melhor.

Eu me levantei de um pulo.

E meu coração caiu com um baque.

Estava de cara para o guarda. Era o mesmo rapaz de rosto rosado e barba loira do dia em que Mari me ajudara a visitar a cela de Halden.

Eu me preparei para ser arrastada à força de volta ao castelo. Talvez às masmorras.

Abri a boca, com um argumento na ponta da língua, mas hesitei.

A expressão dele... Estava... Vazia.

Ele não disse nada ao me olhar. Na verdade, nem *me* olhava. Olhava quase... *através* de mim.

Como se eu não estivesse bem na frente dele, suja de terra e segurando o punho, o guarda franziu a testa para algo acima de mim e passou direto, indo na direção de onde eu tinha me levantado. Ele chutou a armadilha de metal, confuso. Eu não entendi a minha sorte, mas não ia esperar para entender. Disparei pelo portão no sentido da clareira.

Enquanto corria, saquei: o feitiço de Mari ainda não tinha passado. Eu precisava lembrar de dizer para ela que o "feitiço simples de disfarce" tinha funcionado bem até demais. Seria por causa do amuleto de Briar? Talvez fosse hora de devolver o item encantado ao gabinete de Kane.

O Bosque das Sombras era muito mais assombroso à noite. Galhos retorcidos formavam desenhos monstruosos nas sombras e arbustos espinhentos rasgavam o couro da minha roupa. Também fazia muito mais frio. Apesar de estarmos no auge de um verão quente, o bosque antigo e encantado era gelado à noite, e a névoa fria ondulava ao redor dos meus tornozelos. Desejei ter levado a capa de pele de raposa, tanto pelo calor, quanto pelo conforto. Eu era como uma menininha com medo do que não enxergava no escuro. Tentei me lembrar de que tinha estado lá durante o dia e me sentido segura, mas não foi nada útil. Eu tinha me sentido segura por estar cercada de guardas e cavalos. De homens que podiam me proteger. De Kane.

Corri com ímpeto, a respiração escapando de mim aos golpes. Nada melhor do que correr para aliviar o medo.

Ainda assim, meus pensamentos voltaram ao rei. Estava fazendo exatamente o que ele pedira para não fazer. Entrado no bosque escondida, à noite, enquanto ele não estava lá. Mesmo que eu não planejasse mais fugir, ele ficaria furioso.

A sensação de fraqueza voltou quando dei a volta em um tronco caído e me lembrei da proximidade da clareira. Eu tinha passado a maior parte da vida me sentindo fraca e culpada. Um cantinho da minha mente se perguntou se ter ido para a Fortaleza das Sombras tinha sido a minha única oportunidade de mudar aquilo. O baque pesado da espada de Dagan nas minhas costas a cada passo indicou que talvez o meu instinto estivesse certo.

De toda forma, meu desejo era que eu não precisasse usar a arma. Seria a minha primeira vez lutando contra algo além de Dagan, que, apesar de não ser o sujeito mais simpático do mundo, não queria me matar de verdade. Além do mais, eu estava com a espada dele, e não a minha. Tinha, no mínimo, o dobro do peso e precisava ser empunhada com as duas mãos, enquanto a minha só pedia uma. Não queria pensar na dificuldade de manejar a espada com a mão machucada pela queda.

Meus pulmões não estavam mais acostumados àquelas corridas, então, quando cheguei à clareira, estava arfando. Ao luar aguado, a grama úmida reluzia em prateado, e as árvores pareciam uma teia de aranha preta e emaranhada. Tinha sido sorte me localizar naquele labirinto sombrio, apesar de ter saído pelo portão norte. Dali, tinha que encontrar o carvalho – mas as árvores me pareciam todas iguais e o eclipse começaria a qualquer instante. Eu estava sem tempo.

– *Malditas Pedra* – arfei.

Não podia ter ido até aquele lugar à toa.

No fundo dos arbustos espinhentos atrás de mim um som molhado e chapinhado cortou o silêncio ensurdecedor da noite. Fiquei rígida como um cadáver antes de virar a cabeça para escutar melhor, e o meu corpo inteiro se encolheu em resposta ao som inequívoco de uma criatura se alimentando de alguma coisa – ou alguém – que não sobrevivera à noite.

Eu me joguei no chão e fui engatinhando até o arbusto. Através dos galhos ásperos e do musgo esponjoso, me arrastei até enxergar o outro lado dos espinhos, e distinguir vagamente a carcaça de um veado.

Um grito ficou entalado na minha garganta quando vi a cena.

Devorando o corpo esguio do animal estavam duas criaturas que lembravam leões. Reconheci que eram quimeras, e daquelas especialmente ferozes. Nunca tinha visto aquelas criaturas noturnas, mas já tinha lido sobre elas em um dos livros preferidos de Mari: *Os mais horrendos de Ônix*.

Olhos redondos e sem pupilas. Focinhos grotescos que rosnavam. Presas compridas e afiadas que saíam da boca, cobertas de baba e carne. Os rostos eram tão brilhantes e ameaçadores, as garras contorcidas, tão sujas de terra e sangue, que o meu estômago se revirou de puro terror e eu achei que ia vomitar.

Antes que recuasse e botasse para fora o vinho da noite anterior, notei onde acontecia aquele banquete. O pobre veado estava caído nas raízes do meu tão familiar carvalho.

Merda.

Tentei lembrar. O que dizia o livro sobre quimeras, pelo amor das Pedras?

Mari tinha falado sem parar naquele dia na biblioteca, então eu só lera algumas frases do capítulo sobre quimeras. Em vez de conhecimento da criatura, eu sabia todos os detalhes do lugar preferido de Mari para nadar no Bosque das Sombras, aonde o pai a levava quando o verão ficava insuportável de calor. Não sabia nada das feras à minha frente, mas sabia, sim, que Owen sempre levava um ou dois soldados altruístas de companhia, porque o bosque era perigoso. Que o guarda preferido dela era um homem mais velho que sempre a chamava de "trança talentosa", porque ela usava umas tranças que...

Ah, Pedras.

Era isso.

A água. Era segura: quimeras não sabiam nadar.

Encontrei a trilha protegida pelas árvores pela qual Kane me levara meses antes. Era um plano absurdamente idiota, até para mim, mas eu não tinha escolha. Precisava afastar as criaturas do carvalho, para acessar a raiz quando florescesse. Eu não ia dar meia-volta e passar o resto da vida sabendo que, se reencontrasse minha mãe, tivera a chance de ajudá-la e recuara de medo.

Larguei a espada e me arrastei por baixo do arbusto. Eu não correria suficientemente rápido com a arma nas costas, e ela serviria de referência para encontrar a raiz-cavada quando voltasse. *Se* voltasse. Para ser sincera, nem daria para usar a espada, considerando o estado do meu punho. Se não fosse de Dagan, eu até a deixaria no bosque. Seria uma pena derrotar duas criaturas horrendas, mas acabar morta por Dagan.

Fui até a trilha aberta entre as árvores que Kane me mostrara, respirei fundo para me acalmar, e assobiei para as quimeras. O som penetrante atravessou o bosque silencioso e fez alguns bichos menores saírem correndo. As duas criaturas ferozes se viraram para mim, com fome e confusão no olhar.

A menor das duas, que tinha orelhas pequenas e pontudas, uma juba desgrenhada e chifres rígidos de cabra, veio avançando na minha direção, parecendo mais curiosa do que qualquer coisa. Eu não precisava de mais nada. Peguei umas pedrinhas e acertei a cabeça dela uma, duas vezes. Ela deu uma patada na testa protuberante e acelerou, rosnando.

Então eu corri.

21

Saí correndo pela passagem folhosa que eu e Kane tínhamos percorrido da outra vez. Atravessando teias de aranha molhadas de orvalho e galhos esqueléticos, me precipitei em um ritmo que fez a minha pulsação gritar na cabeça, enquanto escutava os baques pesados das patas da quimera atrás de mim.

Eu precisava apenas jogá-la na água, e depois poderia voltar para pegar a raiz-cavada.

Finalmente, cheguei ao lago.

Dei meia-volta e esperei a criatura me atacar.

Não demorou: a quimera rosnou, o luar reluzindo nas presas brancas de osso. Perdi todo o fôlego e, quando ela atacou, eu a agarrei pela pele e nos arremessei no lago.

A água congelante me paralisou e, por um momento, não consegui me mexer. Sentia apenas o gelo tão frio que parecia fogo, e o meu corpo e a minha cabeça travaram em quietude absoluta, chocada demais para respirar, me mexer, pensar. Mas eu precisava...

Eu me forcei a tirar a cabeça da coberta sufocante de frio e arquejei, sem ar. Uma onda me jogou para baixo, enchendo de água a minha boca, os meus pulmões e nariz, enquanto a quimera se debatia, deslocando metade da água do lago. O empurrão frígido me jogou na parede rochosa. Bati com força na pedra, fiquei sem fôlego e voltei à superfície. Eu era como uma mariposa na chuva, tentando resistir às ondas escuras e buscando onde me segurar.

Por que a água estava tão fria? Eu tinha estado ali poucos meses antes, na primavera, e era agradável. Sabia que a floresta era encantada, mas ficou claro que Mari e Kane estavam certos: o Bosque das Sombras não era um bom lugar à noite.

Agarrei um galho e consegui me içar para fora da água, o que me causou espasmos torturantes no pulso. Água gelada saía da minha boca aos borbotões. Arquejei.

Um uivo de agonia horrendo me arrancou da sensação de alívio.

Olhei para o lago, onde a quimera estava desacordada, talvez até morta. Uma a menos, faltava a outra – e eu precisava acabar logo, se quisesse evitar o que soltava aquele ruído. Ou o causava.

Água e algas escorriam da minha roupa de couro. Corri até a clareira, orando para o movimento espalhar calor pelos meus ossos tiritantes. Ao luar, mal enxerguei a enorme silhueta ágil que se arremessou na minha direção.

O barulho atravessou a noite outra vez, um rugido esganado arrancado de uma bocarra. A outra quimera. Urrava de agonia por sua companheira.

Corri no sentido oposto, voltando ao lago.

Porém, a quimera estava próxima demais. Eu não ia chegar à água antes que ela me alcançasse. Então me preparei para o impacto.

Que nunca chegou.

A segunda criatura passou direto por mim e pulou no lago, espalhando água. Ela gemia angustiada e tentava acordar a parceira, porém a água congelante a dominou e a fez se debater.

Eu podia ir embora. Voltar ao carvalho. Por mais improvável que fosse, meu plano tinha dado certo, e eu podia chegar à raiz-cavada antes do eclipse. Olhei para a lua. Ainda tinha tempo. Alguns minutos, talvez.

Um último uivo assombroso escapou da criatura na superfície, que ainda tentava, desesperada, se manter nadando para salvar a parceira. Ela soltou um grito esganiçado que reverberou pelas árvores, e logo começou a engasgar, puxada pela água.

Pedras do céu.

Eu não acreditava no que estava prestes a fazer.

Mergulhei de novo.

A dor rasgou minha pele outra vez. O mergulho foi mil vezes pior, porque eu sabia como estava frio. Nadei até a primeira quimera, ainda desacordada. Felizmente, a água fazia a criatura boiar, o que me permitiu levá-la até a margem. Empurrei o corpanzil até a beira do lago e a fiz rolar até a grama.

A segunda seria mais difícil. Nadei até a quimera que sufocava e tentei passar sob suas imensas patas dianteiras, mas acabei levando uma patada desastrada na cara, e um clarão de dor ardida arrebentou a minha bochecha. Eu me preparei e afundei na profundeza gelada.

O silêncio me envolveu.

Empurrei a fera para a frente, tentando levá-la a uma área mais rasa. Empurrei e grunhi, arrastando os pés no fundo coberto de algas do lago, até a criatura finalmente sair dali com a força das próprias garras e cuspir água e pedaços mal digeridos de veado. O fedor era de dar náusea, mas eu não tinha tempo para vomitar.

A primeira quimera não estava respirando.

Eu a alcancei rápido e comecei as compressões. Assim que toquei a pele, porém, eu soube.

Não, não, *não*.

Era tarde demais.

Engoli um soluço, apoiei as mãos nos pelos do peito da criatura e murmurei. As palavras de Dagan tinham sido claras: era para me concentrar no que sentia, não no que pensava. Ou no que temia.

Eu sentia remorso. Profundo, dolorido e incômodo, como uma agulha perfurando as minhas entranhas. Remorso por quase matar duas criaturas inocentes por puro terror.

Luz dourada brilhou de minhas palmas, e eu empurrei a água fria pelos pulmões da quimera como se fosse um labirinto. Encorajada, subi as mãos para o esôfago. A luz que emanava ficou mais forte quando comecei a trabalhar no pescoço da quimera. Empurrando e puxando, arranquei a água com uma concentração cautelosa.

A segunda criatura tinha vindo até nós. Ela me ameaçou com um rugido que fez as árvores tremerem.

Eu não tinha tempo para medo.

– Ela vai sobreviver – falei, batendo os dentes de frio, mesmo sabendo que a criatura não me entenderia. – Posso salvá-la, se você não me matar.

Derramei poder dos dedos pelo tronco da quimera enquanto a água acumulada no peito seguia o seu caminho.

A outra quimera me analisou e olhou para baixo. Devagar, se deitou ao lado da parceira, aninhou o focinho entre o dorso dela e o chão da floresta, e então choramingou baixinho.

Depois de mais um empurrão, um jato de umidade podre voou da boca da quimera, e eu me esquivei. Ela rolou para o lado, engasgando-se com o ar, e eu também expirei. O alívio era como um peso sólido nas minhas mãos, tangível e firme.

Graças às Malditas Pedras.

A quimera que eu salvara se levantou com dificuldade e sacudiu a pelagem molhada. A outra encostou o focinho nela e a lambeu antes de se voltar para o bosque. Considerei que era o meu sinal para partir, e dei uma última olhada nas duas criaturas, que já seguiam para a direção oposta. A quimera maior me olhou uma vez, e os seus olhos brancos e melancólicos encontraram os meus por um momento.

Meu tempo definitivamente tinha acabado. O eclipse estava alto no céu, pintando a floresta inteira de um azul incômodo. Meu corpo estava pesado devido ao esgotamento do poder, mas corri até a clareira e me virei para a direita ao ver a prata reluzente da espada de Dagan. Empurrei a carcaça do veado e vi que todas as folhas de raiz-cavada ali tinham florescido como lótus espetaculares sob os meus dedos. Colhi todas as flores que consegui e as enfiei na bolsa. Em um instante, o eclipse acabou, e também as flores. O bosque retorcido voltou a ser coberto por luar pálido e cheio de sombras.

Eu podia chorar de alívio.

Tinha conseguido!

Estava congelando e provavelmente precisaria encher a banheira de água quente seis ou sete vezes para me aquecer. Estava encharcada, imunda de terra, pingando sangue da cara e tinha torcido feio o pulso. Ainda estava enjoada e dolorida devido às escolhas péssimas de vinho na noite anterior, mas estava viva.

E tinha raiz-cavada.

A ideia de que daria alguma esperança para minha mãe pela primeira vez em anos me dominou. Um soluço atravessou meu corpo, e eu me curvei, apoiando as mãos nos joelhos. Era hora de voltar.

Peguei a espada de Dagan, me levantei, e vi.

A criatura mais horrenda que eu imaginava ser possível.

Olhos amarelos e estreitos. A boca raivosa, rosnando, repleta de dentes pontiagudos. O focinho molhado e gosmento. Pior ainda: estatura larga e o porte de um homem violento e possuído. Fiquei rígida, a minha pele pinicando e as entranhas gelando. Apesar do tremor nas mãos e no peito, me virei e corri no sentido do castelo com toda a velocidade de que a minhas pernas eram capazes.

A fera-lobo me perseguiu de quatro, os joelhos e cotovelos em ângulos estranhos. Uma imagem bizarra que eu provavelmente nunca apagaria da memória. Eu sabia que a criatura era mais rápida do que eu. Engasguei com um soluço e lágrimas brotaram dos meus olhos. Corri, corri e corri, o terror pulsando nas minhas articulações, pernas, pulmões. Eu não podia morrer daquele jeito.

Virei à direita abruptamente, na esperança de confundir a fera-lobo, mas seus rosnados me seguiram pela curva e pelo labirinto de carvalhos e pinheiros. Fiz outro desvio para a direita, mas a fera se aproximou com facilidade. Tropeçando e escorregando nos galhos contorcidos, me virei para trás e jurei ver um prazer primordial nos olhos da fera. Um predador que gostava de caçar.

Eu nunca conseguiria escapar.

Havia apenas um jeito de sair viva daquele bosque.

Parei de repente, puxei a espada de Dagan e a apontei para a fera.

Meu peito ardia.

A criatura parou, derrapando, e eu ataquei, errando feio o pescoço e arranhando seu bíceps. A criatura gemeu ao sentir o corte, e logo rugiu para mim. Eu não tinha fôlego para chorar, soluçar ou suplicar.

– Sua criança insípida!

A voz do bicho soava como uma lâmina arranhando metal – desumana e repulsiva. Deixei escapar um grito diante do choque de ouvi-lo falar e recuei, ainda de espada em punho.

Sempre que achava entender a profundidade do perigo daquele mundo, algo novo e ainda mais horrível aparecia.

A fera atacou e, dessa vez, me arremessou no chão, me deixando sem ar e esmagando minha coluna nas pedras. Um soluço saiu da minha garganta – furioso, louco, despejando agonia.

Ainda assim, eu a empurrei, com cada grama de força que me restava, e me levantei com dificuldade antes que ela enfiasse as garras no meu corpo. Voltei a erguer a espada – Dagan ficaria insatisfeito com minha postura. Entre a exaustão e o pulso torcido, estava empunhando a arma mais como um bastão do que como uma espada.

A fera-lobo contorceu o rosto e naquele momento entendi, com clareza total, o que queriam dizer quando comparavam um sorriso ao de um lobo. A criatura estava achando graça.

– Não esperava que o lobo falasse?

Tentei responder, mas a fera-lobo se aproximava de mim, e fiquei sem palavras. Quis gritar, mas só um gemido fraco escapou. Minhas mãos trêmulas suavam no punho de couro da espada.

– Você é mais forte do que me disseram, mas não é nada que difícil de lidar. Já sinto o seu gosto daqui.

A fera-lobo lambeu o ar com a língua comprida e canina.

Estremeci ao pensar naquela textura áspera se arrastando pelos meus ossos.

A fera-lobo me atacou de novo e, dessa vez, me acertou, arrancando um tufo de cabelo com as garras. Gritei de dor, o que pareceu apenas excitar o monstro. Ele investiu de novo, me jogando no musgo do chão. A dor se espalhou pelo meu ombro e cotovelo, além do pulso, que já latejava de agonia. O hálito do lobo me encheu de um cheiro mais poderoso do que o da magia – metálico e adstringente.

Percebi, com clareza absoluta, que não sobreviveria.

Como se a fera tivesse ouvido os meus pensamentos, recuou com um uivo violento e avançou para enfiar os dentes afiados no meu abdômen. Fechei os olhos com força.

Apenas desejei que ao menos fosse rápido.

Por favor, por favor, por favor, *por favor*...

Mas a dor não veio.

Em vez disso, ouvi o urro ensurdecedor de uma criatura em dor.

Mal entendi o que via. Pelos cinzentos e dourados rolavam amontoados no chão da floresta, uma mistura embolada de rosnados, sangue e choro – a quimera. Ela tinha atacado a fera-lobo, salvando a minha vida. E estava enroscada nas garras do monstro. Como em uma rinha de cachorros, os dois seres se mexiam rápido demais para eu interceptar. Esperei o momento certo e avancei, enfiando a lâmina na pelagem cinzenta e jogando o lobo contra uma árvore.

A quimera caiu, com um chifre de cabra cortado e uma ferida penetrante jorrando sangue do pescoço.

Não! O grito ficou entalado na minha garganta.

A fera-lobo gargalhou, expondo as fileiras de dentes pontudos, e se ergueu diante de mim. Olhei para o animal ofegante aos meus pés, que dera a vida para proteger a minha.

Pela quimera, eu ia fingir ser corajosa até me tornar valente de fato. Virei o quadril na direção da fera, movimentei a espada até a altura do ombro, e dei um golpe no lobo. Ele se esquivou e investiu contra mim, mas o meu corpo tomou o controle. Semanas de treinamento – de suor, de bolhas, de dor nos braços, de pura determinação – deram resultado em um instante, como uma chave entrando na fechadura. Ataquei várias vezes, cortando o bicho no ombro, no pescoço, no braço. Os uivos viraram o meu combustível e, sempre que a lâmina encontrava o alvo, eu ficava mais ousada. Mais forte. A espada mais leve nas minhas mãos. Mais do que isso: era uma extensão minha.

Da minha raiva.

Eu me movi como Dagan, passo a passo, com cautela, cercando a criatura. Quando ela me atacou, abaixei a espada com força e arranquei de uma vez uma de suas garras. Ela uivou, um som que senti nos ossos.

Eu não conseguia parar.

A clareira brilhava. Eu via o bicho melhor na luz suave e amarelada que nos cercava. O suor escorria pela minha testa, mas uma brisa que não localizei me esquentou e refrescou ao mesmo tempo.

Eu me sentia mais alta. Mais orgulhosa. Mais inteira.

Podia jurar que vi medo nos olhos da fera-lobo. Ela me atacou outra vez e, com toda a força que me restava, avancei com a espada e a afundei até o punho no peito da fera.

Ela guinchou, engasgando, um som de poder antigo, e, com seu último fôlego, esticou as garras da mão que restavam. Se me acertou, não saberia dizer. Eu me virei e corri para a quimera, a espada ensanguentada ainda pendurada em minhas mãos. A criatura dourada estava chorando, sangrando nas folhas úmidas da floresta.

– Não, não, não – supliquei. – Está tudo bem.

Era a quimera maior. Tinha vindo me ajudar. Uma gentileza por eu ter salvado a vida de sua parceira, mesmo sabendo que eu quase a matara poucos minutos antes. Não podia deixar que ela morresse por mim. As lágrimas escorriam do meu rosto e encharcavam sua pele.

Ela estava fechando os olhos. Não tinha tempo.

Fiz pressão no pescoço ferido da quimera e cerrei os olhos, me concentrando em sua dor. Mas eu estava tão exausta, tão fraca... tinha usado todo o meu poder e ainda mais na outra criatura. Nada saiu, nem mesmo pinicou nos dedos.

– Por favor, por favor, por favor.

Eu não sabia para quem ou o que estava rezando.

Pensei naquele dia com Dagan. Em puxar o calor e a luz da atmosfera. Imaginei aproveitar o pouco de luar que ainda brilhava, puxá-lo para os meus dedos, e direcioná-lo até a criatura que chorava baixinho.

Algo sob mim brilhou com a força do nascer do sol. Encorajada, lutei contra a fraqueza e me concentrei no éter, no próprio céu. Eu podia usá-lo. Aproveitá-lo a meu favor. O brilho ficou mais intenso. Quase escutei os pulmões da quimera se encherem de ar.

Mas a floresta estava esquentando.

Não fazia sentido.

Era verão, mas o bosque estava gelado até pouco tempo antes. Minhas mãos tremiam, e o chão parecia instável. A terra estava se mexendo? Não, eram as árvores que se mexiam. A quimera se levantara e me olhava com curiosidade. O pescoço...

Estava melhor. Curado. Como?

Meus ossos se encheram de alívio. Tentei ver melhor, mas a pelagem grossa e cor de mel da criatura estava borrada sob o luar.

Uma onda de náusea me percorreu. Algo grudento escorria pelo meu corpo. A quimera tentou me cutucar com o focinho peludo, mas eu caí para trás, atingindo a terra com um baque.

Tinha alguma coisa muito errada.

Uma voz trovejante gritou o meu nome a milhões de quilômetros dali.

A quimera disparou bosque adentro ao ouvir o som que ecoava pelas árvores. Tentei me despedir.

A silhueta embaçada de um homem, com um perfume conhecido de cedro e couro, veio correndo até mim, e apertou o meu peito com as mãos como se fosse um peso.

– Não, nada de adeus – me tranquilizou a silhueta, apesar do pânico em sua voz. – Vai ficar tudo bem.

Devagar, olhos prateados e doloridos e um queixo tenso entraram em foco. Era Kane.

Ele soltou a espada dos meus dedos rígidos, desdobrando um de cada vez, com cuidado, até o metal bater no chão com um estrépito ressonante. Olhei para ele, estupefata. De onde ele tinha vindo?

Atrás do rei estavam no mínimo sete homens a cavalo, todos de espadas em punho. Kane estava de olhos arregalados e a mandíbula travada. Ele envolveu o meu peito em um abraço, me segurando pelas costas com força.

– Fique comigo, Arwen. Está me ouvindo?

Soltei uma risada e algo molhado e gosmento se sacudiu no meu peito, me fazendo tossir. Sequei a boca.

– Que dramático, meu re...

A mancha vermelho-viva na minha mão transformou as palavras em um engasgo.

Olhei para baixo. Uma onda de sangue jorrava do meu peito nos dedos de Kane. Levantei minimamente sua mão, e vi minha própria clavícula sob a pele rasgada e dilacerada.

Tudo virou um borrão, e eu senti a escuridão me engolir, repentina e implacável.

22

Uma dor implacável e lancinante percorreu o meu corpo e me fez recobrar a consciência num choque. Inspirei uma lufada de ar e engoli em seco. Sal gotejava em meus cílios. Um sabor metalizado preenchia minha boca.

Era difícil enxergar as silhuetas que se moviam ao meu redor; parecia que eu estava no meio de uma tempestade de areia. Mulheres com panos úmidos e um homem enfaixando meu pulso com gaze. Alguém suturando meu rosto. A agulha repuxando a minha pele doía pouco em comparação à ardência no peito e o tremor atrás dos olhos.

Um canto racional da minha mente, esquecido às teias de aranha, se perguntou quem estaria me tratando, se era eu a curandeira do castelo. Ri em voz alta, e os homens e mulheres concentrados trocaram olhares furtivos, parecendo motivados apenas a trabalhar ainda mais rápido.

Tentei encostar a mão no peito, mas a mulher ao meu lado não parava de afastar o meu braço. Não fazia diferença. Não me restava poder algum. Eu tinha usado toda a minha habilidade de cura na quimera. Quando aquilo tinha acontecido?

Era difícil manter os olhos abertos, e me esforcei para enxergar através das cortinas translúcidas que me cercavam.

Eu estava em um cômodo que não conhecia, escurecido por cortinas azul-marinho e repleto de móveis de couro. Um punhado de velas pretas com pavios retorcidos queimavam numa luz fraca. Ali tinha um cheiro familiar, como se estivesse em casa, mas eu não soube identificar o que era.

Lírios em vasos de pedra decoravam o espaço. De onde tinham vindo? As flores brancas e delicadas dançavam à luz suave das velas.

Lindo.

Mas também abafado.

Fazia uns sufocantes mil graus. Tentei me sentar. Precisava de ar fresco imediatamente.

Mãos largas e quentes me seguraram.

– Tente ficar quieta – murmurou Kane, com a voz dura de aço. – Está acabando.

Choraminguei e desviei meu rosto do dele, com a cabeça enevoada e a barriga tomada pela náusea. Estava tonta, com calor, congelada. *Preciso de água.*

– Vou buscar.

O aroma familiar que ele exalava desapareceu, e senti um nó na garganta por essa perda. Ele voltou pouco depois e encostou de leve o copo na minha boca seca e rachada.

Uma explosão aguda de dor ecoou pelo meu peito, e eu engasguei de sofrimento.

– É tortura o que estão fazendo com ela! – Kane rugiu para alguém, mas eu não enxergava nada, cega de angústia.

Ouvi o copo d'água se estilhaçar no chão.

– A peçonha precisa ser expurgada, meu rei. É tudo que podemos fazer.

– Por favor – implorou ele.

Implorou, de verdade.

– Por favor, então, trabalhem mais rápido.

– Estamos tentando, mas... – veio a voz de uma mulher.

O medo nas palavras dela era contagioso e se infiltrou nos meus ossos já estremecidos.

– Não – arfou ele, quase um soluço de choro.

– Talvez não haja...

A agonia mais pura e penetrante que eu já sentira me queimou o peito, o coração, até os pés, atravessando toda a minha alma...

Urrei um uivo sangrento e engasgado no quarto aquecido ao extremo. Suor pingava da minha testa, ardendo nos olhos.

Eu não ia aguentar. Não, não, não...

– Não! – rugiu ele e, dessa vez, fiapos de sombra preta retorcida invadiram o dossel fino da cama, apagando toda a luz e inundando o quarto no preto absoluto da meia-noite.

Os espectros afogaram o meu sofrimento em um instante. O que antes era angústia, angústia pura, tinha virado... nada. Um nada frio e vazio. Procurei Kane, em alívio, ou confusão, mas encontrei apenas o conforto pesado e rápido do sono quando os meus olhos se fecharam.

Uma pontada de dor aguda estourou nas minhas costas. Abri os olhos de repente e me vi em um lugar desconhecido.

Ou, pior, um lugar conhecido até demais – um lugar no qual eu não entrava havia anos.

Estava olhando o piso de madeira escura da oficina de Powell. Nem valia a pena olhar a porta ou as janelas. Eu sabia que estavam trancadas, que eu estava presa ali. Eu me preparei para outro golpe de dor, mas não veio nada. Olhei para cima e me arrependi imediatamente. Powell estava de pé acima de mim, com o rosto vermelho-vivo, os dentes arreganhados, o cinto na mão.

– Menina fraca – cuspiu.

Lágrimas escorriam pelo meu rosto e catarro me entupia o nariz.

– Já pedi três vezes só essa semana para não brincar na cozinha – disse ele, a voz ribombando entre as paredes da oficina fria e vazia.

Eu não queria me encolher, mas não me contive. Eu me contraí, na esperança das costas pararem de pulsar de dor mais rápido. Sabia que era melhor não dizer nada.

– Você é insuportável. Me obriga a ensiná-la assim.

Ele estava certo. Ele só me machucava porque eu era horrível. Por que eu não podia ser mais forte? Mais inteligente? Eu odiava que tudo que ele dizia fosse verdade.

– Você é um veneno nessa família, Arwen. Está matando a sua mãe.

Quando ele ergueu a mão para me bater outra vez, eu gritei, implorei para ele parar, mas ninguém me ouviu.

– Calma, Arwen. Ninguém está te machucando. Vai ficar tudo bem.

Eu chorei e chorei, os gritos me atravessando como a dor.

Pare, por favor, pensei. *Não aguento mais.*

– Parar o quê? Arwen?

Ele soava desesperado. Assustado.

E eu também.

A cama era um banho de seda que me inundava de lençol até eu não sentir mais o meu próprio peso. Tiras translúcidas pendiam do dossel, e luzes cintilantes passavam por suas brechas. Não tinha notado a lareira, mas as chamas que dançavam, inconstantes, do outro lado do baldaquino eram reconfortantes.

Uma canção de ninar lenta soava de um instrumento, em algum lugar. As notas da melodia assombrada e encantadora davam voltas pelo quarto como feixes de luar. Senti vontade de cantar. Ou de chorar.

– Você acordou – disse Kane, em um canto que eu não via.

Os meus olhos doeram de lágrimas quando ouvi o som suave da sua voz. A música melancólica parou, e eu o ouvi apoiar algo no chão.

O que eu tinha visto antes de perder a consciência? As imagens de fumaça preta, enevoada, me envolvendo e me botando para dormir estavam confusas, mas eu sabia que tinha visto. A sensação... era diferente de tudo que já sentira. Diferente de magia, de uma poção. Era como se algo tivesse mergulhado na minha alma para acalmar a minha angústia. Uma espécie de misericórdia sombria e perturbada.

Kane se aproximou devagar e encostou a mão fria na minha testa. Que sensação deliciosa. Reagi como um animal, esfregando o rosto quente em sua mão.

– Tenho algo ainda melhor.

Choraminguei quando ele parou de me tocar. A cama se mexeu e Kane se deitou ao meu lado, puxou meu corpo junto ao dele e pôs uma compressa fria na minha testa. Era o paraíso, e eu virei o rosto para ele passar a compressa no meu pescoço, nos ombros e nos braços...

Abri os olhos de repente.

– Que roupa é essa?

Ouvi minhas palavras arrastadas.

Kane corou. *Como ele é fofo.*

– Obrigado, passarinha. Você está usando uma camisa minha. Eu só tinha isso.

Fiz que sim com a cabeça, encostada nele e aninhando o braço machucado no seu peito.

– Você está quentinho – falei.

– Menos do que você. A sua febre não baixou.

Murmurei em resposta.

– Arwen – continuou. – Por que você foi ao bosque?

Ele hesitou. Vi angústia nos seus pobres olhos.

– Eu poderia ter perdido você – acrescentou.

Ele segurou o meu pulso como se fosse muito delicado. Meu coração bateu mais forte.

– Tentei encontrar você – falei.

Olhei para cima e vi a sua expressão de dor. Levei a mão saudável para a testa franzida dele e toquei a sua têmpora.

– Está tudo bem, consegui o que precisava – acrescentei.

– E o que era?
– Para minha mãe. Para curar ela.
Kane assentiu, mas notei que ele não entendia o que eu dizia.
– Durma, passarinha. Vou ficar bem aqui.
Então eu dormi.

Acordei com o som de arquejos e trepidação. Olhei ao redor, buscando a fonte, até perceber que os ruídos grotescos vinham de mim. Era o meio da tarde, e eu me sentia como um leitão na brasa. Chutei os lençóis e rolei de um lado para o outro, procurando alívio da montanha de cobertas que me engolia. Esbarrei em um corpo rígido e soube, pelo aroma familiar, que era Kane. Ele cheirava a um cedro suado. *Se tivesse sido encharcado de uísque e incendiado.*
– Estou mesmo precisando de um banho – disse ele com a voz sonolenta.
Precisava parar com aquilo. A febre me impossibilitava diferenciar pensamentos e falas. Eu estava um desastre delirante, misturando tudo, e comecei a achar que talvez estivesse falando sem parar. *Droga de febre.*
A risada de Kane em resposta fez o colchão tremer. *Argh.* Eu tinha falado aquilo em voz alta também?
– Por que você está na minha cama? – perguntei.
Queria soar sarcástica, mas falei como uma criança perdida.
– Na verdade, você é que está na *minha* cama.
Eu me mantive firme.
– Por que estou na sua cama?
Kane riu outra vez, um estrondo vigoroso e alegre que fez um sorriso torto subir ao meu rosto grogue.
– É bom ter você de volta, mesmo que só um pouquinho.
Eu não sabia aonde tinha ido, mas ainda assim sorri.
– De nada.
– Você consegue comer?
Ele fez sinal de se levantar para buscar comida, mas eu enrosquei os braços e pernas nele que nem um cipó.
– Não vá embora.
Eu era patética. Estava tudo bem. *Na morte, fiz as pazes com isso.*
– Você não morreu, Arwen.
Claro que tinha morrido. *Ele está lendo minha mente, e eu estou sem calças.*
– Não estou lendo a sua mente, você está falando comigo. E está sem calças porque ficou tirando as que usava todas as vezes que vestia.

Ele indicou o chão e, quando olhei, vi a minha roupa de couro embolada. Murmurei uma oração de agradecimento para as Pedras, porque as minhas roupas de baixo não estavam lá também. Voltei a me enroscar nele.

– Não posso ficar te segurando assim – disse ele.

Seu corpo estava mais tenso. Eu não sabia se tinha sonhado.

– Mas também não consigo te soltar – acrescentou.

– O que foi aquilo? – perguntei. – A...

Eu não sabia explicar. A escuridão retorcida que preenchera o quarto como sombras vivas.

Mas ele entendeu.

– Quero contar tudo, Arwen... mas apenas te traria mais sofrimento.

Abri um olho para fitá-lo, mas ele estava virado para a janela, através da qual o sol se punha no bosque abaixo de nós.

– Sou mais forte do que você pensa.

– Não, passarinha. Você é mais forte do que todos nós. É só você que pensa diferente.

Os gigantes desastrados tinham voltado, dessa vez com amigos que também não tinham ritmo. Massageei as têmporas e tentei engolir, mas a minha boca parecia cheia de algodão. A minha visão e os meus pensamentos, porém, estavam claros – a febre finalmente baixara.

Eu me sentei e me espreguicei. Todas as articulações, dos dedos ao pescoço, estalaram e se encaixaram de alívio.

E estava faminta.

Saí da cama, pisando descalça no chão de madeira fria, e avaliei o quarto com perfume tão forte de lírios. Eram os aposentos íntimos de Kane. A decoração era mais colorida do que eu imaginava. Mantas azuis alegres e cortinas de um tom luxuoso de azul-escuro se destacavam no contraste com o piso de madeira escura, as paredes de pedra e as estantes lotadas. Pilhas dos livros históricos que ele mencionara enchiam a cabeceira. Era um ambiente tão vívido, tão masculino. Não era frio ou estéril, como eu tinha imaginado.

A porta da varanda estava aberta, e eu saí para absorver o ar fresco e o sol de verão como uma flor murcha após a tempestade. Espreguicei bem os braços, acima da cabeça, e a brisa roçou minhas coxas e minha bunda.

Ah, verdade. Nada de calças.

Voltei para me vestir, mas a calça de couro estava tão dura e imunda de terra, sangue e água do lago, que não aguentei usá-la.

Atrás da cama de dossel estava um quarto de vestir que continha principalmente trajes pretos e reais. No canto, um espelho de corpo inteiro. Eu me preparei para o pior antes de me aproximar.

De certo modo, era melhor do que esperava. Minhas pernas estavam até bem, exceto por alguns arranhões e hematomas. Fiquei agradecida por estar de roupas íntimas que cobriam a bunda e a maior parte da barriga. A túnica preta e grande de Kane era quase um vestido em mim, e eu suspirei de alívio. Um ponto a favor da modéstia.

De outro modo, porém, era muito, muito ruim.

Meu rosto estava um horror. Parecia uma bruxa perturbada do pântano. Os olhos tinham perdido a cor azeitonada de costume, eu estava muito pálida, e com a boca toda rachada. Os pontos na bochecha me atravessavam como trilhas, e meu lábio inferior estava machucado desde a noite da explosão. Até o meu punho, apesar de enfaixado, estava roxo e inchado.

Levei a mão à bochecha e respirei fundo, sentindo a ardência bem-vinda da pele se fechando e arrancando os pontos. Ainda estava muito fraca, mas me restava força suficiente para causar um mínimo impacto no processo de recuperação. Dali a poucos dias, aquelas feridas mal estariam perceptíveis. Porém, não era ali o pior.

Era hora de ver os danos graves.

Era fácil desabotoar a túnica de Kane, mas eu estava morta de medo de ver o meu reflexo. Eu não era vaidosa em essência, mas sabia que as lesões que sofrera no ataque da fera-lobo me marcariam para o resto da vida.

Ao afastar as ataduras, revelei um rasgo grande, cortando da clavícula ao topo do seio. Os curandeiros tinham dado lindos pontos. Eu precisaria agradecê-los.

Pela primeira vez, eu tivera quem cuidasse de mim depois de me ferir. Era um estranho conforto não estar sozinha para tratar dos meus machucados.

Porém, ao olhar os pontos, a lembrança do osso branco da minha clavícula voltou, e eu precisei me segurar no armário ornamentado. Eu não costumava me impressionar com ferimentos; a minha avaliação profissional era de que a tontura se devia à desidratação. Voltei ao quarto e encontrei Kane, que levava uma bandeja de café da manhã para a cama.

– Você acordou – disse ele, enquanto o olhar subia pelas minhas pernas nuas.

Um sorriso repuxou a minha boca. Aquele olhar sem vergonha era sinal de que eu não era mais a sua paciente. Ajeitei o cabelo desgrenhado, sem jeito.

– Acordei – falei. – O que é isso?

Subi na cama e passei uma mecha rebelde para trás da orelha. Tá, queria ficar bonita na frente dele. Talvez horas de Arwen febril, suada e ensanguentada pudessem ser apagadas por um pente razoável.

— Café da manhã. Como está a ferida?

— Desconfortável – admiti. – Mas melhor do que eu esperava, considerando a febre. Nem quero saber o tipo de peçonha que aquela criatura tinha nas garras. Obrigada, Kane. Por tudo.

Ele apenas assentiu.

A comida à minha frente era de dar água na boca. Três ovos cozidos, duas fatias de pão de cravo com bastante manteiga e mel, uma maçã cortada e um pouco de presunto grelhado. Praticamente babei.

E, sinceramente, não era só a comida que dava água na boca. Kane estava bastante apetitoso. A camisa desabotoada expunha uma camada leve de pelos escuros e cacheados no peito. O cabelo preto estava penteado, afastado do rosto, e havia um sinal de barba por fazer no queixo. Eu nunca o vira de barba. Resisti à vontade devastadora de acariciar o seu queixo.

— Você está de barba – falei, mastigando a maçã.

Ele inclinou a cabeça e subiu na cama comigo, antes de encostar a mão na minha testa.

Eu ri e cobri a boca.

— Não foi a febre. Foi só falta de filtro mesmo.

Uma ideia horrenda me ocorreu quando me perguntei que tipo de coisa humilhante poderia ter dito enquanto estava doente. Como se lesse os meus pensamentos, Kane curvou a boca em um sorriso malicioso. Levantei a sobrancelha, questionando.

— Ah, melhor você não nem saber – ronronou ele.

— Pare com isso. É mentira.

Eu queria soar ofendida, mas o charme dele tornara a minha bronca um flerte. *Maldito*.

— Você nunca vai saber.

— Mais um item para a lista – resmunguei, e dei uma boa mordida no pão doce.

Como Kane não respondeu, eu me virei para ele, que estava perdido em pensamentos.

— Eu não quero esconder nada de você, Arwen.

Eu não gostava quando ele usava o meu nome. Não que entendesse inteiramente o meu apelido plumado, mas já tinha aprendido que "Arwen" trazia apenas más notícias.

— É que algumas informações apenas lhe trariam mais dor – explicou.

Aquelas palavras me trouxeram a lembrança singular do estranho poder que emanara dele quando eu estava morrendo, me levando ao estado de sono. Mais forte do que qualquer remédio, apesar de eu não chegar à total inconsciência.

Fiquei sem ar.

Recuei na cama, me afastando dele.

– Você...

– Então você lembra – disse ele, solene e resignado.

– O que foi aquilo? Você é... um tipo de bruxo?

Mas eu sabia: aquilo não era magia.

Ele franziu a testa.

– Talvez, se eu tivesse contado semanas atrás, você não tivesse chegado tão perto da morte.

Eu queria perguntar a conexão entre aquelas duas coisas.

– Acabe de comer – disse ele, após um momento. – Depois, vamos caminhar.

23

O jardim da Fortaleza das Sombras foi muito bem-vindo para os meus olhos enfraquecidos. Treliças das já esperadas gardênias e lilases cercavam chafarizes pretos com flores flutuantes. Rosas roxas aveludadas floresciam junto a konjacs pretos e retorcidos, e violetas e glicínias etéreas pendiam do alto. Flores que eu aprendera a chamar de flor-morcego, serpentária e orquídea-aranha se espalhavam em abundância. Era uma exibição de beleza gótica, que eu tinha passado a amar. Eu me perguntei se parte de mim sempre soubera que aquele lugar continha mais do que horror.

Kane caminhava ao meu lado, mas eu me mantinha distante. Sabia que ele não me machucaria – afinal, tinha acabado de salvar minha vida –, mas estava desconfortável, no mínimo. Confusa, assustada... Eu me sentia no precipício de algo que não tinha certeza de querer saber. Porém, já era tarde. A Arwen que preferia ficar no escuro, esperando ingenuamente que todos cuidassem dela, decidissem por ela...

Pensar naquela versão de mim quase me deixou nauseada.

Andamos devagar, admirando a quietude e o cantar dos pássaros. Depois de um banho rápido e de me arrumar com um vestido limpo, eu tinha encontrado Kane no ar fresco do entardecer.

E ele ainda não tinha dito uma palavra sequer.

– Preciso de respostas, Kane – falei, sem rispidez.

Era verdade. Já bastava.

– Eu sei – disse ele, e a determinação se esvaiu de seu olhar. – Só preciso... pensar.

Tudo bem. Eu sabia ser paciente.

Passeamos pelo jardim em silêncio até passarmos pelas mesmas flores sombrias, o que me lembrou de algo.

– Os lírios brancos. No seu quarto.

Não era uma pergunta, mas ele ainda assim respondeu.

– Achei que pudessem te lembrar do seu lar.

O meu coração se aqueceu.

– Lembraram. Obrigada.

Ele hesitou.

– Foram lembranças boas, espero?

Considerei a pergunta.

– Principalmente.

Ele não respondeu, então eu o olhei. Ele me observava com uma estranha intensidade.

– O que foi?

– Enquanto dormia, você implorava para alguém parar. Achei que estivesse sonhando com a fera que a atacou, mas você começou a repetir o nome de um homem.

Vi que ele tentava com todas as forças ser cauteloso, mas os olhos tinham sido tomados pelas pupilas.

– Nunca deixei de pensar nas cicatrizes que vi nas suas costas no banheiro aquele dia – continuou. – Arwen, alguém machucou você?

Algo na gentileza em sua voz me deixou enjoada. Eu não queria ser salva por ninguém. Não queria que lamentassem por mim.

– Não. Quer dizer, sim. Faz muito tempo, eu era mais nova. Já estou bem – falei e o observei me observar. – O que é evidente – acrescentei, boba.

Kane parecia capaz de derrubar montanhas.

– Quem foi? – perguntou, rangendo os dentes.

Fazia muito tempo que eu não contava aquilo para ninguém. Na verdade, eu só tinha contado para Ryder, quando já tinha idade para as lembranças parecerem da vida de outra pessoa. Eu o fizera prometer que nunca contaria para Leigh, nem para a nossa mãe.

Verdade por verdade, talvez.

Criei coragem.

– Powell, meu padrasto, me batia. Não sei bem o porquê. Acho que me odiava por eu não ser filha dele. Não é bom motivo, mas às vezes as pessoas só querem transmitir a própria dor para alguém, e usam a desculpa que encontrarem. Minha família nunca soube.

– Como não?

– A minha mãe estava sempre doente, e eu sabia que ela não suportaria viver sem ele. Não consegui botar esse peso nela. Leigh ainda era muito nova para saber. Ryder e Powell eram muito próximos. E eu conseguia curar os meus ossos quebrados e os meus machucados bem fácil.

– E onde está essa criatura patética? Com a sua família?

Balancei a cabeça em negativa.

– Ele morreu já faz uns anos. De derrame.

– Que pena.

O olhar de Kane fervia. Eu o olhei em dúvida.

– O miserável se safou fácil demais – disse ele, me olhando com o maxilar tenso. – Sinto muito por você ter sofrido sozinha – acrescentou. – Por ter sofrido, ponto.

De novo, aquela gentileza doída.

– Obrigada – falei, sincera. – E agora é sua vez. Nada de enrolar – insisti, já me preparando. – O que foi que eu vi?

Ele cruzou os braços, um gesto que eu nunca o vira fazer, e os descruzou rapidamente. Passou a mão pelo cabelo de breu.

Contive o impulso de esganá-lo até obter respostas.

– Em minha defesa – disse ele, finalmente –, você tinha bebido.

Esperei que aquilo fizesse sentido.

– Na adega, não achei que era a melhor hora para contar. E... – suspirou. – Não quis te assustar.

As palavras dele tiveram o efeito oposto, e o medo se retorceu nas minhas entranhas, mas mantive o olhar neutro.

– Lembra a rebelião contra o rei das fadas? – perguntou, e eu assenti. – Ela foi orquestrada por um pequeno grupo que desejava salvar o domínio, derrubar as muralhas impenetráveis e libertar os que viviam presos ali. O ataque... Foi liderado pelo filho de Lazarus.

– O filho do rei das fadas tentou derrubar o próprio pai?

– Os dois filhos, na verdade. Mas, sim, a rebelião foi liderada pelo mais novo.

Uma garra fina e minúscula de medo arranhou de leve as minhas costas.

– E o que isso tem a ver com o que eu vi?

Kane tensionou o maxilar, e vergonha brilhou nos seus olhos.

– Fui eu. Eu sou filho de Lazarus, Arwen.

Mal consegui escutá-lo, de tanto que os meus ouvidos latejavam.

– Arwen? – chamou Kane, me fitando.

Kane era *fada*?

Os seres que eu temia na infância. As histórias com intenção de assustar e chocar, contadas ao redor da fogueira. A coisa que até duas noites antes eu tinha certeza – certeza absoluta – de que nem existia estava bem ali na minha frente.

As palavras saltaram da minha boca.

– Você lutou contra seu próprio pai?

Kane me observou atentamente, buscando algo no meu olhar.

– Tentei. Mas fracassei.

A expressão dele era incompreensível. Enrosquei as mãos trêmulas na saia frouxa.

– Foi o pior erro da minha vida. Custou, para mim e para os mais próximos a mim, tudo o que achávamos importante. Custou a vida da maior parte deles.

A amargura, a raiva dele se espalhavam como tinta na água.

Ele dissera que fazia mal a quem amava, mas aquilo... Aquilo era...

– Odeio Lazarus mais do que você pode imaginar. Vingarei os que perdemos e salvarei este continente mortal, Arwen. Preciso fazer isso. Não é questão de *se*, apenas de *quando*.

Abaixei a cabeça, assentindo. Eu acreditava nele – como não acreditaria? Nunca vira ninguém tão determinado.

Ainda assim, estava completamente tonta.

– Os seus homens sabem quem você é? O seu reino?

Ele inspirou fundo, trêmulo, como se precisasse se acalmar antes de negar com a cabeça.

– Então o que eu vi quando estava... – comecei, e engoli a palavra "morrendo". – Foi luze?

– Foi. Toda fada tem uma variação diferente, então não é sempre assim. Há algo de... sombrio misturado ao meu poder. Herdei da linhagem de bruxa da minha mãe. Tento usar o meu poder o mínimo possível.

O rosto de Kane mal escondia o próprio desprezo.

– Mas você usou ontem. Em mim – falei.

– Para calar a sua dor, o seu sofrimento. Sim – concordou, e me encarou com os olhos límpidos. – E faria isso de novo. Centenas de vezes.

– Obrigada – sussurrei.

Ele assentiu.

Massageei as têmporas e olhei para as sebes vastas à nossa frente. Uma brisa suave de verão soprou a minha saia na altura do tornozelo.

Estava me ocorrendo que Kane provavelmente tinha mais de cem anos. A inundação de informações daqueles últimos dias, misturada ao meu estado físico frágil, me empurrava para um colapso.

– Você está levando surpreendentemente na boa – comentou.

Eu me virei para ele, inspecionando o seu rosto jovem, a pele lisa, o maxilar firme.

– Quantos anos você tem?

Ele escondeu o sorriso com a mão e coçou a barba por fazer no queixo.

– Uns duzentos e quinze – falou, e eu fiquei boquiaberta. – Para ser sincero, parei de contar.

Chacoalhei a cabeça, tentando dar um jeito nos meus pensamentos.

– Quando foi a rebelião? Há quanto tempo você comanda o reino de Ônix?

– Abandonei o Domínio Feérico com os poucos que consegui tirar de lá há cinquenta anos. Assumi Ônix do rei da época, um monarca mais velho, sem herdeiro vivo. Parte dessa "pose", como você diz, do mistério, da ameaça, foi construída com os meus conselheiros mais próximos, exatamente por esse motivo.

– Para ninguém saber da sua aparência, nem notar que você não envelhece.

– Correto.

– E seus aliados? Rei Eryx, princesa Amelia?

– Eles sabem. Tanto da minha ancestralidade, quanto das intenções de Lazarus. Planejam lutar contra ele, por Evendell.

A lembrança da ruína iminente do continente inteiro foi como gelo nas minhas veias. Não havia para onde fugir. Não havia como salvar todo mundo.

O que quer que acontecesse, quem quer que vencesse, tantos estavam condenados a morrer.

Ele fez uma careta, como se acompanhasse os meus pensamentos.

– Não temos muito tempo. Os mercenários do Domínio Feérico estão no meu encalço, e Lazarus se prepara para a guerra – disse Kane, e engoliu em seco. – Foi um deles que a atacou na floresta.

Fiquei paralisada no meio de um passo.

– O lobo era um... mercenário feérico?

A ideia de matar uma fada me parecia uma piada de mau gosto.

– Impossível – insisti.

– Fadas muito poderosas têm a habilidade de se transformar em uma criatura. É raro, e exige uma enorme quantidade de luze. Imagino que Lazarus esteja devastado de ter perdido um mercenário de tamanho poder. Não devem sobrar nem cem no exército.

Eu me perguntei se era orgulho que via brilhar nos olhos de Kane.

– Foi aquela fera que matou o seu homem no bosque, quando você me levou junto?

– Foi. Também foi o que me "mordeu", como você disse na enfermaria – falou, sorrindo ao lembrar. – Os mercenários do meu pai têm me perseguido há meses.

Todos os ferimentos misteriosos que ninguém explicava... A mordida de Lance, a lesão de Barney naquela primeira noite...

– Matamos todos que encontramos, para impedi-los de relatar o meu paradeiro, mas há limite de quanto tempo conseguiremos afastá-los – continuou ele.

Pensar naqueles seres atrás de Kane me fez empalidecer.

– Vai piorar, infelizmente – disse ele.

Eu me preparei.

– Adivinhei que você ia dizer isso.
– O reino de Âmbar ocupou Granada.

O jardim inteiro congelou junto do meu coração. A minha família... estava lá.

– A minha família partiu para Granada. Pelo menos era o que pretendiam fazer. Você precisa me levar para lá, para encontrá-los.

A expressão de Kane se suavizou.

– Os meus espiões estão chegando perto. Assim que encontrar a sua família, vou levá-la até eles. Mas temo que Lazarus já tenha confiança para atacar. Ele tem dois exércitos mortais.

Kane segurou os meus braços. Não recuei ao toque, e ele pareceu notar, pois o seu olhar se tornou mais carinhoso. As mãos largas irradiavam calor pelo meu corpo.

– Você não pode passar nem mais um dia aqui, Arwen. O forte não é mais seguro para você, para ninguém. Ele está vindo atrás de mim. Vai ser a qualquer dia desses, sem dúvida.

Engoli em seco. Lazarus não podia capturar Kane. Todos outros pensamentos escaparam da minha cabeça, exceto por aquele: ele *não podia* capturá-lo.

– Como você sabe, Peridoto e Ônix firmaram uma aliança. Você precisa partir hoje, ir para a capital de Peridoto, a Angra da Sereia, onde ficará em segurança. Griffin vai te levar.

– Griffin? – perguntei, enjoada. – E você?

– Me encontrarei com você quando puder.

Ele me soltou, e senti saudade de seu toque como se fosse calor no pior do inverno.

– Aonde você vai?

– Acho que já deu de honestidade por hoje.

Ele tentou sorrir, mas era um sorriso que não chegava aos olhos.

– Mas agora você me contou tudo? Não tem mais segredos? Não aguento mais viver assim, Kane. Especialmente agora. Preciso saber que isso é tudo.

Ele beijou suavemente a minha testa. Cedro e hortelã fresca inundaram os meus sentidos.

– Sim.

Um peso inesperado saiu do meu peito. Semanas antes, ele me dissera que não se permitia confiar em ninguém, e que não confiava em mim. Porém, devagar, com uma lentidão insuportável, ele se abrira para mim. Saber que ele tinha mudado de ideia, especialmente para mim – que tinha me deixado compartilhar daquele fardo –, me expôs por completo.

Suspirei tão fundo que os meus pulmões doeram.

Quando viramos a mesma sebe de antes, notei uma fileira de soldados que nos aguardava. Griffin estava em posição de destaque entre eles, com uma expressão estoica.

– Agora?

A onda conhecida de pânico revirou o meu estômago. Estava morrendo de medo de deixá-lo para trás. A enormidade do que sentia por Kane me inundou como em uma enchente. Quase caí no chão. Por aquele tempo todo, eu achava que nem era capaz de tais sentimentos. Achava que Powell tinha me estragado a ponto de eu nunca chegar perto de sentir aquilo. Mas...

Kane franziu as sobrancelhas de dor em resposta à minha súplica.

– Agora, sim.

– Espere – falei, precisando controlar meu coração acelerado. – Por favor, Mari pode ir comigo?

Eu não podia deixá-la ali se o castelo fosse ser tomado.

– Vou mandar Griffin buscá-la.

Ele me observou de perto, com as sobrancelhas unidas, e algo se digladiava naquela expressão.

Eu não me importava mais com soar patética, fraca, assustada. Com o ridículo de me apaixonar por um rei fada letal e de tirar o fôlego.

– Verei você de novo? – perguntei.

Senti vontade de chorar.

Kane parecia escutar meu coração se partindo.

– Espero que sim, passarinha.

Estiquei a mão para tocar a barba escura que crescia no queixo e no pescoço. As leves olheiras. Percebi, tarde demais, que ele estava devastado.

Cauteloso, como se eu fosse um animal indomado, ele roçou a mão na minha bochecha. Notei vagamente o grupo de soldados que de repente achava os próprios sapatos extremamente interessantes.

– Preciso dizer uma última coisa.

Ele não parou de olhar meu rosto.

– Eu errei, naquele dia, ao dizer que você achava que valia menos do que seu irmão. Você fez uma escolha heroica na noite em que veio para cá. Exigiu uma coragem tremenda. Faz muito tempo que sou rei, e raramente, ou nunca, vejo algo assim, mesmo nos meus maiores guerreiros.

Meu olhar encontrou o dele através de uma nuvem de lágrimas.

– Você mostrou bravura extraordinária quando não tinha esperança de salvação. Sabendo ou não, Arwen, há uma força indomável em você. Você não precisa de Ryder, de Dagan, de mim, de ninguém para cuidar de você. Lembre-se disso. Você é suficiente.

As palavras dele eram como uma prece, ao mesmo tempo destruidoras e fortalecedoras. Estávamos a poucos centímetros de distância, e eu senti as cócegas de seu sopro na minha boca, os dedos entrelaçados no meu cabelo ainda úmido. Kane me observou de perto, franzindo as sobrancelhas, e levou a outra mão à minha cintura em um gesto hesitante. Seu olhar buscou no meu, mais uma vez, a certeza sem sombra de dúvida de que eu também queria aquilo. Esperava que ele visse que eu nunca tinha desejado nada mais em toda minha vida.

Ele suspirou, trêmulo, e, com ternura inesperada, encostou a boca na minha.

Quando os meus lábios tocaram os dele, ele soltou um suspiro gutural na minha boca, como se tivesse passado dias sem respirar. Anos, talvez. À espera daquele momento. Eu entendia. Sentir a boca dele envolver a minha, ser abraçada por ele, saber que ele sentia o mesmo... era melhor do que eu poderia sonhar.

Aquela boca era macia, molhada e ávida. Ele foi devagar, saboreando e acariciando suavemente os meus lábios, emanando arrepios para todos os meus nervos. Quando apertou os meus cabelos, apenas o suficiente para me puxar para perto, eu me avivei e gemi. Deslizei os dedos para o pescoço de Kane com delicadeza, suavidade e agonia, e um gemido escapou da boca dele também. Peguei o seu lábio inferior com os dentes e chupei – queria ouvir mais um daqueles ruídos graves, vibrantes, masculinos. Queria mais do que o ar nos meus pulmões.

Como se sentisse o meu desejo, ele aprofundou o beijo, perdendo a compostura e trocando a suavidade por algo mais faminto, muito mais desesperado. Subiu a mão da minha cintura para o meu rosto, inclinando o meu queixo para mais perto e varrendo a minha boca com a língua, até eu não conseguir conter uma exclamação, e eu jurei sentir uma risada maliciosa vibrar no peito dele encostado no meu.

De repente, acabou.

Ele recuou, de boca inchada e entreaberta, o peito ofegante, e me olhou uma última vez, com desejo suficiente para fazer fraquejar os meus joelhos já estremecidos. Senti a ausência dele como se uma cadeira tivesse sido puxada de debaixo de mim. Cambaleei pelo contato perdido e o vi partir a passos rápidos demais.

24

Eu ia ser cozida viva. O verão de Ônix era implacável, e o calor era ainda maior na carruagem abafada. Mari e eu tínhamos sido tranquilizadas por Griffin e pelos outros quatro soldados que Peridoto ficava a apenas uma semana de viagem, mas no segundo dia já parecia ter demorado muito mais que isso.

Quando perguntei a Griffin por que razão não estávamos viajando de dragão, ele disse, daquele típico jeito seco dele, que o dragão era "mais símbolo do poder de Ônix do que meio de transporte".

Mas a gente teria sentido menos calor no dragão.

Vi a paisagem de Ônix passar pela janela enquanto Mari dormia. Fiquei chocada ao perceber que sentia saudade da Fortaleza das Sombras. Talvez fosse o cheiro constante de lilás no ar, ou a biblioteca gótica com seus candelabros de ferro forjado. Gardênias na pedra. Poltronas de veludo e o sorriso de Kane.

Sentia saudade do trabalho na botica e dos rostos que provavelmente nunca voltaria a ver. Da testa franzida de Dagan. Não conseguia parar de pensar que tinha ganhado a luta contra uma criatura das fadas por causa de tudo que ele me ensinara. Eu me perguntei se um dia poderia contar a ele da minha batalha. Ele teria se orgulhado tanto... Eu nem pude me despedir.

Os momentos depois da despedida de Kane tinham passado em um borrão. Griffin mandou soldados me acompanharem enquanto eu jogava os meus poucos pertences em uma bolsa, dando voltas pelo quarto que nem um tornado. A raiz-cavada ainda estava segura comigo, e eu peguei da botica os ingredientes restantes para o preparo antes de sairmos de vez do forte.

Na primeira noite na carruagem, confessei tudo para Mari, que era mestre em se atualizar. Cobrimos o futuro perigoso do continente, a aula de história feérica, a horrenda lesão causada pelo lobo, a imortalidade e não humanidade geral de Kane, e os cantos profundamente inadequados da minha cabeça que, apesar de tudo, queriam despi-lo e lambê-lo da cabeça aos pés.

Mari não estava ensolarada como de costume, claro. Ao saber do avanço da guerra – mesmo com os detalhes feéricos omitidos –, o pai dela tinha partido para uma cidadezinha nos arredores da capital, onde buscaria a irmã e os seis sobrinhos. Mari não sabia se eles iriam encontrá-la em Peridoto, e estava tentando nem pensar no assunto.

Principalmente, porém, eu sentia saudade de Kane. Fazia apenas dois dias, e eu sabia que, menos do que sentir saudade, estava me preparando para uma saudade futura. Parecia muito improvável que ele fosse se esconder comigo em Peridoto num futuro próximo, se a guerra com o pai estava no horizonte. Um abismo se abrira no meu peito, e eu sentia que me afogava lá dentro.

A carruagem parou devagar, me arrancando do devaneio, e Mari, do sono. O sol tinha se posto, e estacionamos diante de uma pousada estranha e torta, com telhado de palha.

– Onde estamos? – perguntei pela janela.

– Nascente da Serpente, e falem mais baixo – disse Griffin, antes de amarrar o cavalo e entrar.

– Como ele é mandão – disse Mari, sacudindo os cachos ruivos que o sono bagunçara, dando-lhe a aparência de uma bainha desfiada. – Me passa os meus livros? E aquela capa? Vem, vamos logo – acrescentou, saindo para o calor abafado da noite.

Revirei os olhos.

Fazia um calor de rachar na pousada estranhamente vazia. Griffin, Mari e eu jantamos em uma mesinha bamba de madeira. Estávamos sozinhos, exceto por um homem mais velho e bigodudo e dois garotos baderneiros da região que já estavam no quinto copo da noite.

– Nesse aqui, encontrei algumas menções à sociedade feérica, mas nada sobre uma fonte de energia – continuou Mari, debruçada sobre o livro encadernado em couro ao lado do ensopado na mesa.

Ela estava maravilhada com as novas informações sobre a história das fadas, e passara todas as horas despertas da viagem dedicada à pesquisa.

– Quieta, por favor.

Griffin rangeu os dentes e massageou as têmporas. Parecia que ele não era fã de Mari. Muito menos depois de precisarmos da experiência dele com algumas questões feéricas e admitirmos que ela sabia de Lazarus e do Domínio

Feérico. Eu me perguntei se ele estava ressentido por virar babá da amada do rei e sua amiga enquanto uma batalha como aquela se aproximava.

– É, eu sei, eu sei, entender a ideia de um livro é muito difícil para você – disse Mari. – Isso aqui são *palavras* – enunciou devagar, e se voltou para mim.

Eu disfarcei a gargalhada com uma garfada de batata.

– Estou só pedindo discrição. Não era para você saber nada disso – insistiu Griffin, com um olhar significativo para mim. – E nunca se sabe quem está escutando.

Mari assentiu com a cabeça, fingindo sinceridade com os olhos castanhos arregalados e inocentes.

– É verdade. Acho que o Soneca ali atrás deve estar trabalhando para o inimigo. Mandou bem, comandante.

Griffin encarou o ensopado, provavelmente questionando todas as decisões de sua vida. Dirigi a ele o meu melhor sorriso, querendo dizer "Obrigada por trazê-la também". Ele se levantou da mesa e deixou o jantar para lá.

– Mar, por que você provoca o Griffin?

Mari voltou a olhar o livro enquanto comia uma colherada.

– É sem querer.

Olhei feio para ela.

– Enfim – continuou, abaixando a voz –, não sei por que a luze é o que mais te interessa no que Kane te contou. Aqui não tem nada sobre isso.

Caramba.

– É essa a questão. Mesmo se, por mais improvável que seja, a gente derrotar esse rei...

– Não acho que vai acontecer.

Olhei feio para ela outra vez.

– Desculpa – disse ela.

– Mesmo se acontecer, tem dezenas de milhares de mortais e fadas morando em um domínio infernal. Não é justo. E não podemos salvar as terras deles, nem trazê-los para cá, sem aprender mais sobre a luze.

Afastei meu prato. Tinha ficado enjoada e, de repente, nada me parecia pior do que aquela papa granulada e pesada.

Mari me olhou, desconfiada.

– Desde quando você se importa? Com um reino que só soube que existia há cinco dias?

Não respondi. Não sabia dizer. A sensação de desamparo me era bem conhecida. Sentia aquilo todos dias, até ir para Ônix. Porém, eu tivera de aprender a viver sem a minha família. A lutar com espadas, a ter coragem. Tinha sobrevivido ao ataque de um mercenário feérico. E Kane estava se apoiando em mim, contando comigo – ele dizia que eu era de um otimismo incansável. Apesar do desamparo, outro sentimento nascia em mim.

Talvez fosse esperança.

A colcha de retalhos era áspera ao toque, e a cama fedia a naftalina e roupa suja. Virei de lado para ver se outra posição seria mais confortável.

Não era.

O travesseiro esquentava o meu rosto por mais que eu o virasse, e o ar estagnado da pousada me sufocava. Calcei as botas e desci a escada antes mesmo de saber aonde iria.

Lá fora, o ar fresco acariciou o meu rosto. Inspirei fundo o cheiro de trigo escuro e grama podada. Eu tinha me apaixonado um pouco pelas terras bravias de Ônix. Capim-limão, lilás, lavanda. As fragrâncias doces e grudentas da minha infância pareciam enjoativas em comparação àquelas.

Enchi as minhas mãos em concha de água do poço da pousada e molhei o rosto. O som de metal me surpreendeu e, quando me virei, vi dois homens lutando ao longe. Quando um deles pediu misericórdia, minhas pernas começaram a se mexer por vontade própria.

Ainda não tinha amanhecido, então esfreguei os olhos para forçar a vista na luz tênue, buscando alguma arma para interrompê-los. Vi apenas um pedaço de pau comprido.

Teria que servir.

Corri até os homens, preparada para apartar a briga com um galho, quando ouvi uma gargalhada masculina e grave.

O suspiro que me escapou foi quase cômico.

Griffin estava sem camisa, pingando de suor, com o cabelo loiro grudado na testa. Na frente dele, um soldado cabeludo com o qual estávamos viajando o atacou. Griffin bloqueou com facilidade o golpe vindo do alto, e o acertou na cabeça com o pomo da espada.

– Ai!

– Menos papo, mais foco na distância. Você está chegando perto demais – disse Griffin.

Ele levantou as sobrancelhas ao me ver.

– Bom dia, curandeira – cumprimentou.

Griffin se esquivou do ataque seguinte e acertou a barriga do rapaz com a outra mão.

– Se eu estivesse com a adaga, Rolph, você teria morrido.

Rolph largou a espada e se jogou em um monte de feno.

– Tá bom. Morri.

– Que atitude é essa? – perguntou Griffin, mas Rolph já estava se dirigindo ao poço, certamente para beber água e cuidar do ego ferido.

– Você podia pegar mais leve com ele – falei, pegando a arma que ele soltara.

– E o que ele aprenderia com isso?

Virei a espada nas mãos.

– Podia pegar mais leve com Mari também.

A energia bem-humorada de Griffin mudou.

– Ela disse isso? Que eu pego pesado com ela?

Eu balancei a cabeça em negativa.

– Não, fui eu que disse.

Griffin murmurou, sem responder.

Eu estava sentindo saudade do aço nas mãos. Do poder que sentia ao empunhar uma espada.

– Quer fazer uma aposta?

Griffin levantou uma sobrancelha suada.

– Você tem andado demais com nosso rei – falou. – Mas, diga – acrescentou, após um momento.

– Se eu acertar você uma vez, uma só, você precisa dizer algo gentil para Mari. Um elogio genuíno.

Griffin revirou os olhos.

– Somos crianças, por acaso?

Eu sorri.

– Tá. Mas, se não acertar, eu ganho o quê?

Pensei por um instante.

– Griffin, acho que não sei nada de você. O que você quer?

– Jantar em silêncio. Se precisar ser babá de vocês até a Angra da Sereia, pelo menos que seja tolerável.

– Você é horrível. E chato.

Foi a vez de Griffin sorrir.

– Detalhes.

Antes que eu pudesse respirar, ele avançou, com a espada no ar. Bloqueei todos os golpes que consegui, mas alguns acertaram os meus braços, o meu abdômen e as minhas costas. Griffin parecia ter experiência no ensino, porque os golpes eram todos comandados com talento, vindo em plena velocidade, mas me acertando com um leve toque. O estilo de Griffin era muito mais ágil e improvisado do que o de Dagan; ele jogava a espada de uma das mãos para a outra, e pulou para escapar de um dos meus ataques baixos.

Dez minutos depois, eu mal aguentava ficar em pé.
– Tá, tá bom – arfei. – Cansei.
Griffin abriu um sorriso irritante. Soprei o cabelo que tinha caído no meu rosto igual a um cavalo chateado. Ele riu.
– Não desanime. Você é muito melhor do que eu esperava. Aquele velho foi bom professor.
– Kane te contou?
Griffin assentiu, mas havia algo que eu não entendia em seu olhar.
– Se arrume. Vamos sair daqui a uma hora.
Bufei. Lá se ia a Arwen forte, poderosa, matadora de fadas.
– Você seria até razoável, se treinasse um pouco mais. Me diga se quiser continuar praticando.
Hesitei.
– Achei que você me odiasse.
A expressão de Griffin mal mudou, mas o olhar se tornou solene.
– Não, curandeira. Eu não te odeio.
Ele suspirou e se sentou no monte de feno ao meu lado. O sol estava começando a nascer, e os lampejos de luz destacavam fios dourados no cabelo dele.
Um pensamento me ocorreu, uma dúvida que eu tinha havia meses.
– Por que você correu atrás de Kane naquele dia na enfermaria? Ele não era um prisioneiro perdido, afinal.
Um sorriso de pesar repuxou o rosto do comandante. Ainda era estranho vê-lo sorrir.
– Ele precisava ser tratado, mas ainda não queria te contar quem era. Discutimos por causa isso – disse Griffin, tensionando o maxilar ao lembrar. – Ele fugiu de mim.
Deixei escapar uma gargalhada.
– E você *correu atrás* dele?
O sorriso de Griffin se foi.
– É o meu trabalho proteger o rei. Você é... – ele coçou o queixo, procurando as palavras – Perigosa para ele.
Bufei.
– Até parece. O grande Kane Ravenwood, derrubado por Arwen, de Abbington. Que medo.
Griffin se levantou.
– Não é piada. Ele não pode ter uma fraqueza sequer para enfrentar Lazarus, mas você é uma fraqueza. Nada é mais perigoso para Evendell.

À noite, após outro trajeto sufocante na carruagem, nos sentamos em uma pousada diferente. Essa pertencia a uma família fofa e rechonchuda, e tinha um cheiro forte de porco assado.

O jantar foi um evento constrangedor. Enquanto o resto dos guardas bebiam cerveja e contavam histórias ao redor da lareira apagada da pousada – porque estava quente demais para uma chama sequer –, nós três ficamos em silêncio agressivo, mexendo na comida. Mari estava frustrada, para dizer o mínimo, por eu ter apostado um jantar silencioso. Para convencê-la a cumprir o trato prometi que lhe daria três livros novos quando chegássemos a Peridoto.

O silêncio era cortante, mas os olhares entre os meus dois companheiros de jantar eram ainda piores. Mari encarava Griffin com a fúria de um gato escaldado. Griffin incorporava a sua calma arrogante, o que enfurecia Mari ainda mais.

Os minutos se arrastaram em ritmo torturante. Comi o mais rápido possível. Mari encarou Griffin até a raiva parecer se transformar em algo diferente. Ela desviou o olhar, e a paz dele virou desconfiança.

Nem ousei perguntar o que estava acontecendo.

De repente, Mari ficou toda vermelha e olhou para a comida. Parecia que o porco mal cozido se tornara fascinante naquele minuto. Olhei do meu prato para o dela, mas não vi nada notável.

Voltei a olhar para Griffin. Ele observava os olhos castanho-chocolate de Mari com uma expressão de remorso.

Ele pigarreou.

– Seu cabelo é radiante. Como o sol após a tempestade.

Mari ficou de queixo caído, e Griffin se levantou abruptamente, batendo na mesa com as pernas compridas e fazendo os talheres pularem. Pela segunda noite seguida, ele abandonou o jantar mais cedo.

– O que... foi isso? – perguntei.

Ela parecia ainda mais chocada do que eu.

– Não faço ideia – disse Mari, pela primeira vez desde que eu a conhecera.

Talvez fosse a primeira vez na vida. Ela passou um dedo pelos cachos, distraída, e voltou a comer.

25

Eu sabia que tínhamos chegado à costa antes mesmo de abrir os olhos. A brisa salgada entrou pela janela da carruagem, e a temperatura baixou em uns dez graus.

– Ah, graças às Pedras – murmurei, com a boca ainda seca de sono.
– Arwen, levanta!

A voz de Mari soou distante. Entreabri um olho e a vi encostada num lado da carruagem, com a cabeça para fora, forçando a vista contra o sol forte.
– Como é lindo – comentou.

Não contive o meu sorriso antes de me enfiar ali ao lado dela.

O meu coração brilhou no peito, combinando com o sol forte lá fora.

Peridoto era mais verdejante e estonteante do que eu jamais imaginaria. Mais uma vez, fui atingida em cheio pelo peso de quão pouco eu conhecia de Evendell.

O castelo que se estendia à nossa frente, no topo da colina mais alta, lembrava um rancho. Vigas de bambu, um portão grande de palha e quilômetros de terras exóticas e cheias de texturas se espalhavam para todo lado. O cheiro de água salgada e jasmim-manga chegou até mim enquanto eu notava as vacas, os cavalos e as cabras. Colinas verde-vivas ondulavam além do portão do castelo como o próprio mar, todas salpicadas de flores tropicais. Eu teria que pesquisar o nome delas também.

A cidade em si se abria para além da fortaleza, adentrando as árvores e colinas, cada vez mais densa, até eu precisar forçar a vista para enxergar. Era como se a Angra da Sereia fosse protegida pelo forte do rei, e não o contrário. Pelo que eu via, a cidade lembrava mais a minha casa em Abbington do que eu esperava de uma capital agitada. Fumaça escapava dos telhados de palha, galinhas e cavalos cacarejavam e relinchavam. Famílias, crianças e mulheres carregando baldes e cestas andavam pelas ruas.

A vista mais espetacular estava muito mais próxima, à minha direita na carruagem. Descendo alguns quilômetros da moradia real estava a praia.

As docas de Abbington eram, no melhor dos casos, um ponto de encontro sujo e fedido para pelicanos e madeira podre. Barcos e navios de todo tipo e tamanho enchiam o porto, e pescadores desdentados ocupavam o que restava de espaço. Eu e os meus irmãos andávamos por quarenta minutos para um mergulho gelado e voltávamos ao entardecer, de costas para o sol cintilante que derretia na marina, com as pernas doloridas e bronzeadas, fedendo a salmoura e truta.

Aquilo ali era inteiramente diverso. A baía em forma de lua crescente, protegida por penhascos baixos de pedra, estava cheia de ondas esmeralda quebrando na praia de areia macia e rosada. Uma floresta densa e úmida crescia do outro lado dos penhascos, repleta de árvores espinhentas que eu nunca vira. Uma brisa fresca, misturada a ar úmido, fez cócegas na minha pele. Eu queria mastigar aquela atmosfera.

– Vamos – disse Mari, me puxando da carruagem assim que paramos.

Seguimos os soldados na direção do castelo.

Fiquei menos feliz do que esperava ao ver a princesa Amelia. O cabelo loiro-branco descia em cascatas pela roupa frouxa. Uma faixa de tecido bege cobria seu peito, mas exibia a pele bronzeada e tonificada da barriga. A saia, do mesmo material esvoaçante, descia da cintura baixa até o chão.

Ela tinha um corpo incrível, e o pano translúcido o exibia para qualquer pessoa em um raio de dez quilômetros. Entre vê-la paquerar um ex-casinho seu para uma aliança e sentir a língua de Kane na minha boca, eu decidira que ela era minha inimiga. Ou talvez algo um pouco menos dramático. Mas só um pouco.

Ao lado dela estava seu pai, o rei Eryx. Ele tinha o mesmo cabelo pálido, os mesmos olhos cor de âmbar quente e brilhante. Lembravam girassóis, assim como os da filha.

– Bem-vindo, comandante Griffin – declarou Eryx, ribombante.

Griffin fez uma reverência, e o restante de nós seguiu a deixa.

– Comandante – cumprimentou Amelia, com carinho.

Ele fez outra reverência, pegou a mão dela e a beijou.

Eryx parecia bem satisfeito com a interação.

– Ainda esperando por uma esposa, meu caro comandante?

Amelia revirou os olhos, com tanto veneno que até eu recuei. Griffin, porém, calmo como sempre, nem corou.

– Ando um pouco ocupado com a circunstância atual, Vossa Majestade.

Eryx abriu um sorriso simpático e riu com malícia.

– Entendi. Acho que falo por todos ao declarar nossa gratidão por sua dedicação. Quando derrotarmos aqueles miseráveis de Âmbar, garanto que a minha querida Amelia ainda estará aqui, à espera. Como sempre.

Quase fiquei vesga de vontade de revirar os olhos. Não gostava especialmente de Amelia, mas também não me agradava o pai a oferecer assim, como se fosse gado.

– Ela pode até ser difícil, mas acho que o título de princesa de Peridoto deve compensar.

A gargalhada úmida dele virou tosse, e o sorriso neutro de Griffin nunca chegou ao olhar.

Pelo canto do olho, vi Mari com uma expressão tensa. Sem mais gracejos – se é que poderíamos chamar assim a oferta indecorosa de Eryx –, fomos conduzidos para dentro do palácio arejado, e Griffin seguiu Eryx por outro corredor.

A princesa não cumprimentou nem a mim nem a Mari antes de desaparecer.

– Ela é irritante, né? – cochichou Mari.

– Você nem imagina.

Fomos conduzidos aos quartos que nos hospedariam durante nossa estadia de tempo indefinido. Fiquei boquiaberta a nível teatral diante do vasto piso de teca e da cama de dossel. A brisa, vinda das enormes janelas com vista para a baía turquesa cintilante, fez os meus cabelos esvoaçarem. Um pássaro exótico, de asas escarlate, estava empoleirado no parapeito.

Eu me espreguicei nos lençóis de algodão branco e macio e gemi de alívio. Nada de pousadas, nada de calor sufocante. Talvez finalmente tivesse uma boa noite de sono.

Mas ainda não podia descansar. Tinha prometido três livros para Mari, e pretendia cumprir a promessa. Além do mais, estava animada para conhecer a biblioteca de Peridoto. A biblioteca da Fortaleza das Sombras já era espetacular, mesmo que fosse apenas um posto militar. Aquele era o palácio da capital de Peridoto, Angra da Sereia. Talvez a biblioteca ficasse em uma lagoa.

Caminhei pelo castelo. Cada centímetro era decorado por vinhas, almofadas ou miçangas delicadas. Perguntei a um dos criados que espanava uma espreguiçadeira de lona o caminho da biblioteca. Era estranho ter passado a vida como aldeã em um pequeno vilarejo, mais alguns meses como prisioneira e agora ser hóspede da realeza.

O som das ondas quebrando na Baía da Sereia me seguia aonde quer que eu fosse, como uma canção de ninar agradável. Empurrei a porta de bambu e passei por alguns soldados de Peridoto, sem camisa, mas de calças e capacetes de armadura. Eles tinham o tronco e os antebraços cobertos por tatuagens de padrão elaborado, combinando com as lanças compridas.

A biblioteca era simples, repleta de livros coloridos e pergaminhos, e tinha uma lareira quente no centro da sala, cercada por almofadas brancas. Porém, o destaque não era a lareira e os poucos leitores aconchegados a seu redor – era a imensa varanda, com vista para a baía imaculada. A água calma e cristalina banhava a orla. À esquerda, vi pelo menos quinze navios gigantescos, com o selo verde de Peridoto estampado nas velas. O sol estava baixo no céu, refletido em raios reluzentes nas ondas.

Eu não sabia como tinha vivido vinte anos sem ver um mar daqueles, nem como passaria mais um dia sem vê-lo. O sol cintilante, as cores, as texturas e as ondas... mal acreditava que era verdade. Estar no limite do continente era ao mesmo tempo libertador e completamente apavorante. Porém, por mais apavorante que fosse, meu pânico de sempre não se manifestara.

Dar as costas à vista foi difícil, como desemaranhar hera de um tronco. Por fim, consegui seguir para a seção indicada como "Mitologia", e tirei de lá três livros: um de lendas feéricas, um grimório, e um sobre a alimentação de vários tipos de criaturas híbridas. Eu conhecia minha amiga.

Além do mais, depois de tudo que Kane me contara, eu também queria entender melhor de fadas. Para dar um jeito de vencer o pai, ele iria precisar de toda a informação possível. Tentei não pensar na probabilidade de ele derrotar a última fada puro-sangue viva, sendo que tinha perdido de modo tão terrível meros cinquenta anos antes.

Antes de sair, voltei para a seção indicada por "Horticultura" e peguei um livro com o título *Flora de Evendell por reino*. Esse era para mim.

Deixei os livros na porta do quarto de Mari, pois lembrei que ela queria tirar um cochilo antes de jantar, e voltei para o meu quarto. Uma batida na porta me fez levantar antes mesmo de acabar de me aconchegar sob os lençóis macios para o meu próprio cochilo.

– Entre.

A princesa Amelia entrou no quarto e sentou-se na cama. Eu me atrapalhei, querendo sentar-me educadamente ao lado dela, e tentei fazer uma reverência. Não deu certo.

Ela me olhou com dó.

– Não precisa... disso aí. Trouxe roupas para o jantar de hoje.

Ela me entregou um vestido parecido com o que usava. Tecido muito transparente, azul-claro. Parecia que não ia cobrir muita coisa.

– As roupas tragicamente escuras e pesadas de Ônix não vão servir aqui – acrescentou.

– Obrigada, Sua Alteza – falei. – Devo perguntar: a princesa sempre entrega roupas aos hóspedes pessoalmente?

Eu não sabia o que me fazia ser tão sarcástica. Não confiava naquela mulher. Muito menos com aquele tratamento todo gentil.

Ela abriu um sorriso recatado que não chegou aos olhos.

– Sei que você acha que sou sua inimiga, Arwen. Que estou tentando seduzir seu rei, ou tirá-lo de você, ou qualquer probleminha desses com os quais você se preocupa. Não chega nem perto da verdade. Na realidade, quero oferecer um conselho. De mulher para mulher.

Como uma criança que levava uma bronca, abaixei o olhar para os meus dedos entrelaçados. Não ousei comentar que sabia que ela já tinha seduzido o rei inúmeras vezes. Não sabia para quem aquela conversa seria mais desagradável, se para ela ou para mim. Ela encostou um dedo comprido, adornado por joias, no meu queixo e ergueu meu rosto.

– Kane Ravenwood não foi inteiramente sincero com você.

Eu pestanejei duas vezes.

– Rogo para que você não aja com o coração – continuou –, e sim com a mente e o espírito. Você parece uma moça inteligente. Não se engane tão facilmente pelos encantos dele.

Antes que eu pudesse dizer que sabia mais do que ela imaginava dos segredos dele, ela se levantou e saiu do quarto, fechando a porta com cuidado.

Fechei a boca com força, e irritação ferveu dentro de mim.

Ela estava redondamente enganada. Alguns dias antes, eu teria concordado sem hesitar. Porém, Kane finalmente se abrira para mim, e compartilhara comigo seus segredos mais sombrios, assim como eu fizera com ele. Talvez Amelia sentisse ciúmes, ou talvez estivesse sinceramente tentando ajudar. De qualquer modo, não fazia diferença. Eu nem imaginava se e quando voltaria a vê-lo e, enquanto estivéssemos separados, não permitiria que a minha fé nele fosse abalada.

Olhei para os retalhos que a princesa chamara de *roupa*. Eu não era magra como ela, e não queria expor tanto o meu corpo. Mas me despi completamente e vesti aquele pano azul. As tiras translúcidas e cintilantes davam a volta no meu pescoço e na cintura em ângulo baixo, expondo meu ventre, e acabavam se acumulando no chão feito creme derretido. Eu nunca vestira tão pouca roupa fora do quarto.

Olhei para o espelho, esperando vergonha, mas, na verdade, senti uma onda de poder; até que eu estava bonita.

Prendi o cabelo no alto da cabeça com uma fita preta. Dava para tirar uma garota de Ônix, mas não...

Minha porta se abriu com um rangido e eu me virei, esperando ver Mari ou Amelia.

Em vez disso, dei de cara com Kane, atordoado.

– Caralho – ele grunhiu.

Fiquei tão chocada de vê-lo, que fui ainda menos eloquente.

– Oi?

Kane pigarreou.

– Olá – disse ele, corado. – Você está tão... Quer dizer, muito... Olá.

Ele franziu as sobrancelhas, como se nem soubesse o que saía da boca.

Ele estava ali.

Em Peridoto.

Vivo, e feliz de me ver. Senti meu rosto esquentar.

– Muito olá para você também.

Eu o puxei da porta para dentro e subi na ponta dos pés para dar um beijo em sua bochecha. Ele tinha feito a barba, e a pele lisa estava quente sob a minha boca.

– Quando você chegou? – perguntei, sem reconhecer a minha rouquidão.

Ele apertou a minha cintura com força, mas me manteve afastada.

– Agora há pouco. Preciso te mostrar uma coisa.

Fiquei com a cara no chão.

– Agora?

Kane parecia capaz de quebrar pedra com aqueles dentes.

– Acredite ou não, sim.

Ele me puxou pela mão, e descemos a escadaria de madeira que levava ao salão principal. O ambiente cheirava a peixe recém-grelhado e frutas cítricas. Minha barriga roncou. Estávamos cercados de nobres e comandantes de Peridoto, e pensei, distraída, que provavelmente deveria soltar a mão do rei.

Até que eu os vi, e todos outros pensamentos desapareceram.

26

Apenas um pouco abatidos, e usando roupas de Granada que eu nunca imaginaria neles, ali estava a minha família! Mamãe, Leigh e Ryder estavam sentados ao redor de uma mesa de madeira, com Griffin e Mari, rindo e comendo. Contorci o rosto, incapaz de controlar as lágrimas.

Corri até eles e me joguei primeiro em Leigh.

– Que...

Quando ela percebeu que era eu, soltou um gritinho. Minha irmã me envolveu com seus bracinhos, eu só fiz chorar ainda mais. Depois, eu teria tempo para examinar cada dedinho e provar para mim mesma que ela estava mesmo bem.

– Senti tanta saudade. E te amo, mas não consigo respirar!

Eu a soltei, mas apenas para olhar bem o seu rosto. Ela estava mais magra do que da última vez que a vira, mas sorria para mim, e a expressão iluminava o rosto esmaecido.

Olhei em seguida para Ryder, que correu para me pegar no colo.

Quando me soltou, fez uma careta para minha roupa.

– Que estilo absurdo.

Eu ri, apesar do olhar marejado, e apertei mais o braço.

– Obrigada – falei e, ao me afastar um pouco, mantive a voz baixa. – Você cuidou delas.

– Claro que cuidei. E *você*, fez o quê?

– É uma história muito longa.

Em seguida, fui até a minha mãe. Ela não estava tão bem quanto Leigh e Ryder. Os meses a tinham envelhecido, e ela parecia frágil e cansada. Eu me agachei e a abracei.

– Nem acredito. Achei que nunca a veria outra vez – arfou ela.

O meu coração se ergueu no peito como o sol após a tempestade. Brilhante, reluzente e límpido. Eu a abracei mais ainda.

– Eu sei – falei. – Me desculpa.

Ficamos abraçadas por tanto tempo que perdi a conta. Quando senti dor nas costas, a soltei e me sentei à mesa.

Procurei Kane, e o vi sair do salão com Amelia e Eryx. Corri atrás deles, corajosa de alegria e incredulidade.

– Ei! Espera!

Alcancei Kane e o puxei pela camisa, secando os olhos com a outra mão.

– Aonde você vai? – perguntei.

Amelia, ao lado do pai, me olhou com interesse cínico, mas eu nem dei atenção. Não ali. Não quando Kane me olhava com tanto carinho, e o meu rosto chegava a doer de tanto sorrir.

– Achei que você quisesse ficar a sós com eles. Tenho que resolver umas coisas aqui antes de ir embora.

– Precisamos cuidar das estratégias de guerra, Lady Arwen – disse Amelia com desdém escorrendo da voz e das feições rígidas.

– Ah, é claro – falei, e me virei para Kane. – Obrigada por nos reunir. Nunca vou conseguir agradecer o suficiente.

– Eu falei que faria isso – disse ele, com os olhos brilhantes.

– E como vocês chegaram rápido assim? De Granada?

Ele inclinou a cabeça, como se preparado para responder à pergunta com outra pergunta.

– Dragão? – perguntei, como se fosse completamente normal.

Ele sorriu um pouco.

– Isso.

Em seguida, se afastou um pouco dos anfitriões e acrescentou:

– Nem sei quem vibrou mais, se foi sua mãe ou a pequena.

– E Ryder?

– Acho que ele vomitou.

Soltei uma gargalhada barulhenta, e Kane sorriu de enrugar os olhos.

– Quando você vai embora? – perguntei.

Ele voltou a se aproximar de Eryx.

– Amanhã de manhã.

– Entendi – falei. – Bem, até reis ocupados em guerra precisam comer. Quer se sentar com a gente? Provavelmente seria o maior choque da vida da minha mãe.

Sorri para ele.

O charme lupino de costume não estava presente, mas ele também não parecia triste. Resignado, talvez, o que fazia sentido. Eu entendia a severidade da situação. Porém, nada acabaria com a felicidade de reencontrar a minha família.

Ele olhou de relance para Amelia e Eryx, dois rostos igualmente irritados. Em seguida, se virou para a mesa iluminada por velas onde estava minha família, Mari e o comandante.

– Claro – falou.

O jantar foi fascinante.

Eu dei para minha mãe o preparo de raiz-cavada que fizera durante a viagem e, embora ela não amasse o gosto, aparentou estar mais animada ainda durante a refeição.

Apesar do desconforto inicial da minha família com a presença do rei sombrio, Kane se comportou perfeitamente, e eles foram se acostumando a presença dele, um a um. Primeiro Leigh, é claro – era uma garota valente. Depois mamãe, que tinha muitas perguntas para Kane. "Como é carregar o peso de um reino em seus ombros solitários?" ou "As mortes que causou pesam em sua consciência todos os dias?" Não era uma conversa muito agradável para o jantar. Tentei transmitir o meu incômodo com um contato visual incessante.

Pelo menos, a abordagem dela era mais simpática do que a de Ryder. Ele tinha nos observado voltar à mesa com uma expressão estranha, e não se acalmara desde então. Interrompeu a pergunta seguinte da minha mãe com uma dúvida própria.

– Então, rei Ravenwood – perguntou, segurando um pãozinho –, como fez amizade com minha irmã?

Olhei com irritação para ele. Não tinha gostado da ênfase que ele colocara na palavra "amizade".

Kane abriu aquele sorriso de lobo típico. Fiquei uns oito tons mais vermelha só de expectativa.

– Ela se ofereceu como curandeira do meu forte em troca do dinheiro que você roubou. Talvez você deva a ela um agradecimento.

Foi a vez de Ryder ficar vermelho.

– Vossa Majestade, foi um simples caso de vida ou morte. Teria feito o mesmo por sua família, ou não?

– Não tenho família, então não sei – disse Kane, leve.

Uma pontada de tristeza vibrou no meu peito. Provavelmente vendo a minha expressão, ele acrescentou:

– Mas vou acreditar em você.

– *Malditas Pedras* – murmurou Ryder, baixinho, e se encolheu.
– Olha essa boca! – sibilou mamãe.

Não segurei o sorriso. Até do recato ridículo dela eu tinha sentido saudade.

Mari também tinha muitas perguntas. Principalmente sobre Abbington, e o que as pessoas pensavam de Ônix. Leigh adorou minha nova amiga imediatamente. As duas pareciam uma dupla de comédia: terminavam as frases uma da outra e riam loucamente de coisas que mais ninguém achava engraçadas.

– Na verdade, isso me lembra outra coisa – Mari disse para a minha mãe. – Como era...

– Você vai fazê-la engasgar com o peixe. Deixe a senhora comer em paz.

O tom de Griffin foi até agradável, mas Mari lançou para ele um olhar fulminante.

– Mil perdões, comandante. Esqueci do seu talento para o diálogo. Quer elogiar o cabelo dela? – perguntou Mari.

Uma gargalhada me escapou em um espasmo, e eu quase cuspi mamão pela mesa toda. Apertei o braço de Kane no meio do ataque de riso. Ele precisou segurar a risada ao ver o meu escândalo. Pelo canto do olho, notei que Ryder levantava a sobrancelha diante daquele momento. Soltei a manga do rei imediatamente.

– Não se preocupe, Ruiva, acho que ela gosta de ser entrevistada. Não gosta, mãe? – disse Ryder.

A minha mãe sorriu e fez menção de falar, mas Griffin a interrompeu.

– Não sei, *Ruiva*, acho que é só gentileza do moleque.

Mari bufou, e Ryder sorriu para Griffin, mas não havia bom humor nos seus olhos.

– Se eu sou um moleque, o que é o senhor, comandante?

– Um homem – disse Griffin, comendo, já de saco cheio da conversa.

– Me enganou muito bem – retrucou Ryder, causando mais um ataque de riso em mim e em Mari.

Olhei para a esquerda e vi Kane e Leigh no meio de uma conversa animada. Ela explicava algo para ele com expressões agitadas e gestos complexos. Kane, felizmente, acompanhava com atenção, o queixo apoiado na mão, acenando com a cabeça em resposta.

Admirei aquele grupo estranho à minha frente e senti que o meu coração ia explodir. Estar com todos juntos era ainda melhor do que eu imaginava.

Quando acabou o jantar e estávamos todos empanturrados, de barriga cheia de rum e carboidrato, dei a volta na mesa para ajudar minha mãe a se levantar da cadeira. Para a minha surpresa, ela se ergueu com facilidade.

– Mãe! – exclamei, sem nem tentar esconder o meu espanto.

De início, ela se mexeu devagar, até que encontrou o equilíbrio e caminhou como antigamente. Devagar, mas firme. Elegante, até. Leigh e Ryder a observaram, maravilhados. Senti mais lágrimas me arderem nos olhos. Eu devia estar batendo os recordes de choro de felicidade.

– Arwen... Não tenho nem palavras.

– Nem eu. Como você está se sentindo?

– Melhor. Menos confusa.

– Então não foi só um delírio de quando você estava com febre – disse Kane.

Eu me virei bruscamente para ele, cujos olhos lembravam estrelas.

– Não – sussurrei.

O que eu tinha feito naquela noite no bosque era de uma burrice inacreditável. Porém, não havia recompensa maior do que a expressão da minha mãe naquele momento.

– Do que ele está falando? – perguntou minha mãe, levantando a sobrancelha.

– Nada. Vou te acompanhar até o seu quarto.

Eu me virei para Kane, mas ele leu os meus pensamentos.

– Procuro você antes de ir embora. Aproveite a sua família por hoje.

Fiz que sim com a cabeça, agradecida.

Enquanto subíamos a escada, a minha mãe se virou para mim.

– Então você anda dormindo com o rei. Que novidade!

– Mãe! – exclamei, mas não consegui esconder o sorriso.

Ela riu.

– É só brincadeira. Mas ele nitidamente gosta muito, muito de você.

Senti o puxão já conhecido no peito.

– Não estamos fazendo nada disso – falei, e dei o braço para ela, entrando no corredor iluminado por tochas. – Mas também gosto dele. Ele tem sido gentil comigo desde que cheguei em Ônix. Apesar de tudo, do que está em jogo. Bem... – acrescentei, repensando as palavras. – Quer dizer, gentil no modo dele.

Mamãe riu e deu um tapinha na minha mão.

– Ele parece muito carinhoso, debaixo das camadas todas de rabugice.

Foi a minha vez de rir. Kane ia adorar o comentário.

– Os meses não foram fáceis, mas tinha alguns lados bons. Você adoraria as flores nos jardins da Fortaleza das Sombras. Têm as cores mais estranhas que já vi.

Ela abriu um leve sorriso antes de parar de andar, a poucos passos do quarto.

– Arwen, quando Ryder voltou para te buscar e viu o... o sangue, pensamos no pior. Mal conseguia dormir, sabendo que tínhamos deixado você voltar – falou, pegando minha mão. – Mas estou muito, muito orgulhosa de você, filha.

Apertei a mão dela e franzi a testa.

– Por quê?

– Quando o rei nos encontrou em Granada, nos contou o que você fez por Ryder. Por todos nós. Pelas pessoas que curou no posto avançado de Ônix. Eu não fazia ideia de onde você estava, e se ainda estava viva. Mas parte de mim soube, o tempo todo, que você ficaria muito bem sozinha. Que talvez fosse necessário. Temo ter protegido você demais. É que sei como este mundo pode ser sombrio.

Pensei rapidamente em Bert, na fera-lobo, nas mentiras de Halden.

– Eu agradeço. Se soubesse o que me esperava, talvez nunca tivesse me dado a oportunidade da coragem.

A minha mãe abanou a cabeça e me abraçou.

– É muita sorte minha ter você como filha. O mundo é um lugar melhor quando é visto pelos seus olhos.

Foi como voltar para casa, encostar a cabeça no seu ombro e sentir as suas mãos carinhosas nas minhas costas.

– Acho que puxei a você – murmurei.

– Minha menina querida. Não deixe ninguém tirar isso de você. Essa luz brilhante que tem por dentro.

Fiz que sim com a cabeça encaixada entre o seu ombro e o seu pescoço, e o zumbido noturno de grilos e cigarras servia de ninho para o nosso abraço. Entre tudo que se desenrolava – entender que provavelmente passariam meses, talvez anos, sem ver Kane, o conflito crescente com um rei das fadas –, eu não tinha percebido o quanto precisava da minha mãe. Não queria soltá-la nunca.

Ela me apertou mais e disse:

– Acho que amanhã vou nadar na baía. Que tal?

Uma lágrima escorreu pelo meu rosto e caiu no vestido dela.

– Acho uma ideia maravilhosa. Vou com você.

27

Esperei até não conseguir mais manter abertos os olhos pesados. As velas que tinha acendido já estavam derretidas, os pavios engolidos por poças que inundavam o quarto em tons de azul e preto. Achei que Kane fosse me visitar antes de partir pela manhã, mas ele ainda não tinha aparecido, e tentei não sentir uma mágoa incômoda. Eu não era criança. Ele era um rei a caminho da maior guerra que eu já conhecera, e o pior ainda estava por vir.

Ele tinha compromissos mais importantes do que se despedir de sua... de mim.

Eu não sabia bem o que era para ele.

Definitivamente não éramos amantes, mas também não era uma simples amizade.

Vesti a camisola e deitei sob a coberta. O sono foi um remédio bem-vindo, me arrastando para a névoa do descanso, distante de pensamentos emocionalmente complicados.

Acordei sentindo o cheiro conhecido de abeto, e a surpresa deu lugar ao calor que brotou em mim quando aconcheguei o rosto no peito de Kane.

Ele estava ali, na minha cama.

Eu me aninhei ainda mais.

Nunca tínhamos ficado abraçados assim, exceto, talvez, quando eu estava morrendo – o que, na minha lembrança, não era nada romântico. Aproveitei para sentir as mãos fortes nas minhas costas, me aconchegando.

– Que gostoso – murmurei.

– Ahãn – respondeu ele, ao pé do meu ouvido, e desceu a mão suavemente pelas minhas costas.

Os meus mamilos ficaram duros, os seios cheios e retesados sob o tecido sedoso da camisola.

Quando ele roçou meu cóccix eu estremeci, e uma gargalhada grave vibrou em seu peito. Recuei um pouco para olhá-lo. O corpo ao meu lado parecia lânguido, mas ele ofegava tanto quanto eu, e o desejo enchia seus olhos como piscinas sem fundo.

– Achei que você não viria – falei.

– Não perderia isso por nada.

Ele afastou uns fios de cabelo do meu rosto e passou a mão pela minha coxa nua, o toque áspero e quente botando fogo em mim. Eu queria devorá-lo, senti-lo por inteiro. Queria aquilo fazia muito, muito tempo, e cada minuto em que ainda estávamos vestidos era uma tragédia.

E aquela suavidade extraordinária ia me matar.

Concentrei o olhar nos seus lábios carnudos e entreabri a boca, sem fôlego.

Ele se aproximou, passando a mão preguiçosamente pela minha coxa, subindo minha camisola bem aos poucos. A boca estava tão perto...

Tão perto...

Porém, quando roçou meu quadril, ele recuou, com a mandíbula tensa e as pupilas arregaladas.

– O que foi? – arfei.

– Você... não está usando nada por baixo da camisola.

Eu corei, sentindo o rosto ainda mais quente do que o restante do corpo.

– Não.

– Por que não?

Uma risada me escapou diante da confusão dele.

– Normalmente durmo assim. Sei lá. Quer que eu me vista mais?

Ele soltou uma gargalhada pesada e cruel e rolou na cama para se deitar de barriga para cima, o braço cobrindo os olhos. Suspirou profundamente, com dor.

– Está tudo bem? – perguntei, sem fôlego e confusa pela mudança no clima.

– Não, de jeito nenhum. Na verdade, estou perdendo um pouco a linha.

Eu me arrastei para mais perto dele, ainda respirando com dificuldade, e dei um único beijo suave no seu pescoço quente. Bálsamo e couro invadiram os meus sentidos, e soltei um murmúrio leve sobre a pele dele.

Um gemido, rouco e gutural, escapou dele quando se levantou, saindo da cama de vez.

Eu me sentei e levantei a sobrancelha, em dúvida quieta.

– Você não quer mesmo isso? – perguntei, um pouco tímida.

– Você sabe que quero – disse ele, rangendo os dentes. – Mais do que já quis qualquer outra coisa.

– Então não prefere que eu me deite com outra pessoa?

Eu estava brincando, mas ele avançou com os olhos ardentes. Parecia capaz de esmagar montanhas.

Segurei a língua.

– Arwen, você não...

Ele se esforçou para falar, apesar das palavras parecerem doer na boca dele.

– Você não é *minha* – continuou. – Não me pertence. Pode passar o tempo com quem quiser. Espero apenas que tratem você com o respeito que merece, e eu tentarei, todo dia, não pensar em arrancar o coração ainda vivo de quem quer que seja.

Tentei esconder o sorriso. Eu amava imaginar o ciúme de Kane. Sabia que era algo meio perturbado, mas aquela fúria mal contida me dava calafrios.

Que rei bobo... até parece que existira outra pessoa para mim.

– Você já pensou nisso?

Ele levantou a sobrancelha.

– Em você com outro homem? Prefiro arrancar os meus olhos.

Eu gargalhei.

– Não, em como seria. Entre a gente...

– Ah, é claro.

A voz dele abaixara, tornando-se um grunhido grave. Era o som mais profundamente erótico que eu já tinha escutado. Ele se aproximou.

– Desde aquele dia em que voltamos juntos do bosque, é difícil pensar em outra coisa. Toda noite, eu me esfolo só de pensar nas suas pernas compridas, nos seus peitos perfeitos, na sua risada gostosa.

Ele levantou um fio do meu cabelo, que esfregou entre os dedos.

– Imagino você montada em mim e me acabo mais rápido do que gostaria de admitir.

Eu já estava arfando, resistindo à vontade de passar a mão entre as pernas e aliviar a tensão que crescia em mim. Ele parecia ler o desejo lascivo nos meus olhos, porque suspirou, um som pesado e carregado, soltou meu cabelo e andou até a cadeira do outro lado do quarto.

Ele parecia triste. E exausto.

– Arwen, eu vim me despedir – falou, como se tentasse convencer a si, e não a mim.

– Eu sei.

– E isso... – disse, apontando a cama. – Não seria uma despedida muito justa.

Bufei e cruzei os braços.

– Não precisa me tratar como uma menina. Sou uma mulher adulta, posso decidir sozinha.

Ele hesitou e passou a mão pelos cabelos.

– Estava falando de mim. Sou um babaca egoísta, esqueceu? Ter você e... ir embora. Me mataria.

– Ah – falei, meio boba. – Talvez não tenha que ser uma despedida.

– Nosso acordo acabou. Você está em segurança e tem a sua família de volta. Sua mãe está melhorando. É tudo que eu poderia desejar para você. Posso dar dinheiro suficiente para vocês viverem longamente aqui, com saúde. Tudo que eu faria seria colocar você em perigo.

Eu sabia que ele estava certo. Eu e a minha família poderíamos ter uma vida de verdade ali na Angra da Sereia, uma vida feliz. Imaginei com uma perfeita clareza: as galinhas e as vacas de Leigh; a minha mãe, finalmente saudável, cozinhando e dançando na cozinha, como antigamente. Ryder continuaria a trabalhar com marcenaria. Eu ainda serviria de curandeira, mas talvez um dia abrisse uma floricultura tropical. Talvez Kane nos visitasse de tempos em tempos. Poderíamos compartilhar noites assim, enroscados sob o luar clandestino até ele partir antes do amanhecer, chamado pelo reino. Até, um dia, eu construir uma vida com outra pessoa. Com alguém...

Como eu poderia desejar mais do que isso? Mais do que a segurança para mim e a minha família?

Mas eu desejava.

Eu o desejava. Por inteiro. O tempo todo. Para sempre, de preferência. A realidade dos meus sentimentos me atingiu com a força de um maremoto, quase me sufocando.

– O nosso acordo – repeti. – Por que você me fez ficar no forte? Não foi só para curar os soldados, ou para pagar uma dívida. Era só porque queria a minha companhia?

Kane coçou os olhos.

– Agora já não faz diferença.

Ele se levantou da cadeira para ir embora. Senti uma onda de pânico incontido. Seria o meu último momento com ele? Não podia acabar assim.

Eu me levantei da cama e corri para interceptá-lo antes de ele alcançar a porta, o meu coração trovejando até os ouvidos.

– Não vá embora – sussurrei.

Seu olhar era um castigo.

– Arwen, não podemos.

Porém, ele não fez menção de passar por mim, então subi na ponta dos pés e peguei o seu rosto com as mãos suaves.

– Sei que você disse que não sou *sua*. Mas... Eu quero ser – falei, e engoli em seco. – *Quero ser sua*, Kane.

Os olhos dele arderam de calor e angústia.

Antes que eu pudesse protestar ainda mais, ele tomou a minha boca de surpresa em um beijo.

Gemendo na minha boca, ele tropeçou em mim, como se o alívio do beijo tivesse deixado suas pernas bambas. Contive um gemido e enrosquei os braços nos ombros largos dele, sentindo o cabelo macio da nuca. Com a respiração ofegante e ruidosa, ele chupou meu lábio, violento, inquieto e faminto.

Finalmente, finalmente, *finalmente*...

As mãos dele, que tinham sido tão suaves ao provocar a minha coxa na cama, agarravam com força o meu corpo inteiro. Aquilo estava me deixando quente, carente, por saber que os dedos dele estavam tão perto de exatamente todos os lugares que eu tanto queria que estivessem.

E o gosto dele, a boca – lembrando uísque doce e hortelã da terra –, eram mais do que inebriantes. Me consumiam toda. Era muito diferente do beijo leve e casto do jardim. Aquele beijo fora exploratório, cauteloso, cuidadoso. Já esse...

Ele passou o dedo no meu mamilo intumescido, me fazendo sibilar e estremecer quando o seu dedo foi descendo, passando pela minha cintura, mas não mais.

Mais, por favor...

Puxei a camisa dele. Precisava tocar sua pele, sentir o gosto. Ele interrompeu o beijo para tirar a roupa de linho pela cabeça em um gesto rápido. Eu o admirei sem a menor vergonha, perdendo o fôlego. Mesmo ao luar, a pele bronzeada e esculpida reluzia.

– Você é lindo – murmurei.

Nem senti pudor. Era verdade.

– Olha quem fala.

Ele me encarou, reverente, antes de seus olhos tornarem-se inteiramente ferozes. Agarrou minha bunda, me levantou e capturou minha boca em um beijo desvairado, nos empurrando contra a parede ao lado da cama, com o cuidado de proteger minha cabeça com a mão. Imediatamente, senti o membro dele encostar no meu centro, duro que nem pedra e fazendo uma pressão furiosa na calça. Arranhei as costas dele, o pescoço, a mandíbula, meus dedos vagando com ideias próprias.

E, ainda assim, eu queria mais.

Queria ser esmagada entre o corpo dele e o papel de parede frio às minhas costas. Prensada como uma das flores nos meus livros por aquele peso delicioso. Estava necessitada e sofrendo, me esfregando nele feito uma gata no cio.

Ele soltou a minha boca e desceu em uma fileira de beijos levíssimos pelo meu pescoço, e eu enfiei os dedos nos seus cabelos sedosos, o que o fez soltar um grunhido agradável. O ruído fez os meus seios se apertarem e doerem, e eu empurrei o quadril contra o seu comprimento impressionante, enroscando ainda mais as pernas na cintura dele. Ele abaixou uma alça da minha camisola e mordeu o meu ombro.

– Mais – implorei.

– Nem me tente – ronronou ele na minha clavícula, mordiscando e mordendo até chegar ao meu seio por cima do tecido sedoso.

Ele recuou o rosto e passou o dedo com reverência pela cicatriz no meu peito.

– Está sarando bem rápido.

– Às vezes me acontece – arfei, mas Kane estava perdido em pensamento.

– Eu achei...

A voz dele falhou, e o meu coração deu um solavanco.

– Achei que te perderia – continuou. – Não conseguia comer. Dormir. Me mexer.

Um sorriso triste repuxou a sua boca.

– Nem fazer a barba – acrescentou, e me fitou com uma expressão quase de assombro. – Não queria viver em um mundo sem você.

Senti a energia no quarto mudar ao som daquelas palavras. Tínhamos passado tanto tempo dando voltas na química e emoção entre nós, que admitir os sentimentos me parecia impensável. Os olhos dele brilhavam como estrelas e, por um momento, ouvi apenas nossa respiração sôfrega.

Ele me poupou das palavras entaladas na minha garganta ao dar um único beijo na minha nova cicatriz, com tanto cuidado que eu quase chorei. Desceu a boca pelo meu peito, pela seda da camisola, até cobrir o mamilo pontudo por cima do tecido. Roçou a ponta sensível com dentes afiados, mas leves, e eu miei um som desesperado.

– Isso mesmo – disse ele, pegando o meu outro seio com a mão e massageando devagar.

Joguei a cabeça para trás, quase vesga pela sensação, e mordi o lábio, tentando não fazer mais barulhos ridículos. A pressão latejando entre minhas pernas estava quase doendo.

Ele puxou a minha boca para um beijo e nos levou à cama, onde me deitou antes de subir em mim. Tentou diminuir o ritmo dos beijos, para se dedicar a cada ângulo do meu rosto, do pescoço, mas eu o beijei com um desejo mais feroz do que jamais sentira, carente, lasciva e desesperada, provavelmente chegando a machucá-lo.

Encorajada por aquele desejo ardente, passei a perna pela cintura dele e rolei até estar montada sobre ele. Ele suspirou na minha boca e pegou a minha cintura com as duas mãos fortes. Ele era tão grande, que os polegares quase se encontravam logo abaixo do meu umbigo. Ele subiu a mão para acariciar o meu seio e esfregar de leve o meu mamilo, e eu gemi em cima dele.

Eu me sentia acesa como uma chama.

– Você não está me ajudando a te saborear, passarinha – brincou ele, com a voz rouca e os olhos desvairados.

Eu o ignorei e desci beijos suaves pelo seu peito nu, me deliciando com a pele salgada e doce.

Ele tinha o gosto do luar puro – sombrio, sensual, tentador demais.

Quando cheguei à cintura e peguei o laço da calça, Kane gemeu. O barulho me fez apertar as coxas.

Porém, ele levou as mãos às minhas e me interrompeu.

– Tá. Nada de saborear.

Antes que eu pudesse discutir, ele me puxou com um sorriso safado e nos virou, me apertando de bruços contra a cama, ele por cima das minhas costas. Ele passou a mão por baixo de mim, na altura da barriga, me segurando. Quando a outra mão passou sob a seda para encontrar a pele macia do meu seio, nós dois arqueamos o corpo, nos aproximando ainda mais.

Kane soltou um palavrão e encostou a boca no meu pescoço.

– Você é ainda melhor do que eu imaginava. Esses meses todos, pensando que nunca ficaria com você... foi a pior tortura que já me aconteceu. Quero enterrar a cara entre essas coxas lindas.

As palavras dele estavam me destruindo. Eu estava encharcada, me esfregando nele em ritmo regular. Precisava que ele abaixasse a mão.

Uma ideia inteiramente sem-vergonha me ocorreu.

– Sabia – consegui arfar – que não foi só você que pensou coisas indecentes depois daquela cavalgada?

Kane parou de se mexer atrás de mim e soltou um suspiro trêmulo. Ele ainda estava segurando o meu peito sob a camisola, e eu me esfreguei em seu membro, me fazendo gemer de vontade.

– Você está proibida de deixar essa história pela metade.

O bom humor repuxou o meu sorriso e eu voltei a me esfregar. Ele grunhiu – um som brutal e depravado – e desceu a mão para levantar a minha camisola.

– Lembra quando você entrou no meu quarto de repente, e eu estava no banho?

Ele riu de leve.

– Nunca vou esquecer. Você estava uma gracinha, segurando aquele castiçal.

Ele traçava círculos lentos no meu quadril enquanto lambia e chupava o meu pescoço.

– Ficar tão perto de você, saber que você estava nua e brilhando... Foi pura agonia – sussurrou ele, puxando a minha camisola até a cintura.

– Bom – falei, sem fôlego. – Eu estava me tocando antes de você aparecer. Na verdade, estava prestes a gozar.

Ele rosnou de satisfação e empurrou o quadril na minha bunda.

Eu amava o poder que sentia nos braços dele.

– Não pare, por favor – disse ele, pouco além de um sussurro.

Ele afastou as minhas pernas e se demorou com as mãos na parte interna das minhas coxas, parando apenas ao sentir a umidade acumulada ali.

– Ah, caralho. Tão molhadinha para mim. No que você estava pensando naquele dia, minha passarinha linda?

– Em você – suspirei.

Isso pareceu bastar para descontrolá-lo. Ele me virou de frente e me beijou com ferocidade, explorando a minha boca com a língua, lento e duro. Como se fosse morrer se não me beijasse mais. Como se eu fosse oxigênio. Por fim, passou os dedos bem de leve pelo único lugar que eu desejava mais que tudo, e estrelas estouraram diante dos meus olhos. Os seus toques suaves me faziam tremer e me retesar.

Ele suspirou no beijo, e soou como um engasgo. Ainda assim, os seus dedos eram incansáveis – provocavam, massageavam, me tocavam como um instrumento, me fazendo cantar. Eu estava quase, e ele nem...

Finalmente, ele deixou um dedo entrar em mim, e eu soltei um gritinho enquanto ele continuava a dar voltas com o polegar. Nós dois suspiramos com a sensação, e eu aumentei a força do beijo, passando as mãos pelo peito dele enquanto ele metia o dedo.

Ia e vinha devagar, controlado, tão apertado, tão cheio...

– Aguenta mais? – perguntou ele, e eu soltei um murmúrio baixo de desejo.

Sim, sim, por favor, sim. Mais.

Quando ele enfiou o segundo dedo, me contorci contra a sua mão e tremi com um gemido enquanto ele me preenchia mais, afundando os dedos e arrancando cada suspiro e sopro da minha boca.

– Arwen – ele grunhiu.

Quase acabou comigo. Ganindo e sacudindo, eu me entreguei a ele, esperando impacientemente pelo alívio que tanto desejava.

O estrondo de canhões nos arrancou com um tremor violento da intimidade. Olhei para Kane, e ele saiu da cama e correu até a janela com a velocidade de um relâmpago.

– Se vista – soltou, engasgado. – Já.

Corada, ainda tremendo, me levantei da cama. Pressenti que ele não estivesse se referindo a vestir aquela roupinha azul de Peridoto, então procurei minha roupa de couro e tirei a camisola, deixando a seda se acumular aos meus pés. As fitas iam voando entre os meus dedos quando outro estouro de canhão sacudiu a fortaleza.

Ele atravessou o quarto e vestiu a camisa, com a expressão mais dura e sombria do que eu jamais vira.

Eu soube antes mesmo de perguntar.

– O que aconteceu?

– O castelo está sendo atacado.

Foi então que vieram os gritos.

28

Explosões sacudiram o quarto como um navio em um maremoto. Berros de medo ecoavam pelos corredores enquanto partículas de pó e destroços choviam do teto.

– Vem – disse Kane. – Fique perto de mim.

Eu o segui pelo corredor escuro, quase sem ar nos pulmões. Guardas de Ônix esperavam o rei na porta, e nos conduziram pelos escombros.

Eu mal conseguia respirar, muito menos me mexer. Precisava encontrar a minha família.

– A gente precisa...

– Eu sei – gritou ele, mais alto que o clamor de pânico ao nosso redor. – Eles estão logo ali.

As luzes bruxuleantes balançavam com os estouros, lançando sombras grotescas pelo corredor. Eu só conseguia vislumbrar criados e nobres correndo de um cômodo a outro. O cheiro relaxante de coco e sal marinho contrastava com o medo percorrendo as minhas veias.

Aquilo nunca deveria ter acontecido ali.

Um horror tardio me atingiu e me fez soltar a minha mão da mão de Kane para cobrir a boca. Os guardas atrás de nós pararam bruscamente, trombando uns com os outros.

– Você se machucou?

Kane pegou o meu rosto em busca do motivo da minha exclamação.

– Fui eu que fiz isso – falei, sem conseguir me mexer.

– Do que você está falando?

– Eu contei para Halden que seu banquete era com o rei Eryx. Que você pretendia firmar uma aliança.

Eu essencialmente tinha condenado aquela gente toda à morte. A enormidade do meu erro...

Kane abanou a cabeça em negativa.

– Me escute. A culpa não é sua. A culpa é dos homens atrás dos canhões. Precisamos avançar.

Eu sabia que ele estava certo. Precisávamos encontrar a minha família. Porém, a culpa me consumia. Quanto mais via rostos apavorados, mas ela afundava em mim. O cheiro de cinzas e fumaça chegou até nós. Lá fora, pelas janelas, as árvores pontudas ardiam em chamas. Um grito agudo ao meu lado quase arrebentou os meus tímpanos.

– Temos que ajudar essa gente – falei, enquanto corríamos pela passagem abalada.

– Ajudaremos.

– Como Âmbar tem tanta mão de obra? Para botar fogo no castelo inteiro? É impossível.

– Âmbar não tem. É Granada.

– A gente pode impedir os canhões?

Kane parecia prestes a matar.

– A minha preocupação não é com os canhões. É com as salamandras.

Interrompi o ritmo dos passos e fui até a janela mais próxima, pela primeira vez vendo o que incendiava a floresta. Lagartos imensos, com presas, rastejavam pela praia. O pescoço comprido lembrava uma cobra, mas as patas grossas os sustentavam como lagartos, todas com garras capazes de dilacerar uma pessoa como se fosse papel molhado. Montados por soldados de Granada e Âmbar, eles vinham em direção ao castelo. A cada sopro, uma corda de fogo se espalhava pelo chão, torrando tudo que estivesse no caminho.

Soldados de Peridoto estavam postados ao redor do perímetro, sem hesitação, mas as suas lanças não eram páreo para as criaturas rastejantes cuspidoras de fogo. Mais bolas de fogo quente e agitado voaram pelos homens locais, atingindo a fachada do castelo.

Era aquilo que fazia o castelo tremer: o ataque das salamandras. Estávamos sendo encurralados e assados. Queimados vivos.

– *Malditas Pedras* – sussurrei.

Kane me pegou pela mão e me puxou.

Corremos o mais rápido possível até os outros quartos. Chegamos primeiro ao de Ryder, e Kane bateu na porta.

– Abra, somos nós!

Não ouvimos nada, e o alarme inundou os meus sentidos.

– Abra. Agora! – insisti.

Kane se jogou na porta de madeira com mais força do que eu já vira alguém fazer. Força de fada. A porta se soltou inteiramente das dobradiças e caiu de uma vez no chão com um baque.

Lá dentro, mamãe e Ryder estavam encolhidos atrás do guarda-roupa.

– Graças às Pedras – falei, correndo até eles. – Por que não abriram?

Quando vi melhor o rosto da minha mãe, coberto de lágrimas, o pânico encheu o meu peito.

– O que houve?

– Leigh não está no quarto dela – respondeu a minha mãe.

Eu me virei para Ryder.

– Vamos encontrá-la, mas ela não está neste andar.

Ele parecia calmo, mas eu conhecia o meu irmão. Os olhos arregalados indicavam medo.

Kane encostou no meu ombro e apertou de leve.

– Precisamos levar todo mundo à sala do trono. É onde vocês estarão mais seguros. Não vamos embora sem a pequena – falou, e se dirigiu à minha mãe. – Eu juro.

Fomos até lá na velocidade da luz. Fiquei impressionada com a rapidez da minha mãe. Depois de tantos anos, encontrara uma cura para ela.

A sala do trono estava protegida por muitos soldados de Peridoto. Assim que chegamos, eles abriram as portas para Kane. Lá dentro, encontramos o rei Eryx, a princesa Amelia, e todos outros dignatários, de Peridoto e Ônix. Comandantes, generais e tenentes andavam pela sala em uma dança frenética, gritando ordens para soldados e guardas. Todos berravam, um mais alto do que o outro. Eu estava tonta.

Pelo amor das Pedras, onde estaria Leigh?

Mari estava sentada no canto, abraçando os joelhos, e a poucos metros dela Griffin conversava com um comandante de Peridoto.

Corri até ela e me ajoelhei no chão.

– Ah, Santas Pedras, que bom que você está bem!

Ela me abraçou. Eu inspirei o seu perfume de canela e tentei não chorar. Se começasse, talvez não parasse nunca.

Ao lado de Griffin estava uma silhueta larga que eu reconheci na mesma hora: Barney, de uniforme ainda um pouco apertado, um pilar imóvel. Acenei e ele respondeu, com a expressão tomada de preocupação.

Eu só precisava de uma espada para ir atrás da minha irmã. Um montante reluzia na mesa improvisada que claramente tinha sido enfiada ali minutos antes e estava coberta de mapas, lamparinas e armas.

Antes que eu pudesse me levantar e ir até lá, a voz do rei Eryx ecoou pela sala até Kane.

– É o que temíamos. Granada e Âmbar se juntaram a Lazarus. Vão dominar o reino antes de amanhecer.

Eu tinha visto o ataque com os meus próprios olhos momentos antes. Ainda assim, um medo genuíno – puro e devastador – enevoou a minha visão.

O soldado enrugado de Peridoto foi o próximo a se pronunciar.

– A única saída é pelas cavernas subterrâneas. É assim que chegaremos à praia – falou, e se virou para Kane e os soldados de Ônix. – A fortaleza de Angra da Sereia foi construída sobre um complexo elaborado de cavernas que margeiam a baía. Nossos navios estão ancorados no encontro dos rochedos e da areia, e as cavernas são a saída mais rápida.

– Saída? Não vamos ficar para lutar? – perguntou a princesa Amelia.

O rei Eryx dirigiu um olhar brutal à filha.

– Não temos a espada. Não adianta lutar contra Lazarus sem ela. Não vamos ganhar.

– Não podemos fugir pela praia, é lá que eles estão postados – disse um soldado magricela de Peridoto.

– Bom, e é lá que estão nossos navios. Não vai dar para tirar todo mundo daqui a cavalo ou a pé. As palmeiras ao redor do castelo estão pegando fogo – disse o general.

– Como eles adentraram a baía? – gritou Amelia, furiosa. – Cadê a nossa guarda?

– Sua Alteza – tentou o soldado magricela –, eles afundaram todos os nossos navios de guarda. Incendiaram todas as torres de vigia. Foi mais poder de fogo do que poderíamos imaginar.

Era luze feérico – era esse o segredo. Amelia sabia.

Mesmo que Peridoto tivesse meses para se preparar, em vez de minutos, não era páreo para Granada, Âmbar *e* Lazarus.

Amelia olhou com desprezo para Eryx.

– É o nosso povo, pai. Nosso único propósito neste continente é protegê-lo.

Eryx se virou para Kane.

– Faça o que precisar, mas Amelia e eu estaremos no navio daqui a uma hora. Não ficarei aqui para ver o que resta da minha família morrer queimado.

– Pai!

– Silêncio, Amelia! – rugiu ele, e o cuspe voou da sua cara vermelha. – Não estamos mais discutindo.

Eu não aguentava ouvir aquilo por mais um minuto sequer; precisava achar Leigh.

Eu me levantei, com o coração na boca, ignorando as objeções da minha mãe.

O olhar prateado e incandescente de Kane encontrou o meu imediatamente.

— Griffin — interveio Kane, antes que Amelia pudesse protestar. — Vá com Eryx, Amelia e os homens deles. Levem todos que conseguirem. Conduzam todos aos navios. Vou encontrar Leigh e encontrar vocês lá.

— Vossa Majestade é o meu rei. Não vou deixá-lo para trás.

Os olhos verde-claros de Griffin se endureceram. Pelo momento mais breve, ele olhou de relance para Mari, antes de voltar para Kane.

— Você vai fazer o que eu mandei — insistiu Kane, antes de se virar para o restante dos soldados na sala. — Vocês todos vão. Ninguém deve ficar comigo. Agora partam!

— Bom, eu vou com você — falei, andando atrás dele e pegando o montante da mesa.

Ele soltou uma gargalhada sombria.

— De jeito nenhum.

— Você nunca vai encontrar Leigh sozinho. Eu conheço a minha irmã melhor do que todo mundo.

Mamãe abraçava Ryder com força, deixando o debate se desenrolar em silêncio.

Kane me observou, os olhos ardendo como o fogo que nos cercava.

— Não, Arwen. Se acontecer alguma coisa com você...

— Você não vai permitir — falei, e olhei a espada em minhas mãos. — Nem eu.

Sem dar a ele nem mais um momento para discutir, abracei rápido a minha mãe, Ryder e Mari.

— Sigam com Griffin. Cheguem aos navios. Vamos logo atrás.

Em seguida, abri caminho para sair da sala do trono, acompanhada de perto por Kane.

— Por onde começamos? — perguntou Kane, desviando de uma estátua caída.

Eu não podia me permitir acreditar que alguém a tinha raptado, ou coisa pior. Afastei a ideia.

— Se ela fugiu, foi para um lugar alto. Ela tem muito jeito para escalar.

Corremos pela escada fina em espiral que levava ao telhado de palha da fortaleza.

— Leigh! — berrei.

Kane ecoou os meus gritos. Olhamos pelos andares, por cada cômodo, cada canto. Passaram-se longos minutos sem sinal dela. Havia apenas destruição, desespero e morte.

O castelo estava enchendo de fumaça. Tossi e cocei os olhos enquanto revirávamos uma sala que desmoronava devagar.

Senti o olhar de Kane.

– Nem diga.
– Você devia ir para o navio. Vou levar você e voltar para achar Leigh.
– Não...

Uma tábua de madeira chamuscada se soltou acima de nós e caiu com uma velocidade chocante. Eu me esquivei com um pulo e levei a mão ao peito, me forçando a respirar, e tossindo com força. Não tinha ar, só fumaça.

– Arwen! – rugiu ele. – Você não poderá salvar a sua irmã, nem ninguém, se morrer.

Fechei os olhos e tentei impedir o meu rosto de se contorcer. Eu não podia surtar. Queria apenas abraçá-la, saber que ela estava bem. *Por favor*, supliquei às Pedras. *A Leigh, não, por favor.*

– Vamos ver no estábulo. Ela ama bichos. Talvez tenha tentado escapar a cavalo. – sugeri.

– Não – rosnou ele. – Você não pode sair das muralhas do castelo. A praia está lotada de soldados e salamandras.

– Eu vou, com você ou sem. Mas acho que é bem mais seguro ir com alguém que é fada do que sozinha. Não acha?

Ele passou a mão pelo cabelo, frustrado. As cinzas que caíam do teto como chuva tinham coberto as nossas cabeças e se espalhavam pelo chão. Ele pareceu concordar, pois fez um aceno brusco com a cabeça, pegou a minha mão, e corremos para os fundos do castelo.

A noite morna estava invadida por uma cacofonia de angústia e estrago. Soldados de Âmbar, Peridoto, Ônix e Granada preenchiam o pátio que nem formigas no mel derramado. Corremos para a colina que marcava o estábulo, e tentei não pensar em todas as outras pessoas que também estavam procurando – e perdendo – a família. Nem na culpa que eu tinha.

Quando a estrutura apareceu, acelerei.

– Arwen!

A voz de Kane ressoou pelo ar da noite, mas eu corri na maior velocidade que meus pés eram capazes. A área estava livre de soldados e de gente, no geral. E silenciosa demais.

Olhei em todas as baias, por todas as portas.

O estábulo estava vazio.

– Onde foram parar todos os cavalos? – arquejei.

Kane me alcançou, ofegante, e olhou ao redor.

– Talvez o cavalariço tenha soltado os animais quando viu o fogo.

– Não, fui eu – veio uma voz fraca de um canto.

O alívio foi tão intenso que quase me tirou o ar. Engasguei com o choro. Leigh levantou a cabeça de trás de uma pilha de feno e correu para o meu abraço, tremendo de emoção. Tentei me manter firme por ela, mas as lágrimas debulhadas escorriam pelo meu rosto.

– O que você veio fazer aqui?

Sequei as lágrimas e fiz carinho em seu cabelo cor de mel.

– Não consegui dormir. Estava procurando o dragão.

O som de passos fez arrepios subirem pelas minhas costas e pescoço.

– Vem – sussurrei, puxando Leigh para trás de uma baia de madeira.

Kane se escondeu na baia à frente da nossa.

Um único soldado de armadura de Âmbar veio andando entre as baias. Fechei os olhos com força e segurei Leigh, acalmando a respiração no meu peito.

– Halden! – exclamou Leigh, e saiu correndo do meu abraço para se jogar nele.

29

M*alditas Pedras.*
Halden segurou Leigh e a afastou com um olhar incrédulo.
— Leigh? O que você está fazendo aqui?
Ela gaguejou, a voz engolida pelo som da chacina no castelo. Ele entendeu rápido demais e logo me procurou no estábulo. Não adiantava me esconder. Eu saí da baia.
— Arwen.
A expressão dele se endureceu. Leigh olhou dele para mim, e murchou. Ela sempre fora muito perceptiva.
Leigh recuou devagar e parou atrás de mim.
Eu sabia que ia precisar implorar.
— Por favor. Deixe a gente ir embora.
Ele abanou a cabeça em negativa, como se temesse aquilo tanto quanto eu.
— Por que você não foi me encontrar? Foi por causa dele...
— Halden...
— Ele está aqui, não está?
— Não — menti.
Soube, assim que falei, que não era convincente. Eu tinha aprendido a mentir melhor, mas não o suficiente para enganar alguém que me conhecia desde sempre.
O olhar de Halden era quase triste.
— Ele nunca deixaria você sozinha.
O meu estômago se contorceu, ameaçando pular pela boca. Halden inspirou fundo e avançou, e eu empunhei a espada. Leigh segurou um grito.
— Você está certo. — Veio a voz fria e aveludada de Kane, em meio à escuridão. — Garoto esperto.

Kane saiu do esconderijo devagar, as mãos abertas e levantadas voltadas para Halden.

Não, não, *não*.

Eu não podia deixar Halden levá-lo para Lazarus. Halden pegou a espada, mas Kane abanou a cabeça.

– Não quero lutar com você.

Eu segurei na minha espada.

– Estou implorando, Halden. Ninguém precisa saber. Só deixe a gente ir embora.

– Não posso.

Nas sombras, eu não conseguia identificar se ele sentia remorso.

– Então me leve – disse Kane. – Deixe que elas vão embora. Eu me entregarei de bom grado ao meu pai.

Estremeci, mas fiquei quieta. Tentei me convencer que Kane ficaria bem – afinal, ele era fada.

Halden mudou o peso de um pé para o outro e, após uma pausa insuportável, respondeu:

– Também não posso.

Kane assentiu, e uma determinação horripilante surgiu no seu rosto.

– Então ele sabe.

– Sabe do quê? – perguntei.

A minha voz soou esganiçada, desconectada de mim. Leigh se agitou às minhas costas.

Antes de receber uma resposta, Kane se jogou sobre Halden, rosnando. Eles voaram violentamente até os montes de feno atrás de nós. Leigh gritou e eu saí correndo, arrastando minha irmã comigo. Porém, assim que saímos do estábulo, precisei parar bruscamente, fazendo Leigh trombar no meu quadril.

Passava ali uma horda de soldados, a caminho do castelo, que tinha virado uma fogueira gigantesca entre palmeiras. Leigh me fitou, com mais medo do que eu jamais vira brilhar em seus olhos.

– Xiu! – falei, com a boca já rachada devido ao ar seco.

Ficamos imóveis até eles passarem, sem nem ousar respirar.

Leigh fechou os olhos com força.

Quando não estávamos mais à vista dos soldados, recuei devagar até o estábulo.

Lá dentro estava pior.

O batalhão de Halden o encontrara, e Kane estava ajoelhado, detido por seis soldados de Âmbar.

Ouvi o meu coração bater ao olhar o seu rosto espancado. Halden surgiu atrás de mim antes que eu conseguisse pensar, e agarrou os meus braços, me forçando a derrubar a espada. Leigh gritou quando dois soldados a arrancaram de mim.

– Não! – berrei.

– Nunca achei que nosso último abraço fosse ser assim – disse Halden, encostado no meu pescoço.

Ácido se revirou no meu estômago.

– Como você pode fazer isso? – perguntei. – O que aconteceu com você?

– Não sei, acho que você nunca…

Motivada por pura fúria e sem o menor interesse em ouvir o resto da frase, bati com a cabeça no nariz dele com toda a força.

Um estalo satisfatório reverberou pelo meu crânio, e eu enfiei o calcanhar da bota na parte interna do pé dele. Halden soltou um gemido engasgado e me soltou, e eu corri até a espada.

Ele grunhiu, segurando o rosto enquanto sangue jorrava e escorria entre seus dedos.

E eu adorei. Cada gotinha.

Peguei a espada do chão e me joguei no guarda que segurava o braço direito de Kane, me esquivando dos outros homens que vinham me pegar. Ataquei com a espada o homem que se digladiava com o braço de Kane, e o forcei a soltá-lo para desviar – era isso ou perder a cabeça.

De olhos arregalados, ele escolheu a primeira opção, e soltou a mão de Kane por um mero segundo, para se esquivar do meu golpe.

Outros dois guardas me encontraram, puxaram o meu cabelo, os meus braços, a minha cintura e me jogaram no feno empoeirado do chão do estábulo.

Kane não precisava de mais nada.

Eu gemi, com a traqueia esmagada por uma joelhada nas costas, e vi Kane, com uma só mão, derrubar o resto dos homens que o seguravam, com facilidade e prazer feroz. Sons de estalo, trituração e esmagamento ecoaram pelo estábulo de madeira e, quando me desvencilhei por um momento breve, vi apenas um monte de corpos desacordados de Âmbar.

Kane me arrancou dos homens sem esforço e jogou os dois nas paredes atrás de nós, com dois baques de dar náusea. Enfiei a espada na coxa de um terceiro soldado e corri até Halden.

– Arwen… – suplicou ele, no chão.

Chutei a têmpora dele com minha bota suja de cinzas, com força suficiente para fazê-lo desmaiar. O sangue vibrava nos meus ouvidos. Eu nunca mais queria ouvir ele dizer o meu nome.

Kane chegou a Leigh antes de mim, e os dois soldados que a seguravam a soltaram imediatamente, recuando da silhueta forte e apavorante dele.

– Espertos – sibilou ele e pegou Leigh no colo. – Muito espertos.

Em seguida, se voltou para mim.

– Vamos.

Olhei para o corpo desacordado de Halden uma última vez e corri atrás de Kane.

Pegamos o caminho do castelo, mas...

Ele... tinha se acabado.

Senti a garganta apertar ao inspirar cinza pura e tossi com força.

A fortaleza inteira estava pegando fogo e desmoronando. Uma bruma de fumaça preta e cinzas densas cobria as colinas como uma nuvem de tempestade. Os estalos da madeira queimada ecoavam noite afora.

Mas não tínhamos tempo para observar.

Duas salamandras vinham rastejando, ameaçadoras, montadas por soldados de Granada que as conduziam na nossa direção.

– Por aqui – disse Kane, com esforço.

Suando, tossindo, olhei para trás.

Foi um erro.

Outra horda de soldados, esses de uniforme de Âmbar, vinham de trás do estábulo, marchando com determinação e acompanhados de pelo menos mais cinquenta homens. Deviam ter nos visto assim que deixamos Halden e o batalhão dele para trás. Estávamos encurralados.

Um soluço de choro me escapou.

Eu sabia que precisávamos correr, mas não tinha para onde.

Merda, merda, merda.

Kane olhou para o céu noturno com uma expressão resignada. Ele suspirou demoradamente.

– Desculpa – foi tudo que disse.

Ainda segurando Leigh, e esticando outra mão no sentido dos soldados, ele fechou os olhos.

Era difícil enxergar no escuro, e as nuvens densas de fumaça tinham coberto qualquer luar que pudesse iluminar a cena à minha frente. Ainda assim, vi um tentáculo de sombra preto como breu, como se tivesse vontade própria, serpentear entre o exército que marchava na nossa direção. Ele foi se espalhando em caules pretos, silenciosamente, e todos os soldados em seu caminho foram sufocados pelos espectros sombrios e retorcidos. Gritos agonizados de misericórdia cortavam a noite, mas Kane não cedeu. Ele se concentrou ainda mais, conjurando escuridão, espinhos, sombra e pó. Engasgados e sufocados, os homens caíram, um a um. Kane não moveu um músculo sequer, mantendo a mandíbula rígida como aço, os olhos implacáveis e ardentes.

Meu sangue congelou, a minha garganta apertada em um arquejo esganado. Eu sabia o que ele era. Sabia do que ele deveria ser capaz.

Todavia, nada me preparara para a monstruosidade de seu poder predador e fatal – para a morte instantânea de tantos homens.

Recuei por instinto.

– Corra – cuspiu ele, soltando Leigh para usar as duas mãos. – Vá para a praia.

Eu sabia o que ele era. Eu tinha aceitado.

Porém, os fios ferozes e espinhentos tinham brotado da terra e destruído – não, dizimado e destroçado – todos aqueles homens. Em um instante, estavam vivos, furiosos, prontos para matar; no seguinte, eram uma pilha de cinzas carregada pelo vento.

Bastou para arrancar o ar do meu peito e transformar o meu estômago em água.

– Vá! – ele berrou para mim.

Eu precisava ir. *Nós* precisávamos ir.

Eu me virei, peguei a mão de Leigh e obedeci: corri tanto para fugir dele, quanto para encontrar segurança. As salamandras ainda bloqueavam o caminho do castelo e, portanto, o das cavernas que levariam à praia, mas uma segunda onda de breu atingiu as salamandras à nossa frente e as afogou no maremoto sufocante de sombras. As criaturas cuspiram fogo em retaliação, e eu me encolhi, protegendo Leigh no meu abraço, mas o ataque nos alcançou. O fogo virava cinzas no meio do ar, chovendo nas colinas gramadas como neve doente, iluminada pelo luar, pelas sombras e pela morte.

Continuamos a correr, passando pela fumaça do castelo queimado a caminho da praia.

Tinha soldados de Âmbar e Granada para todo o lado, se deleitando com os gritos enquanto arrastavam almas suplicantes do arsenal e da forja. Sangue se esparramava na terra e na grama em pequenas poças, nas quais nossos pés chapinhavam como se estivesse chovendo.

Desviamos de pessoas aos gritos e estruturas queimadas, de soldados em combate, lutas de espadas e atrocidades que nunca conseguiria tirar da memória, muito menos da de Leigh.

Ao passar por um cadáver esquartejado, sussurrei para ela fechar os olhos, mas sabia que ela não obedeceria.

O rei das fadas tinha feito aquilo. Destruído aquela capital pacífica de terra, flores e água salgada. Reduzido a terra a uma casca queimada e sangrenta.

Ele precisava morrer.

Precisava morrer pelo que fizera.

Kane garantiria a morte dele.

Finalmente, chegamos ao rochedo que protegia a praia.

— Me segue — sussurrei para Leigh, com o coração na boca, enquanto atravessávamos as cavernas que cercavam a baía.

Nossos pés estavam frios, os tornozelos coçando por causa da água salgada e da areia áspera. Apenas o som das ondas e de gritos distantes da batalha penetravam as silenciosas cavernas. Isso e a nossa respiração ofegante e desesperada.

Ao fim de uma caverna, vislumbrei a praia. Soldados se digladiavam na areia, e o som abrasivo de metal encontrando metal era um coro violento reverberando na minha cabeça. Na ponta mais distante da baía, o inimigo tinha construído uma espécie de acampamento, cercado de canhões e feras que cuspiam fogo.

Se passássemos dali, alcançaríamos navios preparados e ancorados na água rasa perto dos penhascos. Porém... apenas navios com o emblema de folhas de Âmbar ocupavam a Baía da Sereia. Onde estavam os barcos de Peridoto?

— Devem ter afundado os outros — disse Kane.

O choque foi tanto que quase bati com a cabeça na pedra.

De onde ele tinha vindo?

O instinto de abraçá-lo e comemorar sua segurança foi contido pela lembrança do seu poder estranho. Recuei um passo. Leigh pareceu sentir o mesmo, e se escondeu discretamente atrás de mim.

— Você está com medo de mim — disse ele, o rosto sombrio.

Não era uma pergunta, mas eu também não arranjei uma resposta. Ele engoliu em seco.

— Temos que tomar um dos navios deles — falou.

— E o resto das pessoas?

— Certamente estão pensando na mesma coisa.

Se é que chegaram até aqui. Ele não precisava nem dizer.

Forcei a vista na escuridão. A lua era um reflexo pálido e cintilante nas ondas do mar, um contraste estranho com a sangria na areia. Pelo canto do olho, notei movimento perto da água.

Não era o caos da batalha, e sim uma âncora flutuando acima do mar, se movendo por vontade própria.

— Ali — indiquei para Kane. — Tem que ser a Mari.

Ele levantou uma sobrancelha.

— A ruiva é bruxa?

Argh. Não era hora daquela conversa.

– É, e o amuleto de Briar Creighton não está mais no seu escritório. E a gente quase matou a sua estrige de estimação.

O choque de Kane teria me causado imenso prazer em outro momento.

– Como é que é? – ele sacudiu a cabeça. – Bolota? Mas ele nunca fez mal a ninguém.

Eu queria muito passar um sermão nele sobre segredos, mas a segurança era prioridade. A lição de hipocrisia ficaria para depois.

Ele passou a mão no rosto.

– O amuleto de Briar não possui a magia dela. É só lenda.

– Então o que é?

– Uma joia bem bonita e cara.

Arregalei os olhos.

– Então a magia que Mari fez...

– É toda dela – disse ele, a voz ecoando nas paredes da caverna quando ele se abaixou para pegar Leigh no colo. – Tá, venha. Vamos lá.

Ela se encolheu.

Eu entrei na frente dela.

– Eu cuido dela.

Kane rangeu os dentes, mas manteve o olhar concentrado.

– Tá. Vou logo atrás.

Respirei fundo, sentindo gosto de mar, e senti a areia úmida sob as botas.

– Mais uma coisa – falou, em voz baixa. – Mantenham a cabeça vazia. As duas. Sem pensar em nada.

A desconfiança revirou meu estômago.

– Por quê?

– Não sei se ele está aqui, mas, se estiver, Lazarus consegue entrar na sua cabeça. Não dê munição para ele encontrá-las.

Maravilha. Tremi de pânico, medo e fúria.

Precisávamos apenas chegar ao navio.

Carreguei Leigh no colo e fui devagar, me escondendo atrás de pedras, rochedos e galhos. Nós nos aproximamos do quartel de homens armados com armadura prateada que eu nunca tinha visto. O medo se retorceu na minha barriga.

Esvaziei minha cabeça.

Nuvens, vazio. Nada. Ninguém. Silêncio.

Estávamos tão perto. A poucos metros dali, um lampejo de cabelo ruivo atrás de uma palmeira encheu o meu peito de esperança. Mais alguns passos...

– Vão sair? – uma voz de seda misturada a algo muito mais fatal nos perguntou, com calma peculiar.

30

No escuro, os soldados prateados que nos cercavam pareciam gigantes míticos se erguendo ao nosso redor a cavalo. Puxei Leigh para perto e tentei ignorar o tremor dela, que dilacerava o meu coração.

Antes que eu pudesse empunhar a espada, meus braços foram puxados para trás por um dos homens de prata, e eu resisti, chutando e me debatendo na escuridão violeta e na areia irregular, tentando não soltar Leigh.

– Não encostem um dedo nela, seus filhos da puta – cuspiu Kane para os soldados atrás de mim, mas eles o derrubaram com uma saraivada de socos, e eu fiquei enjoada e assustada com os sons de estalo.

Leigh foi arrancada de mim, gritando e se contorcendo, e nós duas fomos subjugadas por cada vez mais soldados de armadura prateada e fria. Desesperadas e desamparadas, estávamos em menor número.

Um homem mais velho, surpreendentemente bonito, avançou na areia e nos encarou. O queixo esculpido, as maçãs do rosto afiadas a ponto de cortar vidro, os olhos cinza-ardósia – a semelhança era inegável. No fundo da alma, eu soube. Soube exatamente quem ele era.

A minha visão ficou embaçada.

O homem se virou para Kane, que cuspiu sangue na areia.

– Nem uma carta? Nem uma visitinha? Se não soubesse, diria que você nem sentiu saudades de mim.

O horror escorreu pela minha coluna que nem o sangue pelo queixo de Kane.

Lazarus Ravenwood. O rei das fadas.

Destruidor de todos nós.

Kane encarou o pai, mas não disse nada.

Meu peito se encheu de fúria, assim como o meu estômago, substituindo o gelo de choque e medo. Ira ardente e implacável aqueceu o meu sangue enquanto eu me debatia contra o soldado feérico que me segurava.

Se Kane não matasse aquele homem, eu mataria.

Um sol furioso espelhou meu ódio crescente, começando a subir no mar escuro atrás de nós. Os raios iluminaram os olhos de Kane e, pela primeira vez, vi medo genuíno neles. As mãos tremiam, e ele as conteve, as cerrando em punho. Uma névoa de horror tão pesada que mal me deixava pensar preencheu minha mente.

Lazarus voltou a atenção para mim. O cabelo grisalho e curto, a pele bronzeada e lisa, a roupa que esvoaçava e brilhava com tecidos que não eram do nosso domínio. Ele era alto, como o filho, mas mais velho, mais esguio. Era obviamente antigo, mas o rosto revelava apenas uma beleza refinada e madura. Era esculpido, charmoso, envelhecido como um bom vinho. Mas seus olhos... não tinham fundo. Eram vazios.

Ele foi ao meu encontro a passos largos, esticou um dedo até o meu rosto e o desceu pela minha face. A minha barriga se revirou e Leigh chorou ao meu lado.

Eu ia *arrancar* a pele dos ossos daquele homem.

– Você é bem arisca, né? E nem me conhece ainda.

– Não encoste nela – disse Kane, cada palavra mais afiada do que a anterior.

– Sempre tão temperamental – Lazarus disse ao filho em repreensão. – Não tenho culpa se você se apaixonou pela minha assassina.

Como é que é?

Forcei a minha testa a relaxar, mas não fui rápida o suficiente.

– Não está sendo honesto com sua namoradinha, meu filho?

Fiquei paralisada como a morte.

Assassina? Como era possível? Havia ainda *mais* mentiras? *Mais* coisas que eu não entendia?

Não. Não podia ser. Ele estava mentindo, tentando nos afastar.

Ainda assim, não tive coragem de olhar para Kane.

– Boa ideia, namoradinha. O seu primeiro instinto estava certo.

Eu precisava calar o meu cérebro.

– Pare com isso – sibilei.

O rei das fadas se voltou para Kane.

– Entendo a graça, meu filho. Ela é magnífica. Depois de tantos anos de busca, ela é exatamente como eu imaginava que seria.

Meu estômago afundou como uma rocha no mar profundo. *O que ele queria dizer?*

Kane avançou contra ele com intenção fatal, mas os soldados o jogaram de volta no chão.

– Parem!

Tentei ir contra eles, mas mais soldados me cercaram, puxando as minhas mãos e os meus braços, segurando a minha cabeça.

Eu me debati e mordi, tentando com toda a força mexer um músculo que fosse, mas eles eram mais fortes do que qualquer coisa que eu já vira. Os braços e mãos me seguravam como tiras de aço. Lazarus apenas sorriu e avaliou minha postura encurralada.

Ele me olhou de cima a baixo, predador e cheio de curiosidade.

– Se você machucar um fio de cabelo dela que seja – rosnou Kane, na areia –, vou reduzir você a pó. Poupei a sua vida uma vez. Não vou poupá-la de novo.

Lazarus não tinha o menor interesse na ameaça de Kane.

– Esta é a lembrança que você tem, meu filho? – perguntou, e se virou para um dos homens, que entregou para ele algo que não discerni.

Fiz esforço para enxergar o objeto, e todo o ar dos meus pulmões escapou em um arquejo esganiçado.

Uma adaga prateada cintilava nas mãos dele.

Kane se debateu, *esperneou* contra os homens atrás dele. O horror me dilacerou. Não podia olhar nos olhos dele. Não queria ver o medo. Eu...

– Meu filho nunca te contou a profecia da vidente? Estou pasmo – disse o homem, e se aproximou devagar, como se eu fosse um animal raivoso. – Você precisa saber que essa era a única função que ele tinha para você. Uma ferramenta para acabar com o pai, de uma vez por todas.

Sacudi meus ombros para me soltar dos soldados e me virei para Kane.

– Do que ele está falando? O que mais você não me contou?

Medo puro ressoou na minha voz. Era um uivo. Um choro. Uma súplica.

– Me desculpa, Arwen. Me perdoe...

Balancei a cabeça como se pudesse encaixar as informações à força. Nada fazia sentido. Soluços de pânico cresciam em mim, e a traição ardia no rosto. O rei das fadas fechou os olhos e recitou a profecia de cor.

– *Um mundo de luze pelas Pedras abençoado,*
Um rei fadado a cair pelas mãos do segundo filho,
Uma cidade devastada de cinzas e ossos,
A guerra recomeça quando a estrela perder seu brilho.
A última fada puro-sangue nascida então
Encontrará a Espada do Sol no coração.
Pai e filho se reúnem na guerra em cinquenta anos,

E no erguer da fênix, a última batalha, o cair dos panos.
Um rei cujo fim verá apenas pelas mãos dela,
Uma jovem que sabe o que precisa escolher,
Um sacrifício para salvar as terras de sua querela;
Sem ele, o domínio inteiro vai se perder.
Uma tragédia para ambas as fadas, pois hão de cair,
Mas é o preço cobrado para todos acudir.

Havia certo humor brilhando nos seus olhos.
– Meio triste, não? "Hão de cair"? Que pena. Acho que teríamos sido muito amigos.
Eu mal conseguia formular um pensamento. Estava tonta, enjoada. Eu...
Ele tinha mentido para mim. A respeito de tudo.
A profecia...
A calma fria cobriu minhas veias quando finalmente, *finalmente*, entendi com clareza absoluta. A única coisa que Kane nunca me contara, que continuava a manter em mistério, a disfarçar, a esconder.
O motivo singular para Bert ter me levado à Fortaleza das Sombras. Para Kane me manter lá.
Os poderes que eu nunca tinha entendido...
Mas Kane, sim.
Eu estava destinada a acabar com aquele homem à minha frente. Com o rei das fadas.
Porque era *eu* a última fada puro-sangue.
E estava fadada a morrer.
Lazarus apontou a adaga de prata para mim.
– Vai ser rápido, Arwen. Tente não reagir.
Eu me debati contra os homens que me seguravam, que seguravam Leigh. Os soluços dela me destruíam por dentro.
– Não! – rugiu Kane.
Um estouro de poder escuro e sombrio irrompeu do chão e jogou os soldados que seguravam Kane para longe com a força de uma tempestade trovejante. Os homens de armadura prateada correram atrás dele, mas nenhum dos poderes deles: nem rios de fogo, nem luz violeta, nem espelhos cintilantes eram páreo para as sombras pretas e venenosas. Kane se desvencilhou das garras deles e se jogou contra o pai com peçonha pura e infinita.
Fumaça preta e fatal se desenrolou de suas mãos, ondulou das costas como asas, e quase alcançou o rei das fadas.
Quase.

Lazarus girou e, com um gesto da mão, fez uma estaca de gelo sólido surgir do ar e atravessar o peito de Kane, forçando as pernas dele a ceder e o arremessando na areia com um gemido horrendo.

– Kane! – gritei, com uma voz que não era a minha.

Ele gemeu de agonia, sangue escuro e grudento derramando pelas mãos enquanto tentava, sem sucesso, arrancar o gelo do esterno. Eu me arrastei e me debati contra os meus captores, soluçando demais para gritar. Meu poder tremeu nos dedos; eu poderia curá-lo, poderia salvá-lo, poderia...

Mas não conseguia me mexer. Nem olhar para ele, pois o soldado atrás de mim me forçou a virar o rosto para Lazarus.

Não queria que Leigh visse aquilo. Sacudi a cabeça, sem conseguir pensar, respirar...

– Por favor – supliquei.

– Arwen... – gemeu Kane no escuro, banhado no próprio sangue, mais uma vez dominado pelos soldados.

Os olhos dele se encheram de fúria profunda e sem fim. E de agonia.

E de tristeza.

Tanta tristeza que me partia ao meio.

Ele tentou me alcançar, mas muitos soldados o seguravam, e ele sangrava. Uma *hemorragia*, rios de sangue...

Lazarus parou na minha frente com a adaga cintilante de prata. Eu me preparei para a dor ardente e inevitável.

Uma lufada de vento brusca e o som de faíscas de metal me derrubou, e eu caí para trás, em cima de Leigh e dos soldados.

Tentei me agarrar ao alívio...

Livres. Estávamos livres.

Quando me sentei, de olhos embaçados pela força, Kane tinha desaparecido.

No lugar dele, na areia, ao lado de três soldados *eviscerados*, os mesmos que momentos antes o seguravam... estava o dragão da noite em que fui levada para Ônix.

Meu coração congelou.

Linhas pretas e elegantes, escamas reluzentes – era ridículo que eu não tivesse percebido desde o princípio. Kane na forma de dragão era ele mesmo: uma criatura linda de enlouquecer e aterrorizante, cheia de poder feroz.

Sem hesitar, Lazarus também se transformou.

O poder de sua transfiguração jogou areia nos meus olhos, e eu tossi, engasgada com o gosto ardido de luze na língua, enquanto protegia Leigh no meu abraço.

A forma animal de Lazarus era uma serpe arrepiante, de escamas cinzentas. Tinha quase o dobro do tamanho do dragão de Kane, e era ainda mais apavorante. Enquanto a criatura em que Kane se transformava ainda retinha algum calor, alguma humanidade, Lazarus era puro monstro. Mera violência fria e insensível.

As protuberâncias pontudas pelas costas compridas e pela cauda agitada reluziam ao sol branco nascente, e uma cicatriz rosada e irregular atravessava sua costela escamada. Fileiras de dentes brilhavam como estalagmites em uma caverna cheia e traiçoeira. Olhos vermelho-vivo, da cor do sangue fresco, se viraram para mim rapidamente, e ele investiu contra Kane. Suas garras rasgaram o ar e, com a bocarra, pegou a forma de dragão de Kane pelo pescoço e disparou para o céu.

Forcei a vista na luz fraca acima da praia devastada pela batalha. Como um efeito dominó aterrorizante, alguns dos soldados feéricos ao nosso lado também se transformaram, voando atrás dos dois.

Esfinges, hidras, harpias.

Os mercenários feéricos, como Kane me contara, disparando atrás do rei.

Kane não tinha a menor chance.

Uma batalha celestial horrenda e confusa era travada acima de nós, entre as estrelas mescladas à luz pálida da aurora, mas eu não esperei para ver o que aconteceria.

Peguei a espada e ataquei os soldados que nos cercavam. Sabia que eu e Leigh estávamos em desvantagem, mas precisava tentar.

– Fique comigo – ordenei a Leigh, ao enfiar a espada no pescoço de um soldado.

Revidei e bloqueei, de soldado em soldado.

Mas alguma coisa estava errada.

Por que ninguém tinha encostado em mim?

Eu não era tão boa lutadora. Aqueles soldados eram fadas, supostamente os homens mais mortíferos que já existiram, e tinham treinamento de batalha.

– O que você está fazendo? – perguntou Leigh, com a voz fraca.

– Aprendi a usar espada. É uma longa história.

– Não é disso que estou falando.

Foi então que vi.

A areia sob nossos pés, conforme avançávamos, estava marcada por depressões. Todo soldado que tentava nos alcançar era repelido por um sopro de luz protetora, fina como vidro.

– Não pode ser eu – falei, mas minha voz saiu baixa como um sussurro.

A *última fada de sangue todo nascida então*. Imagens do calor quente e da força que eu tinha sentido ao lutar contra a fera-lobo inundaram minha memória.

– Mas não vamos esperar para descobrir – acrescentei.

Embainhei a espada e corri até o navio, carregando Leigh no colo. O arco dourado que nos cercava era um segundo sol na luz azul da praia que se abria para a manhã.

– E o rei? – gritou Leigh enquanto derrubávamos soldados de toda fé e reino.
– Qual deles?
– Seu rei! – ela exclamou.
– Esquece!

Ao pensar em Kane, uma nuvem de fúria me envolveu. Ele tinha mentido para mim desde o nosso primeiro encontro.

Tinha me *usado*.

Se ele sobrevivesse, eu mesma ia esganá-lo.

Quando chegamos ao navio, Leigh correu passarela acima.

Lá estavam eles.

Mamãe e Ryder, de rosto banhado em alívio.

Leigh caiu no colo deles e parte minúscula de meu coração estilhaçado se restaurou.

– Graças às Pedras – disse a minha mãe, abraçando Leigh junto ao peito.

O convés estava repleto de cadáveres de Âmbar – Griffin e Eryx deviam ter tomado o navio deles enquanto estávamos detidos por Lazarus. Uma onda de triunfo me percorreu ao ver o sucesso deles.

Porém, os soldados de Peridoto e Ônix mal estavam conseguindo impedir os homens de Lazarus de embarcar. Amelia e Mari ajudavam a desembolar as cordas e a abrir as velas enquanto espadas tilintavam e vozes berravam. O rugido de chamas nos meus ouvidos indicava que as salamandras se aproximavam.

Nosso aço não seria páreo para o fogo.

– Você precisa partir, já! – gritei para o soldado de Ônix que capitaneava o navio.

O sol estava subindo atrás do mar, e íamos perder a proteção da noite para navegar sem sermos seguidos. Ajudei um rapaz de Peridoto, tatuado e de calça de armadura, a puxar a âncora. Griffin fez sinal para o capitão. O navio rangeu ao se mexer, e eu corri pela passarela, ignorando as súplicas da minha família.

Por mais que as vozes deles devastassem o meu coração.

Por mais que o partissem ao meio.

Eu precisava ajudar, fazer alguma coisa. Desci pela água rasa, firmei os pés na areia ao lado dos guerreiros de Ônix, e empunhei a espada.

Duas patas com garras pousaram ao meu lado.

Fiz menção de atacar com a espada, mas imediatamente reconheci os olhos de vidro marinho.

– Griffin, o grifo? Jura?

A fera pesada e plumada assentiu com a cabeça.

– Meus pais não eram muito criativos.

Griffin foi o primeiro a avançar, derrubando fileiras de soldados com as suas asas fatais e arrancando cabeças de uma vez com as presas de leão. Sangue esguichou no meu rosto, mas nem me incomodei. Na verdade, até gostei. Olhei para a carnificina, os corpos, as carcaças caídas de bichos escamados – o que eles tinham feito com a cidade pacífica de Angra da Sereia.

Eu ia matar *cada um deles, um por um*.

Revidei e ataquei, mas a água rasa diminuía a minha velocidade e eu já ofegava devido à força de usar a espada contra soldados mais poderosos. Acima de nós, ouvi o rugido de Kane em forma de dragão, que botava fogo nos soldados que lutavam conosco, enquanto a serpe cinzenta o seguia de perto. O fedor de carne queimada ameaçou jogar o conteúdo do meu estômago na orla de areia. O tempo passado na enfermaria não tinha me tornado insensível a restos mortais incendiados.

E as hordas não paravam.

Eu esfaqueava e grunhia, me esquivando por um triz de espadas, chamas e punhos. Estava agradecida pela luz fraca. Não queria ver o vermelho que tomara a água do mar. Um soldado de Granada se aproximou e bateu a espada na minha. Bloqueei o ataque e girei, mas ele se desviou, e mal vi Barney, pelo canto do olho, antes de ele rasgar o peito do soldado que estava prestes a me empalar.

– Obrigada – arfei.

Em resposta, ele me jogou com força na água rasa e cobriu meu corpo com o próprio.

– Ei!

– A senhorita precisa subir no navio, Lady Arwen.

– Não podemos deixar essa gente morrer – grunhi sob seu peso.

– Não temos escolha.

Eu sabia que Barney estava certo.

Eram soldados demais. E feras. E fadas. Nem usavam luze – as espadas, flechas e canhões bastavam para dizimar metade da Angra da Sereia. Barney rolou para me soltar e assobiou para o céu, e, em menos de um minuto, garras retorcidas nos pegaram na areia e nos carregaram, voando sobre o mar, até o navio em movimento. O vento fustigou meu rosto, e aterrissamos com um baque, a força das asas de Griffin fazendo com que os soldados de Peridoto fugissem para as galeras.

Olhei para a orla. Alguns soldados ainda se digladiavam, mergulhados até a panturrilha na água, mas a maioria dos inimigos parecia bater em retirada.

Por um momento, me perguntei, com otimismo infantil, se eles simplesmente nos deixariam partir. Se ser arrancada da minha casa, depois do forte, e agora daquele palácio, perder o meu amigo mais antigo e destruir o relacionamento possível com Kane já contaria como luto suficiente para uma vida inteira.

Contudo, vi, em horror silencioso, as salamandras acenderem flechas inimigas e uma chuva flamejante de metal penetrante assolar nosso navio. Todos correram para se esconder. Eu e Ryder pegamos Leigh e a nossa mãe e corremos para debaixo do convés.

Caímos com um baque na cabine do capitão.

Inspirei fundo o ar bolorento do aposento.

– Puta merda – disse Ryder, conferindo que estava inteiro.

Quando garantiu que não tinha perdido nenhuma parte do corpo, se largou no chão para puxar lufadas de ar.

– *Malditas Pedras* – suspirou Leigh, se desvencilhando de mim.

Esperei mamãe nos repreender pelos palavrões.

Mesmo perto da morte, ela certamente não deixaria de fazer aquela crítica automática...

Mas não veio nada.

O frio mais sombrio – o pavor puro – roçou meu pescoço.

Eu me virei e me sentei na madeira gasta.

Minha mãe ainda estava caída no chão, com uma flecha enfiada no peito.

– Não! – gritei.

Não, não, não, não, não...

Eu a peguei no colo, tremendo e berrando, minha pulsação alta demais, estremecendo...

– Arwen, você pode consertar, né? – disse Ryder, correndo até o outro lado da nossa mãe. – Mãe, mamãe! Fique aqui.

– Mãe?

Leigh a abraçou com força, e meu coração parou de bater.

Eu soube, assim que a segurei. O meu estômago se revirou, a minha visão ficou embaçada, e eu não conseguia respirar. Não conseguia *respirar*.

As minhas habilidades nunca tinham funcionado na minha mãe.

Tentei mesmo assim, pressionando a blusa ensanguentada. Derramei nela toda a energia que tinha. Como Dagan me ensinara, pensei no céu, no ar, na atmosfera. Tentei puxar tudo ao meu redor como se inspirasse meu último sopro. Meu pulso vibrava, o corpo doía, a cabeça latejava, e eu esperei. Esperei os tendões, músculos e a pele, sob ordens do meu poder, se reconstruírem ao redor da flecha. Os meus nervos tremiam, meu maxilar endureceu de esforço, mas os fios de sangue continuavam a jorrar, e nada aconteceu.

– Me desculpa, me desculpa. Eu não... Eu nunca... – solucei.

– Arwen – disse ela, sussurrando. – Eu sei.

Chorei ainda mais, sem encontrar força, coragem ou esperança. A ferida era grave demais. O rosto de Ryder estava desmoronando. Ele abraçava Leigh com força, mas ela estava pálida e imóvel, as lágrimas em seus olhos como único sinal de horror.

– Eu fiz isso. É tudo minha culpa – chorei.

– Não. Não, Arwen – disse minha mãe, engolindo um engasgo úmido. – Sempre soube o que você era, e sempre a amei mesmo assim.

Confusão e choque se debateram na minha cabeça tonta e agitada.

Como ela sabia? A pergunta morreu na minha garganta quando ela tossiu de novo.

Ela tinha tão pouco tempo.

– Estou orgulhosa de você, Arwen. Sempre me orgulhei, sempre me orgulharei. Onde quer que eu esteja.

Afundei o rosto no pescoço dela. Não havia dor ou sofrimento maior do que a expressão de Leigh e de Ryder.

– Meus bebês lindos – sussurrou ela. – Se cuidem. Haverá...

Ela desfaleceu antes de concluir as últimas palavras.

Restou apenas o som do nosso lamento.

Minha mãe estava morta.

Eu tinha fracassado completamente.

O sol se esgueirava pelo céu pastel e nublado. A água revolta balançava sob nós, em uma melodia rítmica e calma.

E a minha mãe estava morta.

Eu não ia aguentar. Não era forte o suficiente.

O rosto destruído de Ryder se sacudia sobre o corpo inerte dela, e Leigh olhava em puro choque. As lágrimas suaves e a respiração entrecortada eram os únicos indícios de que ela estava consciente. Eu queria abraçar os dois, segurá-los com força, dizer que ia ficar tudo bem. Mas eu mal conseguia pensar, muito menos falar.

Muito menos mentir.

Sem sentir o movimento das pernas, me levantei. Meu coração batia abafado e a minha cabeça estava vazia. Talvez Ryder estivesse falando atrás de mim, me chamando, mas não tinha certeza.

Atordoada, saí da cabine e fui até a popa do navio, de frente para a orla. Flechas ainda choviam no convés, passando ao lado dos que se esquivavam, mas nenhuma delas penetrou a minha pele. Os navios de Granada e Âmbar nos perseguiam pela água instável. As salamandras batiam em retirada da praia, deixando para trás os restos da carnificina. Armaduras vazias, armas abandonadas, areia manchada de sangue. O céu escuro estava tomado de nuvens arroxeadas na manhã que prometia chuva. Criaturas celestes lutavam, garras e escamas em colisão no meio da bruma.

Uma ira pura e ardente me consumia. Preenchia o corpo todo, dos pés às palmas das mãos. Eu vibrava de fúria e dor.

Mas não de medo.

Uma torrente de poder cru e brutal se libertou da minha alma, derramando dos olhos, das mãos e do peito. Eu a sentia fluir como uma represa arrebentada. Gritei, sem conseguir me controlar, os pulmões queimando de esforço.

Luz branca e um vento fustigante e afiado como uma lâmina cortaram o mar e dizimaram os soldados. Âmbar e Granada, batalhões na orla e nos navios, se iluminaram em luz dourada, quente e cintilante. Seus gritos eram meu combustível. O seu sofrimento, meu alento. E eu bebia e bebia e bebia aquilo.

Ergui os braços aos céus e puxei o ar ao meu redor. O éter chuvoso, os relâmpagos, as nuvens. Preenchi as veias, os pulmões, os olhos. Trouxe ao mar, uma a uma, as criaturas aladas e horrendas que restavam, até a água salgada ficar vermelha e as ondas se revolverem de sangue. Senti o horror irradiar dos que me cercavam no convés. Ouvi gritos, até daqueles que eu amava.

Mas não tinha o poder de impedi-los.

Pensei em todos os cidadãos inocentes de Angra da Sereia. Mortos, feridos, sem lar. Na injustiça daquilo tudo.

Pensei em Leigh e Ryder, sem mãe. Nos horrores que tiveram que testemunhar, apenas por ganância de um rei. Nas noites de pesadelos e nos dias de choro que se estenderiam diante deles.

Pensei em Powell. No cheiro enjoativo das suas roupas. No espaço apertado e confinado da oficina. Na agonia de cada chibatada, do cinto e de suas palavras. Em tudo que a sua agressão me custara. Uma vida protegida e deplorável.

Pensei na minha mãe. Nos filhos doces que ela criara quase sozinha. Na vida pequena que vivera. Na dor e no sofrimento da vida toda. Na única chance de viver com saúde destruída. Na própria filha, abençoada com o dom da cura, que nunca pudera tratá-la. E na morte indigna, excruciante e arbitrária que sofrera.

Por fim, pensei em mim. Em toda exploração, manipulação, golpes e insultos. Em tudo que moldara a minha infância e os últimos anos. Na vida desperdiçada pelo medo, escondida do que existia lá fora, com medo da solidão, mas sempre solitária. Na traição da única pessoa que me mostrara que poderia sentir de diferente. Na profecia que prometia a minha morte.

E assim entendi, com toda profundidade, qual era o meu propósito naquele mundo. E era morrer.

Uivei e expurguei...

Cuspi a dor que sangrava dos meus dedos, do coração, da boca...

O poder estremecia em mim, dizimando, destruindo, incessante. Gritei o sofrimento para os céus e derramei uma tempestade impiedosa de fogo nos soldados inimigos.

O mundo era cruel demais.

Ninguém merecia viver para ver o novo dia.

Eu acabaria com todos.

Eu...

"Você mostrou bravura extraordinária, quando não havia esperança de salvação."

"O que você chama de medo é, na verdade, poder, e você pode usá-lo para o bem."

"Não queria viver em um mundo sem você."

"Você é uma luz brilhante, Arwen."

"Sempre soube o que você era, e sempre a amei mesmo assim."

Desabei no convés, encolhida, soluçando e arquejando, sem ar.

31

Uma compressa fria cobria a minha testa. O sol furioso da manhã agredia os meus ombros, fazendo a pele coçar.

– Enfim acordou – disse uma voz suave e conhecida.

Os meus olhos estavam pesados de sono e dor. Pestanejei até ver o rosto bondoso e sério de Mari, a massa de cachos ruivos acima de mim. Eu me sentei devagar, com a cabeça latejando, e percebi que ainda estávamos no convés do navio. Considerando a posição do sol no céu, eu diria que tinha passado horas desmaiada.

Eu me virei para o mar, deixando o sal fustigar o meu rosto. Peridoto já tinha ficado para trás. Não se via terra por quilômetros.

Eu tinha...

Nem conseguia pensar. No que tinha feito.

No que tinha perdido.

– Tem alguém nos seguindo? – perguntei.

– Depois do seu... acometimento – falou, hesitante, como se tentasse acertar as palavras –, não restou ninguém para nos seguir. Nenhuma bruxa da capital do rei Ravenwood está aqui, então fiz um feitiço para disfarçar o navio. Quando eles recompuserem o exército, pelo menos não seremos localizados.

Assenti, atordoada.

Eu não ia perguntar por Kane. Se ele estava no navio ou...

– Então – disse ela, tirando a compressa e voltando a molhá-la. – Você é fada. Podia ter me contado, sabia?

Ouvi a mágoa em sua voz.

– Ela não sabia.

Ergui o rosto, forçando a vista na luz direta do sol. A voz era de Ryder, que segurava a mão de Leigh. Ela estava de cara fechada.

Eu nunca a vira com uma expressão tão fria.

– Como você pode ser uma fada plena, se nenhum de nós é? Tínhamos a mesma mãe – disse ele.

Ele também estava mais sério do que eu jamais o vira. A luz sem fim que brilhava nele em qualquer circunstância se apagara.

– Não sei – falei.

Soou como uma súplica.

Eu me levantei, com a ajuda de Mari, e caminhei devagar até eles. Quando vi que não iam recuar, os envolvi em um braço.

Ficamos muito tempo assim.

Apesar de termos pais diferentes, eu nunca sentira que éramos apenas meio irmãos.

Eu não conheci meu pai, e mamãe nunca me falou dele durante minha infância. Depois, já adulta, consegui arrancar alguma informação dela. Ela contou que conhecera um estrangeiro, cujo reino ela não conseguia se lembrar, em uma taberna nos arredores de Abbington. Ela estava afogando as mágoas do luto recente da própria mãe, e ele a alegrara, levando para dançar. No dia seguinte, ela acordou na choupana dele, mas ele tinha ido embora.

Ela nunca mais o viu.

Eu odiava pensar assim no meu pai, então não pensava nele nunca.

Mesmo forçando a memória, sabia que era impossível aquele homem ser responsável pelo que eu era.

Eu era a última fada *puro-sangue*. Os meus pais *tinham* que ser fadas todo-sangue. Portanto, ou a minha mãe escondera sua natureza feérica de nós a vida inteira, ou não era de fato minha mãe.

Os meus irmãos eram a única família que me restava, as pessoas mais próximas na minha vida, mas era provável que na verdade não fôssemos parentes. Esse fato, combinado com o buraco vasto e profundo no meu peito devido à perda da minha mãe, e com a constatação de ela não ter sido a mulher que me parira, bastou para destruir o que restava de meu ânimo.

Apesar do abraço, nunca me sentira tão distante deles, nem mesmo naqueles meses afastada. Odiava o que agora sabia ser, tão estranha e afastada que mal me sentia eu mesma.

Mais ainda, odiava Kane. Eu não sabia onde ele estava – e pouco me importava se ele tinha sobrevivido à batalha com o pai.

Por que me importaria?

Soltei os meus irmãos e olhei para o convés muito iluminado. Alguns soldados cuidavam dos feridos, mas parecia que a maioria das pessoas tinha descido para as cabines.

O baque de passos leves vindo da cabine do capitão ecoou pelo convés, me distraindo dos pensamentos sombrios.

– Covardes nojentos, é o que somos!

Eu me virei e vi Amelia, Eryx, Griffin e Barney saírem para o convés em sequência.

Nada de Kane.

Não sabia se era luto, medo ou alívio que retorcia meu estômago.

O olhar de todos se demorou em mim: o de Amelia, frio como gelo, o do rei Eryx, transmitindo vago interesse, o de Barney, compreensivo, e o de Griffin, ilegível como sempre. Uma pontada de vergonha bateu no meu peito diante de seus olhares invasivos, mas eu estava entorpecida e exausta demais para sentir.

– Amelia, não tivemos opção – disse o rei Eryx, se voltando para a filha. – Precisamos *sobreviver*.

Amelia se virou para ele.

– Deixamos nosso povo sofrer – disse ela praticamente cuspindo.

– Levamos alguns para fugir pelos outros navios, que...

– *Eu* os levei. Tudo o que você fez foi correr que nem...

– Mais importante – declarou ele, interrompendo –, sobrevivemos para lutar mais um dia.

– E agora, aonde vamos? Continuaremos fugindo? – perguntou ela, com a voz amarga.

O rei Eryx olhou par Griffin, que não respondeu. Em vez disso, Griffin se virou para a proa do navio.

Como um demônio mortífero sombrio e vingativo, Kane surgiu das sombras.

– Vamos navegar até o reino de Citrino.

Ele estava vivo.

Achei que ouvi meu coração partir.

Ele estava destruído. Rasgos enchiam os braços e o pescoço, um olho estava preto e fechado de tão inchado, e a boca, arrebentada. Uma ferida no peito tinha sido mal enfaixada sob a camisa aberta e esvoaçante, e sangue vermelho-vivo encharcava as ataduras improvisadas.

Kane dirigiu o foco a mim imediatamente. O seu olhar brilhou de preocupação.

Desviei o rosto e me concentrei na água salgada e sem fundo do outro lado.

– Não temos como mandar corvos para dizer que estamos a caminho, rei Ravenwood – disse Eryx.

– Só nos resta ter esperança de que nos receberão de braços abertos.

Uma risada sombria escapou de Griffin.

– Não vão nos receber assim.

– Eu sei – respondeu Kane com uma calma letal.

Ele passou pelo grupo e se aproximou de mim, hesitante. Quando não conseguia mais evitar seus olhos, me virei para ele.

– Como você está, passarinha?

A sua expressão era de arrependimento, mas a voz era como um gole de bebida: um alívio momentâneo, e até agradável, antes de amargar na língua.

– Não fale comigo.

Mesmo que não fosse tudo culpa dele, eu estava tão emocionalmente destruída que precisava culpar alguém. Ele parecia merecer mais.

Ryder entrou na minha frente, protetor, de braços cruzados.

– Nos dê um momento, Ryder – disse Kane, que parecia mesmo brutal.

Ryder me olhou, e eu balancei a cabeça com veemência. Não queria ficar nem perto daquele homem.

– Acho que não, Vossa Majestade – disse Ryder, com toda a cortesia de que foi capaz.

Kane hesitou, mas assentiu, compreendendo.

– Os meus pêsames sinceros pela sua perda – disse Kane para nós três.

Leigh nem conseguiu olhá-lo de frente.

Ele andou até o bombordo. Olhei para Ryder e depois para Mari. Nenhum deles me encarou. Eu sabia o que estavam pensando. Eu ia precisar falar com ele em algum momento. O navio não era tão grande assim.

– Vamos entrar. Preciso comer – disse Mari.

Ryder foi atrás dela e me olhou de relance.

Beijei a cabeça de Leigh e reuni a pouca força que me restava.

– Já vou.

Griffin, Eryx, Amelia e o resto dos guardas e soldados tinham seguido para a proa para continuar a discussão.

Talvez pressentissem a enchente de tensão entre Kane e eu e não quisessem nem chegar perto. Eu não os culpava. Além de um ou outro soldado ainda vagando pelo convés, eu e Kane éramos únicos ainda daquele lado. Eu o encontrei onde ele tinha parado, o vento fustigando os seus cabelos. De olhos fechados, ele sentia o sol bater em seu rosto.

Notando a minha presença, ele se virou para mim, mas eu só consegui olhar para o mar abaixo. O cheiro forte de sal e alga combinava com o meu humor tempestuoso. Ficamos em silêncio por muito tempo, ouvindo as ondas quebrarem no navio.

– Sou a última fada puro-sangue – declarei.

Ele ficou rígido, mas me respondeu.

– É.

Meu coração trovejava com violência. Eu sabia que era verdade, mas ouvi-lo concordar me fez tremer até ossos.

— Griffin também é fada.

— É.

O meu rosto ardeu. Griffin, Dagan, Amelia... quantos souberam antes de mim?

— E vocês dois são fadas que se transformam — falei. — Você é o dragão que me levou à Fortaleza das Sombras naquela primeira noite?

— Sou — disse ele, virado para o mar revolto.

— E a Espada do Sol? A da profecia?

Ele se virou para mim. Os olhos inundados de... era tristeza? Arrependimento penetrante? Ele escondeu a emoção na velocidade com que notei e tensionou o maxilar.

— Era o tesouro que Halden queria, e que já tinha sido roubado do cofre, anos antes. A única arma capaz de matar Lazarus, se empunhada por você.

Ele engoliu em seco e continuou:

— Ele provavelmente foi à Fortaleza das Sombras para matar fadas desertoras, mas ouviu falar que a espada estava comigo. Na verdade, ela pode estar em qualquer lugar.

O fluxo do sangue latejou nos meus ouvidos.

— Achei que estivesse "no coração"? Foi isso que disse a profecia.

— A maioria dos acadêmicos que consultei acreditam que não deve ser interpretado literalmente. Mas é melhor não discutir com Amelia. Ela está bem disposta a abrir seu peito para confirmar.

A expressão dele era assassina, e eu notei que não era piada.

— Então eu sou uma verdadeira fada, como você disse. Como um meio-sangue que nem você tem luze?

As palavras ainda me pareciam uma loucura.

— Não sou meio-sangue. Meio-sangues são mortais com mínima ancestralidade fada. É quase imperceptível, se você não souber o que procurar. Em geral, são pessoas extremamente bonitas, muito fortes, que vivem por tempo mais longo do que é natural. Existem apenas dois tipos de fadas. As fadas comuns, como eu, Griffin, os soldados, e todos aqueles presos no Domínio Feérico. E as verdadeiras fadas, ou fadas todo-sangue... apenas você e Lazarus.

— Mas como é possível? Eu nasci em Abbington, minha mãe era mortal — falei, me atropelando. — Os meus irmãos são...

— Não sabemos.

O medo me atingiu.

— Eu e você somos... parentes?

Um sorriso sombrio cruzou o rosto dele.

– Não, passarinha. Você nasceu muito depois da última mulher fada puro-sangue falecer. O seu nascimento é... bom, é um milagre. Do tipo que nem o meu pai entende.

– Então Halden... A missão dele não era só caçar qualquer fada. Ele estava procurando...

– Por você, sim. Pela fada da profecia.

O horror me acertou como um tapa.

Halden.

Halden.

Ele ia me matar no estábulo.

Kane se aproximou e eu me preparei.

– Arwen, eu peço mil perdões. Por tudo. Tudo que escondi de você. Por deixar que ele a encontrasse.

A careta de dor me indicava que ele sabia o que teria acontecido na praia se ele não tivesse se transformado a tempo.

Senti um aperto nos pulmões. O ar preso ali dentro me queimava. Eu me lembrei de expirar.

– Talvez eu devesse saber desde o princípio – falei. – Nunca entendi as minhas habilidades, nem o porquê de elas se dissiparem se eu as usasse demais.

Pensei na noite em que não consegui me curar após ajudar a quimera.

– Dagan – falei. – Você pediu para ele me treinar?

– Quando era jovem, ele foi o meu guarda por muitos anos, no Domínio Feérico antes da rebelião. Ele se aposentou quando fomos para Ônix. Mas não há ninguém no continente melhor para treinar você, nem com a espada, nem com luze.

Dagan sabia das minhas habilidades e de onde eu tiraria poder. Ele também tinha mentido para mim. Raiva, humilhação e desamparo se debatiam dentro de mim. Como eu tinha passado tanto tempo sem enxergar aquilo? Amelia estava certa. Eu era uma tola.

– Você me disse que nunca mentiu para mim. Jurou que tinha me contado *tudo*.

Não consegui me conter, e me voltei para ele. Fitei seus olhos cinza-ardósia preenchidos de angústia.

– Eu merecia saber, Kane – acrescentei.

Ele parecia estar a um instante de desabar. Tentou me tocar, mas mudou de ideia e pôs a mão no bolso.

– Eu não podia correr o risco de mais alguém saber. De mais alguém ter motivo para fazer mal a você. Faz quase um século que o exército inteiro de Lazarus busca a última fada puro-sangue que poderia causar a morte dele.

– *Mentira*. Você precisava me usar de arma. Sabia que, se me contasse isso tudo, o significado da derrota de Lazarus para mim, para o meu... – tentei dizer, mas engoli em seco. – Para o meu destino... Que eu nunca ajudaria a cumprir sua vingança.

As palavras amargaram na minha língua. Kane teve a audácia de parecer abalado, mas não disse nada.

O ódio me atravessou. Ele não me veria chorar.

Cerrei as mãos trêmulas em punho e desviei o rosto.

– Quanto tempo você soube o que eu era, sem que eu soubesse? – perguntei, com a voz rouca e baixa.

Ele passou a mão pelo cabelo.

– Bert percebeu que era você que procurávamos na noite em que você curou Barney. Quando a levei para o forte, vi uma luz em você que só podia ser de fada.

Eu me lembrei da viagem. Da estranha conexão que sentira como ele na forma de dragão.

– Por quase cem anos, acordo todo dia com uma ideia. Uma só. Encontrar a última fada puro-sangue. Cumprir a profecia. Matar o meu pai. Perdi as pessoas mais importantes para mim por culpa dele. Dagan e Griffin também perderam. No dia em que nos revoltamos contra ele, eu os decepcionei, e todos sofremos.

Meu coração quase parou. A família de Dagan? Era Lazarus quem as tinha matado?

– Se eu não acabar com o que começamos, nenhum sacrifício terá valido de nada. Até hoje, milhões vivem escravizados em terras inóspitas por causa dele. Você achou que sabia o que era um rei perverso, mas nem imagina, Arwen. Não faz ideia. Todos os mortais deste continente encontrarão um fim fatal se ele não for impedido. Ainda assim, mesmo sabendo disso tudo, no dia da nossa corrida...

Um sorriso triste tomou o rosto dele.

– Eu fiquei tão encantado – continuou. – Nunca tinha conhecido ninguém igual a você. Na noite do seu ataque – quando ele disse isso, eu me virei para ele, sem conseguir mais evitar olhá-lo por tanto tempo –, soube que não ia conseguir. Nem pelo bem de Evendell. Trouxe você e a sua família para cá para viver o resto da vida em segurança.

O meu coração se despedaçou.

– Você me ouviu?

Sem conseguir se conter por um minuto sequer, Kane estendeu para mim a mão frenética.

– Eu estava disposto a sacrificar o mundo inteiro pela sua vida!
– Não me toque.
Recuei e me virei para o oceano implacável. Apesar da promessa para mim mesma, uma lágrima escorreu pelo meu rosto.
– Tentei tirar de você essa escolha, e por isso peço perdão. Mas vou morrer antes de deixar que ele a leve. Você precisa saber disso.
O poder dele emanava em ondas quando ele jurou. Mas eu não tinha medo dele. Tinha medo de mim. Tinha medo de morrer. Medo de viver. Medo do poder que fervilhava em mim. Uma névoa carregada de desespero invadiu todos os meus sentidos, me sufocando, me aprisionando naquela nova realidade.
Por causa *dele*.
Eu poderia ter vivido sem nunca saber do meu destino. Eu não precisaria morrer.
Porém, agora sabia que só eu podia matar Lazarus e que, se ele morresse, eu morreria também. Eu poderia ter passado a vida sem aquelas informações.
Mas não me restava escolha.
– Vou ajudar você a acabar com essa guerra. Vamos encontrar a Espada do Sol, e vou enfiá-la no coração dele. Vamos salvar todas as pessoas que Lazarus pretende matar, salvar o Domínio Feérico, vingar aqueles que você perdeu, e Dagan, e Griffin, e todo mundo. Vamos acabar o que você começou, Kane.
– Não – disse ele, com a voz falhando. – Eu me recuso a perder você. Eu...
– A escolha não é sua.
– Arwen...
– Você já decidiu demais por mim.
Um sopro jogou os cabelos dele pelo rosto esculpido, vulnerável de um modo que eu nunca vira. Quase me aninhei nele. *Quase*.
Mas o que fiz foi dar um passo para trás.
Respirei fundo a umidade salgada, o ar molhado de chuva.
– Antes, talvez eu tivesse cedido. Perdoado você por medo da solidão. Feito o que você me dissesse ser melhor. Teria sentido que preciso de você, especialmente por saber os horrores que me esperavam. Mas agora... Você mentiu para mim. Você me usou. Você...
Eu juntei minhas forças.
– Não posso ficar com você assim, Kane. Não posso mais.
– Por favor – disse ele, quase sussurrando.
Balancei a cabeça em negativa. Eu estava me desfazendo, desabando. A minha mãe se fora, o homem que...
Não importava.
Ele secou os olhos.

– Como queira.

Com isso, atravessou o convés e desceu para as cabines.

Voltei a atenção para as ondas à minha frente. A água azul e agitada mantinha um ritmo que eu não sabia acompanhar, caótico e revolto, balançando em uma dança estranha sob a proa do navio. A vista era mais linda do que eu notara.

Eu tinha me enganado. O mundo não era cruel.

Ou era, mas também era maravilhoso.

Eu tinha visto mais beleza, alegria e esperança naqueles meses do que imaginava existir. E ainda havia muito mais por aí. Tanta gente, tanto amor, tantas possibilidades. Não podia permitir que fosse tudo apagado por um homem só, fosse fada ou não.

Eu faria por Evendell. Pela minha família. Por Mari. Por todos os inocentes, fadas ou humanos. Encontraria aquela espada. Lutaria em batalha junto ao homem que partira por completo o meu coração. Eu seria forte.

Era um mundo que eu precisava salvar, mesmo que não fosse viver para vê-lo.

*Vire a página para conferir o ponto de vista
de Kane sobre o primeiro encontro com Arwen*

KANE
CINCO MESES ANTES

Odiei aquele reino. Cada milímetro dele.
Noz-moscada enjoativa me cobria a língua e o fundo da garganta sempre que eu inspirava. Tinha milho demais, folhas cor de bronze demais estalando no chão. As tabernas serviam apenas um tipo de cerveja, uma bebida escura fermentada com maçã e canela, tão doce que dava dor de dente.

As minhas presas coçavam na arcada só de pensar.

Eu queria ter ido embora de Âmbar havia horas, mas Bert insistira em arranjar auxílio médico para Barney na cidade mais próxima, Abbington, e, visto que ele tinha acabado de perder um general, lhe dei uma hora.

Era minha culpa nossos homens serem caçados, para começo de conversa.

Quando a imagem do meu pai se materializou na minha mente, mergulhei no ar, me aproximando das árvores outonais, de asas abertas no ar do entardecer, e tentei deixar o vento assobiando nas escamas acalmar a fervura do meu sangue.

Eu sabia que era desperdício de luze me transformar assim. Só ia levar o batalhão de volta ao reino dali a uma hora, talvez mais, se Bert encontrasse uma enfermaria para Barney. Porém, ver outro soldado do meu exército assassinado me causou mais raiva e mais inquietação represada do que eu sabia processar.

Falta pouco. Só preciso da garota...

O mantra não me apaziguava tanto ultimamente. Talvez porque eu o repetisse havia vinte anos.

Desde a noite da estrela cadente.

Aquele momento trespassou a minha memória com tanta clareza que eu podia estar olhando no espelho. Duas décadas antes, eu tinha despertado do meu sono profundo como que possuído, suando e arfando, agarrando o peito como se o meu coração tivesse sido cortado ao meio. Fui trôpego até a varanda, o ar gelado ardendo no rosto, bem a tempo de ver: uma estrela branca, brilhante e lustrosa, caindo atrás das montanhas, como uma gota de tinta iridescente escorrendo pela tela preta da noite.

As palavras da profecia tinham soado na minha mente ainda sonolenta: *A guerra recomeça quando a estrela perder seu brilho.*

Reagi quase como uma criança, tão ingênua à espera impaciente do sangue e da batalha prometidos. Da última fada puro-sangue, que eu esperava que aparecesse a qualquer minuto no portão do meu castelo. *Cá estou! Me sacrifique!*

Mas nada tinha acontecido.

Apenas um sentimento inexplicável que pesava em mim, a impressão de que algo mínimo mudara na tessitura do mundo.

Enquanto esperava vinte anos por uma fada destinada, fui forçado a investigar mais e mais mortes dos meus soldados de alto escalão. Todos assassinados por mercenários enviados pelo meu pai. Para me matar, me provocar, me distrair. Eu não sabia bem.

O carrasco daquela noite era especialmente monstruoso. O filho da mãe devia se transformar em alguma coisa chifruda, considerando os buracos enormes que perfuraram o pulmão e a garganta do general assassinado. Talvez tivesse garras, também. A barriga de Barney estava praticamente dilacerada.

A lembrança das entranhas dele caindo pela terra úmida de Âmbar me deixou enjoado.

Barney era um bom homem. Eu quase me importava.

Falando nisso...

Ao ver meu batalhão caminhando pela clareira, mergulhei. O ar fresco do anoitecer ardeu no meu focinho e eu pairei antes de aterrissar com tranquilidade. O baque do meu peso no chão fez terra e detritos voarem como fumaça.

E quando a poeira baixou...

Ali estava ela.

Como uma brasa reluzente no escuro, chamando por mim.

O luar claro escorria pelo seu queixo e nariz delicados, pela boca arredondada e carnuda. Pela testa preocupada, pelo cabelo castanho embaraçado. O olhar arregalado e verde-oliva encontrou o meu, brilhante e indecifrável. E me atraía para ela como se...

– Ela curou aquele pateta – disse o tenente Bert, em voz baixa, mas não sussurrada.

O hálito alcoolizado ardeu nas minhas narinas e tirou a minha atenção do rosto triste da garota. Ao nosso lado, soldados levantaram Barney, meio desmaiado, para minhas costas. A barriga enfaixada, as ataduras encharcadas de vermelho como vinho derramado em uma toalha de mesa.

– Acho que ele vai melhorar.

Arreganhei a boca em um rosnado.

O tenente era um líder decente e tinha talento para a espada, mas, pelos Deuses, como eu odiava aquele homem. Era um puxa-saco nojento.

– Mas tenho uma notícia ainda melhor, meu rei. Nunca vi tal cura. O que ela fez por Barney... não foi bruxaria. A magia escorreu dos dedos dela como néctar. Acho que talvez ela seja o que procuramos.

Enquanto o restante dos homens montava nas minhas asas abertas, observei a moça outra vez.

Rosto gracioso. Clavícula e ombros delicados. Face corada...

Na verdade, olhando melhor, ela estava... horrível.

Ainda lindíssima, é claro. Uma beleza daquelas não se apagaria sob medo, terra ou sangue. Mas as três coisas a cobriam da cabeça aos pés.

E ela estava com pouca roupa. Uma cortesã, talvez? Não me surpreenderia. Eu tinha certeza de que os homens em Âmbar pagariam baldes de dinheiro para ficar com ela.

Apesar de seu estado, a verdade era dolorosamente óbvia. Tão óbvia que me deixou sem ar. A maioria das pessoas não saberia identificar uma fada puro-sangue apenas pela aparência, mas, para quem crescera com um pai todo-sangue, era como ver uma rosa entre ervas-daninhas. O luze dentro dela praticamente brilhava. Ela teria iluminado aquela clareira inteira, se quisesse.

Quase chorei de alívio.

Depois de tanto tempo.

Ela existia.

E estava ali.

E estava... fincando os pés no chão, chorando ao tentar se desvencilhar das amarras, e tremendo de medo.

Ah, medo *de mim*.

Estava com medo de *mim*.

– Está tudo bem. A fera não vai te machucar – disse Barney das minhas costas, ainda apertando o machucado enfaixado.

As palavras dele não acalmaram a moça. Quando ela se aproximou, ainda choramingando e resistindo como um bicho, tentei parecer um pouco menos ameaçador. Não sabia bem o motivo. Eu gostava de ser ameaçador – era uma das muitas vantagens da forma de dragão. A expressão das pessoas ao fugir e se esconder... pelo menos era melhor do que as reverências. Combinava melhor com uma fera, como dizia Barney.

Finalmente, ela encontrou o meu olhar com os olhos inchados e avermelhados. Neles, vi mais luto do que vira em anos. Olhos cintilantes e ingênuos, como piscinas de melancolia. Lembravam o bosque ao redor do palácio onde eu tinha crescido. Tanto que quase senti o perfume da minha mãe, que enchia os corredores. Era uma sensação inacreditável.

E acabou em um instante quando ela montou nas minhas costas.

– Nem tente dar uma de espertinha, garota.

Revirei os olhos para o soldado. Ela não tinha como fugir pelas nuvens.

– Não tenho nem como – retrucou ela.

Segurei a risada.

E logo estavam todos embarcados e eu parti, disparando pelo céu noturno, pronto para voltar para casa. A noite tinha sido longa, e eu sabia...

O toque dela quase me fez cair ao chão, milhares de metros abaixo de nós. Apesar da minha forma enorme de dragão, e da dúzia de homens empilhados em mim, sentia o toque singular dos dedos dela na minha coluna como um ferrete incandescente. Os dedos delicados nas minhas costas: a sensação descia até minhas garras.

E a *pulsação* dela... eu sentia correr pelas minhas escamas. Como um pardal capturado pelas mãos suadas de uma criança, o coração tremendo tão rápido que o corpo inteiro se sacudia de esforço para manter-se vivo. Tentei, em vão, me desvencilhar dela. Era pessoal demais, sentir aquele toque, ouvir a sua respiração, conhecer o ritmo do seu medo.

Ela era, de fato, a fada puro-sangue da profecia. Não podia ser outra coisa. Era a única explicação para minha reação física bizarra perto dela.

Eu precisava beber.

– Você está de brincadeira.

– Não estou. Ela está aqui. No castelo.

– Depois desse tempo todo.

Griffin abanou a cabeça e jogou a bolinha de couro para Bolota, que correu pelo escritório de quatro e furou o brinquedo com os dentes afiados antes de deixá-lo rolar para baixo da estante de mogno. Enquanto o ar saía da bolinha, sibilando, Bolota encolheu os ombros de remorso, e suas asas de coruja esbarraram, sem jeito, nas prateleiras.

Segurei a risada. Ele não era um bicho de estimação típico e, certamente, não era adequado para um rei mortal, mas a estrige ossuda e apavorante era minha desde a infância, e nem os Deuses me fariam me separar dele.

Bolota voltou trotando para Griffin com a bolinha murcha e soltou um grasnido animado.

– O que ela estava fazendo em Âmbar? – perguntou Griffin, jogando a bola flácida mais alto.

– Não faço ideia – comentei, virando o fim do copo e me recostando nas almofadas da poltrona de couro.

O uísque me queimou na garganta, aliviando a minha cabeça agitada.

– Enquanto isso, capturamos um homem que esconde o dinheiro de um dos maiores círculos criminosos de Rosa. São ladrões e traficantes de armas... Se a Espada do Sol estiver à venda neste lado do continente, ele vai saber.

A Espada do Sol continha poder inimaginável quando empunhada por fadas, mas era um mero amontoado de metal nas mãos de um mortal. Mesmo de um meio-sangue. Ainda assim, homens tolos e gananciosos a buscavam havia séculos, sem saber que nunca poderiam usá-la de verdade.

Um daqueles tolos estava nas minhas masmorras naquele momento. A esperança se desenrolou dentro de mim... Eu estava tendo uma noite e tanto.

– Excelente. Vamos botar o meliante no cavalete.

Griffin franziu a testa, recostado no sofá cor de carvão e ignorando Bolota, que empurrava a bolinha.

– Ele vai morrer antes de falar. Faz quinze anos que ele comanda a capital criminosa do país. Foi treinado para suportar tudo, menos a morte.

Abaixei o copo gelado e passei a mão no rosto, pensativo. Não era ideal, mas dava para resolver. Precisaria apenas fazer o criminoso se abrir de outro modo. Talvez para um colega...

Outro prisioneiro.

Alguém com quem ele pudesse reclamar. Ou se gabar. Eles queriam sempre se gabar. Talvez pudesse subornar outro babaca acorrentado nas masmorras para fazer as perguntas certas e relatar.

Mas a moça. Estava lá embaixo.

– Vou falar com ele pessoalmente.

Griffin inclinou a cabeça enquanto eu passava pela porta que levava aos meus aposentos, onde tirei os anéis de prata e peguei um casaco de pele de caça velho no fundo do guarda-roupa.

– Bem, não é bem o meu estilo – acrescentei. – Já volto.

Saí antes que ele começasse a reclamar. Passei correndo pelos guardas e desci a escada de pedra do forte. Estava tarde, e fazia silêncio no castelo exceto pelos guardas, que faziam reverências a cada porta aberta.

Uma pista real sobre a espada, a última fada puro-sangue nas minhas mãos, e eu só conseguia pensar em vê-la outra vez. Dar mais uma olhada nela, só.

Era a emoção de finalmente encontrá-la depois de tantos anos. De saber que finalmente poderia acabar com a vida do meu pai e libertar toda Lumera.

Tinha que ser.

– Meu rei – cumprimentou o jovem guarda na porta das masmorras, com uma reverência solene.

– Hoje, não, Toole. No momento sou só um prisioneiro, entendeu?

– Claro, Vossa Majestade, entendo, é claro – disse Toole, e seu aceno firme se transformou em uma careta. – Mas... Na verdade não entendi.

Engoli um suspiro. Eu precisava descer. Ela estava a alguns minutos de ser encarcerada, talvez até já estivesse trancada lá dentro.

– Em que cela está o homem que Griffin trouxe de Rosa?

– Dezessete, meu rei.

– E a dezesseis está livre?

– Está, mas...

– Que bom. Agora, me leve à força até lá embaixo, e me jogue na cela. Eu não tinha tempo para a confusão de Toole.

– Meu rei...

– Agora.

Quando o veneno pesou na minha voz, Toole me obedeceu, e descemos a escada em espiral.

O ar das masmorras era tão abafado que senti o gosto de bolor e mofo.

– Apodreça aí dentro, seu vagabundo!

Toole me jogou na cela com ar teatral. Agradeci a dedicação, apesar do desempenho meio travado. Toole me dirigiu um sorrisinho animado na volta pelo corredor, e eu tentei não fazer uma careta.

A cela não era horrível. Francamente, a pedra cinzenta, a luz fraca de lamparina e a goteira de água suja combinavam com a minha alma sombria e úmida. Griffin teria zombado de mim pelo drama, mas era verdade. Um lugar como aquele era o lugar para mim de verdade. Eu gostava até do trabalho elegante da aranha no canto, a teia servindo de decoração fina e macabra.

Olhei para o corredor. Nada da fada. Pelo menos por enquanto. Na cela ao meu lado, porém, estava o homem de Rosa, roncando e amontoado no canto. Talvez eu pudesse encontrar uma pedrinha para jogar nele.

– Não, espere. Não posso entrar aí.

Ah. Bem na hora...

Eu me estiquei para espreitar o corredor escuro.

– Não vou te machucar. É só um lugar para você descansar até o tenente decidir o que fazer – veio a voz de Barney.

– Não posso ficar trancada. Por favor. Onde ficam os curandeiros?

Uma risada me escapou. A fada encantadora era meio presumida.

Assobios e gritos vulgares encheram as masmorras, ecoando pelas paredes e pelo chão enquanto Barney atravessava para jogar a garota, sem cerimônia, na cela ao lado da minha.

– Me mostra essas tetas, docinho! Faz anos que estou aqui!

– Abre bem essas pernas pra mim, gostosa!

Uma satisfação doentia me tomou por saber que eu tinha acorrentado aqueles animais, e que eles nunca mais veriam a luz do dia.

– Espere! – ela gritou para Barney, arfando e soluçando.

Ela estava sendo meio dramática. Que idade tinha? Vinte anos, se a estrela cadente indicasse o seu nascimento. Ela se encolheu no canto e abraçou os joelhos, tremendo com força, respirando em ritmo irregular. O que estava acontecendo com ela? Certamente tinha algum poder para usar. Na verdade, eu estava surpreso por ela ainda não ter usado luze. Para a última fada puro-sangue, ela mal estava lutando.

Talvez não soubesse do próprio poder. Da profecia, da origem feérica... O reino de Âmbar não tinha uma população robusta de fadas para educá-la. Nossa espécie era praticamente inexistente em Evendell.

Encostei a cabeça na parede de pedra.

Se fosse o caso, como eu ia convencê-la a lutar por nós? Como diria que ela estava destinada a morrer?

Os arquejos esganiçados e abafados da moça ecoaram pela minha cela. Ela mal estava respirando. Olhei mais de perto.

Ela parecia estar em pânico. Como acontecia com Yale, meu irmão.

Dagan o acalmava com respiração profunda, mas eu preferia outro método. Yale precisava apenas de uma distração. Para parar de pensar no próprio corpo, se concentrar em outra coisa.

Mas não tinha nada a ver.

Eu não ia ajudá-la.

Era só ansiedade. Ficaria tudo bem.

Não era a hora certa.

Eu tinha uma única chance de convencê-la a lutar contra Lazarus. Tinha que me posicionar em um plano impecável. E precisava conseguir informações com o otário adormecido na cela ao lado. Era mais importante. Queria apenas observar a moça; não ia falar com ela, por mais miserável que estivesse. Por mais difícil que fosse para ela respirar. Por mais lágrimas que ela derramasse no chão. Por mais rápido que estivesse a sua respiração, por mais assustada, mais insuportavelmente apavorada que...

Não fale com ela, não fale com ela, não...

– *Malditas Pedras* – ela xingou baixinho.
– Que bocuda você, hein? – murmurei.
Droga.

A garota levantou a cabeça de repente, deixando cair no rosto o cabelo castanho, da cor do chocolate, que grudava na pele molhada de lágrimas. Ela ainda respirava como se ganhasse por inspiração. Porém, também parecia envergonhada.

– Desculpa – resmungou.
– É que... Foi meio dramático, né?
O que você está fazendo? Deixe a moça quieta.

Ela franziu as sobrancelhas e abaixou a mão que apertava com firmeza o peito, como se quisesse desacelerar o coração.

– Já pedi desculpa, quer mais o quê?

Uma risada mais de surpresa do que qualquer outra coisa escapou de mim tropegamente, e eu me estiquei, intrigado. Aquela passarinha tinha garras.

– Um momento de paz desse seu chororô seria bom.

– Já acabei – admitiu, respirando fundo e devagar antes de encostar a cabeça na pedra úmida. – Não é todo dia que a gente é preso – falou, e levantou a cabeça outra vez. – Bom... para você talvez até seja, mas não para mim.

A distração estava dando certo. Que bom. Era uma boa ação, era para ajudar a fada. Pagamento por todos que ela ajudaria com seu sacrifício. Honestamente, era o mínimo que eu podia fazer.

– É só que tem gente aqui tentando dormir. Esse seu drama e esse peito arfando não vão mudar a situação.

Hesitei, considerando as próximas palavras que brincavam e minha boca.

– Apesar do peito arfando ser uma beleza.
– Você é nojento – sussurrou ela, e eu engoli um sorriso de malícia.
– Nossa, pelo jeito tem alguém bem corajosa aí, do outro lado das grades.
– Não tem. Só bem honesta.

O pânico dela parecia ter baixado. Ela tinha secado as lágrimas com a mão, e o ar fluía devagar, entrando e saindo do nariz. Eu precisava só olhar melhor para ter certeza.

Então me levantei e senti os meus ossos duros estalarem quando me espreguicei, esticando as mãos para o alto e quase raspando o mofo do teto. A minha impressão anterior quanto ao conforto das celas era um equívoco. Estava me sentindo uma galinha no poleiro.

Ao andar até a grade de ferro que subia entre nossas celas, fitei a fada. Daquele ângulo, ela era muito pequena. Frágil. Magrela. Como uma mulher assim derrotaria o meu pai? Parecia impossível.

Eu me apoiei com o braço na grade e examinei suas canelas machucadas e os pés descalços.

– Está tentando me assustar?

Justamente o contrário.

– Mais ou menos.

– Bom, mas não conseguiu. Você não me assusta.

– Que passarinha corajosa – murmurei.

Eu acreditava nela. Coragem talvez fosse a única arma que ela tivesse para enfrentar o meu pai.

– Bom saber. Talvez agora eu possa dormir – acrescentei.

Seria problema para o dia seguinte. Naquela noite, a moça ficaria bem, e eu estava livre para me fingir de aliado do capanga de Rosa. Sairia daquela cela em...

– A sua crueldade é meio clichê.

Por que ela era ousada assim? Praticamente me examinava. Sem conseguir me conter, eu me agachei para vê-la melhor também. Os olhos arregalados e verde-oliva emoldurados por cílios compridos e volumosos fitavam os meus. A minha boca, o meu queixo. Um calor correu pelo meu sangue.

– Por quê? Só porque estou preso? – perguntei.

– Como é?

Segurei o sorriso quando ela corou.

– O clichê, como você disse.

– Sim. Um prisioneiro cruel e sombrio – continuou, e deu de ombros. – Mais batido impossível.

– Essa doeu – brinquei.

Mas ela estava ali também, não estava?

– Mas não posso dizer o mesmo de você? – perguntei.

A ruga mais fofa, minúscula e frustrada surgiu entre duas sobrancelhas franzidas, mas ela continuou em silêncio. Talvez não gostasse de, apesar do que supunha de mim, estarmos trancados nas mesmas masmorras. Ela era meio ingênua. Para o que a esperava... apesar da coragem, ela precisaria ser mais esperta.

– Você vai precisar criar coragem, passarinha. Agora está em Ônix. O reino não é só cabelo cor de lama, rostos corados e plantadores de abóbora. Desgraçados como eu são o menor dos seus problemas.

– Como você sabe que eu vim de Âmbar?

Merda. Talvez a roupa de fazendeira entregasse. Olhei para o corpo dela e me lembrei que ela estava quase nua. A combinação branca e suja, manchada de sangue de Barney. A saia comprida de lã. A garota cruzou os braços por modéstia, com o rosto tomado de vergonha.

Vergonha?
Que modéstia era aquela?
Talvez ela não fosse cortesã, afinal. Nesse caso...
Rangi os dentes, refreando uma raiva irracional.
– O que aconteceu com a sua roupa?
Ela engoliu em seco.
– É uma longa história.
A ideia de alguém ter abusado daquela garota de repente me incomodou muito. *Muito*.
– Eu tenho tempo.
– Precisei usar a minha blusa para ajudar uma pessoa. Foi só isso.
Quando ela estremeceu e arrepios duros brotaram nos seus braços nus, não consegui me conter.
– Está com frio?
Eu era mãe dela, por acaso?
– Estou – disse ela, com honestidade. – Você não?
– Devo ter me acostumado. Toma.
Tirei o casaco de caça e o dobrei para passá-lo pela grade entre nós. Ela arregalou os olhos e eu acrescentei, apressado:
– Não vou aguentar ouvir seus dentes baterem nem mais um minuto sequer. Está me dando nos nervos.
Ela aceitou o casaco sem sarcasmo, sem reclamação, e se embrulhou na pele como se fosse a melhor roupa que já tivesse visto. Quase revirou os olhos ao sentir o calor e murmurou:
– Obrigada.
O casaco tinha o dobro do tamanho dela, mas a garota se aninhou como se fosse feito para ela.
Ela parecia... confortável. Aconchegada.
Era como se todos os horrores que a tinham levado a ser entregue, ferida e ensanguentada, para Bert naquela noite, todos horrores que se seguiram, do dorso espinhento de uma fera ao confinamento na cela, tudo fosse suportável, desde que ela pudesse ficar *quentinha*.
A *salvo*.
E um sentimento revirando o meu peito ao ver aquilo...
Ah, pelos Deuses.
Eu estava fodido.

AGRADECIMENTOS

Não tenho como começar sem agradecer o meu parceiro genial e companheiro infinitamente paciente, Jack. Na viagem para comemorar nosso aniversário de dez anos, entre queimaduras de sol, baleias avistadas e picolés na piscina, você me ajudou a descobrir a história de Arwen e Kane. Todos os dias, ao acordar, em vez de correr para o bufê de café da manhã que nós dois tanto amamos, me deixou ficar sentada na varanda, digitando no notebook, perdida no reino de Ônix, até o calor do meio-dia me forçar a ir à piscina. E, depois da viagem, me deixou trocar ideias da história, consertou os meus furos de enredo, inventou nomes muito menos idiotas para as minhas cidades todas, e até leu o primeiro rascunho em tempo recorde. E, depois, perguntou:

– Quando posso ler o segundo livro?

O tempo todo, você nunca reclamou que não era aquilo que tínhamos combinado, que essa não era de jeito *nenhum* a carreira que eu tinha passado os últimos sete anos construindo, nem que 28 anos era meio tarde para eu decidir que queria ser autora de romance de fantasia. Agradeço muito por você; não tenho nem como expressar. Enfrentaria uma centena de Bosques das Sombras por você.

No caminho da publicação do meu primeiro romance, encontrei muitas outras pessoas maravilhosas e solícitas que também gostaria de agradecer. A minha mãe, criativa e engenhosa, que me ensinou tudo que sei de narrativas (e de humanos, de modo geral). Os meus primeiros leitores inteligentes, que me convenceram de que poderia valer a pena compartilhar essa história com outras pessoas.

A minha genial editora de desenvolvimento, Natalie, que me lembrou de ir com calma e construir, construir e *construir* a tensão. A minhas queridas revisoras, Naomi e Danni, que elevaram o livro inteiro com seus olhos aguçados. As minhas agentes incríveis, Taylor, Sam e Olivia, que levaram esta história ao vasto mundo da publicação tradicional, que eu nunca conseguiria enfrentar sozinha. A minha editora genial e criativa na Berkley, Kristine, que eu conheci e, em três minutos, soube que entendia esta série, estes personagens e este mundo com tanta profundidade e entusiasmo quanto eu.

A comunidade fiel (e hilária) no TikTok que acompanhou o livro e o lançamento de perto – nada disso teria acontecido sem a paixão de vocês.

E, finalmente, o meu querido Milo, o melhor cachorro que alguém poderia querer. Obrigada por ficar sentado ao meu lado por finais de semana inteiros enquanto eu escrevia, sem nunca reclamar quando eu gritava aleatoriamente e sem motivo para o computador. Você é demais.

Este livro foi composto com tipografia Electra Std e impresso em papel Off-White 70 g/m² na Formato Artes Gráficas.